LA MEURTRIÈRE

Couronnée « nouvelle reine du crime » par les Anglo-Saxons (le Time Magazine *lui a consacré sa cover-story le 6 octobre 1986), l'Anglaise P.D. James est née à Oxford en 1920. Elle est l'auteur de plusieurs romans, tous des best-sellers. Son style impeccable, ses intrigues imprévisibles, ses protagonistes non conformistes, ont fait d'elle la virtuose du roman policier moderne.*

Que feriez-vous si vous appreniez que votre mère s'est rendue coupable d'un crime atroce ? Et que, après avoir purgé sa peine, elle s'apprête à sortir de prison ? Philippa Palfrey, elle, n'hésite pas une seconde. Cette jeune fille aux goûts raffinés, éduquée dans la meilleure tradition britannique par ses parents adoptifs, ne craint pas d'affronter les préjugés de classe et les horreurs du passé : avec tendresse, elle vole au secours de sa mère, Mary Ducton — la meurtrière —, pour la protéger d'un monde que dix années de prison lui ont fait oublier.

Mais quelqu'un d'autre est au rendez-vous : c'est le père de la victime assassinée par Mary Ducton. Depuis dix ans, lui aussi, il attend son heure, guettant le moment où la meurtrière sera relâchée, pour procéder lui-même à l'exécution que la justice s'est refusée à accomplir.

La traque commence. Sur les bords de la Tamise, sous les arbres en fleurs de St James's Park et dans les rues de Londres, un petit homme vêtu de gris suit sa proie à la trace. Il a tout son temps. Et il est certain de ne pas échouer...

D0267190

P. D. JAMES

La Meurtrière

TRADUIT DE L'ANGLAIS
PAR LISA ROSENBAUM

MAZARINE

*Les personnages de ce roman sont purement ima-
ginaires et ne s'inspirent d'aucune personne existant
ou ayant existé.*

L'édition originale de cet ouvrage est parue chez Faber and
Faber sous le titre : *Innocent Blood.*

PREMIÈRE PARTIE

UNE PREUVE D'IDENTITÉ

1

L'ASSISTANTE sociale était plus âgée que Philippa ne l'avait prévu. Le responsable de ce service devait penser que des cheveux gris et l'embonpoint de la ménopause contribueraient à inspirer confiance aux adoptés adultes qui venaient ici pour leur consultation obligatoire. Après tout, ces personnes déplacées, dont le cordon ombilical était une décision judiciaire, cherchaient sûrement à être rassurées d'une façon ou d'une autre ; sinon, pourquoi se seraient-elles donné la peine d'emprunter cette voie bureaucratique pour découvrir leur identité ? Un sourire professionnel d'encouragement aux lèvres, l'assistante sociale lui tendit la main.

« Je m'appelle Naomi Henderson et vous êtes Miss Philippa Rose Palfrey. A mon grand regret, je dois commencer par vous demander une preuve d'identité. »

Philippa faillit répondre : « Philippa Rose Palfrey est le nom qu'on m'a donné. Je suis ici pour découvrir qui je suis en réalité », mais elle s'arrêta juste à temps : cette attitude affectée risquait de compromettre l'entrevue. Miss Henderson connaissait aussi bien qu'elle la raison de sa visite. Et Philippa voulait que l'entretien fût une réussite, qu'il se déroulât selon ses désirs, même si elle n'était pas absolument sûre de ce que cela signifiait. En silence, elle ouvrit son sac à bandoulière et tendit à l'assistante sociale son passeport et son permis de conduire tout récent.

Le mobilier était lui aussi destiné à créer un effet rassurant d'absence de formalité. Il y avait bien un bureau, mais Miss Henderson en était sortie dès qu'on eut annoncé Philippa. Elle avait conduit sa visiteuse vers l'un des fauteuils recouverts de vinyle disposés de part et d'autre d'une table basse. Sur la table, dans une petite coupe souvenir de céramique bleue, il y avait même des fleurs : un assortiment de roses. Ce n'étaient pas les plantes inodores et dénuées d'épines qu'on voit aux vitrines des fleuristes, mais des roses de jardin. Les Palfrey avaient les mêmes dans leur jardin de Caldecote Terrace : la Peace, la Superstar et l'Albertine. Trop épanouies, elles perdaient déjà leurs pétales, à part un ou deux boutons très serrés aux bords racornis qui ne s'ouvriraient jamais. Philippa se demanda si c'était l'assistante sociale qui les avait apportées. C'était peut-être une retraitée qui vivait à la campagne et avait été engagée à temps partiel pour ce travail particulier. Philippa l'imagina en train de tourner à pas lourds autour de son parterre, portant les mêmes chaussures de marche, les mêmes solides vêtements de tweed que maintenant, cueillant ces roses qui dureraient peut-être le temps de sa journée à Londres. Quelqu'un leur avait donné de l'eau avec une générosité excessive. Une goutte laiteuse reposait comme une perle entre deux pétales jaunes et il y avait une petite flaque sur la table. Mais l'eau ne laisserait pas de marque sur la surface en imitation acajou : ce n'était pas du vrai bois. Les roses dégageaient un parfum humide et sucré, mais elles n'étaient pas réellement fraîches. Dans les fauteuils, aucun visiteur ne s'était jamais vraiment détendu et le sourire encourageant qu'on lui adressait de l'autre côté de la table était offert à titre gracieux par l'article 26 de la loi sur l'Enfance de 1975. Philippa avait accordé beaucoup d'attention à son apparence, comme d'habitude, en fait : elle se présentait au monde avec un art étudié, se recréant chaque jour à son image. Ce matin, elle avait cherché à donner l'impression qu'elle n'avait fait aucun effort vestimentaire, que cette entrevue n'avait provoqué en elle aucune anxiété particulière ni justifié le moindre soin spécial. Ses épais cheveux, couleur de blés mûrs, décolorés par le soleil de sorte qu'il n'y avait pas deux mèches du même or, étaient tirés en arrière au-dessus de son haut front et nattés en une seule grosse tresse. Elle n'avait pas maquillé sa large bouche, à la lèvre supérieure charnue et arquée, qui s'abaissait sensuellement à chaque coin, mais elle avait appliqué avec adresse son fard à paupières, mettant en valeur ce que son visage avait de plus remarquable : des yeux verts lumineux et légèrement protubérants. La transpiration faisait luire sa peau couleur de miel. Philippa avait traîné trop longtemps dans les jardins de l'Embankment. Elle n'avait pas voulu arriver en avance ; finalement, elle avait dû se hâter. Elle portait des sandales, un chemisier vert pâle à col ouvert et un pantalon de velours côtelé. Tranchant avec la simplicité de cette tenue décontractée, il y avait les accessoires que Philippa portait comme des talismans : sa petite montre en or, trois lourdes bagues victoriennes — une topaze, une cornaline, un péridot — et son sac de cuir italien passé sur son épaule gauche. Ce contraste était délibéré. L'avantage de n'avoir pratiquement aucun souvenir antérieur à son huitième anniversaire, le fait de savoir qu'elle était une enfant illégitime avaient certaines conséquences : aucune phalange de morts vivants, aucun culte des ancêtres, aucun réflexe conditionné de la pensée ne venaient entraver la créativité avec laquelle elle se présentait au monde. Le but qu'elle cherchait à atteindre : de l'originalité, une impression d'intelligence, une apparence frappante, voire excentrique, surtout pas quelconque.

Son dossier, propre et neuf, se trouvait ouvert devant Miss Henderson. Depuis l'autre côté de la table, Philippa pouvait reconnaître une partie de son contenu : la feuille de renseignements orange et marron dont elle avait obtenu un exemplaire dans un bureau de conseil civique, au nord de Londres, où elle ne courait aucun risque d'être connue ou reconnue ; sa lettre au conservateur des actes de l'état civil écrite cinq semaines plus tôt, le lendemain de son dix-huitième anniversaire, dans laquelle elle demandait le formulaire, premier document qui devait l'amener à découvrir son identité ; un exemplaire de ce formulaire. Agrafée en couverture, la lettre, d'une blancheur éclatante, se détachait sur le chamois bureaucratique de la chemise. Miss Henderson la palpa entre le pouce et l'index. La lettre, songea Philippa, l'adresse, la qualité du papier, visible même à la photocopie, semblaient susciter chez la dame un malaise passager. Peut-être était-ce parce qu'elle se rendait compte que le père adoptif de son interlocutrice était Maurice Palfrey. Étant donné l'infatigable autopublicité que se faisait Maurice, la quantité de publications sociologiques éditées par sa section, il eût été étonnant qu'une assistante sociale de grade supérieur n'eût pas entendu parler de lui. Philippa se demanda si Miss Henderson avait lu sa *Théorie et technique de la consultation*. Et, dans ce cas, si la lucide étude de Maurice sur la différence entre soutien psychologique non directif et gestalthérapie l'avait aidée à renflouer l'estime de soi de ses « clients » — mot ô combien significatif dans le jargon des assistants sociaux.

Miss Henderson dit : « Je devrais peut-être commencer par vous indiquer comment et dans quelle mesure je peux vous être utile. Probablement, vous savez déjà la plupart de ces choses, mais je trouve préférable que tout soit parfaitement clair. La loi sur l'Enfance de 1975 a profondément modifié celle relative à l'accès aux actes de naissance. Elle prévoit que les personnes adoptées âgées d'au moins dix-huit ans peuvent, si elles le désirent, demander au conservateur des actes de l'état civil des renseignements qui les amèneront finalement à connaître leurs vraies origines. Lors de votre adoption, vous avez reçu un nouvel extrait de naissance. Le renseignement qui relie votre nom actuel, Philippa Rose Palfrey, à votre extrait de naissance originel, se trouve dans les dossiers confidentiels de l'état civil. C'est ce renseignement-chaînon que la loi permet de donner à présent. La loi de 1975 stipule également que toute personne adoptée avant le 12 novembre 1975, c'est-à-dire avant la promulgation de ladite loi, doit s'entretenir avec un conseiller avant de pouvoir recevoir le renseignement qu'elle demande. La raison de cette mesure : le Parlement hésitait un peu à rendre ces nouvelles dispositions rétroactives, car, pendant des années, beaucoup de parents avaient fait adopter leurs enfants et les adoptants s'étaient chargés de ces enfants à la condition que leurs origines demeurassent secrètes. Vous êtes donc venue ici aujourd'hui pour que nous puissions examiner ensemble les effets possibles des recherches que vous voulez entreprendre au sujet de vos vrais parents à la fois sur vous et sur d'autres personnes et pour que le renseignement que vous demandez — et auquel, bien entendu, vous avez légalement droit — vous soit communiqué de façon utile et opportune. A la fin de notre entrevue, si vous le désirez toujours, je serai en mesure de vous révéler votre nom d'origine, celui de votre mère, vraisemblablement, mais non certainement, celui de votre père et celui du tribunal qui a ordonné votre adoption. Je pourrai également vous remettre un formulaire qui vous servira à demander aux archives de l'état civil un exemplaire de votre acte de naissance originel. »

Ce n'était pas la première fois que Miss Henderson débitait ce petit discours. Les phrases sortaient un peu trop facilement.

« Et il m'en coûtera la somme forfaitaire de deux livres cinquante. Ça me paraît peu pour ce que c'est. Je sais tout cela. C'est écrit sur la notice explicative orange et marron.

— L'essentiel, c'est que les choses soient claires. Voulez-vous me dire quand vous avez décidé pour la première fois d'entreprendre ces démarches ? Je vois que vous avez fait votre demande dès vos dix-huit ans. Était-ce une résolution soudaine ou y songiez-vous depuis un certain temps ?

— J'ai pris cette décision en 1975, quand le Parlement a voté la loi. Je n'ai pas dû beaucoup y réfléchir à l'époque. Tout ce que je sais, c'est que j'étais résolue à faire une demande dès que j'aurais atteint l'âge légal requis.

— En avez-vous parlé à vos parents adoptifs ?

— Non. Nous ne sommes pas très expansifs dans la famille. »

Miss Henderson laissa passer cette remarque sans commentaire.

« Et qu'avez-vous exactement l'intention de faire ? Voulez-vous simplement savoir qui sont vos vrais parents ou espérez-vous les retrouver ?

— J'espère découvrir qui je suis. Je ne vois pas pourquoi je me contenterais de deux noms sur un acte de naissance. Il n'y en aura peut-être pas deux, d'ailleurs. Je sais que je suis une enfant illégitime. Mes recherches ne déboucheront peut-être sur rien. Je sais que ma mère est morte, je ne peux donc pas la retrouver, et je ne dépisterai peut-être jamais mon père. Mais au moins, si je parviens à découvrir qui était ma mère, cela me donnera peut-être un fil conducteur qui me mènera à mon père. Il est peut-être mort lui aussi, mais je ne le crois pas. Quelque chose en moi me dit que mon père est vivant. »

D'ordinaire, elle aimait que ses fantasmes fussent enracinés dans un semblant de réalité. Mais celui-ci était différent, intemporel, tout à fait invraisemblable et pourtant impossible à abandonner, comme une vieille religion dont les rites archaïques, d'une familiarité et d'une absurdité rassurantes, témoignent d'une certaine façon d'une vérité fondamentale. Elle était incapable de se souvenir pourquoi elle avait situé cette scène au XIXe siècle, ou pourquoi, après avoir appris très tôt que c'était une idiotie puisqu'elle était née en 1960, elle n'avait jamais modernisé ces chères et persistantes images. Sa mère, mince silhouette vêtue d'un uniforme de femme de chambre victorienne, sa superbe crinière blonde flottant sous un bonnet gaufré pourvu de deux longs rubans en broderie anglaise, se détachant, fantomatique, contre la haute haie qui entourait la roseraie. Son père, en tenue de soirée, traversant la terrasse comme un dieu, descendant le large sentier dans un nuage de gouttelettes émis par les jets d'eau. Une pelouse en pente que baigne une douce lumière de fin d'après-midi et où étincellent des paons. Les deux ombres se fondant en une seule, la tête brune penchée vers la tête dorée.

« Mon amour, ô mon amour. Je ne peux pas te laisser partir. Épouse-moi.

— C'est impossible. Tu sais bien que c'est impossible. »

Elle avait pris l'habitude d'évoquer ses scènes favorites quelques minutes avant de s'endormir. Le sommeil arrivait dans une pluie de pétales de roses. Dans ses premiers rêves, son père apparaissait en uniforme : écarlate et or, la poitrine enrubannée, l'épée cliquetant à son côté. En grandissant, elle avait coupé ces puérils et embarrassants embellissements. Le soldat, l'intrépide chasseur à courre s'était transformé en un aristocrate érudit. Mais l'image principale demeurait.

Une gouttelette glissait doucement le long d'un des pétales de la rose jaune. Philippa la regarda, fascinée, essayant de l'empêcher de tomber par la seule force de sa volonté. Elle avait dissocié ses pensées de ce que lui disait Miss Henderson. Avec effort, elle reporta son attention sur son interlocutrice. L'assistante sociale l'interrogeait sur ses parents adoptifs.

« Et que fait votre mère ?

— Ma mère adoptive cuisine.

— Travaille-t-elle comme cuisinière ? »

Comme si cette question pouvait avoir quelque chose de peu flatteur, l'assistante sociale la modifia.

« Est-elle cuisinière professionnelle ?

— Non. Elle cuisine pour son mari, ses invités et pour moi. Elle exerce aussi la fonction de magistrat dans un tribunal pour enfants, mais je crois qu'elle n'a pris ce travail que pour faire plaisir à mon père adoptif : celui-ci pense qu'une femme devrait avoir une occupation à l'extérieur, à condition, bien sûr, que cela ne compromette pas son petit confort. Mais Hilda — c'est le nom de ma mère adoptive — adore cuisiner. Elle est si douée qu'elle pourrait le faire sur un plan professionnel, bien que, pour autant que je le sache, elle n'ait appris la cuisine qu'à des cours du soir. Avant leur mariage, elle était la secrétaire de mon père. Faire la cuisine est son passe-temps favori, ce qui l'intéresse le plus.

— Eh bien, ça doit être fort agréable pour votre père et pour vous », dit Miss Henderson.

Sans doute ce ton légèrement protecteur d'encouragement faisait-il maintenant trop partie d'elle-même pour qu'elle pût le contrôler. Philippa regarda la femme avec froideur.

« Oui, nous sommes très gourmands, mon père adoptif et moi. Nous pouvons nous empiffrer sans grossir. »

Ce trait, pensait-elle, supposait peut-être une sorte d'appétit de vivre qui, toutefois, n'excluait pas le discernement : tous deux étaient aussi des gourmets ; peut-être les renforçait-il dans leur croyance qu'on peut jouir de la vie sans avoir à le payer. A la différence de l'amour physique, la gourmandise ne créait d'engagement qu'envers soi-même, ne comportait de violence qu'envers son propre corps. Philippa avait toujours trouvé réconfortant son jugement en matière de nourriture et de boisson. Cette qualité, au moins, pouvait difficilement être attribuée à une imitation de son père adoptif. Bien qu'environnementaliste convaincu, même Maurice hésitait à affirmer qu'un flair pour le bordeaux pouvait s'acquérir aussi facilement. Son appréciation du vin, la découverte qu'elle avait un fin palais avait fourni à Philippa une autre preuve rassurante d'un goût *hérité*. Elle se rappela son dix-septième anniversaire, les trois bouteilles aux étiquettes camouflées. Elle n'arrivait pas à se souvenir si Hilda était avec eux. Sa mère adoptive assistait sûrement à ce dîner de fête familial, mais, dans sa mémoire, elle avait célébré son anniversaire seule avec Maurice. Il lui avait dit :

« Maintenant, dis-moi celui que tu préfères. Oublie le vocabulaire des suppléments en couleur du dimanche. Je veux savoir ce que tu en penses en tes propres termes. »

Elle avait regoûté les trois crus, gardant le vin dans sa bouche, buvant une gorgée d'eau entre chaque échantillon — supposant que c'était la chose à faire —, le regard fixé sur les yeux brillants, remplis de défi, de Maurice.

« Celui-ci.

— Pourquoi ?

— Je ne sais pas. Je le préfère aux autres, voilà tout. »

Naturellement, Maurice avait exigé un jugement plus élaboré. Elle avait ajouté :

« Peut-être parce qu'avec celui-ci je ne peux distinguer le goût de l'odeur et de l'effet qu'il produit dans ma bouche. Ce ne sont pas des sensations séparées, mais une trinité de plaisir. »

Philippa avait choisi le bon vin. Il y avait toujours une bonne et une mauvaise réponse. Une autre épreuve passée avec succès, un autre bon point pour elle. Maurice ne pouvait la rejeter complètement, il ne pouvait pas la renvoyer à l'endroit d'où elle venait ; cela, elle le savait. Une ordonnance d'adoption était irrévocable. Il était donc d'autant plus important que Philippa justifiât le choix de son père adoptif, qu'elle lui en donnât pour son argent. Hilda, qui travaillait pendant des heures à la cuisine à la préparation de leurs repas, mangeait et buvait peu. Elle restait assise à table, les regardant anxieusement dévorer leur nourriture. Elle donnait, ils prenaient. Psychologiquement, c'était presque trop net. Miss Henderson demanda :

« Leur en voulez-vous de vous avoir adoptée ?

— Au contraire, je leur en suis reconnaissante. J'ai eu de la chance. J'aurais été malheureuse avec des parents adoptifs pauvres.

— Même s'ils vous avaient aimée ?

— Ç'aurait été surprenant. Je ne suis pas particulièrement aimable. »

Elle aurait été malheureuse dans une famille pauvre, de cela, au moins, elle était certaine. Elle avait été malheureuse avec tous ses parents nourriciers. Certaines odeurs — ses propres excréments, les poubelles à l'extérieur d'un restaurant, un bébé aux couches sales assis sur les genoux de sa mère

16

et projeté contre elle par le cahot d'un autobus — pouvaient faire naître en elle une panique passagère qui n'avait rien à voir avec le dégoût. Pareil à un projecteur, sa mémoire balayait l'arrière-pays perdu du moi, illuminant certaines scènes avec une totale clarté — les couleurs aussi vives que dans une bande dessinée pour enfants, les bords des objets, durs comme ceux d'un jeu de cubes, des scènes qui pouvaient rester oubliées pendant des mois dans ce sombre terrain vague, non enracinées comme l'étaient d'autres souvenirs d'enfance dans l'espace et le temps, non enracinées dans l'amour.

« Aimez-vous vos parents adoptifs ? »

Philippa réfléchit. Aimer. L'un des mots les plus employés de la langue, le plus éculé. Héloïse et Abélard. Rochester et Jane Eyre. Emma et Mr. Knightley. Anna et le comte Vronsky. Même dans la connotation étroite de l'amour hétérosexuel, on pouvait donner à ce mot la signification qu'on voulait.

« Non. Et je ne pense pas qu'ils m'aiment, eux non plus. Mais, dans l'ensemble, nous nous entendons bien. Finalement, cela vaut mieux, j'imagine, que de vivre avec des gens que vous aimez et avec lesquels vous ne vous entendez pas.

— Oui, c'est possible. Que savez-vous sur les circonstances de votre adoption ? Sur vos vrais parents ?

— Seulement ce que ma mère adoptive a pu m'en dire. Maurice n'en parle jamais. Mon père adoptif est professeur d'université. Maurice Palfrey, le sociologue qui est capable d'écrire en bon anglais. Sa première femme et son fils sont morts dans un accident d'auto quand le garçon avait trois ans. C'était elle qui conduisait. Il a épousé ma mère adoptive neuf mois plus tard. Quand ils ont découvert qu'elle était stérile, ils m'ont trouvée, moi. J'étais chez une nourrice à l'époque. Ils m'ont prise chez eux. Six mois plus tard, ils ont déposé une demande au tribunal du comté et ont obtenu une ordonnance d'adoption. C'était une sorte d'accord privé, chose que votre nouvelle loi rendrait illégale. Je ne vois pas pourquoi. Moi je trouve cette façon de procéder tout à fait raisonnable. Je n'ai certainement pas à m'en plaindre.

— Cela a très bien marché pour des milliers d'enfants et d'adoptants, mais cela présente certains dangers. Nous ne voudrions pas retourner à l'époque où l'on trouvait les bébés abandonnés couchés dans des rangées de lits, dans les pouponnières, et où les parents adoptifs pouvaient simplement aller choisir ceux qui leur plaisaient.

— Et pourquoi pas ? Pour moi, c'est la seule méthode intelligente, dans la mesure où les gosses sont trop jeunes pour se rendre compte de ce qui se passe. C'est ainsi qu'on choisirait un chiot ou un chaton. Je crois qu'on a besoin de trouver un bébé sympathique, de sentir que c'est celui-là qu'on a envie d'élever, qu'on pourrait se mettre à aimer. Si jamais je souhaitais adopter un enfant, ce qui ne m'arrivera jamais, je ne voudrais sûrement pas d'un gosse qu'une assistante sociale aurait sélectionné pour moi. Supposons que nous ne nous plaisions pas. Si je le rendais, les services sociaux me raieraient de leurs listes en m'accusant d'être une de ces femmes égoïstes et névrosées qui veulent un enfant pour leur propre satisfaction. Mais quelle autre raison pourrait-il bien y avoir pour vouloir en adopter un ?

— Offrir de meilleures chances à cet enfant, peut-être.

— Vous voulez dire : avoir la satisfaction personnelle de lui offrir de meilleures chances. Cela revient exactement au même. »

Bien entendu, Miss Henderson ne se donna pas la peine de réfuter cette hérésie. La théorie de l'assistance sociale était infaillible. Les travailleurs sociaux, après tout, formaient le nouveau clergé, celui des incroyants. La bonne dame se contenta de sourire et reprit :

« Vous a-t-on parlé de votre milieu d'origine ?

— On m'a seulement dit que j'étais une enfant illégitime. La première femme de mon père adoptif était une aristocrate, fille de comte. Elle avait grandi dans une demeure de style palladien, dans le Wiltshire. Je crois que ma mère y était domestique. Elle est tombée enceinte, puis elle est morte peu après ma naissance. Personne ne savait qui était mon père. De toute évidence, ça n'était pas un autre domestique : elle n'aurait pas pu garder son secret très longtemps. Je crois que mon père doit avoir été un invité de la maison. Je n'ai que deux souvenirs clairs antérieurs à ma huitième année : l'un c'est la roseraie de Pennington, l'autre, la bibliothèque. J'ai l'impression que mon père, mon vrai père, y était avec moi. Il est possible que l'un des domestiques de Pennington ait parlé de moi à mon père adoptif, après la mort de sa première femme. Lui n'évoque jamais cette période. Tout ce que je sais, je l'ai appris par l'intermédiaire de ma mère adoptive. Étant donné que j'étais une fille, Maurice a dû penser que je ferais l'affaire. Il ne voudrait pas qu'un garçon portât son nom à moins d'être son vrai fils. Il serait terriblement important pour lui de savoir que son fils est véritablement le sien.

— C'est normal, n'est-ce pas ?

— Bien sûr. C'est pour cela que je suis ici. Pour moi, il est important de savoir que mes parents étaient véritablement les miens.

— Disons que vous pensez que c'est important. »

Miss Henderson baissa les yeux vers le dossier. Il y eut un froissement de papiers.

« Vous avez donc été adoptée le 7 janvier 1969. Vous deviez avoir huit ans. C'est assez tard.

— Mes parents adoptifs ont dû se dire que c'était mieux que de prendre un nourrisson. Cela leur évitait d'être réveillés pendant la nuit. Et Maurice pouvait voir que j'étais normale physiquement, que je n'étais pas débile. Il courait donc moins de risques qu'avec un jeune bébé. Je sais qu'il y a des examens médicaux très stricts, mais on ne peut jamais avoir de véritable certitude, pas au sujet de l'intelligence en tout cas. Maurice n'aurait pas supporté de se retrouver avec une idiote sur les bras.

— Est-ce qu'il vous l'a dit ?

— Non. C'est une opinion personnelle. »

Une chose dont elle pouvait être sûre, c'était qu'elle venait de Pennington. Elle avait un souvenir d'enfance plus clair encore que celui de la roseraie : la bibliothèque Wren. Elle savait qu'elle s'était tenue un jour sous son exubérant plafond de stuc, avec ses guirlandes et ses chérubins. Regardant à l'autre bout de la vaste salle, elle avait vu les sculptures de Grinling Gibbons qui descendaient des rayonnages, les bustes de Roubiliac disposés au-dessus des étagères : Homère, Dante, Shakespeare, Milton. Elle se revoyait à la grande table, en train de lire. Le livre avait presque été trop lourd pour elle. Elle se souvenait de la douleur dans ses poignets, de sa peur de laisser tomber le volume. Et elle était certaine que son vrai père était avec elle, qu'elle avait lu à haute voix pour lui. Sa conviction d'être de Pennington était telle qu'elle était parfois tentée de croire que son père avait été le comte lui-même. Mais elle rejetait bien vite ce fantasme inacceptable pour revenir à la version originale de l'invité aristocrate. S'il avait eu un enfant d'une servante, le comte l'aurait appris. Et alors, il n'aurait sûrement pas pu la rejeter complètement, ne pas la chercher ou la reconnaître en ces dix-huit ans. Elle n'était jamais retournée à cette maison. Maintenant des Arabes l'avaient achetée et transformée en forteresse musulmane, rendant toute visite impossible. Mais, à douze ans, elle avait consulté un livre sur Pennington dans la bibliothèque de Westminster. L'ouvrage contenait une description de la bibliothèque Wren, accompagnée d'une photo. Sa concordance avec l'image mentale avait fait battre son cœur. Tout y était : le plafond de plâtre, les sculptures de Grinling Gibbons, les bustes. Mais le souvenir avait précédé la photo. La petite fille debout près de la table, un livre dans ses mains crispées, devait avoir existé.

Philippa entendit à peine le reste de la consultation. Miss Henderson faisait sûrement bien son travail. Mais toute cette séance n'était qu'une chicane, un artifice des législateurs pour soulager leur conscience. Aucun des arguments si scrupuleusement avancés ne pouvait ébranler sa résolution de retrouver son père. Et comment leur réunion, si tardive fût-elle, pourrait-elle être désagréable à son parent ? Elle ne viendrait pas à lui les mains vides. Elle aurait sa bourse d'études à Cambridge à déposer à ses pieds.

Avec effort, elle retourna dans le présent :

« Je n'arrive pas à comprendre l'utilité de cette consultation obligatoire. Êtes-vous censée me dissuader de retrouver mon père ? Est-ce que, oui ou non, nos législateurs pensent que j'ai le droit de savoir ? Parce que m'en donner le droit et, en même temps, essayer officiellement de me décourager de l'exercer me semble relever de la confusion mentale. Ou bien ont-ils simplement mauvaise conscience à cause de la rétroactivité de la loi ?

— Le Parlement souhaite que les adoptés réfléchissent soigneusement aux conséquences de leur acte, pour eux, pour leurs parents adoptifs et pour leurs vrais parents.

— J'ai réfléchi. Ma mère est morte, je ne peux

donc lui faire aucun mal. Je n'ai pas l'intention de mettre mon père dans une situation embarrassante. Je voudrais savoir qui il est, ou était, s'il est mort. S'il vit encore, j'aimerais faire sa connaissance, mais je n'irai pas m'insinuer chez lui lors d'une réunion de famille pour lui annoncer que je suis sa bâtarde. Quant à mes parents adoptifs, en quoi ceci peut-il les concerner ?

— Ne serait-il pas plus sage, et plus gentil, d'en parler d'abord avec eux ?

— Qu'y a-t-il à dire ? La loi me donne un droit. Je l'exerce. »

Quand elle repensa à la consultation plus tard ce soir-là, chez elle, Philippa fut incapable de se rappeler l'instant précis où elle avait reçu le renseignement qu'elle demandait. L'assistante sociale, supposa-t-elle, avait dit quelque chose : « Voici donc les faits que vous vouliez connaître. » Non, c'était une phrase trop prétentieuse et théâtrale : elle ne collait pas avec le professionnalisme détaché de Miss Henderson. Pourtant, la brave dame devait avoir prononcé quelques paroles. Ou bien avait-elle simplement pris le papier de l'état civil et le lui avait-elle tendu en silence ?

Quoi qu'il en fût, celui-ci se trouva enfin entre ses mains. Elle le regarda, incrédule. Elle pensa d'abord qu'il y avait eu quelque erreur bureaucratique. Deux noms, au lieu d'un, figuraient sur le formulaire. D'après le document, ses vrais parents s'appelaient Mary Ducton et Martin John Ducton. Philippa murmura ces noms. Ils ne signifiaient rien pour elle, n'évoquaient aucun souvenir, ne lui procuraient pas un sentiment d'aboutissement, d'un savoir oublié qu'un mot avait fait resurgir et reconnaître. Puis elle comprit ce qui s'était passé. Se rendant à peine compte qu'elle parlait à haute voix, elle affirma : « Quand ils ont découvert que ma mère était enceinte, ils ont dû la marier en vitesse.

Probablement à un autre domestique. Ce genre d'arrangement discret se pratiquait sûrement depuis des générations à Pennington. Mais ce que j'ignorais, c'est qu'on m'avait fait adopter avant la mort de ma mère. Elle savait sans doute qu'il lui restait peu de temps à vivre et a voulu s'assurer que je serais en bonnes mains. Et, bien entendu, si elle s'est mariée avant ma naissance, son mari a forcément été enregistré comme mon père. Légalement, je suis donc une enfant légitime. D'avoir un mari a dû être très utile à ma mère. Je suppose que Martin Ducton connaissait son état avant de l'épouser. Ma mère lui a peut-être même révélé le nom de mon vrai père avant sa mort. Je sais ce que je dois faire maintenant : retrouver Martin Ducton. »

Philippa ramassa son sac et tendit la main pour prendre congé. Elle ne prêta qu'une oreille distraite aux derniers propos de Miss Henderson : celle-ci se tenait à sa disposition si jamais Philippa avait besoin d'aide dans l'avenir ; elle lui conseillait encore une fois de parler de ses projets à ses parents adoptifs. Et, si elle voulait chercher son père, suggéra l'assistante sociale avec une douce insistance, qu'elle le fît par un intermédiaire. Certaines de ses paroles pénétrèrent néanmoins dans la conscience de Philippa :

« Nous avons tous besoin de nos fantasmes pour vivre. L'obligation d'y renoncer est parfois extraordinairement douloureuse, non pas une re-naissance à une nouvelle et excitante vie, mais plutôt une sorte de mort. »

Miss Henderson et elle se serrèrent la main. Regardant pour la première fois le visage de la femme avec un intérêt réel, Philippa y lut une expression fugitive qui, si cela n'avait pas été tout à fait impossible, aurait pu être prise pour de la pitié.

2

LE même soir, le 4 juillet 1978, elle posta sa demande et son chèque au conservateur des actes de l'état civil. Comme la fois précédente, elle joignit à son envoi une enveloppe adressée et timbrée. Ni Maurice ni Hilda ne manifestaient la moindre curiosité pour sa correspondance privée, mais elle voulait éviter qu'une lettre à en-tête officiel ne tombât par la fente de la boîte à lettres. Elle passa les quelques jours suivants dans un état d'excitation réprimée qui, la plupart du temps, la faisait sortir : elle craignait que Hilda ne s'étonnât de son agitation. Déambulant autour du lac dans St. James's Park, les mains enfoncées dans les poches de sa veste, elle supputait la date d'arrivée de l'acte de naissance. Malgré la lenteur notoire de l'administration, il s'agissait ici d'une affaire assez simple. Il leur suffisait de consulter leurs archives. Et ils ne devaient pas être submergés par les demandes : la loi avait été votée en 1975.

Exactement une semaine plus tard, le mardi 11 juillet, elle aperçut l'enveloppe familière sur le paillasson. Elle monta aussitôt dans sa chambre. Dans l'escalier, elle cria à Maurice, en bas, qu'il n'y avait pas de courrier pour lui. Elle porta la lettre à la fenêtre comme si ses yeux s'affaiblissaient et qu'elle avait besoin de plus de lumière pour lire. Neuf, craquant, l'acte de naissance était beaucoup plus impressionnant que la forme abrégée qui lui avait servi si longtemps en tant qu'adoptée. A première vue, il semblait n'avoir aucun rapport avec elle. Il attestait la naissance d'une fille, Rose Ducton, le 22 mai 1960, au 41, Bancroft Gardens Street, Seven Kings, Essex. Le père y figurait sous le nom de Martin John Ducton, employé de bureau ; la mère sous celui de Mary Ducton, ménagère.

Ils avaient donc quitté Pennington avant sa naissance. Cela, peut-être, n'était pas étonnant. Ce qui la surprenait, c'était qu'ils fussent partis si loin du Wiltshire. Ils avaient peut-être voulu rompre complètement avec leur ancienne vie, échapper aux commérages, aux souvenirs. Quelqu'un avait peut-être trouvé à son père un travail dans l'Essex, à moins que Martin Ducton ne fût simplement revenu dans son comté natal. Philippa se demanda comment il était, ce faux père complaisant, et s'il avait été bon pour sa mère. Pourvu, se dit-elle, qu'elle fût capable de l'aimer ou, du moins, de le respecter. Peut-être vivait-il encore à la même adresse, peut-être avec une deuxième épouse et un enfant à lui. Dix ans, cela représentait un laps de temps relativement court. Philippa appela la gare de Liverpool Street. Seven Kings se trouvait sur la ligne de la banlieue est et, aux heures de pointe, il y avait un train toutes les dix minutes. Philippa quitta la maison sans attendre le petit déjeuner. S'il lui restait du temps, elle prendrait un café à la gare.

Au départ de Liverpool Street, le train de neuf heures vingt-cinq était presque vide. Il était encore assez tôt pour que Philippa voyageât à contre-courant du flot de banliusards qui venaient travailler à Londres. Installée à une place de coin, elle regardait à droite et à gauche tandis que le train traversait bruyamment la vaste étendue urbaine des banlieues de l'est : rangées de mornes maisons aux briques noircies et aux toits retapés d'où surgissait une jungle d'antennes de télévision, fragiles fétiches tordus contre le mauvais œil ; contours de tours d'habitation estompés par la brume ; un enclos où s'empilaient les restes étincelants de vieilles voitures, à proximité — ô symbole — de l'alignement militaire des croix d'un cimetière ; une usine de peinture, un groupe de gazomètres ; pyramides de gravillon et de charbon à côté de la voie ; terrains vagues envahis par les mauvaises herbes ; un remblai vert montant vers des jardins de banlieue avec leurs cordes à linge, leurs remises et leurs balançoires d'enfant au milieu des roses trémières. Pour Philippa, les banlieues de l'est, si euphoniquement, mais injustement, nommées Maryland, Forest Gate, Manor Park, étaient un pays étranger aussi peu visité et éloigné de ses préoccupations au cours des dix dernières années que celles de Glasgow ou de New York. Aucune de ses camarades de lycée n'habitait à l'est de Bethnal Green, bien qu'un petit nombre d'entre elles, auxquelles elle n'avait jamais rendu visite, fussent censées habiter sur les quelques places intactes de style XVIIIe anglais près de Whitechapel Road, enclaves conscientes de la culture et du chic « de gauche » parmi les tours modernes et les terrains vagues industriels. Pourtant le fouillis de constructions sales et noires que traversait le train trépidant éveillait en elle un souvenir enfoui, lui semblait familier malgré son étrangeté, unique malgré sa grise uniformité. Or, cela ne pouvait pas être parce qu'elle était déjà venue ici. Peut-être était-ce simplement parce que la tristesse du paysage était tellement prévisible, si caractéristique des environs de n'importe quelle grande ville, que des descriptions oubliées, de vieilles images et des photos de presse, des bouts de films se mélangeaient dans sa tête pour donner cette impression de déjà-vu. Peut-être ce faux souvenir était-il tombé dans le domaine public, comme si le lugubre no man's land faisait partie de la topographie mentale de tout un chacun.

Il n'y avait pas de taxis à la gare de Seven Kings. Philippa demanda au contrôleur le chemin de Bancroft Gardens Street. L'employé lui dit de descendre High Street, de tourner à gauche dans Church Lane, puis de prendre la première à droite. High Street s'étendait entre la voie ferrée et une galerie marchande de petits commerces surmontés d'appartements : une blanchisserie automatique, un marchand de journaux, un marchand de fruits et légumes et un supermarché où les clients faisaient déjà la queue aux caisses.

Confirmée par les odeurs, les sons et le souvenir d'une douleur, une scène de son enfance s'imposa si fort à son esprit qu'elle ne put croire qu'elle l'avait imaginé. Une femme descendant une rue comme celle-ci, poussant un bébé dans un landau. Elle-même, qui commence à peine à marcher, avance d'un pas mal assuré à côté de la voiture d'enfant. Elle s'agrippe à la poignée du véhicule. Tachetées de lumière, les dalles carrées du trottoir défilent de plus en plus vite sous les roues du landau. Sa main glisse sur le métal chaud et humide. Elle a terriblement peur de lâcher prise, de rester en arrière, d'être piétinée et poussée sous les grosses roues des autobus rouges. Un juron. Une gifle lui brûle la joue. On lui tire le bras si fort qu'elle a l'impression qu'on va le lui arracher. La femme serre de nouveau la poignée du landau. Philippa l'appelait « tata ». Tata May. Comme c'était extraordinaire qu'elle pût se rappeler son nom à présent ! Et le bébé dans la voiture portait un bonnet de laine rouge. Il avait le visage barbouillé de morve et de chocolat. Philippa se souvint d'avoir haï cet enfant. Cet épisode devait sûrement avoir eu lieu en hiver : la rue était brillamment éclairée et un chapelet d'ampoules colorées se balançait au-dessus de l'étalage du marchand de légumes. La femme s'était arrêtée pour acheter du poisson. Philippa se rappela l'étal plein de harengs aux yeux rouges qui perdaient leurs écailles luisantes, la forte odeur oléagineuse des kippers. Cela aurait pu se passer dans cette rue, sauf qu'il n'y avait pas — ou plus — de poissonnier. Philippa baissa les yeux sur les pavés mouchetés de pluie. Était-ce sur ceux-là qu'elle avait si désespérément trébuché ? Ou bien cette rue, comme le paysage le long de la voie ferrée, n'était-elle qu'une autre scène d'un passé imaginaire ?

Quand on quittait High Street pour enfiler Church Lane, on passait d'une morne banlieue à un quartier résidentiel vert et intime. L'étroite rue bordée de platanes s'incurvait légèrement. Avant la première guerre mondiale, elle n'était peut-être encore qu'une allée menant à une vieille église de village, démolie depuis longtemps, ou détruite par les bombardements de la seconde. Maintenant, Philippa ne voyait qu'une flèche minable qui semblait avoir été construite en pierre synthétique et qui, en raison de quelque confusion compréhensible au sujet de sa fonction, était surmontée d'une girouette au lieu d'une croix.

Enfin, elle arriva à Bancroft Gardens Street. De part et d'autre de la rue s'étendaient des maisons jumelées identiques, chacune avec son petit sentier. Bien que tout à fait médiocres d'un point de vue architectural, se dit Philippa, elles demeuraient au moins à l'échelle humaine. On avait enlevé grilles et barrières : les jardins de devant étaient ceints de murets de brique. Les fenêtres en saillie de la façade étaient carrées et à tourelle, une longue perspective de respectabilité fortifiée. Mais la personnalité des résidents brisait cette uniformité. Chaque jardin était différent : assemblage exubérant de diverses fleurs d'été, carrés de pelouse méticuleusement tondus et formés, urnes contenant des géraniums ou du lierre posées sur des dalles disséminées.

Parvenue au numéro 41, Philippa s'arrêta, stupéfaite. La maison se distinguait des habitations voisines par une débauche d'excentricités et de couleurs criardes. Les briques londoniennes jaunes avaient été peintes en un rouge brillant et cernées d'un trait blanc. On aurait dit une maison construite avec d'énormes briques-jouets. Les créneaux de l'oriel étaient alternativement rouge et bleu. Des rubans de satin retenaient les rideaux en filet. La porte d'entrée d'origine avait été remplacée par une autre pourvue d'une imposte en verre opaque et peinte en jaune vif. Dans le petit jardin de devant, on voyait un bassin entouré de rochers artificiels sur lesquels étaient perchés trois nains aux sourires idiots munis de cannes à pêche.

Dès qu'elle eut appuyé sur la sonnette — qui émit un carillon musical — Philippa sentit qu'il n'y avait personne. Les occupants de la maison devaient être au travail. Elle essaya encore une fois, mais sans succès. Résistant à la tentation de regarder par la fente de la boîte aux lettres, elle décida de sonner à la porte suivante. Les voisins pourraient au moins lui dire si les Ducton habitaient toujours au 41 ou s'ils avaient déménagé. Il n'y avait pas de timbre. Le son du heurtoir lui parut anormalement bruyant et péremptoire. Personne ne répondit. Philippa attendit une bonne minute. Elle levait la main pour frapper de nouveau quand elle entendit approcher des pas traînants. La porte s'ouvrit, retenue par une chaîne. Philippa aperçut une femme âgée en tablier, un filet sur les cheveux, qui la dévisageait d'un air maussade et méfiant. Pour elle, manifestement, tout visiteur matinal ne pouvait qu'apporter de mauvaises nouvelles.

« Excusez-moi de vous déranger, dit Philippa, mais je voudrais vous demander un renseignement. Je cherche un certain Mr. Martin Ducton qui vivait à côté il y a dix ans. Il n'y a personne en ce moment. Habite-t-il toujours ici ? »

La femme ne répondit pas. On l'aurait crue clouée sur place, sa main brune, pareille à une griffe, toujours posée sur la chaîne, son seul œil visible fixé, sans expression, sur la figure de Philippa. Puis d'autres pas plus fermes, plus lourds, mais néanmoins assourdis, se firent entendre. Une voix d'homme questionna :

« Qui est-ce, m'man ? Qu'est-ce qui se passe ?

— C'est une jeune fille. Elle demande après Martin Ducton. »

La femme parlait dans un murmure. Sa voix sifflait, étonnée et comme indignée. Des doigts masculins boudinés décrochèrent la chaîne et Philippa aperçut la femme, toute petite, à côté de la haute silhouette de son fils. L'homme portait un pantalon et un maillot de corps. Il était chaussé de pantoufles rouges. C'était peut-être un conducteur ou un receveur d'autobus qui prenait son jour de repos, pensa Philippa. Sa visite tombait mal. Elle dit d'un ton d'excuse :

« Excusez-moi de vous déranger, mais j'essaie de retrouver un certain Mr. Martin Ducton. Il habitait à côté. Je me demandais si vous saviez ce qu'il était devenu.

— Ducton ? Il est mort, non ? Ça doit bien faire neuf ans. A la prison de Wandsworth.

— En prison ?

— Évidemment ! Où d'autre aurait-il pu être, ce salaud d'assassin ? Il a violé une gosse que sa femme et lui ont étranglée ensuite. En quoi est-ce que cela vous intéresse ? Vous êtes journaliste ou quoi ?

— Non, non. Il doit s'agir d'un autre Ducton. Ou bien j'ai mal compris le nom.

— Quelqu'un a peut-être essayé de vous faire une blague. Il s'appelait Ducton. Martin Ducton. Et elle, Mary Ducton. Elle s'appelle toujours comme ça, d'ailleurs.

— Elle vit encore, alors ?

— Pour autant que je le sache. Elle va sûrement sortir bientôt. Elle doit avoir fait dix ans maintenant. Mais elle ne reviendra pas ici. Quatre familles ont déjà habité cette maison depuis les Ducton. La baraque n'est pas chère. Un jeune couple l'a achetée il y a six mois. C'est pas tout le monde qu'a envie de vivre dans une maison où on a zigouillé une gosse. C'est là-haut, dans la pièce de devant que ça s'est passé. »

L'homme pointa le menton en direction du 41, mais pas un seul instant il ne regarda Philippa. Sa mère déclara brusquement :

« On aurait dû les pendre. »

L'homme se tourna vers sa mère. « Ils avaient enterré la môme dans la forêt d'Epping, pas vrai ? Douze ans qu'elle avait. Tu te souviens ? »

Sa mère devait être sourde. L'homme avait crié les dernières paroles d'un ton irrité. La femme ne répondit pas. Continuant à regarder fixement Philippa, elle dit : « Elle s'appelait Julie Scase. Je m'en souviens maintenant. Ils l'ont tuée. Mais ils n'ont jamais atteint la forêt. Ils se sont fait pincer avec le corps de la gosse dans le coffre de leur voiture. Julie Scase. »

A travers des lèvres si figées qu'elle pouvait à peine parler, Philippa se força à demander :

« Avaient-ils des enfants ? Les connaissiez-vous ?

— Non. On n'habitait pas ici, à l'époque. Quand on a emménagé, les Ducton étaient déjà en taule. Il paraît qu'ils avaient un enfant, une fille, je crois.

Elle a été adoptée. C'est ce qui pouvait lui arriver de mieux, à cette pauvre mouflette.

— Dans ce cas, il ne s'agit pas du même Ducton. Celui que je cherche n'avait pas d'enfant. On m'a indiqué une mauvaise adresse. Excusez-moi de vous avoir dérangés. »

Philippa s'éloigna et descendit la rue. Elle avait l'impression que ses jambes étaient lourdes et enflées, des traversins lestés, sans rapport avec le reste de son corps, et qui pourtant la portaient en avant. Baissant les yeux vers les pavés, elle se guida sur eux comme un ivrogne mis à l'épreuve. Elle présuma que la femme et son fils la suivaient des yeux. Quand elle eut parcouru une vingtaine de mètres, elle s'obligea à se retourner et à les regarder avec insistance. Ils disparurent aussitôt. Maintenant qu'elle était seule dans la rue déserte, que la surveillance des autres avait cessé, elle constata qu'elle ne pouvait plus faire un pas. Elle tendit les mains vers le muret de brique du jardin le plus proche, le rencontra et s'assit. Elle était au bord de l'évanouissement. Elle avait la nausée et son cœur palpitait comme une balle brûlante et serrée. Mais elle ne devait à aucun prix perdre connaissance ici, dans cette rue. Il fallait qu'elle regagnât la gare. Elle fit tomber sa tête entre ses genoux et sentit le sang refluer vers son front. La faiblesse disparut, mais la nausée augmenta. Elle se redressa, ferma les yeux pour ne pas voir tourner les maisons et inspira profondément l'air qui embaumait les fleurs. Puis elle ouvrit les yeux et s'obligea à se concentrer sur les objets qu'elle pouvait toucher et sentir. Elle passa les doigts sur les rugosités du mur. Celui-ci avait été surmonté d'une grille de fer, autrefois. Elle pouvait sentir le gros grain du ciment qui remplissait les trous aux endroits où l'on avait percé la brique. Peut-être avait-on enlevé et fondu la grille pendant la guerre pour en faire des armes. Philippa contempla le pavé sous ses pieds. Il était piqueté de lumière, moucheté de minuscules taches brillantes comme du diamant : du pollen venu des jardins. Et, au milieu, un seul pétale de rose aplati s'étalait comme une goutte de sang. N'était-il pas extraordinaire qu'un dallage pût présenter une telle variété, pût révéler à son regard intense cette merveille étoilée ? Ces choses-là au moins étaient réelles. Elle aussi était réelle, plus vulnérable, moins durable que les briques et les pierres, mais toujours présente, visible, reconnaissable. D'éventuels passants pourraient sûrement la voir. Deux portes plus loin une jeune femme sortit d'une maison et marcha dans sa direction. Elle poussait un landau ; se tenant à la poignée, un enfant plus âgé trottait à côté. La femme ne prêta qu'une brève attention à Philippa, mais le bambin ralentit l'allure ; il se tourna et regarda l'inconnue avec de grands yeux incurieux. Il avait lâché le landau. Philippa se surprit à se lever péniblement et à tendre les bras vers lui en un geste d'avertissement ou de supplication. Alors la mère s'arrêta et appela son fils. L'enfant courut vers elle et s'accrocha de nouveau à la voiture.

Philippa les suivit des yeux jusqu'à ce qu'ils eussent disparu au coin de High Street. Il fallait partir. Elle ne pouvait pas rester assise là toute la journée, collée à ce muret comme s'il eût été un refuge, la seule réalité tangible dans un monde mouvant. Quelques lignes de Bunyan lui vinrent à l'esprit. Elle se les récita à mi-voix :

« Certains auraient bien voulu aussi que fût ici le plus proche chemin qui les mènerait à la maison de leur père, qu'ils n'auraient plus à franchir d'autres collines ou montagnes, mais le chemin est le chemin et il a une fin. »

Elle ignorait pourquoi ces mots la réconfortaient. Elle n'aimait pas particulièrement Bunyan et ne comprenait pas pourquoi ce passage parlait à son esprit troublé où rivalisaient la déception, l'angoisse et la peur. Mais tandis qu'elle retournait à la gare, elle se répéta inlassablement cette citation comme si, à leur manière, ces mots eussent été aussi solides, aussi immuables que les pavés sur lesquels elle marchait. « Le chemin est le chemin et il a une fin. »

3

QUAND il travaillait, c'est-à-dire la plus grande partie de l'année, Maurice Palfrey utilisait le bureau qu'il avait à l'université. Depuis sa titularisation comme chargé d'enseignement, la section de sociologie, portée par la vague d'optimisme et de foi laïque des années soixante, s'était beaucoup agrandie. Elle avait dû ouvrir une annexe dans une maison très agréable de la fin du XVIIIe siècle appartenant au collège et située sur une place de Bloomsbury. Palfrey partageait les lieux avec la section des études orientales, collègues remarquables par leur discrétion et le nombre de leurs visiteurs. Une série de petits hommes basanés à lunettes et de femmes en sari se glissaient quotidiennement par la porte d'entrée et disparaissaient dans un inquiétant silence. Palfrey semblait toujours les rencontrer dans l'étroit escalier ; cela donnait lieu alors à des reculs, des courbettes, des sourires asiatiques, mais on entendait rarement un pas faire craquer le plancher de l'étage supérieur. Palfrey avait l'impression que la maison était infestée de secrets, d'une activité de rongeurs.

Son bureau avait été aménagé dans un ancien et élégant salon du premier étage. La pièce était pourvue de trois hautes fenêtres et d'un balcon en fer forgé qui dominait le jardin de la place ; mais, divisée pour fournir un bureau à sa secrétaire, elle avait perdu la grâce de ses proportions. Du coup, la tablette de cheminée délicatement sculptée, le tableau de George Morland qui avait toujours orné le mur du fumoir à Pennington et qu'il avait pendu au-dessus du foyer, avaient, comme les deux fauteuils Régence, l'air prétentieux et faux. Palfrey éprouvait le besoin d'expliquer à ses visiteurs qu'il ne s'était pas meublé avec des copies. Sur le plan pratique, ç'avait été un autre échec : sa secrétaire était obligée de traverser son bureau à lui pour se rendre dans le sien et le cliquetis de sa machine à écrire qu'on entendait à travers la mince cloison constituait un *obbligato* métallique aux réunions. Ce bruit l'irritait tant qu'il devait dire à Molly de cesser son travail quand il recevait quelqu'un. Ensuite, il avait du mal à se concentrer parce qu'il la savait assise à côté, regardant, furieuse, par-dessus sa machine, dans une maussade et ostentatoire oisiveté. On avait sacrifié la beauté et l'élégance à un but utilitaire qui n'avait même pas été atteint. Lors de sa première visite, Helena avait simplement déclaré : « Je déteste les vieilles maisons qu'on a transformées » et n'était jamais revenue. Hilda, qui n'avait pas paru remarquer ou regretter les anciennes proportions de la pièce, avait quitté la section de sociologie après leur mariage et n'y avait jamais remis les pieds.

L'habitude de travailler hors de chez lui avait commencé après son mariage avec Helena, quand sa femme avait acheté la maison de Caldecote Terrace. Main dans la main, comme des enfants, ils avaient parcouru les pièces vides pleines d'échos, repliant les persiennes pour laisser entrer le soleil qui venait former des flaques de lumière sur le parquet non ciré. C'est alors qu'avait été fixée l'organisation de leur future vie commune. Helena lui avait clairement fait comprendre qu'elle ne voulait pas que son travail à lui empiétât sur leur vie domestique. Lorsqu'il avait exprimé le désir d'avoir un bureau, sa femme lui avait fait remarquer que la maison était trop petite : ils avaient besoin de la totalité du dernier étage pour la chambre d'enfants et celle de la nurse. Helena semblait disposée à laver et à cuisiner avec l'aide quotidienne d'une femme de ménage, mais non pas à s'occuper de son enfant. Elle avait énuméré les pièces qu'elle jugeait indispensables : salle à manger, salon, leurs deux chambres à coucher et une chambre d'amis. Il n'y avait pas eu de bureau à Pennington ; la demande de son mari lui paraissait extravagante. Et il ne pouvait pas non plus y avoir de bibliothèque. Helena avait grandi avec la bibliothèque Wren à Pennington ; pour elle, toute autre bibliothèque privée était simplement une pièce dans laquelle les gens rangeaient leurs livres.

Maintenant, alors qu'il était depuis longtemps sorti du noir tunnel de son chagrin — et avec quelle exactitude certains de ses collègues avaient-ils décrit cet intéressant et douloureux processus psychologique ! — alors qu'il pouvait même prendre ses distances vis-à-vis de l'humiliation et de la souffrance, il s'étonnait de la bizarrerie morale qui, sans le moindre scrupule apparent, avait permis à sa première femme de lui imposer la paternité de l'enfant d'un autre, tout en s'indignant qu'il pût lui suggérer d'interrompre sa grossesse. Il se rappela leur conversation après qu'elle lui eut annoncé qu'elle était enceinte. Il avait demandé :

« Vas-tu te faire avorter ?

— Bien sûr que non. Ne sois pas si bourgeois, chéri.

— On peut dire que l'avortement est regrettable, indésirable, dangereux ou même moralement condamnable, si l'on pense en ces termes. Mais je ne vois pas ce qu'il peut avoir de bourgeois.

— C'est tout ce que tu viens de dire. Mais qu'est-ce qui peut bien te faire croire que j'envisage cette solution ?

— Ce bébé risque de t'embêter.

— Ma vieille nourrice m'embête, et mon père aussi. Je ne les tue pas pour autant.

— Que comptes-tu faire alors ?

— T'épouser, bien sûr. Tu es libre, n'est-ce pas ? Tu n'as pas une femme cachée quelque part ?

— Non, je n'ai pas de femme. Mais tu ne peux pas vouloir m'épouser, ma chérie.

— Je ne sais jamais ce que je veux. Je sais seulement ce que je ne veux pas. Pourtant je crois que nous devrions nous marier. »

Une tromperie des plus courantes, des plus évidentes dont il avait été la plus crédule des victimes. Mais il avait été amoureux pour la première et dernière fois de sa vie, un état qui — il s'en rendait compte maintenant — vous embrouillait les idées. Les poètes avaient raison d'assimiler l'amour à la folie. Son amour avait certainement été une sorte d'insanité, en ce sens que le fonctionnement de sa pensée, sa perception de la réalité extérieure et même sa vie physique — appétit, digestion, sommeil — en avaient été perturbés. Pas étonnant, donc, que la rapidité flatteuse avec laquelle Helena l'avait remarqué lui eût échappé au cours de ces brèves vacances à Pérouse : le peu de temps qui s'était écoulé entre le moment où elle l'avait regardé pour la première fois d'un œil appréciateur dans la salle à manger de l'hôtel et celui où elle l'avait fourré dans son lit.

C'était vrai : elle savait seulement ce qu'elle ne voulait pas. Les besoins d'Helena lui avaient paru d'une modestie rassurante ; ses refus, par contre, avaient toute la force d'un désir. Il avait été très surpris par la rapidité avec laquelle ils avaient trouvé la maison de Caldecote Terrace. Aucun quartier de Londres ne semblait convenir à Helena : Hampstead était trop à la mode, Mayfair trop cher, Bayswater vulgaire, Belgravia trop chic. Et leur choix avait été limité par le refus de sa femme d'envisager un emprunt-logement. Il n'avait servi à rien de lui faire miroiter les avantages que cela pouvait présenter d'un point de vue fiscal. Au XIXe siècle, un des ancêtres d'Helena avait une fois hypothéqué Pennington pour la plus grande gêne de ses héritiers. Une hypothèque, c'était bourgeois. Finalement, ils avaient découvert Caldecote Terrace à Pimlico, et là, Helena lui avait donné, même si le cadeau n'était pas intentionnel, les quatre plus belles années de sa vie. La mort de sa femme et celle d'Orlando lui avaient appris tout ce qu'il savait de la souffrance. Tout compte fait, il était content qu'aucune révélation prématurée ne l'eût dépouillé de ces premiers mois de chagrin. Ce n'est que deux ans après son mariage avec Hilda qu'il avait découvert la vérité en consultant un médecin parce qu'ils n'arrivaient pas à avoir d'enfant : il était stérile. Cette période de deuil pour une femme qui n'avait pas existé, pour un fils qui n'était pas le sien, lui apparaissait maintenant comme une dette payée, non sans honneur, une grâce laïque.

Il avait pleuré Orlando plus qu'Helena. La mort de sa femme représentait la perte d'une joie qui lui avait toujours paru usurpée, un peu irréelle et dont il avait simplement espéré, mais sans la moindre certitude, qu'elle durerait. Une partie de lui-même avait accepté sa disparition comme une chose inévitable ; la mort ne pouvait pas les séparer plus complètement que n'aurait pu le faire la vie. Mais Orlando, il l'avait pleuré avec une violence élémentaire, un cri d'angoisse sans paroles. La mort d'un enfant beau, intelligent et heureux lui avait toujours semblé scandaleuse — et cet enfant avait été son fils. Son chagrin avait semblé rejoindre une fraternité cosmique de la souffrance. Il n'avait pas rêvé pour Orlando un avenir extraordinaire, ni nourri pour lui d'ambitions démesurées. Tout ce qu'il avait demandé, c'était que l'enfant continuât à exister avec sa beauté, sa nature affectueuse, son étrange grâce.

Et c'était parce qu'Orlando était mort qu'il avait épousé Hilda. Il savait que ce mariage intriguait ses amis. Pourtant, il pouvait l'expliquer facilement : de tous ses amis et collègues, Hilda avait été la seule à pleurer l'enfant. Le lendemain de son retour de l'enterrement à Pennington — la descente d'Helena et d'Orlando dans le caveau de famille avait symbolisé pour lui la séparation finale : ils reposaient maintenant avec ceux de leur propre espèce — sa secrétaire était entrée dans son bureau avec le courrier du matin. Il se rappelait ce qu'elle portait : un chemisier blanc de collégienne et une jupe fraîchement repassée — on distinguait l'empreinte du fer sur le pli de devant. Elle se tenait à la porte, le regard fixé sur lui. Elle se borna à dire : « Ce pauvre petit garçon... Ce pauvre petit garçon. » Palfrey avait vu son visage se crisper, puis se décomposer de chagrin. Deux larmes avaient jailli de ses yeux et roulé librement sur ses joues.

Hilda connaissait à peine Orlando. Elle ne l'avait vu qu'en ces rares occasions où la nurse l'avait emmené au bureau. Mais elle l'avait pleuré. Les collègues de Palfrey avaient présenté leurs condoléances par écrit ou de vive voix, détournant leurs yeux d'une douleur qu'ils ne pouvaient apaiser. La mort était de mauvais goût. Ils l'avaient traité avec une circonspection pleine de compassion, comme s'il souffrait d'une maladie légèrement embarrassante. Hilda avait été la seule à payer à Orlando le tribut d'une larme spontanée.

Et c'est ainsi que tout avait commencé. La première invitation à dîner, puis des sorties au théâtre et cette cour curieuse qui n'avait fait que renforcer les idées fausses qu'ils se faisaient l'un sur l'autre. Palfrey s'était convaincu qu'il pourrait l'éduquer, qu'elle avait une bonté et une simplicité capables de satisfaire ses besoins compliqués, que derrière cette douce et aimable figure, il y avait une intelligence qui n'attendait que la stimulation d'une aimante attention pour s'épanouir. Et Hilda était si différente d'Helena. Ç'avait été flatteur de donner au lieu de recevoir, d'être celui qui était aimé au lieu de celui qui aimait. Et c'est ainsi que, avec ce qui avait paru une hâte indécente à ses collègues, ils en étaient venus à ce mariage à la mairie. La pauvre fille ! Elle avait espéré un mariage en blanc, à l'église. A ses yeux et à ceux de ses parents, ce simple échange de contrats pouvait à peine passer pour un mariage. Pendant toute la cérémonie, Hilda avait été dans ses petits souliers, craignant peut-être que l'officier d'état civil ne la crût enceinte.

Palfrey prit soudain conscience de son agitation. Il s'approcha de la haute fenêtre et regarda le square, en bas. Bien que la pluie eût cessé, les feuilles des platanes pendaient dans un désordre mouillé et des détritus trempés gisaient, immobiles, sur le gazon spongieux. Cet été humide qui s'écoulait goutte à goutte répondait à son humeur. Il avait toujours détesté ce hiatus entre les années universitaires, quand les débris du dernier trimestre étaient à peine déblayés et que pourtant se profilait déjà l'ombre du suivant. Il ne pouvait se rappeler à quel moment l'observation scrupuleuse d'un devoir avait remplacé l'enthousiasme, ni quand la conscience avait finalement cédé la place à l'ennui. Ce qui le tracassait, c'était que, maintenant, il abordait chaque trimestre universitaire avec un sentiment plus inquiétant que l'ennui : mi-irritation, mi-appréhension. Il savait qu'il ne voyait plus ses étudiants comme des individus, qu'il n'éprouvait plus aucun désir de les connaître ou de communiquer avec eux, en dehors de leur relation pédagogique, et, même à ce niveau, la confiance ne régnait plus entre eux. On aurait dit que les rôles avaient été inversés : que c'étaient eux les professeurs, face à lui, l'étudiant. Ils étaient là, dans l'uniforme de la jeunesse — jean et pull, énormes baskets, chemise à col ouvert sous une veste en toile de jean — à l'épier comme des inquisiteurs qui guettent quelque déviation de l'orthodoxie. Il se disait qu'ils n'étaient guère différents de ses anciens étudiants : gauches, pas très intelligents, sans éducation, si l'éducation consistait à savoir écrire sa propre langue avec élégance et précision, penser clairement, exercer son sens critique ou goûter les choses de l'esprit. Ils bouillaient de la colère à peine réprimée propre à ceux qui se sont emparés de suffisamment de privilèges pour savoir qu'ils n'en obtiendraient jamais beaucoup. Ils refusaient qu'on leur enseignât quoi que ce fût, ayant déjà choisi ce qu'ils préféraient croire.

Palfrey avait l'impression de devenir de plus en plus mesquin. Des détails l'irritaient, comme, par exemple, la mode des diminutifs : Bill, Bert, Mike, Geoff, Steve. Il avait envie de leur demander avec humeur s'il y avait une incompatibilité entre des convictions marxistes et un prénom dissyllabe. Et leur vocabulaire l'exaspérait. Dans sa dernière série de séminaires consacrés à la loi sur les mineurs, ils avaient sans cesse parlé de « gosses ». Le mélange de condescendance et de flagornerie qu'impliquait ce mot le répugnait. Lui-même avait employé d'une façon pointilleuse les termes « enfants », « jeunes » et senti que cela les agaçait. Il s'était surpris à leur parler comme un professeur pédant à des élèves de quatrième : « J'ai corrigé des fautes de grammaire et d'orthographe. Pour vous, c'est peut-être de la pédanterie bourgeoise, mais si vous voulez préparer la révolution, il vous faudra convaincre les gens intelligents et éduqués au même titre que les gens crédules et ignorants. Je vous conseille d'acquérir un style qui ne soit pas un méli-mélo de jargon sociologique et d'argot tout juste bon pour une classe de transition. A ce propos "obscène" veut dire "lubrique", "indécent", "sale". Ce mot ne peut être employé correctement pour décrire une politique gouvernementale qui ne suit pas les recommandations du rapport Finer sur les familles à parent unique, aussi condamnable que puisse être cette décision. »

Mike Beale, un des principaux animateurs du « mouvement », avait reçu le corrigé de sa dernière dissertation en marmonnant entre ses dents. Palfrey avait cru entendre « espèce de salaud », ce qui aurait été possible si Beale avait été capable d'une injure ne comportant pas le mot « fasciste ». Beale venait de terminer sa deuxième année. Avec un peu de chance, il obtiendrait son diplôme à l'automne. Il quitterait l'université pour se spécialiser comme travailleur social et trouverait un emploi auprès des autorités locales. Il enseignerait sûrement aux délinquants juvéniles que commettre de temps en temps un vol accompagné de violence était la réponse normale des défavorisés à la tyrannie capitaliste. Il développerait également la conscience politique des occupants de maisons appartenant à la municipalité qui cherchaient un prétexte pour ne pas payer leur loyer. Mais d'autres le remplaceraient. La machine universitaire continuerait à tourner et, le plus extraordinaire, c'était que Beale et lui étaient fondamentalement du même bord. Lui, Palfrey, était une personnalité « engagée » trop connue, et cela depuis trop longtemps, pour pouvoir renier maintenant ses idées. Socialisme et sociologie. Il avait l'impression d'être un de ces vieux militants qui ne croient plus à leur cause, mais qui s'estiment satisfaits de savoir que la lutte continue et qu'ils ont choisi leur camp.

Il fourra dans sa serviette les quelques lettres qu'il avait trouvées dans son casier ce matin. L'une d'elles émanait d'un député socialiste qui lui demandait de l'aider lors des prochaines élections législatives ; il était persuadé que celles-ci auraient lieu au début du mois d'octobre. Maurice parlerait-il à l'une des émissions télévisées du Parti ? Le député supposait qu'il accepterait. L'« étrange lucarne » sanctifiait, conférait une identité. Plus la figure était familière, plus on pouvait lui faire confiance. L'autre lettre contenait également une requête : on lui demandait de poser sa candidature à la chaire de sociologie institutionnelle d'une université du Nord. Il comprenait l'inquiétude de ses confrères au sujet de cette chaire. Récemment on avait nommé plusieurs personnes appartenant à d'autres branches scientifiques. Mais les protestataires oubliaient une chose : ce qui comptait, c'était la qualité du travail universitaire et de la recherche du candidat, et non pas sa spécialité. Vue la compétition actuelle pour l'obtention de chaires, la sociologie avait besoin de montrer sa respectabilité universitaire et non de faire preuve d'un faux professionnalisme. La susceptibilité morbide de ses collègues l'irritait de plus en plus : ils doutaient d'eux-mêmes, se sentaient sous-estimés et se plaignaient de ce qu'on leur demandât de guérir tous les maux de la société. Si seulement il pouvait guérir les siens ! songea Maurice.

Il rangea les quelques papiers restants et ferma à clef le tiroir de son bureau. Il se rappela que les Cleghorn venaient dîner ce soir. Cleghorn coadministrait un fonds établi pour étudier les causes de la délinquance juvénile et les remèdes à y apporter. Or Maurice avait justement un étudiant de troisième cycle en quête d'un sujet de recherches pour les deux prochaines années. L'avantage de donner régulièrement des dîners était que, lorsqu'on voulait demander un service à quelqu'un, on pouvait l'inviter sans que le stratagème fût trop évident. En fermant la porte, il se demanda sans grande curiosité où Philippa était partie ce matin de si bonne heure, et si elle rentrerait à temps pour mettre des fleurs dans la salle à manger.

4

De retour à la gare de Liverpool Street, Philippa passa le reste de la journée à marcher dans la ville. Quand elle retourna à Caldecote Terrace, il était près de six heures. La pluie avait presque cessé. Très fine à présent, elle collait au visage tiède de Philippa comme une nappe de brume glaciale. Mais le pavé était aussi mouillé que s'il avait plu à verse toute la journée. Quelques flaques peu profondes s'étaient formées dans le caniveau. De temps en temps, le ciel gris, épais comme du lait caillé, y laissait tomber de lourdes et sinistres gouttes. Le numéro 68 était pareil à ce qu'il était toujours quand elle rentrait de classe un soir d'été maussade. En apparence, ce retour à la maison ne différait en rien de tous les autres. Comme d'habitude, la cuisine du sous-sol était éclairée ; le reste de la maison était obscur à l'exception d'une lumière qui brillait dans le hall et qu'on voyait à travers l'élégante imposte de la porte d'entrée.

La cuisine se trouvait dans un demi-sous-sol, sur le devant de la maison. La salle à manger, située de l'autre côté, avait des portes-fenêtres qui donnaient sur le jardin. La totalité du rez-de-chaussée était occupée par le salon ; de celui-ci on accédait également au jardin par quelques marches en fer forgé délicatement sculptées et moulées. Les soirs d'été, les Palfrey descendaient prendre le café dans le patio et s'asseyaient sous le figuier. Le jardin clos, qui ne mesurait que neuf mètres de long, exhalait un parfum de roses et de giroflées blanches. Le patio était orné de jardinières peintes en blanc remplies de géraniums rouge sang. Ces plantes rutilaient dans la lumière particulièrement intense qui précède le coucher du soleil, puis pâlissaient quand on allumait les lampes extérieures.

Dans la cuisine, orientée au nord, la lumière électrique brûlait en permanence ; pourtant Hilda ne tirait jamais les rideaux. Peut-être n'avait-elle jamais réalisé que, vue de l'extérieur, elle semblait se tenir sur une scène éclairée. Elle y était maintenant, commençant déjà à préparer le dîner. Philippa s'accroupit, les mains sur la grille, et l'observa à travers les barreaux. Hilda faisait la cuisine avec une étrange concentration. Elle se mouvait comme une grande prêtresse au milieu des instruments de son art, regardait son livre de recettes de l'œil perçant de l'artiste qui examine son modèle, puis posait brièvement la main sur chacun des ingrédients comme en une bénédiction préliminaire. Elle nettoyait et rangeait le reste de la maison avec un soin maniaque, mais comme si son contenu n'avait rien à voir avec elle ; ce n'était qu'ici, dans la pagaille organisée de la cuisine, qu'elle se sentait chez elle. Là était son habitat. Elle y vivait derrière la double cage des barreaux de fer des fenêtres et de la grille hérissée de pointes au-dessus, voyant passer le monde en une succession de pieds flâneurs ou pressés. Deux peignes en plastique retenaient ses cheveux pâles, raides et ternes qui, d'habitude, lui tombaient dans la figure. La taille ceinte de son inévitable tablier blanc, elle paraissait très jeune et sans défense, comme une collégienne préoccupée par l'épreuve pratique d'un examen ou une bonne récemment engagée affrontant la préparation de son premier grand dîner. Et ce n'était pas parce qu'elle travaillait à la cuisine qu'elle avait l'air d'une domestique. Toutes les mères des filles du lycée, sauf les plus riches, faisaient elles-mêmes la cuisine. Cuisiner était devenu un art à la mode, presque un culte. C'était peut-être le tablier blanc, les yeux inquiets qui semblaient toujours attendre, presque demander un blâme, qui donnaient à Hilda l'air d'une femme dont les moyens d'existence sont précaires.

Philippa avait oublié que les Cleghorn et Gabriel Lomas venaient dîner. Elle vit que le repas commencerait par des artichauts. Six de ces légumes, gros et décoratifs, étaient rangés sur la table du milieu, prêts à cuire. A la lueur éblouissante de deux tubes fluorescents, la cuisine lui paraissait aussi familière qu'une image au mur d'une chambre d'enfants. L'unique fauteuil en osier avec son vieux coussin de patchwork. Il n'avait jamais été nécessaire d'acheter un second siège : ni Maurice ni Philippa n'avaient l'habitude de s'asseoir dans la cuisine pour bavarder avec Hilda pendant qu'elle cuisinait. L'étagère sur laquelle s'alignaient les livres de recettes en édition de poche avec leurs couvertures cornées et tachées de graisse ; à côté du téléphone, un calendrier affichait une marine d'un bleu criard de Brixham Harbour ; la télévision portative en noir et blanc trônait là, le seul poste en couleur se trouvait au salon. Philippa ne se rappelait pas avoir jamais vu Hilda assise seule au salon. C'était normal : ce n'était pas son salon. Tout ce qu'il contenait avait été choisi par Maurice ou par sa première femme.

Philippa n'avait jamais entendu Maurice parler d'Helena, mais il ne lui était jamais venu à l'idée que c'était parce qu'il continuait à la pleurer ou parce qu'il ne voulait pas blesser Hilda. Elle avait conclu depuis longtemps que Maurice était un homme qui compartimentait ses émotions. De cette manière, il évitait les empiétements gênants d'une vie sur l'autre. De temps en temps, Philippa avait éprouvé une vague curiosité au sujet d'Helena Palfrey à qui sa mort dramatique et prématurée avait conféré, pour l'éternité, une sorte de séduction et de sagesse. Elle n'avait vu qu'une seule photo d'elle. A une vente de charité organisée par le lycée au profit d'Oxfam. Les parents d'une des élèves avaient fait don d'une pile de revues mondaines sur papier glacé. Les magazines s'étaient bien vendus, se rappelait Philippa. Les gens n'avaient pas hésité à retrouver pour un penny ou deux le bref plaisir de la nostalgie et du souvenir. On avait feuilleté ces pages en riant.

« Regarde ! Voilà Molly et John à Henley. C'est incroyable ! Portions-nous vraiment des jupes aussi courtes ? »

Parcourant les exemplaires d'une pile exposée pour la vente, Philippa eut un choc en reconnaissant Maurice. C'était un Maurice plus jeune, et pourtant tout à fait familier, qui arborait le sourire étonné et un peu fat d'un homme surpris par le photographe et qui n'a pas eu le temps de décider quelle expression adopter. La photo avait été prise à un mariage. En légende, on lisait : *Mr. Maurice Palfrey et Lady Helena Palfrey bavardant avec Sir Georges et Lady Scott-Harries*. En fait, ils ne bavardaient avec personne. L'œil fixé sur l'objectif, ils levaient leurs coupes de champagne comme s'ils portaient un toast à cette seconde de leur vie commune fixée de façon éphémère. Souriante, Lady Helena Palfrey, en chapeau à large bord et jupe ridiculement courte, dominait son mari de quelques centimètres. Ses cheveux bruns encadraient un visage qui avait perdu l'éclat de la jeunesse, osseux, presque ravagé, aux sourcils épais. Philippa avait arraché la page et l'avait gardée, cachée dans un de ses livres, pendant près d'un an. Parfois, elle l'avait prise pour la scruter à la lumière de la fenêtre de sa chambre, essayant de toutes ses forces de lui arracher quelque indication sur le caractère de cette femme, sur l'amour qui avait existé entre Maurice et elle — s'il avait existé — sur leur vie conjugale. Finalement, frustrée, elle avait déchiré la photo et l'avait jetée dans la cuvette des toilettes.

Et maintenant, à travers les barreaux, elle regardait la femme vivante de Maurice avec la même intensité. Penchée au-dessus de la table du milieu, Hilda aplatissait soigneusement des escalopes. Selon toutes les apparences, les Cleghorn mangeraient du veau dans une sauce au vin et aux champignons. Bien entendu, ils complimenteraient la maîtresse de maison, comme le faisaient invariablement tous les invités. Philippa se souvint avoir lu que c'était la dernière guerre qui avait fini par éliminer la réticence qu'avaient les Anglais à parler de la qualité d'un repas. Maintenant, la plupart des femmes, et parfois les hommes, louaient les mets, se renseignaient sur leur préparation, échangeaient des recettes. Mais, avec Hilda, les compliments devenaient exagérés, contraints, d'une insincérité presque gênante. On aurait dit que les convives avaient besoin de la rassurer ou de l'amadouer, de la valoriser à ses propres yeux. Depuis son mariage, les invités de son mari la traitaient comme si elle ne s'intéressait qu'à la cuisine, comme si c'était le seul sujet dont elle fût capable de parler. Et c'était peut-être devenu vrai à présent.

Un bruit de pas retentit dans la rue. Philippa se leva avec difficulté. La douleur dans ses jambes ankylosées lui arracha un petit cri. Soudain, elle eut un malaise et dut agripper les pointes de la grille pour ne pas tomber. Pour la première fois, elle se rendit compte que, pendant près de sept heures, elle avait parcouru les rues de Londres, fait le tour des parcs, visité brièvement les églises de la City, marché le long de l'Embankment sans s'arrêter pour manger. Elle gravit péniblement les marches du perron.

Elle tourna la clef dans la serrure, traversa le porche intérieur avec ses deux vitraux de Burne-Jones — une allégorie du printemps et de l'été — et pénétra dans le calme gris perle du vestibule. Elle perçut l'odeur habituelle de lavande et de peinture fraîche, une odeur si faible qu'elle était presque illusoire, un réflexe conditionné provoqué par les objets familiers de la maison. Posée sur une élégante balustrade, la délicate rampe en acajou pâle déroulait sa volute et s'incurvait vers le haut, attirant le regard sur les vitraux du palier. Ces deux panneaux de verre faisaient pendant à ceux du porche : une femme enguirlandée portant une corne d'abondance d'où débordaient les fruits de l'automne, l'hiver barbu avec ses fagots et son bâton. Quelques années plus tôt, on aurait dédaigné leur esthétisme étudié, leur charme désuet ; maintenant, Maurice, qui ne les aimait pas tellement, n'aurait pas songé un seul instant à les faire enlever : il savait probablement, à une livre près, la valeur qu'ils ajoutaient à sa maison. Mais le reste de l'entrée reflétait son goût, ou celui de sa première femme. L'étagère basse qu'encombrait sa collection de scènes historiques en porcelaine du Stafford-shire : un Nelson long et pâle en bottes noires mourant entre les bras de Hardy ; Wellington, son bâton de maréchal sur la hanche, monté sur son cheval Copenhagen : Victoria et Albert avec leurs enfants idéalisés devant la Grande Exposition ; un phare surgissant d'une mer turbulente dont aucune vague n'était ébréchée et une Grace Darling* peinant sur ses avirons. Au-dessus de ces bibelots, à une proximité incongrue mais non incompatible — car les uns comme les autres alliaient la force à la délicatesse — trois estampes japonaises du XIXᵉ siècle achetées par Maurice, dans leurs cadres arrondis en bois de rose : Nobukazu, Kikugawa, Tokohumi. Tout comme les figurines du Staffordshire, que petite fille elle avait eu la permission de dépoussiérer, ces dessins faisaient partie de son enfance : farouches guerriers armés de sabres recourbés ; pâles lunes se levant derrière des rameaux fleuris ; Japonaises en kimonos dans de délicats tons roses et verts. Ne les connaissait-elle vraiment que depuis dix ans ? Où donc s'étaient trouvés ces autres vestibules, oubliés sauf dans les cauchemars, avec leurs lambris d'appui sombres, leurs imperméables crasseux accrochés derrière la porte, leur odeur de choux et de poisson ? D'où tenait-elle cette peur claustrophobique du cagibi noir sous l'escalier ?

Sans ôter son manteau, elle descendit à la cuisine. Hilda sortit du garde-manger, une boîte d'œufs à la main. Sans regarder Philippa, elle dit :

« Heureusement que tu es rentrée. Les Cleghorn viennent dîner. Pourrais-tu mettre la table et faire quelques bouquets, ma chérie ? »

Philippa ne répondit pas. Elle se sentait très calme, ivre de fatigue, délivrée de sa colère. Elle fut contente de ne pas avoir besoin de contrôler sa voix, d'avoir une totale maîtrise d'elle-même. Elle ferma la porte de la cuisine et s'appuya contre elle comme pour couper toute retraite à Hilda. Elle attendit. Quand Hilda, ne recevant pas de réponse, leva les yeux vers elle, elle demanda :

* Héroïne victorienne, fille d'un gardien de phare, qui sauva plusieurs naufragés. (N.d.T.)

« Pourquoi ne m'as-tu jamais dit que ma mère était une meurtrière ? »

Mais elle fut obligée de se contrôler. Frappée de mutisme, bouche bée, les yeux agrandis par la peur, Hilda avait l'air si ridicule — la personnalisation même de l'horreur théâtrale — que Philippa dut faire un effort conscient pour ne pas éclater d'un rire nerveux. Elle vit sa mère adoptive écarter les mains et, comme en un geste volontaire, lâcher la boîte qu'elle tenait. Un des œufs s'échappa du carton et se cassa, répandant un dôme intact de jaune qui tremblota dans sa visqueuse enveloppe de blanc. Instinctivement, Philippa fit un pas en avant. Hilda cria d'une voix aiguë.

« Ne marche pas dedans ! Ne marche pas dedans ! »

Avec un gémissement, elle s'empara d'un torchon et en tamponna le jaune. Celui-ci gicla sur le carrelage noir et blanc. Toujours agenouillée, Hilda grommela :

« Les Cleghorn viennent dîner. Je n'ai pas encore mis la table. Je savais que tu le découvrirais un jour. C'est ce que j'ai toujours dit à Maurice. Qui te l'a appris ? Où étais-tu toute la journée ?

— Au terme de la loi sur l'Enfance, j'ai demandé une copie de mon acte de naissance. Puis je me suis rendue au 41, Bancroft Gardens Street. Il n'y avait personne, mais un voisin m'a tout raconté. Ensuite, j'ai passé la journée à marcher dans la City. Puis je suis rentrée à la maison, je veux dire : je suis revenue ici. »

Hilda continuait à frotter le carrelage, étalant le mucus jaune. Elle s'écria avec violence :

« Je ne veux pas parler de ça maintenant ! Il faut que je prépare le dîner. Les Cleghorn viennent. C'est important pour ton père.

— Important, les Cleghorn ? Comment ça ? S'ils veulent lui demander un service, ils ne se plaindront sûrement pas de la médiocrité du repas. Et si c'est

Maurice, le demandeur, comment peut-il espérer obtenir quelque chose si les Cleghorn sont gens à faire dépendre leur réponse de la qualité de la viande ? Tes escalopes ne seront jamais aussi bonnes que celles qu'ils ont mangées dans cette adorable petite auberge qu'ils ont découverte en Dordogne. Écoute, laisse tomber les Cleghorn. C'est moi qui compte. Pourquoi ne m'avez-vous rien dit ?

— Comment le pouvions-nous ? Une chose pareille ! Ils ont tué une gamine. Ils l'ont violée, puis assassinée. Elle n'avait que douze ans ! Quel bien cela t'aurait-il fait de le savoir ? Tu n'étais pas responsable de cet acte. Cela n'avait aucun rapport avec toi. Je ne veux même pas y penser. C'était horrible, horrible ! Il y a des choses qu'on ne peut pas dire à un enfant, jamais. Cela aurait été trop cruel.

— Plus cruel que de me laisser découvrir la vérité toute seule ? »

Hilda se tourna vers elle dans un sursaut d'esprit défensif :

« Oui, cruel et mal ! Cela te perturbe moins maintenant. Au moins, tu es adulte. Tu as ta propre vie, ta propre personnalité. Cela ne peut plus te détruire. Tu ne parlerais pas ainsi si cela t'importait vraiment. Tu es énervée, furieuse et, je suppose, bouleversée, mais tu ne souffres pas vraiment. Cela n'a pas de véritable réalité pour toi. Tu te tiens à l'extérieur de la vie et tu la regardes comme si tu n'en faisais pas vraiment partie. Tu regardes les gens comme s'ils se produisaient sur une sorte de scène. C'est ainsi que tu me regardais tout à l'heure. Tu croyais peut-être que je n'avais pas remarqué ta présence ? Tu ne te sens pas vraiment concernée par ce que ta mère a fait à cette enfant. Cela ne te touche pas. Rien ne te touche. »

Étonnée par cette perspicacité inattendue, Philippa regarda fixement Hilda. Elle cria :

« Mais je veux que cela me touche ! Je veux le sentir ! »

Elle pensa :

« C'est parce que je n'y crois pas encore. Tout mon passé, je l'ai fabriqué. Ce qui m'arrive maintenant n'en est qu'une nouvelle version, un aspect différent à explorer. Ensuite je retournerai à la réalité que je me suis créée, à ce père inconnu qui traverse la pelouse à Pennington. Les usurpateurs, ce sont ces nouveaux venus. »

Hilda rinçait la serpillière sous le robinet. Pardessus le bruit de l'eau, elle grommela :

« En entrant, il y a un instant, tu savais exactement ce que tu allais dire. Tu as dû répéter ton texte dans le train. Mais tu n'es pas vraiment malheureuse. Pas aussi malheureuse que tu l'aurais été si tu n'avais pas eu ta bourse pour Cambridge. Tu es comme ton père : lui non plus ne supporte pas l'échec.

— Tu veux dire que je suis comme Maurice. Je ne sais pas si je suis comme mon père. C'est justement ce que j'ai l'intention de découvrir.

— C'est la faute du Parlement, de cette loi qu'ils ont votée. C'était manquer de parole aux parents adoptifs. Quand nous nous sommes chargés de toi, nous étions persuadés que tu ne pourrais jamais découvrir qui étaient tes vrais parents. »

« Quand nous nous sommes chargés de toi. » Était-ce ainsi que Hilda avait toujours considéré son adoption : comme une obligation, une responsabilité, un fardeau ? Hilda, probablement, ne l'avait jamais voulue. C'était normal. Un bébé adopté à la naissance, un être pitoyable, dépendant, affectueux aurait pu apporter un apaisement à l'instinct maternel frustré de Hilda. Mais quelle satisfaction pouvait-elle retirer d'une gamine de huit ans, difficile, pleine de ressentiments, que ses parents avaient soudain abandonnée sans un mot d'explication ? Non, c'était

Maurice qui l'avait choisie. L'idée de l'adoption devait provenir de Hilda. C'était sûrement elle qui, à l'origine, avait réclamé un enfant. Pour Maurice, la paternité avait sans doute eu moins d'importance. Mais, obligé d'en adopter un pour combler l'instinct maternel de Hilda, il avait tenu à ce que non seulement ce fût un enfant intelligent, mais encore issu du pire milieu possible. S'il ne pouvait avoir son propre enfant, il pouvait au moins en élever un pour la plus grande gloire de la théorie sociologique. L'étonnant, c'était qu'il n'eût pas choisi une deuxième fille, d'âge et d'intelligence équivalents, pour contrôler leurs progrès respectifs. Toute expérience n'avait-elle pas besoin d'un cas témoin ? Comme Hilda et lui avaient dû jouir de leur secret ! Était-ce cette titillante tromperie qui avait maintenu si longtemps leur étrange union ?

Philippa déclara :

« A ma majorité, j'aurais pu demander à un tribunal l'autorisation de voir mon extrait de naissance. Cela a toujours été légal, même si les gens l'ignoraient.

— Mais tu ne l'aurais pas fait et, dans le cas contraire, nous aurions au moins été prévenus. Alors nous aurions pu dire au tribunal et au juge de rejeter ta demande. Mais, même s'ils t'avaient accordé ce que tu voulais, ç'aurait toujours été moins grave que d'apprendre la vérité pendant ton enfance.

— Et toutes tes histoires, alors ? Ma mère, domestique à Pennington et morte peu après ma naissance ? Les avez-vous inventées ensemble, Maurice et toi ?

— Non, elles sont de moi. Maurice voulait simplement te dire que nous ignorions qui étaient tes parents. Mais quand tu me harcelais de questions, moi j'étais bien obligée de répondre quelque chose. C'est ainsi que mon histoire s'est développée.

— Et cette lettre que ma mère m'a écrite, que

vous étiez censés me remettre le jour de mon vingt et unième anniversaire ? »

Hilda la regarda d'un air perplexe.

Bon, cet élément-là sortait donc de sa propre imagination. Ensemble, Hilda et elle, en une collaboration inconsciente, avaient créé et embelli leur fantasme commun : un détail par-ci, une touche de couleur locale par-là, des fragments de conversations imaginaires, des descriptions succinctes. Les questions pressantes de Philippa avaient souvent poussé Hilda à des retraites embarrassées, mais Philippa les avait toujours attribuées au fait que sa mère adoptive n'aimait pas parler de Pennington ou de la première femme de Maurice. En tout cas, Hilda s'était montrée très habile, il fallait le reconnaître. La fable qu'elle avait inventée tenait debout, sans inconsistances apparentes. La mère de Philippa avait été femme de chambre à Pennington. Elle avait donné naissance à une enfant illégitime et était morte peu de temps après. Le bébé avait d'abord été recueilli par des villageois, morts depuis, ensuite, par un couple, à Londres. Maurice avait entendu parler d'elle lors de l'une de ses visites à Pennington, après la mort de sa première femme. Il avait proposé à Hilda de prendre la petite fille chez eux. Ce placement s'était révélé être un succès ; six mois plus tard, il avait abouti à l'adoption. Il n'y avait plus personne pour contester cette version. Le comte actuel avait vendu Pennington neuf ans auparavant ; pour fuir le fisc et les exigences de ses ex-épouses, il s'était installé dans le midi de la France. Rares étaient les anciens domestiques qui vivaient au village de Pennington et aucun d'eux ne travaillait plus dans la maison. Celle-ci avait été vendue par la suite à un Arabe et était maintenant fermée au public. Il aurait été difficile de démontrer que l'histoire de Hilda était fausse ; d'ailleurs, Philippa n'avait jamais été tentée de le faire. L'expli-

cation de sa mère adoptive, se rendait-elle compte
maintenant, correspondait trop bien à ses propres
chimères. Elle y avait cru parce qu'elle voulait
qu'elle fût vraie. Et même maintenant, une petite
partie d'elle-même refusait obstinément d'y renoncer.

Elle dit avec amertume :

« Tu mentirais très bien à la barre des témoins.
Je ne pensais pas que tu avais autant d'imagination.
Je sentais que cela te gênait de parler de ma mère,
mais je croyais que c'était parce qu'elle avait travaillé à Pennington. De me duper ainsi pendant
toutes ces années a bien dû t'amuser. J'espère que
cela a compensé un peu l'ennui de m'avoir sur les
bras, le fait que Maurice t'ait imposé ma présence.

— Ne dis pas de bêtises ! cria Hilda. je te voulais.
Nous te voulions tous les deux. Quand j'ai découvert
que je ne pouvais pas donner d'enfant à Maurice...

— Tu parles d'un bébé comme tu parlerais d'un
orgasme. S'il t'a épousée rien que pour ça — et je
ne vois pas pour quelle autre raison il l'aurait fait
— c'est bien dommage qu'il ne t'ait pas envoyée
voir un gynécologue avant de t'emmener à la mairie. »

La porte d'entrée se referma avec un son mat.
Hilda chuchota :

« C'est ton père ! Maurice est rentré ! »

Elle avait l'air hagard, terrifié d'une femme qui
attend un mari ivre. Elle se précipita au pied de
l'escalier et appela :

« Maurice ! Maurice ! Viens ici un instant ! »

Les pas hésitèrent, puis redescendirent posément
les marches. Maurice apparut sur le seuil de la
cuisine et regarda les deux femmes. Hilda cria :

« Elle sait tout ! Elle a eu vent de cette clause de
la loi sur l'Enfance. Je t'avais bien dit que ça
arriverait ! Elle a reçu son acte de naissance et s'est
rendue à Seven Kings. »

Maurice se tourna vers Philippa.

« Que sais-tu exactement ?

— Qu'y a-t-il de plus à savoir ? Que je suis la fille d'un violeur et d'une meurtrière. »

Heureusement, se dit-elle, qu'il ne l'aimait pas, qu'aucun des deux ne l'aimait. Ainsi elle ne risquait pas de voir Maurice s'approcher d'elle dans un élan de pitié et étouffer tout le tourment de sa fille adoptive dans ses bras. Il dit d'une voix calme :

« Je suis navré, Philippa. Ce moment était sans doute inévitable, mais j'aurais voulu qu'il n'arrivât jamais.

— Tu aurais dû me dire la vérité. »

Maurice posa sa serviette sur la table, déplaçant tranquillement les artichauts pour faire de la place.

« Même si j'étais d'accord, et je ne le suis pas, il n'y a pas eu, depuis ton adoption, un seul moment qui m'aurait paru le bon pour te la dire. Quel moment précis aurais-tu choisi ? Quand tu t'habituais à vivre ici, quand tu avais onze ans et passais ton examen d'entrée au South London Collegiate, quand tu affrontais les problèmes de l'adolescence, que tu préparais ton bac ou travaillais pour obtenir ta bourse d'études à Cambridge ? Dix ans, ça passe très vite, surtout quand cette période est ponctuée par les crises de l'enfance. Certaines nouvelles, plus tard on les apprend, mieux ça vaut.

— Où est-elle maintenant ?

— Ta mère ? A Melcombe Grange, dans le bâtiment des détenues sur le point d'être relâchées. C'est une prison ouverte, près de York. Je crois qu'elle doit sortir dans un mois environ.

— Tu le savais !

— La date de son élargissement m'intéressait, comme tu peux t'en douter. Mais c'est tout. Je ne suis pas responsable d'elle. D'ailleurs, je ne peux rien pour elle.

— Mais moi, oui. Je peux lui écrire et lui demander de venir chez moi. J'ai économisé de l'argent pour faire un voyage en Europe. Je peux louer un appartement à Londres et m'occuper d'elle, du moins pendant deux mois, jusqu'à mon départ pour Cambridge. »

Cette idée tout à fait spontanée, la surprit elle-même. Elle semblait être venue de l'extérieur comme une impulsion indépendante de sa volonté. Et pourtant Philippa comprit, pendant même qu'elle parlait, que c'était ce qu'elle devait faire, ce qu'elle avait eu l'intention de faire depuis l'instant où elle avait appris que sa mère était en vie. Elle ne s'interrogea pas sur ses motifs : ce n'était pas le moment de se regarder le nombril. Mais son cœur lui disait qu'ils étaient malhonnêtes, que son geste théâtral résultait non pas d'un sentiment de compassion pour cette mère inconnue, mais de sa colère contre Maurice, de sa détresse, de ses propres besoins, compliqués et seulement à demi reconnus.

Maurice s'était détourné ; elle ne voyait pas son visage. D'une voix soudain durcie, il déclara :

« C'est une idée stupide et dangereuse, dangereuse pour toutes les deux. Tu ne dois rien à ta mère. Tu n'as même pas envers elle les obligations habituelles d'un enfant envers un parent. L'ordonnance d'adoption a effacé tout cela. Et ta mère n'a rien dont tu puisses avoir besoin, rien à te donner.

— Je ne pensais pas en termes d'obligations. Et il y a une chose dont j'ai besoin et qu'elle peut me donner : des renseignements. Un passé. Elle peut m'aider à découvrir qui je suis. Ne comprends-tu pas ? C'est ma mère ! Je ne peux pas oublier ce fait, pas plus que je ne peux oublier son crime. Je ne peux pas soudain apprendre qu'elle est vivante et ne pas souhaiter la voir, faire sa connaissance. Qu'attendiez-vous de moi ? Que je reprenne le train-train quotidien comme si de rien n'était ? Que j'invente une nouvelle histoire pour m'aider à vivre ?

Tout ce que toi et Hilda m'avez donné est illusoire. Le lien qui existe entre ma mère et moi est réel .»

Hilda émit un petit bruit ridicule, mi-rire, mi-sanglot. Maurice se tourna et prit lentement sa serviette sur la table. Sa figure et sa voix parurent soudain très lasses.

« Nous en reparlerons plus tard, dit-il. C'est ennuyeux que les Cleghorn viennent dîner, mais nous ne pouvons pas les décommander maintenant, à moins d'une heure de leur arrivée. Comme je le disais : ce n'est jamais le bon moment pour ce genre de nouvelle. »

5

PHILIPPA s'habilla avec soin. Il n'y aurait que les Cleghorn et Gabriel Lomas, invité pour former un nombre pair de convives, mais ce n'était pas pour eux qu'elle mit sa jupe du soir préférée, en fin lainage plissé, et sa tunique bleu-vert à col officier : elle s'habillait pour elle-même. La jupe et le haut avaient les qualités qu'elle exigeait des vêtements : frappants, mais cependant faciles à mettre et sensuellement agréables à porter. Elle brossa longuement ses cheveux, jusqu'à ce que le cuir chevelu lui fît mal, puis les entortilla en un chignon sur le haut de la tête ; d'un doigt mouillé, elle boucla deux fines mèches qu'elle laissa pendre le long de ses joues. Ensuite, elle se regarda dans la grande glace. C'est ainsi que je me vois. Comment me voient les autres ?

Elle s'étonna d'être si calme, de ce que le contour de son visage fût si net, son regard si clair. Elle s'était presque attendue à ce que son image se brouillât et tremblât comme le reflet d'un miroir déformant. Elle tendit les mains ; ses doigts, écartés pour toucher les autres doigts, rencontrèrent le verre froid.

Elle se mit à faire lentement le tour de sa

chambre, la regardant de l'œil critique d'un visiteur curieux. La chambre s'étendait sur toute la longueur de la maison, au dernier étage, où deux greniers avaient été aménagés en une seule grande pièce au plafond bas. Maurice l'avait meublée pour elle, selon son goût à elle, quand elle avait douze ans. A la différence du reste de la maison, la chambre était moderne, fonctionnelle. Peu meublée, elle paraissait très aérée et comme suspendue dans l'espace. Pourvue d'une fenêtre à chaque bout, elle était très claire. Celle orientée au sud ouvrait sur le petit jardin clos et le patio en pierre de York, sur des platanes et sur la multitude variée des toits de Pimlico. L'ameublement était moderne. Le lit et les placards étaient en bois clair. A ce bureau, elle avait bûché pour son bac et pour son examen d'entrée à Cambridge. Sur ce lit, Gabriel et elle s'étaient cherchés, maladroitement emmêlés, quand ils avaient essayé, sans succès, de faire l'amour pour la première fois. Cette phrase sembla ridicule à Philippa. Quoi qu'ils eussent fait ensemble, ça n'avait pas été de l'amour. Gabriel lui avait dit, d'abord gentiment, puis avec une irritation réprimée : « Cesse de t'analyser. Cesse de te demander ce que tu ressens. Laisse-toi aller. »

Mais c'était là une chose dont elle n'avait jamais été capable. Se laisser aller impliquait la certitude absolue de se posséder, la conviction qu'aucune partie de soi-même ne pouvait être violée par cette passagère et terrifiante perte de contrôle.

Ce qui la surprenait, c'était que ce premier fiasco sexuel n'eût pas détruit leur amitié. Comme elle, Gabriel ne supportait pas l'échec. Et après, insatisfaite, frustrée, elle n'avait même pas eu l'habileté ou la générosité de feindre. D'une façon fort malencontreuse, elle s'était rappelé à ce moment-là l'avertissement de la sœur de Gabriel ; la voix calme, amusée, un peu méprisante de Sarah :

« Mon frère semble considérer la terminale comme son harem privé. A propos, il marche à voile et à vapeur. Pas que cela change quoi que ce soit. Mais mieux vaut connaître ces petits détails avant de s'embarquer dans une liaison avec lui. »

Tirant sur sa robe de chambre, Philippa avait demandé :

« Pourquoi t'es-tu donné cette peine ? Pour prouver que tu es capable de coucher avec une femme ? »

Gabriel avait rétorqué :

« Et toi, qu'essaies-tu de prouver ? Que tu es capable de coucher tout court ? »

Mais, depuis cette désastreuse soirée, il s'était plutôt montré plus attentionné, plus attaché qu'avant. Et Philippa le soupçonnait d'avoir percé à jour le motif de son comportement à elle. Le jeune homme figurait, en effet, en tête de la liste des objets utiles et beaux qu'elle voulait emmener à Cambridge. Le fait d'être courtisée par un garçon aussi riche et spirituel que l'honorable Gabriel Lomas ne pouvait que lui rapporter la considération de ses camarades du King's College.

S'installant à ce bureau pour rédiger un devoir d'histoire, le premier samedi matin après qu'on eut fini d'installer sa chambre, elle avait appris très jeune une dure leçon : qu'une chance non méritée suscitait du ressentiment. Hilda avait fait monter Mrs. Cooper, la femme de ménage, pour admirer la pièce. Hilda lui demandait son avis pour toute transformation dans la maison, sans doute pour essayer désespérément de faire croire qu'elles étaient amies. Mais Mrs. Cooper, impossible à mettre dans de bonnes dispositions, persistait à l'appeler « madame » et gardait ses distances comme pour démontrer que dix shillings l'heure plus le déjeuner pouvaient acheter de l'obséquiosité, mais non pas de l'affection. La femme de ménage avait promené son regard autour de la pièce, puis avait laissé tomber son habituel verdict dénué de tout enthousiasme : « C'est très joli, madame, faut dire ce qui est. » Mais quand Hilda avait commencé à redescendre, elle s'était attardée un instant. S'approchant rapidement de Philippa, elle avait mis sa figure tout près de la joue de la fillette qu'elle était alors et, dans un souffle aigre, avait murmuré ces mots :

« Bâtarde. J'espère que tu es reconnaissante. C'est pas juste. Tout ce luxe pour une bâtarde, alors que des gosses comme il faut doivent vivre à quatre dans une pièce. Tu devrais être dans un orphelinat. »

Puis d'une voix redevenue respectueuse, elle avait crié :

« J'arrive, madame ! »

Philippa se rappela le choc et la colère qu'elle avait ressentis. Mais elle avait déjà appris à se maîtriser. Elle ne piquait plus de crises de rage. Les mots, avait-elle découvert, étaient plus efficaces que les cris, plus blessants que les coups de pieds ou de poings. Elle avait répondu avec froideur :

« Vous n'auriez pas dû faire quatre enfants si vous n'en aviez pas les moyens. S'ils sont aussi laids et stupides que vous, ils continueront sûrement à vivre à quatre dans une pièce. »

À la suite de quoi, Mrs. Cooper avait donné ses huit jours, mais sans en expliquer la raison, ce qui, comme le savait Philippa, avait renforcé chez Hilda un sentiment d'incapacité et d'échec.

Philippa alla vers les rayonnages et passa sa main sur le dos des livres. Devant elle, se trouvait la bibliothèque classique d'une étudiante de la haute bourgeoisie. Grâce à ces volumes, on pouvait passer l'épreuve d'anglais du bac, quelle que fût l'année ou le programme ; avec un peu de chance et de mémoire, on pouvait même réussir son examen d'entrée à Cambridge. Il n'était pas facile d'en déduire les goûts personnels de leur propriétaire, à part, peut-être, qu'elle préférait Tourgueniev à Tolstoï, Proust à Flaubert, Henry James à Dickens. Ce qui manquait, dans cette bibliothèque, c'étaient les vieux succès de l'enfance, cornés et déchirés, qu'on se passait de génération en génération. Certes, quelques classiques y figuraient : *Just So Stories*, *The Wind in the Willows* ; Carroll, Ransome et Nesbit. On voyait qu'ils avaient été lus, mais on voyait aussi qu'ils avaient été achetés neufs pour cette enfant privilégiée.

Ici, sur ces étagères encombrées, il y avait assez de savoir, de sagesse et d'imagination pour nourrir son esprit pour la vie. Pour quelle vie ? Il n'y avait pas un seul mot ici qu'elle eût écrit elle-même, pourtant c'était dans cette accumulation de pensées et d'expériences d'autres hommes qu'elle avait cherché une identité. Elle se dit :

« Même les habits que j'ai choisis sont une duperie. Nue comme je l'étais il y a un instant dans la salle de bain, qui suis-je ? On peut me décrire, me mesurer, me peser, enregistrer mes processus physiologiques, me donner un nom, réel ou imaginaire, pour classifier commodément ma vie. Mais qui suis-je ? Et, qui que je sois, rien de moi ne provient de Maurice et de Hilda. Comment pourrait-il en être autrement ? Tout ce qu'ils ont fait, c'est fournir les accessoires de cette tragi-comédie : les vêtements, les objets. Même ce monologue est artificiel. Une partie de mon être, celle qui un jour fera de moi un écrivain, regarde un autre moi choisir les mots pour penser, décider quels sont les sentiments à éprouver. »

Philippa ouvrit l'immense placard et déplaça bruyamment les cintres pendus sur la tringle. Les jupes et les robes oscillantes dégagèrent un faible parfum qui lui parut familier. Le sien, sans doute. Cette fille aimait les vêtements coûteux. Elle achetait peu, mais avec soin. Elle ne portait que de la laine et du coton ; de toute évidence, elle détestait les synthétiques.

Elle alla au panneau d'affichage en liège noir fixé au mur, au-dessus de son bureau, que tapissaient des cartes postales achetées pendant des vacances ou dans des galeries d'art, l'emploi du temps de sa dernière année de lycée, des annonces d'expositions découpées dans des journaux, deux invitations à des soirées. Elle examina les cartes postales. Le délicat portrait de Cecily Heron par Hans Holbein, le portrait de W.B. Yeats gravé par Augustus John, un nu de Renoir du musée du Jeu de Paume, une aquatinte de Farington représentant le pont de Londres en 1799, un George Brecht. Comment pouvait-on déduire le goût artistique de cette fille inconnue d'un choix aussi éclectique ? Il ne révélait que le nom des galeries qu'elle avait visitées.

Dans cette chambre, pendant plus de dix ans, elle s'était forgé toute une identité mythologique. Il s'éloignait maintenant, ce monde mort et discrédité. Rien n'a changé, se dit-elle, je suis la même qu'hier. Mais qui étais-je hier ? La pièce lui rappelait une chambre témoin dans un magasin de meubles : des objets soigneusement choisis y étaient disposés ici et là pour faire croire à un propriétaire absent qui n'avait de réalité que dans la tête du décorateur.

Philippa pensa à la figure de Hilda se penchant vers elle pour la border la nuit.

« Où suis-je quand je dors ?

— Ici, dans ton lit.

— Mais comment le sais-tu ?

— Parce que je peux te voir, nigaude, je peux te toucher. »

Sauf qu'elle ne la touchait que très rarement, bien sûr. Tous trois vivaient ensemble en gardant leurs distances. Ce n'était pas la faute de Hilda. Quand, enfant, on la bordait le soir, Philippa se raidissait, rejetait le baiser final qui avait fini par devenir un simple devoir. Elle détestait encore plus le contact de la chair humide que le chatouillis de la couverture rugueuse que Hilda sortait toujours de dessous le drap pour la lui poser sur la figure.

« Toi tu sais que je suis ici parce que tu peux me voir et me toucher. Quand je dors, je ne peux voir ni toucher personne.

— Personne ne le peut quand il dort. Mais tu n'en restes pas moins dans ton lit.

— Et si j'allais à l'hôpital et qu'on m'endormait, où serais-je alors ? Pas mon corps, *moi* ?

— Tu ferais mieux de demander ça à papa.

— Et quand je mourrai, où serai-je ?

— Avec Jésus, au ciel. »

Mais Hilda avait prononcé cette hérésie, contraire à l'athéisme de Maurice, sans grande conviction.

Philippa se sentit de nouveau attirée par la bibliothèque. S'il y avait un endroit susceptible de fournir une réponse, c'était celui-là. Ici, rangés côte à côte, se trouvaient les premières éditions des livres de Maurice, tous dédicacés de sa main au nom qu'il lui avait donné. Vu sa prolixité, il était étonnant qu'aucune université ne lui eût encore offert une chaire. D'autres éminents sociologues décelaient peut-être en lui du dilettantisme, un certain scepticisme vis-à-vis de sa discipline. Ou bien était-ce plus simple que cela ? Peut-être que l'arrogance rébarbative de certaines de ses critiques publiques les irritait ou les rebutait, tout comme elle devait irriter et rebuter ses étudiants. Quoi qu'il en fût, ils étaient là, les fruits les plus récents des préoccupations intellectuelles de son père adoptif — écrits dans un style très élégant pour un sociologue et d'une impeccable érudition, au dire des critiques — les livres qui expliquaient partiellement Maurice. Maintenant, bien sûr, elle se rendait compte qu'ils l'expliquaient elle aussi. *Nature et éducation : les interactions de l'hérédité et du milieu dans le déve-*

*loppement du langage ; Le Problème du handicap :
classe sociale, langage et intelligence ; Gènes et
milieu : influences du milieu sur le concept de la
permanence de l'objet ; L'École de l'échec : pauvreté
de classe et éducation en Grande-Bretagne.* Avait-il
eu l'intention d'y ajouter un jour : *Étude d'un cas
d'adoption : interaction de l'hérédité et du milieu* ?

Pour finir, elle se réconforta en regardant longuement son bien le plus précieux : une peinture à
l'huile de Henry Walton — portrait du révérend
Joseph Skinner et de sa famille — cadeau qu'elle
avait demandé à Maurice pour son dix-huitième
anniversaire. Ce tableau était extraordinairement
séduisant et bien peint, sans la légère touche de
mièvrerie caractéristique d'œuvres plus tardives du
même artiste. Il exprimait toute l'élégance, l'ordre,
l'assurance et les bonnes manières de la période
historique préférée de Philippa. Le révérend Skinner et ses trois fils étaient à cheval, sa femme et ses
deux filles assises dans une calèche. Derrière eux,
on apercevait leur solide et respectable maison ;
devant, leur allée, leur pelouse ombragée de chênes.
Ils ne pouvaient pas avoir connu de crise d'identité.
La longue figure des Skinner, leurs nez aquilins,
proclamaient leur race. Et pourtant ils lui parlaient,
lui disant seulement qu'ils avaient vécu, souffert,
enduré et qu'ils étaient morts. Comme il en irait
d'elle, l'heure venue.

6

A QUARANTE-CINQ ans, et déjà affligé d'une calvitie naissante, Harry Cleghorn continuait à avoir la réputation d'un homme politique plein d'avenir. Pour Philippa, il avait tellement l'air d'un député conservateur « arrivé », qu'elle ne voyait pas comment il aurait pu choisir une autre carrière. Très musclé, il avait la peau lisse, un teint coloré, des cheveux si noirs qu'ils paraissaient teints et une bouche humide, boudeuse, dont les lèvres aux contours rouges, comme fardées, révélaient, quand il parlait, une cloque sous-jacente d'un rose pâle. Pour autant que Philippa pouvait en juger, Maurice et lui ne se ressemblaient en rien, à part le fait qu'ils participaient ensemble aux mêmes débats télévisés et qu'ils étaient tous deux des personnalités du petit écran. Qu'avaient-ils besoin d'autres points communs ? Les différences de milieu, de caractère, d'intérêts ou de philosophie politique s'effaçaient à la vive lumière unificatrice que les projecteurs des studios de télévision déversaient sur les élus.

Nora Cleghorn lui faisait face, son visage exagérément maquillé adouci par la lueur des bougies. A vingt ans, elle devait avoir été attirante, pour ceux qui aimaient les jolies poupées blondes, mais sa beauté était de celles qui se fanaient vite parce qu'elles reposaient sur une insolente perfection de la peau et du teint, et non pas sur une ossature. C'était une sotte, excessivement fière de son mari, mais peu de gens la trouvaient antipathique, peut-être parce qu'elle avait la naïveté touchante de croire que l'appartenance à la Chambre des Communes représentait le comble des aspirations humaines. Comme d'habitude, elle était habillée avec trop de recherche pour ce simple dîner. Dans son haut sans manches couvert de paillettes, porté avec une jupe en velours, elle brillait d'un éclat métallique. Alors qu'elles franchissaient la porte ensemble, Philippa avait senti émaner d'elle une odeur de pièces de monnaie chaudes qu'on aurait trempées dans du parfum.

Si Nora Cleghorn était trop élégante, il en allait de même de Gabriel Lomas : il était le seul à avoir mis un smoking. Mais chez lui on savait qu'il s'agissait d'une excentricité vestimentaire délibérée. Maurice avait l'air de bien l'aimer en dépit — ou cela pouvait-il être à cause ? — des opinions extrêmement conservatrices qu'il affectait. Cela le changeait peut-être de la majorité de ses étudiants. Pour sa part, Gabriel semblait parfois s'intéresser d'une manière exagérée à Maurice. C'était par lui que Philippa avait appris la plupart des choses qu'elle savait sur Helena Palfrey. Comme elle se rappelait presque mot pour mot toute conversation qui l'intéressait vraiment, elle se souvenait parfaitement du dialogue suivant :

« Ton père, avait dit Gabriel, est comme tous les socialistes riches : il a en lui un côté conservateur qu'il essaie de maîtriser.

— Maurice ne peut pas être vraiment considéré comme un socialiste riche. Notre style de vie est trompeur. Maurice a hérité de cette maison, de la plus grande partie des meubles et des tableaux de sa première femme. Il vient d'un milieu tout à fait acceptable pour les "camarades". Son père était un fonctionnaire des postes et un syndicaliste acharné. Maurice ne s'est pas révolté, il s'est simplement conformé...

— Il a épousé la fille d'un comte. Je n'appelle pas ça se conformer. Un comte excentrique, il est vrai, qui embarrasse un peu sa classe, mais dont la lignée est irréprochable. Je veux dire : il ne s'agit pas d'un de ces anoblissements victoriens. Il est vrai aussi que, connaissant Lady Helena, les gens se sont interrogés sur son mariage jusqu'au jour où, sept mois plus tard, elle a donné naissance à un superbe bébé — le seul prématuré connu à peser huit livres et demie.

— Comment diable sais-tu toutes ces choses, Gabriel ?

— J'ai pris le goût des commérages mesquins durant mon enfance, lors des longs après-midi d'été passés à Kensington Gardens à écouter ma nurse et ses copines. Sarah, outrageusement pomponnée, dans le vieux landau de famille délabré, moi trottant à côté. Mon Dieu ! l'ennui mortel de ces promenades autour de l'étang rond ! Réjouis-toi, petite bâtarde privilégiée que tu es, d'avoir échappé à ce supplice ! »

Maintenant, alors qu'ils entamaient leurs artichauts, Gabriel taquinait gentiment Maurice en affirmant qu'une des dernières émissions télévisées du parti travailliste, présentée par un groupe de jeunes socialistes, avait en fait été produite par le parti conservateur.

« C'était très rosse de leur part. Toutefois, je doute que leur stratagème leur ait rapporté la moindre recrue. Et, s'ils voulaient nous faire peur, ils ont, à mon avis, forcé la note. Il est tout à fait impossible, même pour des jeunes socialistes, de défendre une combinaison aussi ridicule de fausse philosophie, de haine de classe et de théorie économique déconsidérée. Et où diable ont-ils pu dénicher des acteurs

aussi laids ? La plupart d'entre eux étaient franchement boutonneux. Je parie qu'on n'a encore jamais
fait de recherches sur le rapport possible entre acné
et opinions de gauche. Ne serait-ce pas une étude
intéressante pour un de vos étudiants de troisième
cycle ? »

Nora Cleghorn s'étonna :

« Mais je croyais que l'émission dont vous parlez
avait été faite par le parti travailliste... »

Son mari s'esclaffa :

« Maurice, un bon conseil : cachez les jeunes
camarades jusqu'au lendemain des élections. »

On s'acheminait vers l'inévitable discussion politique. Ce genre de conversation entre Maurice et
Cleghorn était rarement mémorable : habituellement, il s'agissait d'une resucée de leur dernier
débat télévisé ou d'une répétition pour le prochain.
Se désintéressant d'arguments déjà entendus des
dizaines de fois, Philippa porta son attention sur
Hilda, assise de l'autre côté de la table.

Depuis le début de son adolescence, Philippa
avait toujours éprouvé le besoin de changer sa mère
adoptive, de l'améliorer, de la retoucher comme on
retoucherait un manteau pas très élégant, mais qui
peut encore servir. En imagination, elle la fardait
comme si l'application judicieuse de couleurs pouvait donner plus de netteté à ses traits, sauver son
visage blafard de l'insignifiance. Un peu honteuse-
ment, elle se voyait présenter à Maurice, avec ses
compliments, une femme transformée, se voyait la
soumettre à son approbation — proxénète de son
plaisir. Même maintenant, elle regardait rarement
sa mère adoptive sans modifier mentalement sa
coiffure, ses vêtements. Un an plus tôt, environ,
Hilda avait eu besoin d'une nouvelle robe du soir.
Elle avait timidement demandé à Philippa de l'accompagner pour l'acheter. Cette invitation avait dû
évoquer pour elle des relations mère-fille idéalisées,

une sortie bien féminine, un peu frivole, pleine de complicité. Ç'avait été un échec. Hilda détestait les magasins autres que ceux d'alimentation. La présence de clients plus élégants l'embarrassait, l'abondance du choix la troublait ; elle se montrait trop déférente envers les vendeuses et n'aimait pas se déshabiller. Le dernier magasin dans lequel Philippa l'avait traînée, en désespoir de cause, disposait seulement d'une grande cabine commune. Quelle inhibition de la chair, se demanda Philippa, avait poussé Hilda à se réfugier dans un coin et à essayer, avec une pudeur ridicule, de se déshabiller sous le couvert de son manteau, alors que, tout autour d'elle, des jeunes filles et des femmes se mettaient sans la moindre gêne en slip et en soutien-gorge ? Poussant des douzaines de cintres, Philippa avait essayé de découvrir un vêtement adéquat. Mais rien n'avait l'air seyant sur Hilda. C'était normal : elle portait ces robes sans assurance, sans plaisir, victime muette qui se laissait parer pour quelque banquet sacrificiel. Finalement, elle avait acheté la jupe de laine noire qu'elle portait maintenant, complétée par un chemisier tarabiscoté et mal coupé en crêpe acrylique. C'était la dernière fois qu'elles étaient sorties ensemble, la seule fois où Philippa avait tenté d'être une fille pour Hilda. Heureusement, elle n'avait pas renouvelé cette expérience, se dit-elle.

La voix légèrement impérieuse de Harry Cleghorn — on avait toujours l'impression qu'il était en train de faire un discours électoral — interrompit l'agréable dénigrement de Hilda auquel se livrait Philippa, de cette pauvre Hilda qui ne savait que cuisiner et mentir.

« Ton parti prétend comprendre la soi-disant classe ouvrière, mais la plupart de ses membres n'ont pas la moindre idée de ce que ressentent les ouvriers. Prends par exemple une vieille femme qui habite dans la banlieue sud, cloîtrée en haut d'une de vos tours d'habitation. Si elle ne peut aller faire ses courses ou toucher sa pension parce qu'elle a peur de se faire agresser, elle n'est pas libre au vrai sens du terme. La liberté de pouvoir circuler en sécurité dans sa propre capitale est sacrément plus importante que les abstractions dont le lobby des libertés civiques nous rebat les oreilles.

— A condition que tu m'expliques comment des peines de prison plus longues et des conditions de détention plus dures rétabliraient cette sécurité. »

Nora Cleghorn lécha ses doigts couverts de vinaigrette.

« Ils devraient pendre tous les assassins. »

Elle parlait du ton enjoué de la conversation. On aurait dit, pensa Philippa, qu'elle se référait à un voisin qui avait inexplicablement omis de pendre des rideaux à ses fenêtres. Il y eut un moment de silence total, comme si elle venait de faire tomber un objet précieux. En imagination, Philippa entendit un bruit de verre brisé. Puis Maurice répliqua d'une voix calme :

« Ils ? Tu veux dire : nous. Comme c'est une tâche qui me répugnerait, je ne peux guère demander à quelqu'un d'autre de l'exécuter à ma place.

— Oh ! Harry s'en chargerait sûrement pour toi, n'est-ce pas chéri ?

— Oui, il doit bien y avoir deux ou trois personnes que j'enverrais *ad patres* sans trop de scrupules. »

Et ceci les amena, comme Philippa s'en douta tout de suite, à parler de la plus célèbre meurtrière d'enfant de ce siècle, une femme dont le nom revenait sur le tapis chaque fois qu'on discutait de la peine de mort — pierre de touche au moyen de laquelle les personnes aux idées libérales testaient la réaction de leurs compatriotes à la peine capitale. Philippa se demanda si sa propre mère était restée en prison plus longtemps qu'elle ne l'aurait dû normalement, parce que sa libération anticipée aurait pu stimuler la campagne en faveur de cette autre et plus célèbre meurtrière d'enfant. Philippa regarda Hilda, mais celle-ci, le visage caché par deux mèches de cheveux, se penchait au-dessus de son assiette. Les artichauts convenaient parfaitement à un dîner embarrassant : ils exigeaient beaucoup d'attention.

Cleghorn reprit la parole :

« Ayant conclu que c'était mal de pendre les assassins, nous commençons maintenant à nous rendre compte qu'ils ne nous rendent pas le service de mourir en prison ou de simplement disparaître. Nous commençons également à nous rendre compte que quelqu'un doit s'en occuper et que si nous ne payons pas correctement le personnel pénitentiaire pour un boulot désagréable, nous ne trouverons personne qui soit disposé à le faire. Mais il est évident que, tôt ou tard, cette femme devra être mise en liberté conditionnelle. Pour ma part, j'espère que ce sera le plus tard possible. »

Nora Cleghorn ajouta :

« Il paraît qu'elle est devenue extrêmement pieuse. Je crois avoir lu quelque part qu'elle veut entrer au couvent, ou soigner les lépreux, ou un truc comme ça. »

Gabriel rit :

« Les pauvres lépreux ! On dirait qu'ils sont les victimes favorites des gens repentis. Comme s'ils n'avaient pas déjà assez d'ennuis comme ça ! »

Les lèvres humides de Cleghorn se refermèrent sur le cœur succulent de l'artichaut comme celles d'un enfant sur une sucette. Un filet de sauce dégoulina au coin de sa bouche. D'une voix assourdie par sa serviette, il déclara :

« Tant qu'elle ne touche pas aux enfants, elle peut bien soigner qui elle veut.

— Mais si elle s'était vraiment amendée, elle n'essaierait pas d'exciter l'opinion publique pour sortir de prison, n'est-ce pas ? » demanda Nora.

Cleghorn lui répondit sur un ton impatient. Philippa avait déjà remarqué auparavant qu'il tolérait les inanités de sa femme, mais s'irritait dès qu'elle disait une parole sensée.

« Bien sûr que non. C'est bien la dernière chose qui l'intéresserait. Si elle veut faire le bien, la prison est un endroit tout aussi indiqué qu'un autre, après tout. Parler de repentir est idiot. Son amant et elle ont torturé un enfant à mort. Si elle parvient jamais à comprendre ce qu'elle a fait, je ne vois pas comment elle pourrait supporter de continuer à vivre, et encore moins comment elle pourrait envisager de vivre de nouveau dans la société.

— Pour son propre bien, nous devons donc espérer qu'elle n'éprouve aucun repentir, dit Gabriel. Mais pourquoi le public s'intéresse-t-il tant à ses états d'âme ? La société a sans doute le droit de la punir pour dissuader d'autres criminels, et de s'assurer par tous les moyens possibles qu'elle n'est plus dangereuse avant de la libérer. Ce que nous n'avons pas le droit d'exiger, c'est qu'elle se repente. C'est là une affaire entre elle et son dieu.

— Bien sûr, approuva Philippa. C'est aussi arrogant que si moi, qui ne suis pas juive, je proclamais que j'avais pardonné l'holocauste aux nazis. Cette déclaration serait absurde.

— Aussi absurde que de dire que le repentir est une affaire entre elle et son dieu », fit Maurice d'un ton sec.

Cleghorn éclata de rire.

« Voyons, Maurice, garde les arguments théologiques pour ton entretien avec l'évêque. A propos, combien te paient-ils pour cette nouvelle série d'émissions ? »

La conversation s'orienta vers les contrats et les

petites manies des producteurs de télévision. On ne parla plus de meurtre. Le repas s'éternisa : il y eut le veau, le soufflé au citron, puis finalement le café et le cognac qu'ils allèrent prendre au jardin. Philippa avait l'impression de vivre la journée la plus longue de sa vie. Le matin, elle s'était réveillée bâtarde. Combien courtes et pourtant interminables avaient été les heures qui l'avaient légitimée dans l'horreur et la honte ! C'était comme vivre simultanément la naissance et la mort, l'une et l'autre pénibles séparément, bien que faisant toutes deux partie du même inexorable processus. Maintenant, assise, épuisée, sous les lampes du patio, elle essayait de faire partir les Cleghorn par la seule force de sa volonté.

Elle avait dépassé le stade de la fatigue. Son esprit, d'une clarté surnaturelle, ne s'attachait pourtant qu'à des détails insignifiants, leur attribuant une signification exagérée : la bretelle de soutien-gorge de Nora Cleghorn glissant de son épaule pailletée, la lourde chevalière de son mari incrustée dans la chair de son petit doigt, le pêcher brillant d'un éclat argenté sous la lampe du patio.

Vers onze heures et demie, la conversation était devenue décousue, machinale. Maurice et Cleghorn avaient réglé leurs affaires universitaires et Gabriel avait pris congé avec son habituelle politesse cérémonieuse teintée d'ironie. Mais les Cleghorn s'attardaient avec, semblait-il, une endurance obstinée. Pourtant un froid humide avait depuis longtemps envahi le jardin et les artères du jour mourant taché le ciel pourpre. Il était presque minuit quand le couple se rappela qu'il avait un domicile. Après d'interminables adieux, les Cleghorn franchirent la porte du jardin et se dirigèrent vers la ruelle, à l'arrière, où ils avaient garé leur Jaguar. Enfin Philippa fut libre de monter dans sa chambre.

7

La lettre s'avéra être plus difficile à écrire que la plus compliquée de ses dissertations hebdomadaires pour le lycée. Comment quelques lignes de prose pouvaient-elles être aussi longues à composer ? Comment les mots les plus ordinaires pouvaient-ils être aussi chargés de sous-entendus, de condescendance, d'une grossière insensibilité ? Les problèmes commençaient avec la suscription. « Chère maman » choquait, avec quelque chose de présomptueux ; « Chère madame » était d'une formalité offensante, presque agressive ; « Chère Mary Ducton » sentait trop le compromis dans le vent et admettait l'échec. Finalement, elle choisit « Chère maman ». Après tout, tels étaient bien les rapports existants entre elles : un lien primordial, inaltérable, biologique. Reconnaître ce fait n'impliquait pas nécessairement que c'était quelque chose de plus.

La première phrase fut relativement facile. Philippa écrivit :

« J'espère que cette lettre ne vous fera pas de peine, mais, aux termes de la loi sur l'Enfance de 1975, j'ai exercé mon droit et demandé un extrait de naissance aux archives de l'état civil. Ensuite, je me suis rendue Bancroft Gardens Street et, par un voisin, j'ai appris qui vous étiez. »

Inutile d'en dire plus. Dans cette dernière phrase, l'infamie était arrachée au passé, tenue brièvement à la main, puis lâchée. Les mots étaient tachés de sang. Philippa continua :

« A moins que vous n'y voyiez une objection, j'aimerais beaucoup faire votre connaissance. Je pourrais venir à Melcombe Grange n'importe quel jour de visite si vous m'indiquez celui qui vous conviendrait. »

Elle s'interrogea sur les quatre derniers mots, mais, à la réflexion, décida de les laisser. Les deux phrases ne la satisfaisaient pas. Au moins, elles étaient courtes et claires. Ensuite, cela devenait plus difficile. Les mots « relâchée », « liberté conditionnelle » étaient péjoratifs, mais pratiquement impossibles à éviter. Rapidement, Philippa griffonna un autre brouillon :

« Je ne veux pas m'imposer à vous, mais si vous ne savez pas où aller, si vous n'avez pas encore décidé ce que vous ferez en quittant Melcombe Grange, voudriez-vous venir chez moi ? »

Mais les cinq derniers mots lui parurent aussi réticents et condescendants que si elle s'adressait à quelque invitée importune. Elle essaya encore une fois :

« Je commence mes études à Cambridge en octobre et j'espère trouver un appartement à Londres pour les deux prochains mois. Si vous n'avez pas encore décidé ce que vous ferez en quittant Melcombe Grange, et si vous voulez partager mon logement, cela me serait agréable. Mais, je vous en prie, ne vous croyez pas obligée d'accepter. »

Il lui vint à l'esprit que sa mère se tracasserait peut-être au sujet de sa contribution au loyer. Elle sortirait vraisemblablement de prison avec peu d'argent. Philippa devait lui faire comprendre qu'elle n'aurait rien à payer. Elle commença à écrire que son offre n'entraînait aucun engagement de sa part, mais cette allusion matérielle lui rappela trop les catalogues de vente. Et, après tout, il y aurait des engagements. La contrepartie qu'elle exigerait de sa mère ne se réglait pas avec de l'argent. Finalement, elle jugea que la mise au point des détails pouvait attendre leur rencontre. Elle termina son brouillon :

« Cela ne sera qu'un petit appartement — une chambre pour chacune de nous, une cuisine et une salle de bain — mais j'espère en trouver un qui soit bien situé. »

Bien situé par rapport à quoi ? se demanda-t-elle. A l'opéra de Covent Garden, aux magasins du West End, aux théâtres et aux restaurants ? Quelle sorte de vie cela laissait-il supposer ? Qu'envisageait-elle pour cette étrangère qui allait recouvrer la liberté — si l'on pouvait appeler ainsi la liberté condition-nelle d'une condamnée à perpétuité —, avec un enfant mort sur la conscience ? Elle recopia son brouillon et signa Philippa Palfrey. Puis elle relut attentivement sa lettre. Ces phrases, songea-t-elle, manquaient de sincérité. Sa mère serait-elle capable de lire la vérité entre ces lignes guindées ? Elle n'avait pas vraiment le choix. En effet, une fois de plus, elle était acculée. Leur rencontre était inévi-table ; si elle n'avait pas lieu maintenant, elle aurait lieu plus tard. Sa mère ne pouvait rien faire pour l'empêcher.

Peut-être aurait-il été plus honnête, et puisque le style dépendait de l'honnêteté, plus satisfaisant d'avoir écrit la brutale vérité ?

« Si vous n'avez pas d'endroit convenable où aller quand vous sortirez de prison, voulez-vous partager avec moi un appartement à Londres jusqu'à mon départ pour Cambridge, en octobre ? Cela ne serait que jusqu'à cette date ; je n'ai pas l'intention de changer ma vie à cause de vous. J'ai besoin de savoir qui je suis. Si vous avez besoin d'une chambre pour deux mois, ça serait un échange équitable. Écrivez-moi pour me dire si vous voulez que je vienne à Melcombe Grange pour vous en parler. »

Elle entendit deux paires de pas gravir l'escalier. Puis on frappa à la porte. C'était sûrement Hilda. Maurice — peut-être éduqué par Helena — ne frappait jamais. Ils se tenaient sur le seuil côte à côte, comme en délégation. Ils étaient en robe de chambre, en nylon matelassé à fleurs pour Hilda, en fine laine rouge pour Maurice. Ils apportaient avec eux une odeur de bain de bébé : savon et talc. Maurice dit :

« Il faut que nous parlions, Philippa.

— Je suis trop fatiguée. Il est minuit passé. Et d'ailleurs qu'y a-t-il à dire ?

— Au moins promets-moi de ne rien faire avant d'avoir vu ta mère, de lui avoir parlé.

— Je lui ai déjà écrit. J'expédierai ma lettre demain, je veux dire : aujourd'hui. Mon offre n'a de sens que si je la lui fais avant de la rencontrer. Je ne peux pas aller examiner d'abord ma mère comme on examinerait la qualité d'une marchandise.

— Tu as donc l'intention de t'engager pour des semaines, des mois, peut-être pour la vie, envers une femme que tu ne connais pas, qui n'a jamais rien fait pour toi, qui te sera seulement une gêne, que tu risques même de ne pas aimer. Qu'elle se trouve être une meurtrière n'a rien à voir avec tout cela. C'est du don-quichottisme, Philippa. Pis encore : de la stupidité.

— Je n'ai jamais parlé d'engagement.

— Peut-être, mais si ta mère ne te donne pas satisfaction, tu pourras difficilement la mettre à la porte comme une employée. Si ce n'est pas un engagement, alors qu'est-ce que c'est ?

— Une façon raisonnable de l'aider à passer ces

deux premiers mois dehors. Je lui fais simplement une proposition. Il se peut qu'elle ne veuille pas me voir. Et, si elle le veut, cela ne signifie pas pour autant qu'elle désire partager un appartement avec moi. Je suppose qu'elle a déjà pris d'autres dispositions. Mais, si elle ne sait pas où aller, alors je suis libre pour les prochains mois. Au moins, elle aura le choix.

— Le problème de ne pas savoir où aller ne se posera pas. Si elle n'a pas de famille prête à la reprendre, le comité à la probation lui aura trouvé un logement. Elle ne sera pas à la rue. On ne met des condamnés à perpétuité en liberté conditionnelle que si le ministère de l'Intérieur a approuvé les conditions de leur réinsertion. »

Hilda dit nerveusement :

« N'ont-ils pas des centres d'hébergement ? J'ai entendu dire qu'il y en avait de très bien. Ta mère ira probablement dans un de ces foyers jusqu'à ce qu'elle se soit réadaptée ou ait trouvé du travail. »

Elle parlait de sa mère comme si celle-ci était une convalescente renvoyée prématurément de l'hôpital, songea Philippa. Maurice déclara :

« Ou bien elle se mettra en ménage avec une femme dont elle a fait la connaissance en prison. Elle n'a pas dû passer toutes ces années entièrement seule.

— Que veux-tu dire ? Avec sa maîtresse ? Une lesbienne ?

— Ce sont des choses qui existent, répondit Maurice d'un ton irrité. Tu ne sais rien d'elle. Elle t'a laissée sortir de sa vie, sûrement parce qu'elle a jugé que c'était mieux ainsi. Maintenant, fais la même chose pour elle. Est-ce qu'il ne t'est pas venu à l'idée que tu pourrais être la dernière personne au monde qu'elle ait envie de revoir ?

— Dans ce cas, il lui suffit de le dire. J'écrirai d'abord. Je n'ai pas l'intention d'arriver à la prison sans crier gare. Et, si elle a renoncé à moi, c'était parce qu'elle ne pouvait pas faire autrement. »

D'une petite voix gémissante, Hilda protesta :

« Mais tu ne peux pas simplement quitter la maison ! Que vont penser les gens ? Comment allons-nous expliquer ta disparition à tes amis, à Gabriel Lomas ?

— Tout cela ne regarde en rien Gabriel. Dites-leur que je suis à l'étranger jusqu'au mois d'octobre. Cela correspond d'ailleurs à mon plan d'origine.

— Mais ils te rencontreront forcément à Londres. Ils te verront avec elle !

— Et alors ? Elle ne porte pas les stigmates divins imprimés sur son front ! Je trouverai une histoire à raconter à vos amis, si c'est cela qui vous tracasse. De toute façon, ce n'est que pour deux mois. Il arrive aux gens de quitter leur maison de temps en temps, tu sais. »

Maurice entra dans la pièce et s'approcha du Henry Walton. Examinant le tableau, le dos tourné vers Philippa, il dit :

« Qu'as-tu lu au sujet du meurtre ?

— Rien. Je sais qu'elle a tué une fillette nommée Julie Scase que mon père venait de violer.

— Tu n'as pas consulté les articles écrits sur le crime ?

— Non, je n'ai pas eu le temps de fouiller dans les archives, et d'ailleurs je n'en ai pas envie.

— Avant d'entreprendre quoi que ce soit d'irréfléchi, je te conseille vivement de lire les coupures de presse relatives à cette affaire, et le compte rendu du procès pour apprendre les faits.

— Les faits, je les connais. Ils m'ont été assenés ce matin avec une brutale netteté. Je refuse d'espionner ma mère avant de la rencontrer. Si je désire apprendre plus de détails, je les lui demanderai. Maintenant, je suis fatiguée. Soyez gentils, laissez-moi. Je veux me coucher. »

8

Deux jours plus tard, le vendredi 14 juillet, Norman Scase fêta en même temps son cinquante-septième anniversaire et le dernier jour de sa carrière d'employé dans le service comptabilité d'une administration locale. Il avait dit à ses collègues qu'un de ses oncles lui avait laissé un modeste héritage, suffisant, toutefois, pour lui permettre de geler sa pension pendant trois ans et de prendre une retraite anticipée. Ce mensonge le tracassait ; il n'avait pas l'habitude de mentir. Mais il fallait bien leur expliquer comment un employé non qualifié de catégorie moyenne qui, pendant cinq ans, avait toujours porté le même costume au travail, pouvait s'offrir le luxe d'une retraite anticipée. Il pouvait difficilement leur dire la vérité : que la meurtrière de sa petite fille allait être relâchée en août, qu'il avait des dispositions à prendre, des affaires à régler qui allaient maintenant l'occuper à plein temps.

« Fêter » n'était pas le mot qu'il aurait choisi ni pour son anniversaire ni pour son dernier jour au bureau. Il aurait été content si on lui avait donné la permission de s'en aller discrètement, comme il l'avait fait à la fin de chaque journée de travail pendant les huit dernières années, mais, dans le service du trésorier, il y avait des rituels auxquels même le moins sociable et le plus secret des membres du personnel ne pouvait se dérober. La coutume voulait qu'un collègue qui partait, se mariait, était promu ou prenait sa retraite, marquât cet événement par une invitation à un thé ou un apéritif — cela dépendait de son rang, de ses habitudes et de l'importance qu'il attachait à l'imminent changement qui allait se produire dans sa vie. Pour ceux qui n'étaient pas assez haut placés pour avoir une secrétaire personnelle, l'invitation était tapée à titre gracieux par le bureau des dactylos, puis distribuée par le commis avec les diverses notes de service, circulaires et périodiques qui faisaient le tour de la division. Aussitôt, Miss Millicent Yelland, la plus ancienne des secrétaires de direction, commençait une quête pour l'achat d'un présent. Avec des airs de conspiratrice, elle allait d'un bureau à l'autre munie d'une enveloppe pour collecter l'argent et une carte de vœux sur laquelle les donateurs signaient leurs noms au-dessous d'une formule d'adieu ou de félicitations. C'était à Miss Yelland qu'incombait invariablement le choix de la carte. À cinquante-quatre ans, elle avait sublimé ses instincts maternels en adoptant le rôle de mère de la division et, pendant les quinze dernières années, elle avait, sans succès notable, essayé de créer l'illusion qu'ils formaient tous une grande et heureuse famille.

Elle se donnait toujours beaucoup de mal pour trouver l'illustration adéquate. Elle explorait les étagères de l'*Army and Navy Stores* ou la librairie de l'abbaye de Westminster ; parfois même elle s'aventurait aussi loin qu'Oxford Circus. Pour des employés de grade supérieur, elle choisissait généralement un chien. Les chiens étaient toujours acceptables : ils éveillaient en elle un mélange de sentiments et d'aspirations vagues, évoquaient la fidélité et l'attachement, la virilité en gros tweed, les mystérieuses activités de l'aristocratie dans les chasses réservées, un goût sobre et discret. Vu qu'une chaumière, avec sa connotation de bonheur conjugal, ne convenait pas pour un veuf et qu'il était impossible d'associer Mr. Scase à quoi que ce fût d'aussi frivole que les bambis ou des chats noirs, Miss Yelland sélectionna un chien à longs poils, de race indéterminée, qui se tenait dans un paysage de bruyères, un faisan dans la gueule.

Lorsqu'elle examina de nouveau la carte dans son bureau, elle fut prise de doutes. Le faisan, du moins croyait-elle que c'en était un, avait l'air terriblement mort et pathétique avec son cou tombant et son œil vitreux. Ce n'était rien moins que gai. Pourvu que Mr. Scase ne condamnât pas la chasse ! se dit-elle. Et, quand on la regardait de près, l'expression du chien était franchement déplaisante, presque triomphante. Mais elle n'avait plus le choix. La carte avait déjà coûté trente-trois pence sur les dix livres de sa collecte — somme assez décevante, mais il fallait dire que ce pauvre Mr. Scase ne s'était jamais donné beaucoup de peine pour se faire aimer — et l'achat d'une autre représenterait un gaspillage stupide. Dommage qu'il fût si difficile de choisir une image pour lui. Huit mois plus tôt, la mort de sa femme, malheur sur lequel il s'était montré aussi réservé que sur n'importe quel autre événement de sa vie privée, Miss Yelland avait envoyé une carte de condoléances au nom de la division : une croix argentée entourée d'une couronne de violettes et de myosotis. Ensuite, elle s'était demandé si ça n'avait pas été une erreur. Mr. Scase avait travaillé neuf ans dans la division et pourtant on ne savait presque rien de lui. Sauf qu'il habitait la banlieue est comme Miss Yelland, et arrivait à Londres par Liverpool Street. Ils se rencontraient rarement dans cette gare ; parfois, elle se demandait si Mr. Scase ne l'évitait pas.

Quelques années plus tôt, enhardie par deux verres de mauvais xérès à la fête de Noël du bureau, elle lui avait demandé s'il avait des enfants. « Non », avait-il répondu. Après quelques secondes, il avait ajouté : « Nous avions une fille, mais elle est morte jeune. » Puis il avait rougi et s'était détourné comme s'il regrettait cette brève confidence. Elle eut alors l'impression d'avoir manqué de tact. Elle avait bredouillé un « Je suis navrée » et s'était éloignée. Elle avait rempli les verres qu'on lui tendait et plaisanté avec ses collègues. Mais plus tard, elle s'était dit qu'il n'avait jamais mentionné son enfant à personne d'autre, que cette confidence, bien qu'involontaire, avait été faite à elle seule. Elle n'en parlait jamais, ni à lui ni à ses collègues de bureau, mais elle gardait précieusement le souvenir de cet incident, comme un petit secret qui, d'une certaine façon, la valorisait aux yeux de Mr. Scase. Et le fait que cet homme avait connu une tragédie dans sa vie privée lui conférait un aspect intéressant, presque distingué. Après la mort de sa femme, elle se mit à caresser une chimère personnelle. Ils étaient tous les deux seuls. Mr. Scase était un homme sérieux, consciencieux. Les jeunes, dans le service, ne l'aimaient pas beaucoup simplement parce qu'il exigeait de la ponctualité et du travail convenable. Seule une femme âgée, mûre, pouvait apprécier ses qualités. En la personne de Mr. Scase, elle aurait peut-être un ami et plus tard, qui le savait, plus qu'un ami. Elle était encore en âge de rendre un homme heureux. Elle cuisinerait pour lui, s'occuperait de lui. Cela la changerait de sa mère. Mais, bien entendu, elle devrait faire le premier pas.

Son magazine féminin préféré lui fournit une idée : dans le courrier du cœur, une lectrice écrivait qu'elle était un peu amoureuse d'un de ses collègues de bureau ; celui-ci, toutefois, se montrait amical et poli, mais sans plus. Il ne l'avait jamais invitée nulle part, ne lui avait jamais donné rendez-vous. La réponse du journal était très explicite : « Achetez deux billets de théâtre pour une pièce qui pourrait lui plaire. Puis dites-lui qu'on vous a fait cadeau de ces deux places et demandez-lui s'il a envie de voir la représentation avec vous. » Miss Yelland avait eu du mal à organiser son stratagème. Il y avait eu le problème de persuader une voisine de tenir compagnie à sa mère, celui de choisir un spectacle. Finalement, sentant qu'une soirée musicale serait plus appropriée, elle avait fait la queue pour acheter deux places fort chères à un concert Brahms au Royal Festival Hall, un vendredi soir. Le lundi, elle avait abordé Mr. Scase. Elle avait répété les quelques paroles guindées qu'elle avait préparées et son invitation avait paru aussi peu aimable qu'insincère. Gardant ses yeux sur le grand livre, Mr. Scase n'avait pas répondu tout de suite et elle avait commencé à se demander s'il l'avait entendue. Puis il s'était levé avec gaucherie, l'avait brièvement regardée dans les yeux et murmuré : « C'est très gentil de votre part, Miss Yelland, mais je ne sors jamais le soir. »

Sur son visage, en plus de l'embarras, elle avait lu une espèce de panique. Ensuite, rouge d'humiliation d'avoir essuyé un refus si catégorique, elle avait cherché un peu de solitude dans les toilettes pour dames. Déchirant les deux billets, elle les avait jetés dans la cuvette des waters. C'était là, elle le savait, un gaspillage idiot. Le concert choisi allait attirer beaucoup de monde ; le bureau des réservations lui aurait presque certainement repris les billets. Mais ce geste apaisa un peu son amour-propre froissé. Elle n'avait plus parlé à Mr. Scase et celui-ci avait semblé devenir encore plus réservé ; on aurait dit qu'il se retirait complètement dans sa coquille de silencieuse efficacité. Et maintenant il partait. Pendant près de neuf ans, il s'était soustrait à ses tendres attentions. A présent, il lui échappait pour de bon.

L'adieu officiel avait été fixé à midi et demi. A une heure, Mr. Willcox, le chef comptable de la division, qui se chargeait des cérémonies pour les membres du personnel dont le rang ne justifiait pas la présence du trésorier, était en plein discours : « Et si l'un de vous me demandait à moi, son supérieur, la qualité la plus frappante du travail de Norman Scase dans cette division, je n'hésiterais pas une seconde avant de répondre. »

Puis il fit une pause d'une bonne demi-minute pour donner à la division rassemblée le temps de prendre des expressions d'un vif intérêt, comme si cette passionnante question avait, en effet, été sur leurs lèvres. Le comptable adjoint leva des yeux lugubres au plafond, la secrétaire personnelle pouffa de rire et Miss Yelland envoya à Scase un sourire encourageant à travers la pièce bondée. Scase ne le lui rendit pas. Debout, son verre de cantine à demi rempli d'un vin doux d'Afrique du Sud à la main, il regardait fixement par-dessus les têtes de l'assistance. Son apparence était aussi soignée que d'habitude, ni plus ni moins. Son costume bleu commençait à être un peu râpé maintenant, les manches lustrées par le frottement du bureau et celui du grand livre. Son col de chemise était froissé, mais très propre, et la banale cravate nouée avec précision. Tel qu'il se tenait là, un peu à l'écart, comme un homme attendait d'être jugé, il rappela quelqu'un à Miss Yelland : un personnage dans un tableau, une photographie, un film d'actualité, pas quelqu'un qu'elle connaissait personnellement. Puis elle se souvint. C'était l'un des accusés du procès de Nuremberg. Cette image mentale impie, offensante, la choqua ; elle rougit et contempla le fond de son verre comme si elle venait de commettre une faute de goût. Mais le souvenir persista. Avec résolution, Miss Yelland reporta ses yeux sur Mr. Willcox.

« Je l'exprimerais en un seul mot », déclara le chef comptable, puis il se mit à égrener une série de synonymes : « Conscience, attention aux détails, esprit de méthode, sérieux. Quelle que soit la tâche à laquelle il s'attelle, celle-ci est menée à bien avec précision, netteté et sérieux. »

Baissant les yeux, son adjoint avala son xérès d'un trait — ce n'était pas une boisson qu'on avait envie de déguster — et se dit qu'en matière de discours d'adieu on faisait difficilement plus ennuyeux et moins flatteur. La retraite anticipée de Scase l'intriguait. Il fallait que l'héritage, dont il avait entendu parler, fût assez important pour que Scase pût se permettre de partir trois ans plus tôt, à moins qu'il se fût simplement trouvé un autre emploi. Mais cela semblait improbable. Qui, de nos jours, engagerait un type de cinquante-sept ans sans qualification ?

Willcox continuait son laïus suffisant. Insinuations sournoises quant aux activités qu'aurait Scase pendant sa retraite ; félicitations à demi joviales. Le chef comptable ne put empêcher une note d'envie de se glisser dans son discours : Scase pouvait se permettre de geler sa pension et de prendre sa retraite trois ans plus tôt. Enfin, arriva le vœu final : que Scase vive une longue, heureuse et prospère retraite, et qu'avec le modeste cadeau de la division, il puisse s'offrir un petit luxe qui lui rappellerait l'affection et le respect que lui portaient ses collègues. On remit le chèque à Scase. Il y eut une brève explosion d'applaudissements. Willcox s'y joignit en serrant et relâchant ses paumes d'une façon curieuse, sans bruit, comme un animateur dénué d'enthousiasme dans une réunion religieuse. Puis, tous les regards se tournèrent vers Scase. Clignotant des paupières, celui-ci regarda l'enveloppe qu'on lui avait fourrée dans la main, mais il ne l'ouvrit pas. On aurait dit qu'il ne connaissait pas la coutume : il était censé feindre de ne pas trouver le rabat, lever un sourcil reconnaissant devant le montant du chèque, admirer l'image, sur la carte et examiner les noms inscrits. Au lieu de cela, il serra l'enveloppe dans ses doigts frêles, comme un enfant qui se demande si le cadeau est vraiment pour lui.

« Merci infiniment. Après neuf ans ou presque, passés ici, la division me manquera certainement sur beaucoup de plans.

— Neuf ans de bagne ! » cria quelqu'un. On rit. Scase ne sourit pas.

« Après neuf ans, ou presque, répéta-t-il. Avec votre aimable cadeau, je m'achèterai des jumelles. Elles me rappelleront mes vieux amis et collègues de l'administration locale. Merci. »

Puis il sourit. Il avait un sourire singulièrement charmant, mais cette expression fut si brève que ceux qui l'avaient vue se demandèrent s'ils avaient vraiment assisté à cette extraordinaire transformation. Scase posa son verre encore à moitié plein, serra la main à deux des personnes qui se trouvaient le plus près de lui et partit.

Il retourna dans le petit bureau qu'il partageait avec deux autres employés ; il avait déjà rangé ses quelques affaires dans un sac en plastique : sa tasse et sa soucoupe soigneusement emballées dans le *Daily Telegraph* de la veille, son barème de comptes et son dictionnaire, sa trousse de toilette. Il promena un dernier regard autour de lui. Il ne restait plus rien à faire. Se dirigeant vers l'ascenseur, il se demanda ce que ses collègues auraient dit, la tête qu'ils auraient faite, s'il leur avait simplement révélé ses véritables intentions.

« Je suis obligé de me mettre en préretraite parce que, au cours des mois qui viennent, je devrai accomplir une tâche qui exige beaucoup de temps et de réflexion : trouver et tuer la meurtrière de mon enfant. »

Les visages qui souriaient nerveusement autour de lui se seraient-ils figés en une expression de totale incrédulité, les bouches, au sourire conventionnel, auraient-elles éclaté d'un rire gêné ? Ou bien les gens seraient-ils restés là comme dans une charade surréaliste, continuant à sourire, à lui porter des toasts avec leur xérès de mauvaise qualité comme si ses terribles paroles avaient aussi peu de sens que les pompeuses platitudes de Mr. Willcox ? L'idée qu'il pourrait dire la vérité était venue à Scase durant les dernières secondes de la péroraison de son ex-supérieur. Certes, il n'avait pas été sérieusement tenté de commettre pareille folie. Mais le fait qu'une fantaisie aussi iconoclaste et mélodramatique lui eût traversé l'esprit le surprenait et même le vexait légèrement. Il n'avait jamais été théâtral, ni en pensée ni en action. Tuer Mary Ducton était un devoir auquel il ne voulait ni ne pouvait se dérober. Bien entendu, il avait l'intention de réussir ce meurtre, en ce sens qu'il voulait éviter de se faire prendre. Il recherchait la justice, non le martyre. Mais jamais, jusqu'à cet après-midi, il ne s'était interrogé sur ce que ses collègues penseraient de lui sous la forme d'un assassin en puissance. Et il eut la vague impression que cette lubie soudaine l'avilissait, rabaissait son grave projet au rang d'un mélodrame.

9

Pour rentrer chez lui, il suivit l'itinéraire habituel : le pont de Westminster, la place du Parlement, puis Great George Street jusqu'à St. James's Park. Il était plus rapide, pour se rendre à la gare de Liverpool Street, d'emprunter la City Line à Waterloo, mais Scase préférait traverser le fleuve chaque soir et prendre le métro à St. James's Park. Depuis la mort de Mavis, il n'était jamais pressé de regagner son logis. Ce jour-là, il ne l'était pas plus.

Il y avait beaucoup de monde dans le parc, mais il réussit à trouver de la place sur un banc au bord du lac. Avec précaution, il posa le sac contenant ses affaires entre ses pieds. Contemplant l'étang à travers les branches d'un saule, il se rendit compte qu'il s'était assis à ce même endroit huit mois plus tôt, à l'heure du déjeuner, le lendemain de la mort de sa femme. Par une journée — c'était un vendredi — anormalement froide de novembre. Il se souvenait d'un soleil estompé, très haut au-dessus de l'eau, comme une grande lune blanche, et des rameaux de saules qui trempaient leurs feuilles pâles dans l'eau. Dans ces plates-bandes où fleurissaient maintenant des roses, il y avait quelques boutons rouges et serrés que le froid avait tachés de rouille sur des tiges étouffées par les feuilles mortes. Couleur de bronze, le lac ridé ressemblait en son milieu à un grand plateau d'argent martelé. Un vieil homme, sûrement trop vieux pour travailler pour la municipalité, était passé près de lui, piquant les ordures éparpillées avec un bâton à pointe ferrée. Le parc avait alors un air triste et abandonné, le garde-fou du pont bleu usé par les mains des touristes, la fontaine silencieuse, le salon de thé fermé pour l'hiver. Aujourd'hui, l'air retentissait des voix des promeneurs, de rires et de cris d'enfants. L'autre fois, se rappela Scase, il n'y avait qu'un seul enfant avec sa mère. Effrayées par son rire sec et cassé, les mouettes s'étaient envolées en poussant des cris rauques ; le gamin avait tendu les bras comme s'il pouvait faire tomber leurs corps dodus dans ses mains par la seule force de sa volonté. Sous les arbres lointains, des plaques d'une neige précoce s'étalaient entre les touffes d'herbe comme des détritus oubliés de l'été mort.

Repensant à cette journée, Scase crut presque sentir de nouveau le froid de ce mois de novembre. Il ferma les yeux pour ne plus voir la verdure ensoleillée du parc, les reflets sur le lac, ferma ses oreilles aux cris d'enfants, au son distant de la fanfare, et se retransporta en esprit dans la salle d'hôpital où Mavis était morte.

Elle avait mal choisi le jour et l'heure de sa mort : un jeudi, jour des opérations graves, et à quatre heures de l'après-midi, quand les chariots revenaient de la salle d'opération. Il valait mieux que ce genre de chose arrivât la nuit, alors les malades se reposaient ou dormaient et les infirmières avaient le temps de se détourner de la bataille pour s'occuper de ceux qui l'avaient déjà perdue, s'était-il dit. Débordée, l'infirmière de service avait expliqué que, normalement, ils auraient transporté sa femme dans une petite salle annexe, mais les quatre salles annexes étaient pleines. Demain, peut-être. Cette demi-promesse sous-entendait que, si Mavis avait pu mourir à un moment plus opportun, elle aurait pu mourir plus confortablement. Scase s'était assis au chevet du lit de sa femme, derrière les rideaux tirés. Leurs motifs étaient à jamais gravés dans sa mémoire : de petits boutons de roses sur un fond rose, une chose douillette comme on pouvait en avoir chez soi, un enjolivement de la mort. Ils n'étaient pas complètement fermés. Par l'interstice, Scase pouvait voir ce qui se passait dans la salle : chariots qu'on poussait avec une efficacité détachée vers les lits préparés ; infirmières en longues blouses qui assujettissaient les goutte-à-goutte oscillants ; voix, bruits de pas et, de temps en temps, une fille de salle qui glissait sa tête par les rideaux et demandait gaiement :

« Du thé ? »

Scase avait pris la tasse et la soucoupe en épaisse porcelaine blanche accompagnées de deux morceaux de sucre qui se dissolvaient déjà dans le liquide brun renversé.

Les deux bras de Mavis reposaient sur la couverture. Scase lui tenait la main gauche, se demandant quels rêves, si rêves il y avait, peuplaient les hautes terres de cette vallée des ombres dans laquelle sa femme paraissait maintenant plongée. Ils ne pouvaient être aussi torturants que les cauchemars qui, durant les semaines suivant la mort de Julie, avaient empoisonné ses nuits. Ses cris perçants réveillaient Scase et il sentait alors émaner d'elle une odeur sucrée de sueur et de peur. Le monde qu'elle habitait maintenant était sûrement plus paisible — sinon pourquoi aurait-elle été aussi calme ? Les expressions fugitives, qu'il observait avec un intérêt détaché, suggéraient brièvement des émotions qu'elle ne pouvait plus ressentir : un air chagrin, un sourire rusé peu convaincant qui lui rappela de manière troublante Julie bébé quand elle avait des gaz, un froncement de sourcils irrité, une illusion de réflexion. De temps en temps, elle clignait des paupières et ses lèvres bougeaient. Scase pencha la tête pour entendre :

« Tu ferais mieux d'utiliser un couteau. C'est plus sûr. Tu y penseras ?

— Oui. J'y penserai.

— As-tu la lettre ?

— Oui.

— Montre-la-moi. »

Il la sortit de son portefeuille. Avec difficulté, sa femme tourna son regard vers l'enveloppe. Elle tendit sa main droite tremblante et la toucha comme une fidèle toucherait une relique. Elle essaya de fixer ses yeux sur elle. Sa mâchoire s'affaissa et commença à trembler comme si l'effort de concentration sur ce rectangle de papier blanc froissé avait provoqué la désintégration finale de ses muscles et de sa chair. Scase prit la main sèche de sa femme dans la sienne et la pressa contre l'enveloppe.

« J'y penserai », répéta-t-il.

Il se souvint du jour où elle avait écrit cette lettre. Juste un an auparavant, quand on avait diagnostiqué son cancer pour la première fois. Ils étaient assis, assez loin l'un de l'autre, sur le canapé, en train de regarder une émission de télévision sur les oiseaux de l'Antarctique. Quand il eut fermé le poste, elle avait dit :

« Si je ne guéris pas, tu devras opérer seul. Cela risque d'être difficile. Tu auras besoin d'un prétexte pour découvrir où elle est. Et après sa mort, s'ils te soupçonnent, tu devras expliquer pourquoi tu l'as dépistée. J'écrirai une lettre, une lettre de pardon. Alors, tu pourras dire que tu m'as promis sur mon lit de mort de la lui remettre en mains propres. »

Elle avait dû élaborer ce plan, y penser pendant tout le temps qu'ils regardaient l'émission ensemble.

Scase se souvenait encore du choc, de la déception et de la peur que cela lui avait causé. Il avait vaguement espéré que la mort de sa femme le délivrerait, que Mavis ne lui demanderait pas de porter le fardeau tout seul. Mais il s'était dit qu'il n'y aurait pas d'échappatoire. Mavis avait écrit la lettre immédiatement, assise à la table de la cuisine, et l'avait glissée dans une enveloppe. Elle ne l'avait pas cachetée, se rappelant que son mari aurait peut-être à la montrer à quelqu'un — quelqu'un de haut placé qui pourrait lui indiquer où était la meurtrière. Scase ne l'avait pas lue alors, et il ne l'avait pas fait depuis. Il l'avait conservée dans son portefeuille. Jusqu'à cet instant, si peu de temps avant sa mort, Mavis n'en avait jamais reparlé.

Elle sombra dans l'inconscience. Scase resta assis tout raide à côté d'elle, la main sèche de la moribonde sous la sienne. Une main de lézard, inerte, repoussante, dont la peau flasque glissait sous sa paume à lui. Il se dit que cette main avait fait la cuisine ; elle avait travaillé pour lui, nettoyé sa maison, lavé ses vêtements. Il essaya d'évoquer ces images, d'éveiller sa pitié. Tout cela n'avait plus de sens. Il ressentait de la pitié, mais c'était un désespoir diffus, impersonnel, devant l'inexorabilité de la perte d'êtres chers. La salle semblait pleine d'une vaine activité, de souffrances dénuées de signification. Il savait que, s'il pleurait, ce serait sur tous ceux qui étaient là, les bien-portants comme les malades, mais surtout sur lui-même. Il devait résister à l'envie de retirer sa main. Ce qui l'aidait, c'était l'idée que, si l'infirmière écartait les rideaux, elle s'attendrait à le trouver ainsi uni à sa femme, en train de dispenser les dernières consolations de la chair. Leur amour était mort. La meurtrière l'avait étranglé en même temps qu'elle avait étranglé leur enfant. Peut-être n'avait-il pas été bien solide, cet amour, pour mourir si facilement, par personne interposée. Mavis et lui s'étaient aimés comme le faisaient sûrement tous les êtres humains, chacun selon ses possibilités. Mais, à la fin, chacun avait cessé de répondre aux demandes de l'autre. Comme elle avait été la plus forte des deux, Mavis avait sans doute porté la plus grande part de responsabilités dans cette faillite conjugale. Mais lui, il aurait dû être capable de la ramener à un semblant de vie normale. Il n'avait plus qu'un moyen de ne pas la décevoir : leur projet commun devait devenir le sien propre. Pour la meurtrière, la mort serait peut-être une expiation et, pour lui, une délivrance, le début d'une nouvelle vie en quelque sorte, une justification de ces longues années perdues.

Mavis avait nourri son chagrin et sa haine comme un monstrueux fœtus qui aurait continué à grandir sans jamais voir le jour. Même son médecin généraliste, approchant d'un geste las son bloc d'ordonnances et écrivant une fois de plus une lettre pour une autre consultation chez le psychiatre, lui avait fait clairement comprendre qu'à son avis elle avait pleuré sa fille assez longtemps. Ruminer son chagrin était après tout une satisfaction sans mérite, sans valeur sociale, une marchandise que dédaignaient les forts et ceux qui ne dépendaient de personne sur le plan affectif. La coutume victorienne de porter le deuil, songea Scase, avait sans doute eu du bon. Au moins définissait-elle les limites généralement admises de ladite satisfaction. Un an en noir pour une veuve, lui avait expliqué sa grand-mère, puis six mois en gris, puis en mauve. Ces coûteuses conventions ne s'appliquaient évidemment pas à elle, mais elle avait pu les observer, et les approuver, dans les grandes maisons de ville où elle avait servi comme femme de chambre. Combien de temps en noir, se demanda Scase, pour une enfant violée et assassinée ? Pas très longtemps, peut-être. Du temps de sa grand-mère, il y aurait eu un autre enfant en l'espace d'un an.

Comme l'humanité souscrivait facilement à l'impératif commercial universel : les affaires continuent ! Vous devez vivre votre vie, avaient-ils dit à Mavis. Et elle les avait regardés avec de grands yeux étonnés car, manifestement, elle n'avait plus de vie à vivre. Vous devez penser à votre mari, avait ordonné le médecin, et elle avait en effet pensé à lui ! Alors qu'ils étaient allongés côte à côte, raides et silencieux dans le grand lit de leur chambre à coucher banlieusarde, il avait scruté les ténèbres et il les avait *vues*, ses pensées, les reproches qu'elle se faisait : on aurait dit un nuage plus sombre contre la noirceur du plafond ou une contagion s'étendant du cerveau de sa femme au sien. Jamais Mavis ne s'était tournée vers lui. Parfois elle avait approché sa main, mais quand il la prenait dans la sienne, elle se dégageait comme si la chair qui l'avait fécondée la dégoûtait. Un jour, avec timidité et le sentiment de trahir sa femme, il s'était forcé à en parler à leur médecin. La réponse, donnée sans hésiter et sur un ton professionnel, n'avait pas arrangé les choses : « Elle associe l'amour physique au chagrin, au deuil. Vous devez vous montrer patient. » C'était ce qu'il avait fait : il s'était montré patient jusqu'à la mort.

Mavis essayait de nouveau de parler. Scase se pencha et reçut dans la figure son haleine aigre-douce qui suggérait la décomposition. Il dut résister à la tentation de se couvrir la bouche d'un mouchoir pour éviter la contamination. Il retint son souffle et s'efforça de ne pas avaler. Mais, pour finir, il fut obligé d'accueillir la mort de sa femme en lui. Mavis mit plusieurs minutes à prononcer les mots, mais, quand ils passèrent ses lèvres bredouillantes, elle les dit d'une grosse voix extraordinairement claire et bien plus grave qu'elle ne l'avait jamais été dans sa vie.

« Force. Force. »

Que voulait-elle dire par là ? Était-ce une dernière exhortation à demeurer ferme dans sa résolution ? Ou voulait-elle dire que la meurtrière était forte, trop forte pour qu'il pût la maîtriser et la tuer sans arme ? Debout au banc des accusés, dans Old Bailey, elle ne lui avait pas paru particulièrement grande ni robuste. Mais peut-être que cette salle d'audience étonnamment exiguë, anonyme, lambrissée de bois clair, rapetissait tous les êtres humains, coupables et innocents. Même le juge assis en écharpe rouge sous le blason royal avait été réduit à la taille d'une marionnette à perruque. Mais les années de détention n'avaient pas affaibli la meurtrière. On vous choyait en prison. On n'était ni surchargé de travail, ni sous-alimenté. Quand on tombait malade, on recevait les meilleurs soins médicaux. Et on ne manquait jamais d'exercice. Quand Mavis et lui avaient discuté ensemble de la vengeance, ils avaient projeté d'étrangler la femme, puisque c'était ainsi qu'elle avait tué Julie. Mais Mavis avait raison. Il était seul à présent. Il ferait mieux d'utiliser une arme.

Il regrettait que Mavis mourût ainsi, dans l'amertume et dans la haine. Cela aussi, la meurtrière le leur avait volé, avec tant d'autres choses. L'amour, la consolation de la chair qui répond à la chair. La compagnie, le rire, l'ambition, l'espoir. Et, bien sûr, Julie. Parfois, à sa surprise, il oubliait presque Julie. Et Mavis avait perdu son dieu. Comme tous les autres croyants, elle l'avait fait à son image : un Dieu méthodiste, bienveillant, aux goûts de banlieusard, appréciant les cantiques gais et les sermons légèrement compassés, ne lui demandant pas plus que ce qu'elle pouvait donner. Elle assistait aux services religieux du dimanche, plus par habitude que par un besoin impérieux d'adorer. Mavis avait été élevée dans la religion méthodiste et elle n'était pas femme à rejeter les dogmes de son enfance. Mais elle n'avait jamais pardonné à Dieu d'avoir permis la mort de Julie. Parfois, Scase se disait qu'elle ne le lui avait jamais pardonné, à lui non plus. C'était surtout cela qui avait tué leur amour : un sentiment de culpabilité, de leur culpabilité commune, les reproches qu'elle lui adressait, ceux qu'il s'adressait à lui-même. Elle y revenait constamment :

« Nous n'aurions pas dû la laisser entrer dans les éclaireuses. Elle n'a accepté que parce qu'elle savait que tu y tenais, pour te faire plaisir.

— Je voulais lui éviter la solitude. J'en ai assez souffert pendant mon enfance.

— Tu aurais dû aller la chercher chaque jour. Cela ne serait pas arrivé si tu étais allé la chercher.

— Tu sais bien qu'elle ne le voulait pas. Elle nous a assuré que Sally Meakin rentrait toujours avec elle. Qu'elles passaient par le terrain de jeux. »

Mais Sally Meakin ne l'avait pas accompagnée. Personne ne l'avait accompagnée et Julie avait eu honte de lui demander de venir la chercher. C'était une fille assez laide, solitaire, introspective, qui affrontait du mieux qu'elle pouvait les terreurs irrationnelles et les incertitudes de l'enfance. Son portrait craché quand il avait son âge. Il avait deviné pourquoi elle n'avait pas coupé par le terrain de jeux. Obscur, désert, celui-ci devait lui avoir semblé interminable, avec ses balançoires attachées pour la nuit mais grinçant dans le vent, ses toboggans qui se profilaient de façon sinistre contre le ciel, les recoins sombres de l'abri, empestant l'urine, où, durant la journée, les mères venaient s'asseoir avec leurs landaus. Elle l'avait donc contourné par le chemin le plus long, elle avait pris des rues qu'elle ne connaissait pas mais qui l'effrayaient moins parce qu'elles ressemblaient beaucoup à la sienne : bordées de confortables maisons jumelées aux fenêtres éclairées — symboles rassurants de la sécurité du foyer. Et c'était là, dans une de ces rues banales, qu'elle avait rencontré la mort. C'était sans doute parce que le violeur et sa maison étaient tous deux si ordinaires que Julie s'était laissé attirer à l'intérieur. Aussi bien lui que Mavis lui avaient formellement interdit de parler à des étrangers, d'accepter des bonbons d'eux et surtout de les suivre. Ils avaient toujours pensé que sa timidité la protégerait. Mais rien ne l'avait protégée, ni leurs avertissements ni leur amour. Scase se faisait moins de reproches maintenant. Le temps ne guérissait pas, mais il anesthésiait. La sensibilité du cerveau était limitée. Scase avait lu quelque part que même les gens qu'on torturait atteignaient un point au-delà duquel la douleur n'existait plus : il n'y avait que le bruit sourd des coups dont on ne tenait plus compte, des sortes de limbes presque agréables, situés au-delà de la souffrance. Il se rappela la première tasse de thé qu'il avait bue après la mort de Julie. Pour rien au monde, il n'aurait pu avaler de la nourriture, mais le goût de ce thé fort et sucré lui avait paru merveilleusement bon. Aucun thé, ni avant ni après, n'avait eu ce goût. Julie n'était morte que depuis quelques heures et déjà le corps traître et vorace était capable d'éprouver du plaisir.

Maintenant, assis au soleil, ses quelques affaires posées sur le sol, entre ses pieds, il acceptait de nouveau le fardeau que Mavis lui avait imposé. Il retrouverait la meurtrière de leur enfant et la tuerait. Il essaierait de le faire sans s'exposer, car la perspective de la prison le terrifiait. Mais il le ferait de toute façon, quel que fût le prix à payer. La force de sa résolution l'étonna. Sa volonté d'agir était absolue. Il ne parvenait pas à l'expliquer logiquement. Ça ne pouvait pas être simplement par soif de vengeance. Ce motif-là n'existait plus depuis des années. Presque aussi déchirante, au début, que celle de Mavis, sa douleur s'était depuis longtemps atténuée, s'était transformée en une vague résignation. C'est à peine s'il pouvait se rappeler le visage de sa fille, à présent. Après l'assassinat, Mavis avait détruit toutes les photos de la petite. Mais il y avait des images qu'il gardait à l'esprit, dont il se souvenait presque comme par devoir — aide-mémoire du chagrin : le jour où, pour la première fois, il avait pris sa fille dans ses bras, le minuscule corps emmailloté comme un cocon, les paupières collées, le mystérieux sourire dénué de signification ; Julie commençant à marcher, avançant d'un pas mal assuré vers la mer, à Southend, accrochée au doigt de son père ; Julie en uniforme d'éclaireuse mettant la table pour le dîner avec un soin anxieux, essayant de gagner son badge d'hôtesse. Rien de ce qu'il ferait à Mary Ducton, quel que fût le prix à payer, ne ressusciterait son enfant.

Était-ce par nécessité, pour tenir sa promesse envers Mavis ? Mais comment pouvait-on tenir ses promesses envers des morts ? Par l'acte même de mourir, ils se plaçaient hors d'atteinte de la déloyauté ou de la trahison. Quoi qu'il fît, cela ne pouvait plus toucher Mavis, ne pouvait plus la blesser ou la décevoir. Elle ne reviendrait pas le hanter pour lui reprocher sévèrement sa faiblesse. Non, il ne le faisait pas pour Mavis, mais pour lui-même. Après cinquante-sept ans d'existence, il ressentait peut-être le besoin de se prouver, à lui, une nullité, qu'il était capable de courage et d'action, d'un geste si terrible et irrévocable que, quoi qu'il advînt de lui plus tard, il ne pourrait plus jamais douter qu'il était un homme. Oui, c'était là une raison possible, se dit-il, bien qu'elle lui parût extérieure à lui. Certes, c'était ridicule de croire que l'acte projeté avait quelque chose d'irrémédiable, de prédestiné. Il en était pourtant persuadé.

Le soleil s'était caché derrière des nuages. Un vent froid souffla sur le lac, agitant les saules. Scase se pencha pour prendre son fourre-tout sous le banc, puis il se mit lentement en route pour la station St. James et sa maison.

10

LE jeudi 20 juillet, trois jours après avoir reçu la réponse de sa mère, Philippa prit un billet aller-retour pour York et monta dans le train de neuf heures à la gare de King's Cross. La brève note qui accompagnait le permis de visite indiquait que le car pour Melcombe Grange partait de la gare de York à quatorze heures précises. L'état d'agitation dans lequel elle se trouvait incitait Philippa à l'action et au mouvement. Il lui serait plus facile de tuer les heures d'attente en explorant York que si elle restait à Londres, prenant un train plus tardif.

A la gare de York, elle acheta un guide chez le marchand de journaux, puis vérifia l'heure du train de retour. Ensuite, elle parcourut infatigablement les étroites rues pavées de la ville fortifiée : Fossgate, Shambles, Petergate. Elle déambula entre les maisons à colombages et les élégantes façades de l'époque des rois George, dans les ruelles secrètes ; elle entra dans des magasins qui embaumaient les épices, traversa la salle de réunion du XVIIIᵉ siècle, visita la galerie des marchands-aventuriers décorée des splendides bannières des guildes et des portraits de leurs bienfaiteurs, les ruines des thermes romains et plusieurs vieilles églises. Elle marcha dans un rêve médiéval où les plaisirs variés qu'offrait la ville — couleur et lumière, formes et sons — s'imposaient à une conscience qui était à la fois plus intense et détachée. Pour finir, elle passa sous la statue de saint Pierre, franchit la porte ouest et pénétra dans l'immensité fraîche de la cathédrale. Là, elle s'assit et se reposa, le regard tourné vers l'est où un grand vitrail teintait l'air tranquille. Elle s'était acheté un sandwich au fromage et à la tomate pour son déjeuner. Tout d'un coup, elle eut faim, mais elle craignit de froisser la susceptibilité d'autres visiteurs en mangeant dans le sanctuaire. Au lieu de cela, elle contempla Dieu le Père trônant dans toute Sa majesté au milieu de Sa création, glorifié dans la splendeur d'un vitrail médiéval. Devant Lui, un livre ouvert. *Ego sum alpha et omega.* Comme la vie devait être simple pour ceux qui pouvaient à la fois trouver et perdre leur identité dans cette magnifique assurance ! Pour sa part, cette voie lui était fermée. Sa croyance à elle était plus sombre, plus présomptueuse, mais elle apportait aussi un certain réconfort. De toute façon, elle n'en avait pas d'autre. Tout commence et finit avec moi.

Elle arriva de bonne heure à l'arrêt des cars. Elle se félicita d'avoir déjeuné rapidement : le véhicule, un bus à impériale, se remplissait très vite. Elle se demanda combien de ces passagers allaient rendre visite à une prisonnière, combien de fois par an, mois après mois, ces mêmes personnes faisaient le même trajet. Le nom de la prison ne figurait pas sur l'écriteau indiquant la destination du car ; on y lisait simplement : Moxton via Melcombe. Certains des passagers semblaient se connaître : ils se saluaient ou se frayaient un chemin dans le couloir central pour s'asseoir ensemble. La plupart d'entre eux portaient des paniers ou hissaient des cabas pleins à craquer dans les filets à bagages. La moitié des passagers étaient des hommes, lourdement chargés eux aussi. Mais cette assemblée n'avait rien de triste, pensa Philippa, pas plus qu'elle ne semblait oppressée par un sentiment de honte. Chacun d'eux avait peut-être son fardeau personnel d'anxiétés, mais cet après-midi, roulant dans la vive lumière, ils le trouvaient plus léger. Le soleil traversait les vitres, chauffant les sièges en skaï. Dans le car surchauffé, il régnait une odeur animale mêlée au parfum des gâteaux fraîchement cuits et à la forte senteur d'herbe de la brise estivale. Il transportait presque gaiement sa cargaison jacassante, traversait des villages isolés, descendait des allées vertes et ombragées où les lourdes branches des marronniers raclaient le toit, puis avec un grincement dû au changement de vitesses, gravissait une étroite route en pente bordée de murs en pierre sèche. Des deux côtés s'étendaient les champs moissonnés, blancs de moutons.

Dans le car, en bas, seules trois personnes semblaient imperméables à l'ambiance générale de joyeux bien-être : un homme d'âge mûr, grisonnant, soigneusement vêtu d'un complet très strict, qui s'était assis à côté de Philippa juste avant le départ et qui passa le voyage à regarder par la vitre opposée en tournant nerveusement une alliance autour de son annulaire ; deux femmes dans la cinquantaine qui s'étaient installées derrière elle et qui bavardèrent pendant la plus grande partie du trajet. L'une d'elles ronchonnait :

« Chaque foutu mois, c'est : je veux ceci ou je veux cela. J'ai pas les moyens, que je lui réponds. Faut que j'élève tes mioches rien qu'avec les allocations et, avec le pain à vingt pence la miche, il me reste pas un rond. Ce mois-ci, madame veut de la laine. Vingt pelotes, vous vous rendez compte ! Elle se tricote un blouson. George ne va plus la voir. Elle l'énerve trop.

— Il y a de la laine en solde chez Paggett, lui dit sa compagne.

— Celle-là n'est pas assez bonne pour madame. Il lui faut de cette nouvelle laine française à quatre-vingts pence l'once, parfaitement. Et les gosses, alors ? Si elle veut tricoter, elle pourrait faire un pull pour Darren. Il en a salement besoin. J'ai pas le temps de tricoter, moi, que je lui ai dit. Je suis coincée à la maison avec trois mômes au-dessous de huit ans. Dommage qu'ils ne la relâchent pas pour qu'elle puisse s'en occuper elle-même. C'est moi qui suis en prison, que je lui ai dit. C'est moi qu'on a condamnée, bon sang. »

Pendant toute cette conversation, l'homme aux cheveux gris regarda par la fenêtre en tirant sur sa bague.

De temps à autre, Philippa glissait la main sous le rabat de son sac à bandoulière et touchait l'enveloppe contenant la lettre de sa mère. Postée deux jours auparavant, elle lui était parvenue le 17 juillet. Elle était aussi courte et conventionnelle que l'avait été la sienne. Philippa la connaissait par cœur.

« Je te remercie de ta lettre et de ton offre généreuse, mais je crois que tu devrais d'abord faire ma connaissance avant de prendre une décision. Si tu changeais d'avis, je le comprendrais fort bien. A mon avis, c'est d'ailleurs ce que tu devrais faire. J'ai demandé un permis de visite pour toi. Tu peux venir quand tu veux. Moi je suis toujours là, bien sûr. »

Elle avait simplement signé : Mary Ducton.

L'humour sardonique de la dernière phrase l'intrigua. Peut-être était-ce le but recherché. Philippa se demanda si c'était une défense, un moyen de tempérer à l'avance le climat émotionnel de leur première rencontre.

Vingt minutes plus tard, le car ralentit pour

tourner à gauche et s'engager sur une route plus étroite menant à une vallée. Sur le poteau indicateur, on lisait : *Melcombe 2 miles*. Ils traversèrent un village de maisons en pierre, passèrent devant un pub, un grand magasin et une poste, franchirent un pont en dos d'âne qui enjambait une rivière rapide mais peu profonde, puis longèrent un mur. La clôture était vieille mais parfaitement entretenue et semblait s'étendre sur des kilomètres. Puis, soudain, elle se termina. Le car stoppa graduellement devant deux immenses grilles de fer forgé grandes ouvertes. Sur le mur, un écriteau austère en noir et blanc : *HM Prison, Melcombe Grange*.

En dépit de ses solides origines domestiques, la maison se prêtait assez bien à son emploi actuel se dit Philippa. C'était une demeure en briques du XVIᵉ siècle pourvue de deux grandes ailes saillantes ; à leur jonction avec le corps central du bâtiment, deux lourdes tours s'élevaient comme des tours de guet. Brillant au soleil, les rangées de hautes fenêtres à meneaux semblaient closes sur un mystère. La porte d'entrée était impressionnante ; son porche très orné symbolisait davantage la force et la sécurité que la grâce de l'hospitalité. On voyait du premier coup d'œil que la propriété était devenue un établissement public. On avait élargi la courbe de l'allée qui conduisait à l'entrée pour créer un parking, marqué pour douze voitures. A droite de la maison, s'alignait une série de bâtiments préfabriqués : des ateliers, peut-être, ou des dortoirs supplémentaires. Sur la pelouse, à gauche du sentier principal, trois femmes en salopette bricolaient avec mollesse une tondeuse récalcitrante. Elles se tournèrent et regardèrent approcher le flot de visiteurs sans enthousiasme apparent.

L'aspect ouvert de l'endroit, l'absence de surveillantes, la beauté de la maison qui se dressait devant elle avec un calme intemporel troublèrent Philippa.

Le car était reparti, emportant les quelques passagers restants au prochain village. Elle avait oublié de demander à quelle heure il retournait à York et connut un moment de panique irrationnelle : sans ce renseignement, se dit-elle, elle ne pourrait pas rentrer chez elle, elle serait condamnée à demeurer ici, dans cette prison qui, d'une façon alarmante, ressemblait si peu à une prison. Sur le sentier couvert de gravier, les visiteurs, pleins d'assurance, sachant ce qui les attendait pour le meilleur et pour le pire, déferlaient vers le bâtiment. Ils fléchissaient sous le poids de leurs sacs. Même l'homme aux cheveux gris portait une pile de livres attachés par une courroie. Seule Philippa arrivait les mains vides. Le cœur battant, elle suivit lentement les autres. Une jeune fille de couleur, d'environ son âge, aux cheveux minutieusement tressés et décorés de perles vertes et jaunes, jeta un regard en arrière, puis l'attendit.

« C'est votre première visite, n'est-ce pas ? Je vous ai vue dans le car. Qui allez-vous voir ?

— Mrs. Ducton. Mrs. Mary Ducton.

— Mary ? Elle habite dans l'ancienne écurie avec ma copine. Je vais là-bas. Je vous montrerai le chemin.

— Ne dois-je pas d'abord me présenter quelque part ?

— Oui, au bureau du directeur, là-bas aux écuries. Vous avez votre P.V. ? »

Voyant l'expression perplexe de Philippa, la jeune fille ajouta :

« Votre permis de visite.

— Oui, je l'ai. »

Sa compagne la conduisit autour de la maison, vers une série d'écuries transformées en habitation. Philippa et elle traversèrent une cour pavée, franchirent une porte ouverte et entrèrent dans un petit bureau. Une surveillante en uniforme s'y tenait.

L'Antillaise tendit son permis et fit tomber son sac sur la table. D'une main experte, la surveillante en fouilla rapidement le contenu. Avec un agréable accent écossais, elle dit :

« Comme vous êtes jolie aujourd'hui, Ettie ! je me demande comment vous avez la patience d'enfiler toutes ces perles. »

Ettie sourit et secoua sa tête soigneusement ornée. Les perles dansèrent et cliquetèrent. La surveillante se tourna vers Philippa qui lui tendit son permis.

« Ah ! vous êtes Miss Palfrey. C'est votre première visite, n'est-ce pas ? Le directeur s'est dit que vous aimeriez peut-être un peu plus d'intimité. C'est pourquoi j'ai mis un écriteau sur la porte du parloir. Personne ne vous y dérangera pendant au moins une heure. Soyez gentille, Ettie, montrez le parloir à Miss Palfrey. Je ne peux pas quitter le bureau maintenant. »

La pièce se trouvait un peu plus loin dans le couloir, à droite. Sur la porte, un écriteau en carton indiquait « Occupé ». Ettie ne l'ouvrit pas. Elle donna un léger coup de pied dedans et dit.

« C'est ici. Je vous verrai peut-être dans le car. »

Puis elle partit.

Philippa entra prudemment : la pièce était vide. Elle referma la porte et s'appuya un moment contre elle, contente de sentir la solidité réconfortante du bois dans son dos. Comme le bureau de Miss Henderson, cette pièce était faussement confortable. C'était un lieu de transit, mais sans la vulgarité ostentatoire d'une salle d'attente dans un aéroport. Elle était simple, mal aérée, encombrée de meubles hétéroclites et insignifiants qui avaient été visiblement récupérés chez une douzaine de personnes différentes désireuses de s'en défaire. Ce parloir était destiné à être utilisé, puis miséricordieusement oublié. Personne ne se souviendrait de lui avec nostalgie pour avoir laissé résonner dans cet air morne les moindres accents de souffrance ou d'espoir. Il y avait trop de chaises. Assorties par taille ou par forme, elles étaient disposées autour d'une demi-douzaine de petites tables trop bien cirées. Les murs nus étaient tachés par endroit comme si quelqu'un avait essayé d'effacer des graffiti. Au-dessus de la cheminée, on voyait une reproduction de la *Charrette de foin* de Constable et, au-dessous, sur la tablette, un vase rempli de fleurs artificielles. Au milieu de la pièce se dressait une petite table octogonale flanquée de deux chaises qui se faisaient face. Contrastant avec le pêle-mêle des autres meubles, celles-ci semblaient avoir été placées ainsi à dessein. Une détenue serviable, chargée de vérifier que le parloir était propre, les avait peut-être disposées de la sorte, considérant chaque visite comme un tête-à-tête guindé, de part et d'autre d'une invisible mais infranchissable grille.

Les minutes lui parurent aussi longues que des heures. De temps à autre, des pas résonnaient devant la porte. C'était un bruit aussi joyeux que celui d'une école, pendant la grande récréation du matin. Toutes sortes d'émotions agitaient Philippa : excitation, appréhension, ressentiment et, tout compte fait, colère. Que faisait-elle abandonnée ici, dans ce parloir sinistre où les meubles étaient trop propres ; les murs, trop crasseux ; les fleurs, artificielles ? Le jardin de la prison était certainement assez grand ; l'administration aurait au moins pu fournir des fleurs fraîches. Philippa aurait attendu plus calmement dans une cellule de religieuse. Une chambre monastique, au moins, ne cherchait pas à passer pour autre chose. Et pourquoi sa mère n'était-elle pas là, en train de l'attendre ? Elle savait que sa fille viendrait ; elle devait connaître l'heure d'arrivée du car. Qu'avait-elle trouvé de plus important à faire que d'être ici ? Des images grotesques se bousculaient dans l'esprit de Philippa : cheveux autrefois dorés devenus secs comme de la paille, pleins de perles enfilées qui dansaient ; la figure de sa mère s'affaissant sous le poids de son maquillage, une cigarette plantée au coin de sa bouche molle ; ses mains aux ongles vernis tendus vers la gorge de sa fille. « Et si elle m'est antipathique ? songea Philippa. Et si elle me trouve insupportable ? Nous devons vivre deux mois ensemble. Il est trop tard pour reculer maintenant. Je ne peux pas retourner à Caldecote Terrace et dire à Maurice que j'ai fait une erreur. » Elle s'approcha de la fenêtre et regarda la deuxième rangée d'écuries, de l'autre côté de la cour pavée. Elle se forcerait à penser à leur architecture. Maurice lui avait appris à regarder un bâtiment. Les écuries étaient moins anciennes que la maison ; elles pouvaient même dater du XVIIIe siècle. Mais la tour de l'horloge, avec son coq-girouette doré, paraissait plus vieille. Peut-être l'avait-on reconstruite, lors de la démolition des écuries d'origine ? L'aménagement en habitation avait été bien fait. Mais où était sa mère ? Pourquoi ne venait-elle pas ?

La porte s'ouvrit. Philippa se tourna. Elle crut d'abord — mais d'une façon si fugitive que cette idée et son rejet furent presque simultanés — que sa mère avait envoyé une de ses amies pour lui dire qu'elle avait changé d'avis, qu'elle ne voulait pas la voir après tout. Comment pouvait-elle avoir eu la stupidité d'imaginer que sa mère était une femme beaucoup plus âgée ? Celle qui se tenait devant elle lui parut d'abord tout à fait banale : une jolie silhouette mince, vêtue d'une jupe grise plissée, d'un chemisier en coton d'un gris plus pâle et d'un foulard vert noué autour du cou. Toutes les images ridicules que Philippa avait évoquées s'enfuirent comme une horde de démons hurlants devant une relique. C'était comme si elle se reconnaissait elle-même. Un début d'identité. Eût-elle rencontré cette femme n'importe où dans le monde, elle aurait su avec certitude qu'elle était la chair de sa chair. D'un geste instinctif, toutes deux s'assirent lentement sur une chaise et se regardèrent de part et d'autre de la table.

« Excuse-moi de t'avoir fait attendre. Le car était en avance. Comme je n'étais pas sûre que tu viendrais, je n'ai pas voulu guetter son arrivée. »

Philippa savait maintenant de qui elle avait hérité ses cheveux couleur de blé. Mais ceux de sa mère, qui emboîtaient sa tête comme un bonnet, avec une frange au-dessus des yeux, avaient l'air plus fins, plus légers, peut-être parce qu'ils commençaient à grisonner. La bouche, plus grande que la sienne, avait la même lèvre supérieure arquée, mais en plus énergique, et les délicats coins tombants étaient moins sensuels. Elle retrouvait chez sa mère ses pommettes saillantes, son nez légèrement aquilin. Seuls ses yeux étaient différents : d'un gris lumineux mêlé d'un peu de vert. Ils exprimaient une méfiance inquiète et une patience douloureuse, comme ceux d'un malade qui affronte une fois de plus un inévitable et pénible examen. Autrefois, sa peau avait peut-être été couleur de miel, mais à présent elle paraissait claire, presque exsangue. Son visage était encore attirant et jeune, mais on aurait dit qu'une fatigue permanente lui avait ôté toute couleur ; ses yeux vigilants semblaient en avoir trop vu pendant trop longtemps.

Les deux femmes ne se touchèrent pas. Aucune d'elles ne tendit la main à travers la table.

« Comment dois-je vous appeler ? demanda Philippa.

— Maman. N'est-ce pas pour cela que tu es venue ? Et tu peux me tutoyer. »

Philippa ne répondit pas. Elle avait envie de s'excuser d'être arrivée les mains vides, mais craignait que sa mère ne répliquât : « Ta visite est mon plus beau cadeau. » Elle aurait trouvé insupportable que leur première rencontre débutât par une telle banalité.

« Tu comprends ce que j'ai fait, pourquoi tu as été adoptée ?

— Je ne le comprends pas, mais je suis au courant. Mon père a violé une fillette que tu as tuée ensuite. »

Philippa eut l'impression que l'air entre elles s'était solidifié, pour devenir un véhicule oscillant sur lequel dansaient et tournoyaient leurs paroles. Il tremblait maintenant. Et, pendant un moment, la figure de sa mère perdit toute expression comme si quelque lien ténu de perception avait été rompu.

« A tué criminellement et avec préméditation une dénommée Julie Mavis Scase. C'est vrai, sauf que ce n'était pas avec préméditation. Je ne l'ai pas fait exprès. Mais la petite fille n'en est pas moins morte. Tous les assassins te diront la même chose, de toute façon. Tu n'es pas obligée de me croire. Je ne sais pas pourquoi j'ai dit ça. Excuse-moi si je suis maladroite : tu es ma première visite en neuf ans.

— Puisque tu me le dis, pourquoi ne te croirais-je pas ?

— Mais là n'est pas la question. Tu n'es pas quelqu'un de romantique, n'est-ce pas ? Tu n'en as pas l'air, en tout cas. Tu n'es pas venue ici dans l'espoir de prouver mon innocence ? Tu n'as pas lu trop de romans policiers ?

— Je ne lis pas de romans policiers, à part Dostoïevski et Dickens. »

Le bruit, dehors, s'était intensifié. Les voix étaient devenues stridentes, des pas nombreux claquaient dans le couloir.

« Quel vacarme, n'est-ce pas ? dit Philippa. On se croirait dans un pensionnat.

— Oui, un pensionnat à la discipline très sévère où l'on débarrasse les parents de leurs enfants difficiles. Cette partie-ci des écuries a été transformée en foyer pour les détenues sur le point d'être élargies. Les condamnées à perpétuité doivent vivre neuf mois ici avant de pouvoir s'en aller. Nous sortons travailler. A York, il y a quelques employeurs aux idées libérales qui s'intéressent à la réinsertion sociale des prisonniers. Une fois que l'administration pénitentiaire a déduit une contribution à notre entretien et nous a donné de l'argent de poche, elle met le reste de notre salaire à la banque. J'aurai deux cent trente livres et quarante-huit pence quand je partirai. Je pensais, si tu veux toujours de moi, que cet argent me permettrait de payer une partie du loyer de l'appartement.

— Je peux le payer seule. Tu en auras besoin, de tes deux cents livres. Que fais-tu ? je veux dire : quel genre de travail ? »

« J'espère ne pas avoir l'air d'un employeur éventuel », se dit Philippa.

« Je suis femme de chambre dans un hôtel, répondit sa mère. Il n'y avait pas grand choix, comme emplois. Les assassins sont plus faciles à placer que les voleurs ou les escrocs, mais avec le chômage, la prison est obligée d'accepter ce qu'on lui offre. Mais cela me permet au moins d'avoir la sécurité sociale.

— Ce travail à l'hôtel doit être ennuyeux.

— Ennuyeux, non, fatigant. Mais je ne rechigne pas à la besogne. »

Cette déclaration surprit Philippa : pathétique, presque humble, elle ne semblait pas correspondre au personnage. Sa naïveté l'embarrassa. Cela ressemblait trop à une prière : l'aide-cuisinière victorienne qui cherche désespérément à se faire engager. Philippa pensa soudain à Hilda penchée au-dessus de la table de la cuisine. Le souvenir de Hilda à ce moment précis lui parut importun et déconcertant.

« Sommes-nous obligées de rester ici ? s'enquit-elle. Il fait si bon au soleil. Pouvons-nous sortir ?

— Si tu veux. La surveillante a suggéré que nous fassions le tour de la pelouse. Normalement, les visiteurs doivent rester dans la maison, mais elle a fait une exception, pour toi, pour nous. »

Un sentier recouvert de gravier et planté de tilleuls ceignait l'immense pelouse. Elles y marchèrent. Les cailloux luisaient au soleil et brûlaient comme des braises sous les semelles de Philippa. Au loin, les squelettes blanchis d'ormes dénudés, attaqués par le fameux champignon parasite, se détachaient tels de pâles gibets tordus des différents verts des chênes, des hêtres, des marronniers et des bouleaux. Ici et là, un chemin herbeux coupait leurs ombres noires et Philippa entrevoyait des coins tentants : un parterre de roses, un gros chérubin de pierre. Le squelette d'une feuille de chêne frémit un moment sur le sentier avant de se pulvériser sous le pied de la promeneuse. Même en plein été, il y avait toujours des feuilles mortes. Quelqu'un les brûlait sans doute : on sentait une odeur âcre et sucrée qui évoquait l'automne. Il était sûrement très tôt pour brûler des feuilles. On ne les brûlait pas encore dans les parcs londoniens. Cette odeur-là était propre à la campagne. Elle faisait remonter à la mémoire le souvenir d'automnes à Pennington, sauf que Philippa n'y avait jamais vécu. Les branches des marronniers et des chênes alourdies par l'été, la feuille morte, l'arôme piquant du feu de jardin, le parfum fugitif et printanier des fleurs de tilleul — tout cela créa en elle une confusion momentanée, comme si toutes les saisons se superposaient dans un instant situé hors du temps. Les deux mois qui précédaient son installation à Cambridge seraient peut-être vécus dans une autre dimension eux aussi, comme au-dehors du temps qu'elle avait à vivre. Elle repenserait peut-être à cette visite, se demandant si elle avait eu lieu au printemps ou à l'automne, ne se rappelant que les odeurs et les sons contradictoires, l'unique feuille morte.

Les deux femmes marchèrent en silence. Philippa essaya d'analyser ses sentiments. Qu'éprouvait-elle ? De la gêne ? Non. De la camaraderie ? C'était un mot trop fort et trop complaisant pour le lien fragile qui existait entre sa mère et elle. Un sentiment d'accomplissement ? De paix ? Non, pas de paix. C'était un compromis entre l'excitation et l'appréhension, une euphorie qui n'avait rien à voir avec la tranquillité d'esprit. De la satisfaction, peut-être. Maintenant, au moins, je sais qui je suis. Je connais le pire, j'apprendrai le meilleur. Par-dessus tout, le sentiment qu'elle avait raison d'être là, que cette lente promenade, à une distance respectueuse l'une de l'autre pour que le premier contact ne fût pas dû au hasard, était un rituel d'une très grande signification, une fin et un commencement.

Pour la première fois depuis qu'elle l'avait entendue, elle pensa : « J'aime sa voix. » C'était une voix faible, maladroite, hésitante, comme si l'anglais était une langue étrangère que sa mère avait dû apprendre. Pour elle, les mots étaient des symboles formés dans l'esprit et rarement prononcés. C'était étrange, se dit Philippa : elle aurait trouvé plus difficile de vivre avec une femme à la voix geignarde ou discordante qu'avec celle-ci dont elle savait qu'elle avait tué un enfant.

« Que veux-tu faire dans la vie ? demanda sa mère. Je veux dire : quel métier ? » Elle s'interrompit : « Excuse-moi : c'est le genre de questions qu'on pose aux adolescents et auxquelles ils détestent répondre.

— Moi je le sais depuis l'âge de dix ans. Je serai écrivain.

— Es-tu en train de rassembler des matériaux ? Est-ce pour cela que tu as offert de m'aider ? Cela ne me dérange pas. Si c'est le cas, je t'aurai au moins donné quelque chose. Je ne t'ai rien donné d'autre. »

Cette phrase avait été prononcée sur un ton objectif, sans la moindre note d'apitoiement sur soi ou de remords.

« Hormis la vie. Hormis la vie. Hormis la vie.

— *Hamlet.* Maintenant j'ai du mal à croire que je connaissais à peine Shakespeare avant d'aller en prison. Je me suis juré de lire toutes ses pièces, dans l'ordre chronologique. Il y en a vingt et une. Je me suis rationnée : une pièce tous les six mois. De cette façon, j'étais sûre d'en avoir pour toute la durée de ma détention. On peut supprimer la pensée avec des mots. »

Le paradoxe de la poésie.

« Oui, dit Philippa, je sais. »

Le gravier lui blessait les pieds. Elle demanda :

« Ne pouvons-nous aller dans le jardin ?

— Non. Nous devons rester sur ce sentier. C'est le règlement. La prison manque de personnel. Si les détenues se dispersaient dans toute la propriété, on aurait beaucoup de mal à les retrouver.

— Mais le portail était ouvert. Vous pourriez toutes sortir.

— Seulement pour entrer dans une autre sorte de prison. »

Deux femmes, de toute évidence des membres du personnel, traversaient la pelouse en courant gauchement. Elles n'étaient pas en uniforme, mais personne n'aurait pu les prendre pour des détenues. L'une d'elles entourait de son bras l'épaule de sa compagne. Elles avaient un rire heureux, complice.

« Comment vous traitent les surveillantes ? demanda Philippa.

— Certaines comme des bêtes, d'autres comme des enfants rebelles, d'autres encore comme des malades mentales. Je préfère celles qui nous traitent comme des prisonnières.

— Et ces deux-là, qui traversent la pelouse, qui sont-elles ?

— Deux amies. Elles demandent toujours à être nommées au même endroit. Elles vivent ensemble.

— Veux-tu dire que ce sont des lesbiennes ? Y en a-t-il beaucoup en prison ? »

Philippa se rappela l'insinuation sarcastique qu'avait faite Maurice. Sa mère sourit.

« A t'entendre, on dirait une maladie contagieuse. Bien sûr qu'il y en a. Il y en a même pas mal. Les gens ont besoin d'amour. Ils ont besoin de sentir qu'ils comptent pour quelqu'un. Si tu t'interroges à mon sujet, je peux tout de suite te rassurer : non, je ne le suis pas. De toute façon, je n'en aurais pas eu l'occasion. En prison, comme à l'extérieur, on a toujours besoin de quelqu'un de plus méprisable que soi. Une meurtrière d'enfant est au bas de l'échelle, même ici. Il faut apprendre à être seule. A ne pas attirer l'attention. Les individus de ma sorte ne peuvent survivre qu'à cette condition. C'est ce que ton père n'a pas compris.

— Comment était-il, papa ?

— Il était instituteur. Il n'avait pas de diplôme universitaire. Son père, c'est-à-dire, ton grand-père, était gratte-papier dans une compagnie d'assurances. Je crois qu'aucun membre de la famille n'a jamais été à l'université. Ton père a reçu une formation pédagogique. C'était déjà considéré comme une grande réussite. Il enseignait dans une école, à Londres. Puis un jour, il en a eu assez et il est entré à la compagnie du gaz, comme employé.

— Oui, mais *comment* était-il ? A quoi s'intéressait-il ? »

La voix de sa mère se durcit :

« Aux petites filles. »

Cette sèche réponse était peut-être destinée à la

choquer, à lui rappeler brusquement pourquoi elles étaient ici, en train d'arpenter ce sentier ensemble. Philippa attendit un moment : elle voulait être sûre de pouvoir parler d'une voix calme.

« Ce n'est pas un intérêt, ça. C'est une obsession.

— Excuse-moi. Je n'aurais pas dû dire ça. Je ne suis même pas sûre que ça soit vrai. Je crois que je suis incapable de te donner ce que tu veux.

— Je ne veux rien ! Je ne suis pas ici parce que je veux quelque chose. »

Pourtant Philippa eut l'impression que son interrogation n'avait été que le début d'une longue liste de désirs. Je veux savoir qui je suis, je veux qu'on m'approuve, je veux réussir, je veux être aimée. Non posée, sans réponse possible, la question : « Pour quelle raison, alors, es-tu ici ? » restait suspendue entre sa mère et elle.

Elles marchèrent un moment en silence. Sa mère semblait réfléchir.

« Il aimait chercher de vieux livres chez les bouquinistes, visiter de vieilles églises, parcourir les rues d'une ville, prendre le train pour Southend pour la journée et marcher jusqu'au bout de la jetée. Il lisait des livres d'histoire, des biographies, jamais de romans. Il vivait dans sa propre imagination, pas dans celle d'autres personnages. Il détestait son travail, mais il n'avait pas le courage d'en changer à nouveau. Il était l'un de ces humbles qui sont censés hériter la terre. Il t'aimait, toi.

— Comment a-t-il réussi à attirer cette fillette dans la maison ? »

Philippa maîtrisait sa voix. Elle semblait manifester un intérêt poli, comme si elle se renseignait sur quelque détail banal. Mettait-il du sucre dans son thé ? Aimait-il le sport ? Comment a-t-il violé cette enfant ?

« Il avait une main bandée. Ce n'était pas un truc : Il s'était écorché en tombant sur un râteau et la plaie s'était infectée. Il venait de rentrer du travail quand il a aperçu cette fillette qui retournait chez elle après sa réunion d'éclaireuses. Martin lui a dit qu'il avait envie de se faire du thé mais qu'il n'arrivait pas à remplir la bouilloire. »

Ça, ç'avait été très malin. Il avait vu une gamine descendre cette rue de banlieue, marcher dans la périlleuse innocence de l'enfance. Une éclaireuse en uniforme. Sa B.A. de la journée. Entre tous les stratagèmes possibles, il avait employé celui qui avait le plus de chance de réussir, même avec une fillette méfiante ou timide. La petite n'avait pas senti le danger : un homme avait besoin de son aide, elle était capable de l'apporter. Philippa pouvait se représenter l'enfant remplissant la bouilloire au robinet d'eau froide, allumant le gaz pour le blessé, lui proposant de lui faire son thé, lui préparant sa tasse et sa soucoupe avec beaucoup d'application. Cet homme s'était servi de ce qu'il avait de bon et de gentil en elle pour la détruire. Si le Mal existait, si ces trois lettres placées dans cet ordre avaient la moindre réalité, alors c'était lui qui s'était manifesté ce jour-là.

Philippa prit conscience que sa mère lui parlait.

« Il ne voulait pas lui faire de mal.

— Ah ! non ? Que voulait-il alors ?

— Bavarder avec elle, peut-être. L'embrasser. La caresser. Je ne sais pas. A priori, il n'avait certainement pas l'intention de la violer. C'était un homme doux, timide, faible. C'est sans doute pour cela que les enfants l'attiraient. Je croyais pouvoir l'aider parce que je suis forte. Mais ce n'était pas la force qu'il voulait. Il ne la supportait pas. Ce qu'il voulait, c'était la naïveté, la vulnérabilité de l'enfance. Il ne lui a pas fait mal, tu sais, pas physiquement. Du point de vue technique, c'était un viol, mais il ne s'est pas montré brutal. Si je n'avais pas tué cette fillette, ses parents et elle auraient déclaré plus tard que Martin avait détruit sa vie, qu'elle ne pourrait jamais faire de mariage heureux. Et peut-être auraient-ils eu raison. Les psychologues affirment que les enfants ne surmontent jamais des violences sexuelles subies très jeunes. Je ne lui ai pas donné la possibilité d'avoir une vie gâchée. Je ne cherche pas à excuser ton père, mais je ne veux pas que cet épisode t'apparaisse comme plus noir qu'il n'était en réalité. »

Comment pouvait-il avoir été plus noir ? se demanda Philippa. Une enfant avait été violée et assassinée. Les détails physiques, elle pouvait les imaginer, les avait imaginés. Mais l'horreur, la solitude, la terreur du dernier instant étaient aussi impossibles à ressentir par un effort de volonté que l'était la souffrance d'autrui. La souffrance et la peur. Connaître l'une ou l'autre, c'était comprendre à jamais la solitude du moi.

Maurice l'avait prévenue, après tout. Lors d'une de ces brèves conversations décousues qu'ils avaient eues durant les quatre jours où elle avait attendu la réponse de sa mère, il lui avait dit :

« Aucun de nous ne supporte une trop forte dose de réalité. Personne. Nous nous créons tous un monde vivable. Tu as probablement créé le tien avec plus d'imagination que la plupart des gens. Après t'être donné tout ce mal, pourquoi veux-tu le démolir ? »

Et elle, dans son arrogante confiance, avait répondu :

« Je découvrirai peut-être que j'aurais mieux fait de m'en contenter. Mais il est trop tard maintenant. Ce monde-là a disparu pour toujours. Je dois en trouver un autre. Celui-ci au moins sera basé sur la réalité.

— Tu crois ? Comment sais-tu qu'il ne sera pas juste aussi illusoire, et beaucoup moins confortable ?

124

— Il doit tout de même être préférable de connaître les faits. Je croyais que pour un scientifique, ou en tout cas un pseudo-scientifique comme toi, la vérité était sacrée.

— "Qu'est-ce que la vérité ?" demanda Pilate en plaisantant, mais il partit sans attendre la réponse. Les faits sont sacrés à condition de pouvoir les découvrir et dans la mesure où tu ne les prends pas pour des valeurs. »

Elles avaient fait le tour complet de la pelouse et se retrouvaient devant le bâtiment de la prison. Le refusant, elles lui tournèrent le dos et commencèrent à rebrousser chemin.

« Ai-je des parents du côté de mon père ?

— Ton père était fils unique. Il avait une cousine, mais son mari et elle ont émigré au Canada à l'époque du procès. Ils avaient peur que les gens fassent le rapprochement entre eux et nous. Je suppose qu'ils sont toujours en vie. Ils n'avaient pas d'enfants et tous deux avaient plus de quarante ans à l'époque.

— Et de ton côté ?

— J'avais un frère, Stephen. Il avait huit ans de moins que moi, mais il a été tué en Irlande, quand les troubles ont commencé là-bas. Il n'avait pas vingt ans. Il était militaire.

— Mon seul oncle est donc mort, et il n'y a personne d'autre ?

— Non, dit sa mère d'un ton grave, sans sourire. Il n'y a que moi. Je suis ta seule parente par le sang. »

Elles continuèrent leur lente promenade. Le soleil chauffait les épaules de Philippa.

« On sert du thé aux visiteurs. As-tu soif ? demanda sa mère.

— Oui, mais je le prendrai à York. Combien de temps nous reste-t-il ?

— Avant le départ du car ? Une demi-heure.

— Que dois-je faire ? Je veux dire : peux-tu simplement venir chez moi quand tu sortiras d'ici ou y a-t-il des formalités à remplir ? »

Philippa garda les yeux baissés sur le gravier du sentier : elle ne voulait pas voir l'expression que prendrait peut-être le visage de sa mère. C'était l'instant de l'offre et de l'acceptation définitives. Quand sa mère répondit, sa voix était calme :

« En principe, je devais aller dans un centre d'hébergement pour libérées à Kensington. L'idée de me retrouver dans un autre établissement me faisait horreur, mais je n'avais pas le choix, du moins pour le premier mois. Mais je ne pense pas qu'ils s'opposeront à ce que je vienne habiter chez toi. Ils enverront quelqu'un vérifier que tu as bien un appartement et le ministère de l'Intérieur devra approuver les nouvelles dispositions. La première démarche que tu devras faire c'est d'écrire à l'assistante sociale en chef, ici. Mais tu ne veux pas réfléchir une semaine ou deux avant de prendre une décision ?

— Elle est prise.

— Qu'aurais-tu fait, normalement, ces deux prochains mois ?

— Probablement la même chose. J'ai terminé mes études secondaires. J'ai obtenu une bourse pour Cambridge l'année dernière, à l'âge de dix-sept ans. Cette année, j'ai étudié la philosophie, juste pour passer le temps. Je ne suis pas du type à partir faire du bénévolat en Afrique. Je t'assure que je ne change pas mes plans pour toi, si c'est cela qui te tracasse. »

Sa mère accepta ce mensonge.

« Je serai une compagne embarrassante. Comment expliqueras-tu à tes amies ?

— Nous ne verrons pas mes amis. Si nous les rencontrons par hasard, je leur expliquerai que tu es ma mère. Ça suffit, non ? »

Sa mère dit poliment :

« Alors, c'est oui. Je te remercie, Philippa. Pour ces deux premiers mois, je serais très heureuse de vivre avec toi. »

Ensuite, elles ne parlèrent plus de l'avenir. Elles marchèrent ensemble, chacune plongée dans ses pensées. Puis ce fut l'heure, pour Philippa, de rejoindre le flot irrégulier de visiteurs qui descendaient le chemin ensoleillé vers le portail et le car qui les attendait dehors.

11

Quand elle rentra, peu après huit heures et demie, ni Maurice ni Hilda ne lui posèrent la moindre question. Pour Maurice, cela faisait partie de sa politique de non-ingérence ; d'habitude, il parvenait à donner l'impression qu'il n'était pas particulièrement curieux de savoir ce que faisait Philippa. Quant à Hilda, toute rouge et boudeuse, elle garda un maussade et obstiné silence. Elle se contenta de demander à Philippa si elle avait fait bon voyage. Tout en posant cette question apparemment anodine, elle lança à Maurice un regard effrayé, puis parut ne pas entendre la réponse de Philippa. Son ton était contraint : on aurait dit qu'elle parlait à une visiteuse plutôt importune qui venait d'arriver. Pendant leur tardif dîner, tous trois se comportèrent en étrangers ; c'était bien ce qu'ils étaient, après tout. Un soir comme celui-ci, des invités auraient été les bienvenus. Ils mangèrent leur vichyssoise et leur veau marengo dans un silence presque total. Finalement, repoussant sa chaise de la table, Philippa déclara :

« Ma mère semble très contente de partager un appartement avec moi pour un mois ou deux. Dès demain, je me mettrai à en chercher un. »

Sa voix était anormalement forte, agressive, comme si elle lançait un défi. Philippa s'en voulut de son manque de naturel, de prononcer avec tant de difficulté ces paroles qu'elle avait pourtant répétées mentalement pendant tout le dîner. Elle n'avait jamais eu peur de Maurice. Pourquoi commencerait-elle maintenant ? Elle avait dix-huit ans ; elle était officiellement une adulte qui ne devait de comptes qu'à elle-même. Elle était sans doute plus libre maintenant qu'elle ne le serait jamais. Rien ne l'obligeait à justifier ses actes.

« Tu auras du mal à trouver un appartement dont le loyer soit abordable pour toi, l'avertit Maurice, pas dans le centre de Londres en tout cas. Si tu as besoin d'emprunter de l'argent, dis-le-moi. Ne t'adresse pas à la banque. Ce serait idiot de payer le taux d'intérêt qu'on demande actuellement.

— Je peux me débrouiller seule. J'ai l'argent que j'avais économisé pour mon voyage en Europe.

— Eh bien, bonne chance alors. Garde quand même la clef de la maison pour le cas où tu aurais besoin de revenir. Mais, si tu envisages de déménager pour de bon, préviens-nous le plus tôt possible. Ta chambre pourrait probablement nous servir. »

Au ton de sa voix, pensa Philippa, on aurait dit qu'il donnait congé à une pensionnaire gênante. Mais, assurément, c'était là l'effet recherché.

12

LE lundi 17 juillet, peu après neuf heures du matin, Scase composa le numéro qu'il appelait régulièrement tous les trois mois depuis six ans. Mais, cette fois, on ne lui donna pas le renseignement qu'il demandait. Ni, comme cela se passait d'habitude, ne lui promit-on de le lui communiquer quelques jours plus tard. Au lieu de cela, Eli Watkin le pria de passer à son bureau le plus tôt possible. Une demi-heure plus tard, Scase était en route vers Hallelujah Passage, pour voir un homme qu'il n'avait pas vu depuis six ans. A l'époque, Mavis l'avait accompagné. Cette fois, ce fut seul qu'il longea le cimetière de St. Paul et s'engagea dans la ruelle obscure.

Ils avaient attendu trois années après le procès avant de se mettre en rapport avec les *Enquêtes Eli Watkin*. Ils avaient trouvé le nom de cette société dans les pages jaunes de l'annuaire de Londres, parmi une douzaine d'autres agences de détectives privés. Ils avaient passé une journée à Londres à leur rendre visite les unes après les autres, essayant de deviner d'après leur adresse et leur façade si elles étaient efficaces et de bonne réputation. Mavis avait voulu exclure toutes celles qui acceptaient de s'occuper d'affaires de divorce, mais Scase l'avait persuadée que c'était limiter inutilement leur choix. Leur tâche n'avait pas été facile. Même solidaires et résolus comme ils l'étaient, ils se sentaient en territoire étranger, un territoire effrayant. L'élégance impersonnelle des grandes agences les intimidait, le caractère sordide des petites les rebutait. Pour finir, ils s'étaient aventurés dans celle d'Eli Watkin parce qu'ils aimaient le nom de la rue : Hallelujah Passage. Le bureau exsudait une atmosphère dickensienne de joyeux amateurisme. Les bacs à fleurs le long de la fenêtre du rez-de-chaussée, où perçaient des jonquilles précoces, avaient rassuré et réconforté Mavis. Ils avaient été accueillis en bas par une dactylo âgée qui les avait conduits au premier étage, dans le bureau de Mr. Eli Watkin.

En entrant dans cette petite pièce oppressante, ils avaient trouvé le directeur accroupi devant un radiateur à gaz sifflant, en train de remplir trois soucoupes de pâtée pendant que cinq chats miaulants, de tailles et de couleurs variées, se frottaient contre ses maigres chevilles. Une grosse et matriarcale chatte tigrée était juchée, pattes repliées, sur une étagère à livres et regardait dédaigneusement la mêlée. Une fois toute la nourriture distribuée, elle avait sauté légèrement à terre avec un mouvement de queue et s'était installée devant le troisième plat. C'est alors seulement qu'Eli Watkin s'était levé pour saluer ses visiteurs. Les Scase s'étaient trouvés en face d'un homme trapu, à la figure chiffonnée, avec une houppe de cheveux blancs et des yeux aux paupières lourdes. Il avait l'habitude déroutante de les garder mi-closes en parlant, puis soudain de les lever, comme par un effort conscient, pour découvrir des yeux petits mais intensément bleus. Contrairement à ce que Scase avait craint, Watkin les avait accueillis sans la moindre obséquiosité. L'affaire dont ils l'avaient chargé n'avait pas semblé le surprendre le moins du monde. Scase avait longuement répété ce qu'il allait dire :

« Il y a trois ans, une femme, Mary Ducton, a été condamnée à perpétuité pour le meurtre de notre fille, Julie Mavis Scase. Nous ne voulons pas la perdre de vue. Nous voulons savoir quand on la transfère d'une prison à une autre, ce qu'elle fait et la date prévue pour son élargissement. Pouvez-vous nous fournir ce genre de renseignements ?

— Peut-être. Quand on est prêt à payer, on peut obtenir tous les renseignements qu'on veut.

— Cela serait-il très cher ?

— Oui, mais pas excessivement. Où se trouve cette dame à présent ? A Holloway ? C'est ce que je pensais. Appelez-moi à ce numéro dans dix jours et je vous dirai ce que nous pouvons faire.

— Comment obtenez-vous vos renseignements ?

— De la façon habituelle, Mr. Scase, en les achetant.

— Cette affaire, bien entendu, est confidentielle. Elle n'a rien d'illégal, mais nous ne voulons pas que d'autres personnes en aient connaissance.

— Évidemment. C'est pourquoi vous paierez un peu plus cher. »

Ensuite, ils avaient téléphoné à Eli Watkin quatre fois l'an. Chaque fois, il les rappelait trois jours plus tard pour leur dire ce qu'il savait. La semaine suivante, les Scase recevaient une facture pour « services professionnels rendus ». Le montant de ces honoraires variait. Parfois ils s'élevaient à vingt livres, parfois ils ne dépassaient pas cinq livres. De cette façon-là, ils apprirent successivement que Mary Ducton était sortie de son isolement volontaire et avait commencé à travailler à la bibliothèque de la prison, qu'elle avait été transférée de Holloway à Durham, puis de Durham à Melcombe Grange, qu'elle avait été hospitalisée après avoir été agressée par trois codétenues, que la commission de libération conditionnelle allait étudier son cas. Six mois plus tôt, Eli Watkin lui avait annoncé qu'elle serait relâchée en août 1978.

Quand Scase atteignit Hallelujah Passage, il était près de onze heures. Il y avait toujours une jardinière sur le rebord de la fenêtre du bureau, mais à présent elle ne contenait plus que de la terre durcie. La porte menant dans le couloir béait ; des caisses remplissaient le bureau désert du rez-de-chaussée. Sur les murs sales et dénudés, on voyait des marques claires là où des tableaux avaient dû pendre autrefois. La couche de crasse qui recouvrait les vitres était si épaisse qu'elle arrêtait presque entièrement la lumière du jour. Scase dut avancer à tâtons sur le lino déchiré pour trouver l'escalier dépourvu de tapis.

Dans le bureau du premier étage, Eli Watkin l'attendait comme il l'avait fait six ans plus tôt. Le même radiateur à gaz sifflait dans un coin. Scase reconnut le grand bureau à cylindres et les deux classeurs délabrés. Il n'y avait pas de chat, mais Scase crut déceler dans l'air l'odeur âcre, aigre, de la nourriture. Puis il se demanda si cela ne sentait pas la maladie mortelle. Il reconnut Eli Watkin à ses yeux bleus et brillants ; tout le reste de sa personne avait changé. La main qu'il tendit à son visiteur était sèche et décharnée. Sa figure était une tête de mort jaune dans laquelle ses yeux étincelaient comme des bijoux.

« Je viens au sujet de Mary Ducton, dit Scase. Je vous ai appelé pour vous demander si vous connaissiez la date exacte de sa mise en liberté. Et vous m'avez demandé de passer.

— C'est exact, Mr. Scase, c'est exact. Il est préférable de dire certaines choses entre quatre yeux. »

Watkin s'approcha du premier des classeurs et sortit une chemise brune du tiroir supérieur. Celui-ci paraissait ne rien receler d'autre. Bien que d'une couleur un peu passée, la chemise était propre. On aurait pu croire qu'elle n'avait jamais été touchée. Il était vrai, songea Scase, que Watkin ne manipulait ce dossier que quatre fois l'an. Le détective l'apporta à son bureau et l'ouvrit. Scase vit qu'il contenait les doubles de ses notes d'honoraires et quelques petits bouts de papier : peut-être des notes prises pendant ses conversations téléphoniques. C'était tout.

« Le sujet doit sortir de Melcombe Grange le 15 août 1978.

— Et où ira-t-elle ?

— Ça, je n'en sais rien, Mr. Scase. Elle devait aller dans un centre d'hébergement pour libérées à North Kensington mais, d'après des bruits qui circulent dans la prison, elle aurait changé ses plans.

— Quand pourriez-vous me le dire ? Pourrais-je vous appeler la semaine prochaine ?

— La semaine prochaine, je ne serai plus là, Mr. Scase. Dans quelques jours, cet endroit sera investi par des maçons qui le transformeront en un café. Pas très bien situé pour la clientèle, dirais-je, mais ça, ce n'est pas mon problème. J'ai obtenu un bon prix pour le bail. Et, si vous téléphoniez dans six mois, les cafetiers vous diraient, en supposant qu'ils soient encore ici et qu'ils le veuillent bien, que je suis mort. Le 15 août, je serai au Mexique. Toute ma vie j'ai désiré voir les jardins flottants de Xochimilco et j'y pars dans trois jours. Ceci est le dernier renseignement que je vous donnerai. Et vous êtes, Mr. Scase, mon dernier client.

— Je suis désolé. »

Scase ne trouva rien d'autre à dire. Au bout d'un moment, il demanda :

« Avez-vous la moindre idée de la ville dans laquelle elle se rendra ?

— Je suppose qu'elle viendra à Londres. C'est ce qu'elles font d'habitude. Elle habitait Seven Kings, dans l'Essex, au moment du crime, n'est-ce pas ? Je parie qu'elle viendra à Londres.

— Savez-vous à quelle heure on la libérera ?

— Cela se passe habituellement le matin. A votre place, je prévoierais le matin. Le matin du mardi 15 août. »

Watkin avait-il légèrement accentué le mot « prévoierais » ?

« Cela m'arrangerait de le savoir, déclara Scase. Je dois voir cette femme personnellement pour lui donner une lettre de ma défunte épouse. J'ai promis à Mavis de la lui remettre en mains propres.

— Moi, je me suis promis toute ma vie de voir les jardins flottants. Croyez-vous à la réincarnation, Mr. Scase ?

— Je n'y ai jamais réfléchi. Cela doit être assez réconfortant pour des gens qui ont besoin de croire à leur propre importance.

— Mais vous, vous pouvez croire à votre propre importance sans l'aide de mythes ? »

Les paupières gonflées s'étaient soudain levées et les yeux bleus le dévisageaient, toujours aussi brillants, ironiques.

« Tuer quelqu'un n'est pas facile, Mr. Scase. Même l'État a dû y renoncer. Et pourtant l'État avait toutes les facilités, si l'on peut dire : un échafaud, un exécuteur habile et expérimenté, le condamné sous la main. Êtes-vous un exécuteur habile, Mr. Scase ? »

Scase se demanda pourquoi ces paroles et la menace qu'elles sous-entendaient ne provoquaient en lui aucune inquiétude. Un regard à ce crâne, strié comme celui d'un mannequin d'anatomie, à cette peau tendue sur les os saillants, lui en fit comprendre la raison. La seule marque de la mort suffisait à rendre un homme virtuellement inoffensif. En route pour les jardins flottants, Watkin s'éloignait déjà des préoccupations mesquines des vivants. Et quelle importance pouvaient avoir ses soupçons ? Quand la meurtrière serait morte, Scase devait s'attendre à être le principal, sinon le seul suspect. L'essentiel, c'était que Watkin ne fournît aucune véritable preuve légale à la police. Scase croyait que la justice ne chercherait pas cette preuve avec trop d'empressement. Il répondit d'une voix calme :

« Si c'est ce que vous pensez, pourquoi ne prévenez-vous pas la police ?

— Quelle idée ! Ce serait immoral, Mr. Scase. Dans mon métier, je ne parle pas souvent à la police, bien que, parfois, elle tienne beaucoup à me parler. Et puis, vous et moi, nous avons eu de longues et, je pense, de fructueuses relations d'affaires. Vous m'avez convenablement payé au cours des années. Je ne suis pas responsable de ce que vous faites des renseignements que je vous donne. Et je tiens à prendre cet avion dans trois jours. »

Scase dit, toujours aussi calme :

« Vous vous trompez. Je dois voir cette femme pour lui remettre une lettre, c'est tout. Ma défunte femme voulait lui faire savoir que nous lui avions pardonné. On ne peut pas continuer à haïr indéfiniment.

— Très juste. Avez-vous lu Thomas Mann, Mr. Scase ? Un très grand écrivain. "Pour l'amour de l'humanité, pour l'amour de l'amour, ne laissez pas la mort dominer vos pensées." Je pense avoir cité cette phrase correctement. De toute façon, vous en aurez sûrement compris le sens. Cela fera cinquante livres.

— C'est plus que ce que j'avais prévu. Je n'ai apporté que quarante livres en numéraire. Jusqu'à présent, vos honoraires n'ont jamais dépassé trente livres.

— Oui, mais il s'agit du dernier règlement et vous admettrez que le renseignement que je vous ai fourni les vaut. Bon, disons quarante livres. Surtout pas de chèque, n'est-ce pas ? »

Scase compta les huit billets de cinq livres qu'il avait sur lui. Eli Watkin les rangea dans son portefeuille.

« Je crois qu'il est inutile, cette fois, d'établir un reçu. Et maintenant, nous pouvons ajouter votre dossier aux autres détritus. Ce sac, là, contient pas mal de secrets et de souffrances déchirés. Soyez assez aimable pour le détruire vous-même. Cette chemise est trop résistante pour mes mains. »

Scase déchira chaque bout de papier séparément, puis réduisit la chemise de carton en petits morceaux qu'il fit tomber dans le sac où les débris de la petite affaire de Mr. Watkin glissaient dans une marée de papiers. Pour finir, les deux hommes se serrèrent la main. Celle de Watkin était sèche et très froide, mais étonnamment ferme, certainement assez ferme pour déchirer la chemise s'il l'avait voulu. La dernière image que Scase garda de Watkin fut celle d'un homme assis à son bureau, et qui le regardait partir avec un amusement mêlé d'une bienveillante pitié. Mais il lança ses ultimes paroles d'un ton assez enjoué :

« Ne trébuchez pas sur les poubelles, Mr. Scase. Il ne faudrait pas que vous vous cassiez une jambe maintenant, à un moment si intéressant de votre vie ! »

Ce même après-midi, Scase téléphona à l'agence immobilière la plus connue de sa localité et lui demanda de mettre sa maison en vente. L'agence dit qu'elle essaierait de lui envoyer un de ses employés, un certain Mr. Wheatley, le lendemain matin. A dix heures du matin, celui-ci était déjà là. Il était plus jeune que Scase ne l'avait imaginé : vingt ans, tout au plus. Il avait un visage anguleux et d'aspect malsain. D'une respectabilité extrême, ses vêtements cherchaient sans doute à susciter la confiance dans l'efficacité et l'honnêteté de la société qui l'employait. Les épaules rembourrées de son costume bleu marine bon marché flottaient sur lui comme s'il avait acheté la veste en prévision d'une croissance éventuelle. Mais il entra avec assurance et, à peine la porte franchie, se mit à examiner la maison d'un œil expert. Il portait un bloc de papier et mesurait habilement chaque pièce avec un mètre flexible qu'il rembobinait avec de grands mouvements de bras. Le suivant de chambre en chambre, Scase remarqua qu'il avait un petit furoncle sur le cou. L'abcès s'était ouvert ; du pus et du sang tachaient le col de chemise. Scase eut du mal à en détacher les yeux.

« C'est une belle petite maison, monsieur, dit Wheatley. Bien entretenue. Je pense que vous n'aurons aucun mal à vous en débarrasser. Le marché n'est plus ce qu'il était il y a six mois, remarquez. Qu'en demandez-vous ?

— Avez-vous une suggestion à me faire ? »

Son estimation, se dit Scase, serait raisonnable. Certes, la commission augmentait avec le prix, mais le plus rentable pour l'agence, c'était de vendre vite et sans problème. Et malgré sa moue concentrée et son air calculateur, Wheatley ne lui donnerait pas un avis personnel. Dans sa boîte, on lui aurait dit exactement ce que pouvait valoir une maison jumelée en bon état dans Alma Road.

Après avoir passé quelques minutes à marcher de l'entrée au séjour, puis du séjour à la cuisine, l'agent immobilier déclara :

« Avec de la chance, vous pourriez en obtenir dix-neuf mille cinq cents. Le jardin est un peu négligé et ce genre de maisons n'a pas de garage. Cela leur enlève toujours de la valeur. Les gens aiment avoir un garage. Nous pourrions commencer par demander vingt mille, quitte à baisser ensuite.

— Je désire vendre rapidement. Vous pourriez commencer à dix-neuf mille cinq cents.

— Comme vous voudrez, monsieur. Et que faisons-nous pour les visites. Serez-vous chez vous cet après-midi ?

— Non. Je vais vous donner un double de mes clefs. Je voudrais que ce soit vous qui fassiez visiter. Moi, je ne veux pas voir les gens.

— Cela risque de retarder les choses, monsieur. Nous avons un problème de personnel, voyez-vous. Il nous faudrait essayer de grouper plusieurs visiteurs. Si vous pouviez vous arranger pour être à la maison en début de soirée, pour, disons, deux semaines... »

Qu'ils gagnent donc leur commission, songea Scase.

« Je ne veux voir personne. Vous pourrez remettre les clefs aux gens intéressés en leur faisant signer un reçu et promettre qu'ils refermeront soigneusement. Il n'y a rien qui vaille la peine d'être volé ici.

— Oh ! non monsieur, nous ne pouvons pas faire ça. Écoutez, si vous dites aux clients éventuels que vous ne demandez que dix-huit mille cinq cents ou même, à la rigueur, dix-huit mille, j'ai l'impression que vous n'aurez pas longtemps à attendre.

— Très bien. Demandez dix-huit mille cinq cents.

— Sur nos listes, nous avons un jeune couple que la maison pourrait intéresser à dix-huit mille. Ils ont deux gosses et vous n'êtes pas loin de l'école. Je vais voir si je peux les emmener ici ce soir.

— Je veux vendre rapidement, répéta Scase. N'auront-ils pas besoin d'un crédit ? Cela prend du temps.

— De ce côté-là, aucun problème, monsieur. Ils ont des épargnes dans une société de crédit immobilier. Si la maison leur plaît, l'affaire devrait se régler très facilement. »

Jetant un dernier regard dédaigneux aux proportions modestes du séjour, il ajouta :

« Quel que soit l'acheteur, il abattra probablement cette cloison du milieu pour avoir une grande pièce. Et la cuisine aussi aura besoin d'être transformée. »

Ils pouvaient bien faire ce qu'ils voulaient, songea Scase. Tout ce qu'il demandait, c'était que la vente fût rapide. Il avait besoin de l'argent qu'elle rapporterait pour financer son entreprise. D'un commun accord, Mavis et lui avaient envisagé de vendre la maison si nécessaire. Mavis ne devait pas avoir pensé au-delà de l'acte qu'ils projetaient ; il faisait de même à présent. Toutefois, la perspective d'être virtuellement sans foyer, d'avoir à quitter cette confortable respectabilité banlieusarde pour un monde inconnu et menaçant le remplissait d'un mélange d'excitation et d'appréhension. Il aurait été si facile de rester, de considérer cette maison comme un refuge familier dans lequel il pouvait se retirer si jamais la chasse tournait mal. Alors qu'il suivait Mr. Wheatley, regardant le mètre argenté surgir de sa boîte pour mesurer les modestes dimensions de la cuisine et de l'entrée, son logis lui apparut comme la tanière de quelque petit prédateur : souterrain, secret, renfermant entre ses murs bruns l'odeur même de la bête. Dans la cuisine, il crut voir la trace de l'animal sur le linoléum et, sous la table, un tas de fourrure et d'os.

13

Dans sa recherche d'un appartement de deux pièces, au centre de Londres et à un loyer raisonnable, Philippa se savait privilégiée : son apparence, son âge, sa voix et sa couleur — bien que personne ne commît jamais l'imprudence de faire allusion à la race —, tout militait en sa faveur. Elle lut la réalité de son avantage dans les yeux appréciateurs et déférents des réceptionnistes et des employés de la douzaine d'agences immobilières dans lesquelles elle se rendit. Et elle avait un atout supplémentaire : le fait qu'elle ne voulait louer que pour une courte période. « Seulement pour trois mois, ensuite je dois aller étudier à Cambridge. » Les mots : « Seulement pour ma mère et moi ; nous voulons passer quelques mois ensemble à Londres avant que j'aille habiter dans mon collège et qu'elle parte pour l'étranger », prononcés d'un ton plein d'assurance et de sa voix distinguée fournissaient, comme elle ne l'ignorait pas, une rassurante garantie de piété filiale et de respectabilité. Tous les agents auraient été fort contents de la satisfaire s'ils avaient eu le moindre logement à lui offrir. Mais tous les baux à court terme pour des appartements meublés au centre de Londres étaient exorbitants ; ils étaient destinés au marché extérieur et quand, en hésitant, Philippa proposait quarante à cinquante livres par semaine, on lui répondait par des sourires incrédules, des hochements de tête et des murmures concernant l'effet désastreux de la loi sur la restriction des loyers. C'était tout juste si on ne la soupçonnait pas de quelque duperie : elle n'avait pas le droit d'entrer dans ces agences avec un air si prospère et d'admettre pareille pauvreté. Se désintéressant d'elle, les agents notaient son nom et son adresse sans rien lui promettre.

Pendant la première semaine de ses recherches, Philippa suivit tous les jours le même emploi du temps. Elle quittait Caldecote Terrace après le petit déjeuner et employait la matinée à faire le tour des agences. Dès leur sortie, elle achetait les premières éditions des journaux du soir et cochait les possibilités. Munie d'une provision de pièces de monnaie, elle passait la demi-heure suivante dans une cabine téléphonique, entreprenant la tâche frustrante d'essayer de se mettre en rapport avec les annonceurs à des numéros dont la plupart étaient constamment occupés ou impossibles à obtenir. Venaient ensuite les visites : des appartements dont les fenêtres crasseuses ouvraient sur des puits profonds qui ne voyaient jamais le soleil ; des toilettes et des salles de bain communes, situées à l'extérieur de l'appartement et dans un état capable de causer une constipation permanente ; des meublés où le mobilier se composait d'éléments cassés dont le propriétaire ne voulait plus chez lui : armoires qui fermaient mal, cuisinières à l'émail écaillé et aux fours encrassés, tables bancales aux surfaces brûlées, lits sales et défoncés ; propriétaires qui, en spécifiant dans leurs annonces qu'ils voulaient une femme comme locataire, pensaient moins à la plus grande propreté probable de leurs cuisines qu'à la satisfaction de besoins plus élémentaires.

Philippa fut bientôt obligée d'agrandir le champ de ses recherches. Elle en vint à découvrir un Londres différent qu'elle vit avec des yeux différents. Comme une auberge espagnole, la ville offrait ce qu'on y apportait. Elle reflétait et renforçait les humeurs ; elle ne les créait pas. Ici, les malheureux étaient encore plus malheureux, ceux qui souffraient de la solitude encore plus solitaires tandis que les gens prospères et heureux voyaient dans son fleuve et sa vie brillante la confirmation de leur réussite méritée. Pendant la semaine où elle chercha vainement un appartement dans lequel elle supporterait de vivre, ne fût-ce que temporairement. Philippa se sentit de plus en plus déprimée et rejetée. Autrefois, bien en sécurité à Caldecote Terrace, elle considérait les rues plus pauvres de Paddington Nord, de Kilburn et d'Earls Court comme ces avant-postes fascinants d'une culture étrangère, qui contribuent à la variété de toutes les capitales du monde. Maintenant, son regard désenchanté et partial ne voyait plus que saleté et disgrâce : sacs-poubelles pleins à craquer non ramassés, détritus encombrant les caniveaux et que le vent poussait dans les couloirs du métro, murs défigurés par la haine graphomane des extrémistes de droite et de gauche, obscénités ornant les affiches publicitaires, la puanteur d'urine couverte par celle du désinfectant qui montait du béton taché des quais du métro, la laideur des gens. L'homme souillait son propre habitat, n'était même pas capable de se comporter en animal propre.

Les curieuses formes drapées accroupies sur le trottoir, qui l'observaient depuis le seuil de portes ouvertes, la menaçaient par leur étrangeté. L'odeur dominante de curry, de corps serrés les uns contre les autres, de cheveux de femme parfumés augmentait l'impression qu'elle avait d'être exclue, d'être *persona non grata* dans sa propre ville.

Le matin du vendredi 28 juillet, alors qu'elle descendait Edgware Road après avoir découvert, une fois de plus, qu'un des appartements annoncés avait été pris, elle aperçut, dans une rue latérale, une agence dont elle n'avait jamais entendu parler. Ce que le *Raterite Accommodation Bureau* avait de plus remarquable, c'était qu'il existât, ou, existant, qu'il fît la moindre affaire. Si des agences plus grandes, plus propres et plus imposantes manquaient de maisons à louer ou à gérer, on pouvait s'étonner de ce que ce minable établissement attirât des propriétaires en quête de locataires. La vitrine était couverte de cartes manuscrites fixées au carreau sale avec du papier collant. La plupart d'entre elles avaient complètement jauni ; sur d'autres l'encre avait pâli et pris la couleur du sang séché. La diversité des écritures et les orthographes fantaisistes prouvaient que le personnel changeait souvent et qu'on ne se montrait pas trop difficile sur son choix. Les quelques cartes blanches restées propres introduisaient une insolite note d'espoir — espoir vite annulé par le mot « loué » griffonné par-dessus les rares annonces qui, à en juger par la modicité des loyers demandés, n'avaient probablement jamais correspondu à une réalité.

Philippa ouvrit la porte et pénétra dans une petite pièce contenant deux bureaux et quatre chaises rangées contre le mur. Sur l'une d'elles, un Indien était assis dans une attitude de patiente résignation. Derrière le plus grand des deux bureaux, une femme rousse habillée de façon voyante et portant une multitude de bracelets cliquetants fumait une cigarette en faisant les mots croisés du journal du matin. On avait l'impression qu'elle s'était colletée avec la vie depuis l'enfance, pour finalement réussir, en y laissant quelques plumes, à avoir le dessus. Derrière le second bureau, une femme blonde écoutait avec une indifférence étudiée un homme rougeaud et aux jambes arquées qui lui parlait avec volubilité. Le costume en tweed et le feutre pimpant orné d'une plume qu'il portait auraient été plus à leur place sur le champ de courses de Brighton que dans ce bureau miteux.

La blonde tourna ses yeux vers Philippa, sans doute pour lui indiquer qu'elle était maintenant prête à faire des affaires. Comprenant le signal, l'homme aux jambes arquées gagna la porte.

« A bientôt, fit-il.

— A bientôt », répondirent les deux femmes d'une seule voix avec un manque d'enthousiasme évident.

Philippa récita son texte. Elle cherchait un petit appartement de deux pièces, partiellement meublé, pour sa mère et pour elle dans le centre de Londres, pour environ deux mois.

« Jusqu'à ce que j'aille à l'université. Ça ne serait que pour nous deux. Je suis même prête à effectuer quelques petits travaux si le logement est, dans l'ensemble, en bon état et assez central.

— Combien pensiez-vous mettre ?

— Quels sont les prix ?

— Cela dépend. Il y a des loyers à cinquante, à soixante, à quatre-vingts, à cent et plus. Nous avons rarement quelque chose au-dessous de cinquante livres par mois. C'est à cause de la loi sur les locations, comprenez-vous. Pour un propriétaire, louer n'est pas rentable s'il ne peut donner congé à ses locataires.

— Oui, je connais la loi sur les locations par cœur. Je pourrais payer d'avance, en numéraire. »

La femme assise à l'autre bureau leva les yeux, mais ne dit rien. La blonde reprit :

« Pour deux mois ? La plupart des propriétaires cherchent à louer pour un peu plus longtemps.

— Je croyais qu'ils aimaient les locations à court

145

terme. N'est-ce pas pour cela qu'ils louent à des étrangers, pour être sûrs de pouvoir s'en débarrasser ? Je vous promets que nous libérerons l'appartement à l'automne. »

La rousse déclara :

« Nous ne pouvons nous contenter des promesses. Il faudra établir un contrat. Mr. Wade, notre avocat qui habite à côté, l'établira pour nous. Vous avez bien dit : en numéraire ? »

Au prix d'un effort, Philippa plongea un regard dur dans les yeux calculateurs de la femme.

« Oui, si vous m'accordez une réduction de dix pour cent. »

La blonde rit.

« Vous plaisantez ! Tous nos meublés partent comme des petits pains, même sans réduction ! »

La femme assise à l'autre bureau dit :

« Il y aurait peut-être ce deux-pièces-cuisine avec salle de bain commune dans Delaney Street ?

— C'est déjà pris, Mrs. Bealing. Par ce jeune couple avec enfant, plus un autre en route. Ils l'ont visité hier. Je vous l'ai dit.

— Voyons un peu la fiche. »

La blonde ouvrit le tiroir supérieur gauche de son bureau et feuilleta un classeur. Elle passa la carte à sa collègue. Celle-ci regarda Philippa.

« Trois mois d'avance en numéraire. Le propriétaire n'acceptera pas pour moins de temps. Il demande cent quatre-vingt-dix livres par mois. Disons cinq cent cinquante pour les trois mois, comptant en numéraire. Pas de chèque. C'est ce qu'on appelle une location de vacances. Ce qui signifie qu'elle n'est pas soumise à la loi sur les locations. »

Philippa avait un peu moins de mille livres sur son compte en banque — somme qu'elle avait accumulée grâce à des cadeaux d'anniversaire et des jobs d'été. Mais l'argent, bien qu'elle ne le dépensât jamais à la légère, n'avait jamais compté pour elle. Elle avait toujours pensé qu'elle pourrait en gagner. Elle avait l'impression que, de tous ses besoins, celui-là était le plus facile à satisfaire. Elle n'hésita qu'un instant.

« C'est d'accord. Mais si l'appartement est pris ?

— Cela dépend de vous. Le voulez-vous ? »

La blonde considéra Philippa du regard amusé et légèrement méprisant d'une femme qui a renoncé depuis longtemps à voir les gens se conduire convenablement, mais qui peut encore tirer un certain plaisir à les voir se conduire mal. Philippa fit un signe de tête affirmatif. La femme plus âgée prit le téléphone et composa un numéro.

« Mr. Baker ? L'agence Raterite. Je vous appelle au sujet de l'appartement. Oui. Oui. Oui. Mais voilà : Mr. Coastes n'est pas content. Oui, je sais qu'il est à New York. Il nous a appelés. L'idée que votre femme, dans l'état où elle est, monte cet étroit escalier, lui déplaît beaucoup. Et puis, il ne veut pas louer à des couples avec enfant. Oui, je sais, mais c'est moi qui prends les décisions ici, et je n'étais pas là lors de votre visite. Et puis, il y aurait le problème du landau dans l'entrée. Non, cela ne servirait à rien de lui écrire. Je ne sais d'ailleurs pas où il sera pendant le mois qui vient. Désolée. Oui, nous vous préviendrons. Jusqu'à quarante livres par semaine. Oui. Je sais, Mr. Baker. Oui, nous avons tous les détails. Oui. Oui. Cela n'avance à rien de prendre cette attitude, Mr. Baker. Après tout, nous n'avions signé aucun contrat. »

La femme ramassa sa cigarette dans le cendrier et retourna à son journal. Sans regarder Philippa, elle dit :

« Vous pouvez aller le visiter tout de suite si vous voulez. Au 12, Delaney Street. C'est au bout de Mell Street, pas loin d'Edgware Road. Deux pièces, cuisine. Usage de la salle de bain. Vous devez partager celle-ci avec le marchand de légumes du rez-de-chaussée.

Vous ne trouverez rien de moins cher, pas dans le centre de Londres ! C'est une affaire. Le loyer serait le double si Mr. Coates n'avait pas dû partir précipitamment à New York et s'il ne voulait pas louer pour peu de temps.

— L'appartement est-il meublé ?

— Si l'on peut dire. Il est vrai que la plupart des gens préfèrent apporter leurs propres affaires. Il s'agit, en tout cas, d'une location meublée.

— J'aimerais le voir maintenant, s'il vous plaît. »

Philippa signa un reçu pour les clefs, mais elle ne se dirigea pas tout de suite vers Delaney Street. Elle avait l'impression qu'en se rendant là-bas, sa décision était prise. Si elle refusait l'appartement, elle devait le faire maintenant. Elle éprouva le besoin de marcher d'un pas énergique, de coordonner pensée et action. Mais le trottoir était trop encombré ; la cohue, le pêle-mêle des landaus et des poussettes forcèrent ses pieds impatients à descendre sur la chaussée, vers le flot de la circulation. Presque machinalement, elle entra dans un café situé à une centaine de mètres plus bas dans Edgware Road et s'installa à une table en formica poisseuse, près de la fenêtre. Un garçon aux cheveux ternes et à la veste tachée arriva du comptoir en traînant les pieds. Philippa commanda un café. Servie dans une tasse en plastique, la boisson était pâle, tiède, sans goût — littéralement imbuvable. Regardant les autres clients qui non seulement parvenaient à le boire — sans signe apparent de plaisir, il est vrai —, mais avaient en plus commandé de la nourriture — hamburgers trop cuits, frites molles, œufs frits brûlés sur les bords et nageant dans la graisse —, elle se dit qu'au moins un des axiomes de Maurice était vrai : livre pour livre, les pauvres en avaient moins pour leur argent que les riches.

Des paniers en osier remplis de fleurs poussié-

reuses et de vigne grimpante artificielles feston-
naient la fenêtre. Sur le fond scintillant de la
circulation, le trottoir grouillait de monde. De
temps à autre, des figures — grises, brunes ou
noires — s'approchaient momentanément de la
vitre pour étudier la liste des prix ; Philippa avait
l'impression de voir défiler un jury ambulant, témoin
muet du conflit qui l'habitait.

Rien de ce qu'elle pouvait reconnaître de son
passé ne l'avait préparée à le résoudre. Elle glissa
l'anneau du porte-clefs sur son pouce. Les deux
clefs — la Yale qui devait ouvrir la porte d'entrée
commune, la Chubb, celle de la porte de l'appartement — reposaient, froides et lourdes dans sa
paume, renforçant le symbolisme. Son éducation
morale — endoctrinement, aurait dit Maurice en
souriant, satisfait d'admettre sa propre honnêteté
— n'avait été qu'une question de vocabulaire, la
justification de son confort moral. Il s'agissait de se
conduire convenablement, dans l'intérêt de certaines abstractions : l'ordre public, une vie agréable,
une justice naturelle — quoi que cela pût vouloir
dire —, le plus grand bien pour le plus grand
nombre. Avant tout, on se conduisait bien envers
les autres pour s'assurer de la réciproque. Cela
impliquait que les gens intelligents, spirituels, beaux
ou riches avaient moins besoin de ces expédients ;
ils avaient donc d'autant plus de mérite s'ils donnaient l'exemple.

Philippa ne pouvait trouver aucune réponse dans
son éducation scolaire. Le South London Collegiate
était, en principe, une fondation chrétienne, mais
les quinze minutes de prière commune par lesquelles commençaient les cours, tous les matins,
ne lui avaient jamais semblé être plus qu'une tradition pratique, un moyen de s'assurer que tout le
lycée était présent quand la directrice lisait les avis
du jour. Quelques-unes de ses camarades prati-

quaient une religion. L'anglicanisme, particulièrement le *High Anglicanism*, était accepté comme un compromis satisfaisant entre la raison et le mythe, justifié par la beauté de sa liturgie, une glorification de l'anglicité ; mais il était surtout la religion universelle de l'humanisme libéral agrémentée de rites adaptables à tous les goûts. Pour Gabriel, *high anglican* déclaré, ça n'avait jamais dû représenter plus que cela, se dit-elle. Les quelques catholiques, scientistes chrétiennes et non-conformistes que comptait le lycée étaient considérées comme des excentriques influencées par une tradition familiale. De toute façon, rien de ce qu'elles professaient n'empiétait sur le dogme principal de toute l'école : la suprématie de l'intelligence humaine. Comme leurs frères à Winchester, à Westminster ou à St. Paul, les filles étaient entraînées depuis l'enfance à soutenir une féroce compétition intellectuelle. Elle-même avait été ainsi conditionnée depuis son entrée en sixième. Ses camarades et elle étaient marquées par la réussite comme par d'invisibles stigmates ; elles formaient la cohorte des bienheureuses qui seraient sauvées de la monotonie, de la pauvreté, de l'inconséquence, de l'échec. Les universités qu'elles fréquenteraient, les professions qu'elles choisiraient, les hommes qu'elles épouseraient appartenaient à une hiérarchie non ouvertement déclarée mais subtilement sous-entendue. Philippa avait l'impression que ce n'était pas là le seul monde dans lequel elle pourrait trouver une place. En tant qu'écrivain, tous les mondes lui étaient ouverts. Mais c'était celui auquel Maurice était parvenu à s'élever, dans lequel elle avait été adoptée, et elle ne s'en plaignait pas. Après son séjour chez les philistins, cette ville civilisée lui ouvrirait toujours ses portes, non pas comme à une étrangère, mais comme à une citoyenne d'honneur.

Dame Béatrice, qui venait au lycée une fois par

semaine pour enseigner la morale, aurait pu répondre à son dilemme, si le fait de poser davantage de questions et d'en discuter la pertinence — si elles avaient, en fait, une signification — constituait une réponse. Philippa se rappela la dernière dissertation hebdomadaire — en elle-même un certificat de supériorité car seule la classe de terminale assistait aux cours de Dame Béatrice :

« "Ne suivez que la maxime que vous voudriez voir érigée en loi universelle." Commentez cette phrase en vous référant à la critique hégélienne du système moral de Kant. »

Mais quel rapport cela avait-il avec les prétentions opposées à un appartement bon marché d'une ex-détenue meurtrière et d'une femme enceinte ? A part le fait que la femme enceinte avait vu le logement la première. Dans le hall du lycée, le panneau d'affichage avait porté l'avis suivant : « L'aumônier s'occupera des lycéennes dans son bureau. Sur rendez-vous ou le vendredi de 12 h 30 à 14 h et le mercredi de 16 h à 17 h 30. » c'était un homme dénué d'humour et sa formulation malheureuse avait fait rire les filles sous cape. Sa réponse à lui aurait sans doute été : « Et voici que je vous donne un nouveau commandement : aime ton prochain comme toi-même. »

Mais c'était une chose irréalisable par la seule volonté. Les fidèles étaient sûrement en droit de répliquer : « Seigneur, montrez-vous comment faire. » Et lui, cet homme-Dieu itinérant, dont personne n'aurait jamais entendu parler s'il était mort sensé et dans son lit, aurait eu sa réponse lui aussi : « Moi, je l'ai fait. »

Le café n'était pas l'endroit idéal pour résoudre un cas de conscience. Il y régnait un vacarme infernal, et les places assises faisaient défaut. Des femmes harassées, encombrées de poussettes et d'enfants accrochés à leurs jupes, cherchaient désespérément à s'asseoir. Philippa était là depuis trop longtemps. Elle laissa un pourboire près de la tasse de café qu'elle n'avait pu se résoudre à finir, glissa les clefs dans son sac et prit bravement le chemin de Mell Street.

14

DELANEY STREET commençait à l'angle de Mell Street. C'était une rue étroite, bordée à gauche d'une série de boutiques avec des appartements au-dessus. Tout au bout, il y avait un pub, *The Grenadier*, pourvu d'une assez belle enseigne, puis un P.M.U., très mystérieux derrière ses vitres peintes, d'où s'échappait un bourdonnement pareil à celui d'un essaim d'abeilles en colère. A côté, se trouvait un coiffeur. Des réclames pour lotions capillaires ornaient le devant de la vitrine ; à l'arrière-plan, quatre têtes de mannequins, avec leurs yeux inexpressifs roulés vers le haut dans des orbites béantes et leurs perruques sèches comme du foin, avaient tout l'air d'avoir été guillotinées, victimes de quelque ancien holocauste. Par la porte ouverte, Philippa aperçut deux clients qui attendaient leur tour tandis que le barbier, un vieil homme ratatiné, s'affairait, peigne levé, sur la nuque d'un troisième.

Le numéro 12 était une porte verte pourvue d'un heurtoir de fer victorien et d'une boîte à lettres. Elle se trouvait entre un brocanteur et un marchand de légumes dont la boutique sans devanture avait constitué autrefois le rez-de-chaussée de la maison. Sur l'enseigne, on lisait : *Monty, Fruits et Légumes*.

Les deux magasins débordaient sur le trottoir. Recouvert d'une affreuse natte d'herbe artificielle, l'étalage du marchand de légumes regorgeait de produits disposés avec art. Une pyramide compliquée d'oranges luisait dans le fond obscur du magasin ; des régimes de bananes et des grappes de raisin pendaient le long d'une tringle fixée derrière l'étalage ; les caisses de pommes polies, les carottes et les tomates formaient un dessin géométrique comme à une fête paroissiale de la moisson. Un jeune homme trapu aux longs cheveux blonds graisseux, à l'aimable figure ronde et aux mains énormes, était en train de verser les pommes de terre contenues dans le plateau de sa balance dans le cabas que lui tendait un client âgé ; ganté de mitaines, emmitouflé pour se protéger contre l'été inclément, celui-ci montrait à peine son visage entre sa casquette plate et son écharpe de laine enroulée autour du cou.

Maintenant qu'elle était là, Philippa se sentit déchirée entre l'envie de voir l'appartement et une curieuse répugnance à introduire la clef dans la serrure. Presque comme un exercice de maîtrise de soi, tout autant que pour retarder la déception, elle se força à examiner ce qui l'entourait.

Le magasin de brocante avait l'air passionnant. Dehors, il y avait tout un assortiment de vieux meubles : quatre chaises de style bistro, deux autres au siège canné troué, une solide table de cuisine couverte de cartons bourrés de livres de poche et de vieux magazines, une machine à coudre à pédale, un tub émaillé rempli de vaisselle plus ou moins ébréchée et une calandre en bois. Des gravures victoriennes et des aquarelles de peintres du dimanche dans des cadres variés reposaient contre les pieds de la table. Une caisse pleine de linge de maison était posée sur le trottoir ; deux jeunes femmes y fouillaient avec entrain. Dans la vitrine, des objets étaient entassés, rassemblés là au hasard, sans considération de qualité ni, peut-être, de prix. Philippa aperçut des porcelaines du Staffordshire, des tasses et des soucoupes délicatement peintes, des assiettes et des plats, des bougeoirs et des médaillons de cuivre ; une poupée ancienne, munie d'une fine tête de porcelaine et de grosses jambes bourrées de paille, trônait à la place d'honneur.

Philippa inséra la clef Yale dans la serrure, consciente, ce faisant, que le marchand de légumes l'observait avec curiosité. L'étroite entrée sentait les pommes et le terreau, une odeur forte et piquante qui, présuma-t-elle, en couvrait d'autres moins agréables. Cette pièce était vraiment très petite — trop petite pour un landau, se dit Philippa — et encombrée par deux sacs de pommes de terre et un filet d'oignons. A droite, une porte ouverte donnait dans le magasin ; une autre, à demi vitrée, laissait apercevoir une arrière-cour. Bien qu'elle eût aussitôt des visions de plantes grimpantes et de bacs de géraniums, Philippa décida d'explorer cette partie-là plus tard. Un escalier raide recouvert de droguet menait à une pièce située à l'entresol. Ouvrant la porte avec précaution, elle constata que c'était la salle de bain. La grande baignoire désuète, bien que très tachée autour de l'écoulement, était d'une propreté étonnante. Il y avait un lavabo encrassé et un gant de toilette roulé en boule dans le porte-savon. Le w.-c. était pourvu d'un lourd siège en acajou, d'un réservoir haut placé et d'une chaîne prolongée par une ficelle. Une corde tendue en travers de la baignoire s'affaissait sous le poids d'un jean et de deux serviettes sales.

Elle gravit un autre petit escalier et parvint à la porte de l'appartement. La clef tourna aisément dans la serrure et Philippa pénétra dans un petit vestibule. Après la pénombre de l'escalier, l'appartement lui parut très clair, peut-être parce que les portes des trois pièces étaient ouvertes. Elle se rendit d'abord dans une première chambre, sur le devant, qui occupait toute la largeur de la maison. Les rideaux étaient ouverts. Un unique rayon de soleil traversait les vitres sales, irisant l'air d'une multitude de grains de poussière dansants. La chambre était assez petite — quatre mètres cinquante par trois mètres, jugea Philippa — mais agréablement proportionnée, avec une corniche sculptée et deux fenêtres donnant sur la rue. Sur le mur de gauche, il y avait une cheminée victorienne à la hotte bordée de coquillages et décorée d'un motif de vigne enrubannée ; au-dessus, une simple étagère de bois. Le foyer était bourré de vieux journaux jaunis et friables, le pourtour carrelé, jonché de mégots, mais aucune odeur de tabac ne viciait l'atmosphère : on ne sentait qu'une odeur légèrement automnale de légumes et de pommes. La pièce avait un aspect assez miteux. Écaillée, la peinture des cadres de fenêtre découvrait le bois nu. Devant le feu, le tapis d'un vert terne était taché et marqué de cercles comme si l'occupant précédent avait posé ses casseroles brûlantes par terre. Mais le papier peint à petits motifs de boutons de roses avait pâli et pris une agréable couleur rose-brun. Chose surprenante, il était en parfait état. Et, bien qu'il eût manifestement besoin d'être repeint, le plafond ne présentait aucune fissure inquiétante. Du centre de celui-ci, un long fil terminé par une ampoule électrique dénuée d'abat-jour avait été amené jusqu'à un crochet pour pendre au-dessus d'un divan.

Philippa rabattit la couverture en patchwork tricoté qui le couvrait et constata avec soulagement que le matelas était propre, si propre même qu'il paraissait neuf. Il y avait deux oreillers, neufs également, mais pas de draps. Entre les fenêtres se dressait une petite mais solide armoire en chêne aux portes sculptées. Quand Philippa l'ouvrit, elle ne bougea pas. Elle contenait deux cintres et, pliées sur la planche d'en bas, trois couvertures militaires qui dégageaient une forte odeur de naphtaline. A part l'armoire, il n'y avait que trois autres éléments de mobilier : une chaise en osier garnie d'un flasque coussin beige, une table oblongue munie d'un tiroir central et un fauteuil à bascule en bois courbé, au siège canné.

Les rideaux, en une grosse toile non doublée, étaient fixés par des anneaux en bois à une tringle en bambou à l'ancienne mode. Ils avaient l'aspect sale et froissé de rideaux gardés longtemps dans l'armoire, inutilisés. Philippa regarda en bas, dans la rue étroite. En face, à une trentaine de mètres peut-être sur la gauche, il y avait un autre pub, *The Blind Beggar**, au rez-de-chaussée d'un immeuble haut et étroit, dans le style hollandais ; sous le pignon central, une date, 1896, était gravée en gros chiffres arrondis sur une plaque ovale. L'enseigne mobile, peinte avec art et terriblement mièvre, devait être celle d'origine ; elle représentait un homme courbé, aux cheveux blancs, aveugle, guidé par un enfant aux boucles dorées. Un étroit passage longeait le côté du bâtiment, le séparant d'un terrain vague bordé d'une haute clôture en tôle ondulée. On aurait dit un lieu bombarbé à l'abandon depuis la guerre, mais, songea-t-elle, ce no man's land correspondait à des constructions qui n'avaient jamais vu le jour, faute d'argent. La surface bétonnée avait craqué et les mauvaises herbes envahissaient les fentes. Trois véhicules aux allures d'épaves y étaient garés : une fourgonnette et deux berlines. Un bouquiniste jouxtait le parking. Le rideau de fer de la devanture n'était qu'à demi levé, mais à l'extérieur, sur deux tables à tréteaux, s'étalaient les

* Le Mendiant aveugle. (N.d.T.)

verts et rouges vifs de vieux livres de poche. A côté, un petit supermarché à la vitrine couverte d'avis annonçant des articles en réclame. Au coin de Delaney Street et de Mell Street, il y avait une blanchisserie automatique. Une femme de couleur en sortit chargée de deux sacs en plastique, sûrement sa lessive, qu'elle hissa sur une poussette vide. Sinon la rue, nichée dans l'heure creuse du milieu de la matinée, était déserte.

Philippa se détourna de la fenêtre et, avec une excitation croissante, promena de nouveau son regard autour de la pièce. On pourrait en faire quelque chose d'agréable. Elle l'imaginait transformée, la cheminée nettoyée et astiquée, toute la boiserie peinte en un blanc éclatant, les rideaux lavés. Elle n'aurait pas besoin de toucher aux murs : elle en aimait le rose délicat et le brun pâle. Le plancher, bien entendu, posait problème. Elle souleva un coin du tapis. Au-dessus, les solides lattes de chêne étaient sales, mais apparemment intactes. L'idéal eût été de les poncer, puis de les cirer — alors le chêne naturel brillerait avec la beauté et la simplicité du bois, en contraste avec les murs plus foncés —, mais c'était sans doute impossible. Sans voiture, il lui serait difficile de louer une ponceuse, et elle avait peu de temps. Jusque-là, elle ne s'était jamais rendu compte de l'importance que pouvait avoir une voiture. Mais elle devrait incontestablement ôter le tapis. Elle le roulerait, s'en débarrasserait d'une manière quelconque puis elle le remplacerait par une série de tapis plus petits. Pour finir, la pièce serait peut-être nue, mais elle aurait au moins un peu de grâce, un peu de cachet. Elle n'évoquerait en rien ce que Philippa imaginait être l'affreux compromis entre l'austérité et l'intimité oppressante d'une cellule de prison.

Philippa poursuivit son exploration. Sur l'arrière, il y avait deux pièces, une petite chambre à coucher et la cuisine, qui donnaient sur la cour et, au-delà du mur, sur les étroits jardins de la rue suivante. Un ou deux d'entre eux étaient bien entretenus, mais tous les autres n'offraient au regard qu'un fouillis de remises délabrées, de motos démontées, de jouets cassés et abandonnés, de cordes à linge et de bacs à combustible en béton. Mais au bout du jardin qui faisait face à la chambre à coucher, un platane formait un écran vert et lumineux qui cachait la pire partie du désordre.

Elle décida d'occuper la petite chambre. Par ses proportions, celle-ci ressemblait trop à une cellule pour convenir à sa mère. Philippa s'assit sur le divan et évalua les possibilités de la pièce. Deux placards flanquaient la cheminée victorienne et l'on avait décollé le papier des murs pour les repeindre ou les retapisser. Philippa n'aurait donc pas besoin de s'acheter une armoire, et il suffirait simplement de passer une couche de peinture. L'étagère de cheminée en pin lui plaisait aussi. Quelqu'un l'avait peinte en vert, mais la peinture s'écaillait déjà. Il ne serait pas trop difficile de décaper, puis de cirer le bois. Le rebord de fenêtre était assez large pour y placer un pot de fleurs. Philippa se le représenta laqué blanc et reflétant le vert et le rouge d'un géranium.

Pour finir, elle examina la cuisine. Là, elle fut agréablement surprise. C'était une assez grande pièce pourvue d'un évier et d'un égouttoir en teck devant une grande fenêtre. C'était par là que le propriétaire avait commencé à refaire son appartement : il avait repeint les murs en blanc. La cuisine contenait une table en bois, deux chaises en bois tourné, un petit Frigidaire et une cuisinière à gaz qui paraissait neuve. Ouvrant le robinet d'arrivée, Philippa constata avec soulagement que le gaz n'avait pas été coupé. Le propriétaire était vraiment parti précipitamment.

Après son inspection, Philippa referma la porte à clef et, finalement, alla explorer l'arrière-cour dont une branche du platane lui avait dissimulé les pires horreurs. On voyait tout de suite que le cabinet d'aisance, avec son siège en bois et son sol de pierre, n'avait pas servi depuis des années. Au moins il ne sentait pas mauvais. Une affreuse pagaille régnait en bas. Une bicyclette était appuyée contre un des murs, des détritus étaient entassés contre les deux autres : des boîtes de peinture vides, un vieux tapis roulé en train de pourrir, et ce qui sembla être un antique réchaud à gaz en pièces détachées. Il y avait également deux poubelles cassées et malodorantes. Sans doute fallait-il les traîner dans la rue pour le ramassage hebdomadaire. Cette cour devait absolument être rangée, se dit Philippa, mais cela passerait après le reste.

Elle regarda sa montre. Il était temps de retourner à l'agence pour confirmer qu'elle louerait l'appartement. Elle avait trente livres sur elle. Les femmes les accepteraient peut-être comme acompte, en attendant qu'elle pût aller à sa banque retirer le reste de la somme nécessaire. Quoi qu'il arrivât, elle ne devait pas perdre ce logement. Dès la signature du contrat, elle y emménagerait et commencerait les travaux. Mais il était sans doute prudent de faire d'abord connaissance avec son voisin.

Celui-ci venait de servir un client, et il était occupé à réparer sa pyramide d'oranges. Philippa l'observa un moment. Elle savait qu'il était conscient de sa présence, mais qu'il attendait qu'elle fît le premier pas.

« Bonjour, dit-elle. C'est vous, Mr. Monty ?

— Non. Monty, c'était mon grand-père. Ça fait vingt ans qu'il est clamecé. »

Le marchand de légumes hésita un instant, puis ajouta :

« Moi je m'appelle George.

— Et moi Philippa. Philippa Palfrey. Ma mère et moi venons de louer l'appartement du premier. »

Après un autre moment d'hésitation, il s'essuya la paume contre son pantalon et serra la main que Philippa lui tendait. La jeune femme grimaça de douleur.

« Marty est parti pour New York, alors ?

— Tout ce que je peux vous dire, c'est qu'il est parti. Je suppose qu'il reviendra. Nous ne louons cet appartement que pour deux ou trois mois. Je voulais vous parler de la salle de bain. A l'agence, on m'a dit que nous la partagions avec vous. Il faudrait que nous nous mettions d'accord pour le nettoyage. »

George eut l'air un peu dérouté.

« C'était toujours les copines à Marty qui s'occupaient de ça.

— Je ne suis la copine de personne. Mais comme nous sommes deux et que vous, vous êtes seul, je veux bien m'en charger, si vous êtes d'accord.

— Ça me va.

— Nous nettoierons aussi le couloir et l'escalier. Ça ne vous ennuie pas que je range un peu la cour ? Je veux dire : que je jette quelques-unes des saletés qui y traînent ? J'aimerais y mettre trois ou quatre plantes — des géraniums peut-être. Avec ce haut mur, elle doit manquer de soleil, mais peut-être que quelque chose y poussera quand même.

— C'est là que je gare mon vélo.

— Je n'y toucherai pas, évidemment ! Je voulais simplement jeter les vieilles boîtes de peinture et les bouts de ferraille.

— Pas de problèmes. Le cabinet, dehors, ne marche pas.

— Je m'en suis aperçue. Je ne crois pas que ça vaille la peine de le réparer : ma mère et moi n'avons pas l'intention de monopoliser la salle de bain. Nous pouvons nous laver quand vous n'êtes pas là. Nous essaierons de la garder libre pour vous si vous nous dites à quel moment vous en avez besoin.

— Écoutez, c'est là que je pisse. C'est mes chiottes. Je ne peux pas vous dire quand l'envie m'en prendra, surtout pas avec les quantités de bière que je descends.

— Je m'excuse. J'ai vu votre serviette là-haut et j'ai pensé que vous preniez peut-être un bain après la fermeture du magasin.

— La serviette est à Marty. Les bains, je les prends chez moi. Il n'y a que deux choses que je peux faire là-haut, mais il m'est impossible de vous indiquer une heure, vous pigez ?

— Eh bien, c'est d'accord. »

Ils se dévisagèrent mutuellement.

« Il va bien, Marty ? s'enquit George. Il se débrouille ?

— Je ne sais pas comment il va, mais vu le loyer qu'il demande, j'ai l'impression qu'il se débrouille très bien. »

George sourit. Puis avec l'adresse d'un prestidigitateur, il prit quatre oranges dans ses grosses mains, les jeta dans un sac en papier et les lui tendit.

« Tenez, prenez un échantillon. C'est du premier choix. Un cadeau de la maison. Pour votre pendaison de crémaillère.

— C'est très gentil de votre part. Merci. C'est la première fois que je reçois un cadeau de pendaison de crémaillère. »

Le geste charmant et généreux du marchand de légumes la touchait et la déroutait. Elle sourit à George, puis tourna rapidement les talons, craignant de se mettre à pleurer. Elle ne pleurait jamais, mais elle avait eu une semaine longue et fatigante et ses recherches avaient enfin abouti. Peut-être étaient-ce seulement la lassitude et le soulagement d'avoir trouvé un logement, alors qu'elle en avait presque abandonné l'espoir, qui la rendaient si sensible à une simple attention. Les oranges étaient trop lourdes pour le mince emballage et elle dut les soutenir de ses mains. Avec autant de précaution que si ç'avait été des œufs, elle les porta lentement en haut, puis appuya le sac contre un mur pendant qu'elle ouvrait la porte. Lors de son inspection, elle avait découvert une coupe peu profonde en porcelaine de Wedgwood dans le placard de la cuisine, parmi un assortiment de vaisselle et de boîtes à moitié pleines de café et de cacao. Après y avoir mis les oranges, elle plaça la coupe exactement au centre de la table de la cuisine. Par cet acte, elle eut l'impression de prendre possession de l'appartement.

15

Le jour suivant, le samedi 29 juillet, Scase prit un aller-retour Victoria-Brighton. Il partait acheter le couteau. Il était né à Brighton, dans un petit pub près de la gare, mais son retour dans cette ville, pour la première fois depuis son adolescence, n'était nullement dû à la nostalgie. L'achat d'un couteau paraissait à Scase d'une importance extrême ; il devait choisir le bon et de telle façon que plus tard, personne ne risquât de se rappeler son emplette. Cela signifiait qu'il devait l'acheter dans une grande ville, de préférence à une certaine distance de Londres et un jour de grande affluence dans les magasins. A Brighton, il se sentait chez lui. Or, pour entreprendre une action aussi essentielle, il valait mieux ne pas avoir, en plus, à chercher son chemin dans une ville inconnue.

Sa première idée fut d'acheter un couteau de chasse dans un magasin d'articles de camping, mais quand, après avoir anxieusement examiné la vitrine, il s'aventura dans un de ces établissements, il n'y vit aucun couteau exposé. L'idée d'avoir à en demander un et la crainte qu'un vendeur, désireux de l'aider, ne se renseignât sur l'usage précis qu'il voulait en faire lui confirmèrent qu'il se trompait d'endroit. Après avoir erré un moment au milieu des anoraks, des sacs de couchage et des équipements de camping, il finit par trouver une série de couteaux de poche pendus sur un présentoir, mais il se dit que les lames risquaient d'être trop courtes. Ce qui l'inquiétait également, c'était que, s'il devait agir vite, ses doigts seraient trop faibles pour sortir la lame à temps. Il lui fallait une arme plus simple. Mais ce qu'il trouva, et acheta, dans le magasin d'articles de camping, ce fut un sac à dos en grosse toile kaki, d'environ quarante centimètres sur dix, pourvu de deux boucles de métal et d'une bandoulière.

Finalement, il trouva le couteau dans le rayon cuisine d'un magasin d'articles ménagers d'un genre qui n'existait pas à son époque. Là, la marchandise était exposée sur des étagères : des piles de jolies tasses et de soucoupes, des cocottes en faïence, des couverts simples, mais de forme élégante, et tous les ustensiles de cuisine possibles et imaginables. Il y avait beaucoup de monde et Scase circulait avec son obsession sanguinaire au milieu de jeunes couples qui discutaient joyeusement de ce qu'ils devaient acheter pour leur nouveau foyer, de familles accompagnées d'enfants bruyants, de touristes étrangers jacassants et de quelques clients solitaires qui examinaient d'un œil critique les boîtes à épices et à café et les bocaux à conserves. Le personnel semblait se composer de jolies filles en robes d'été bavardant entre elles. Aucune d'elles ne s'approcha de Scase. Les clients se servaient eux-mêmes, puis, dans un panier fourni par le magasin, portaient leurs emplettes à la caisse située près de la sortie. Dans la queue interminable et changeante, Scase ne serait qu'un individu anonyme parmi d'autres. Son affaire serait rapidement réglée sans même qu'il eût besoin d'ouvrir la bouche.

Au rayon des couteaux, il prit son temps, les

empoignant pour vérifier leur poids et leur équilibre et voir s'il les tenait bien en main. Pour finir, il choisit un solide couteau à découper muni d'une lame triangulaire de vingt centimètres de long, au bout pointu, et rivée dans un simple manche de bois. La lame, coupante comme un rasoir, était protégée par une gaine en carton. Le bout pointu semblait important à Scase. C'était le premier coup dans la chair de la femme qui, imaginait-il, exigerait de lui toute sa force et toute sa détermination. Ensuite, le tour de couteau final et l'extraction de l'arme ne seraient guère plus qu'un réflexe. Scase avait préparé l'appoint et, après avoir fait la queue un instant, sortit de la caisse en quelques secondes.

Il avait emporté la paire de jumelles qu'il s'était offerte comme cadeau de retraite. Chez lui, il avait aussi une carte de Londres, mais il avait besoin de deux autres articles qu'il acheta également à Brighton. Dans une droguerie, il acquit des gants en caoutchouc de petite taille, les plus fins qu'il put trouver, et, dans un autre grand magasin, un imperméable transparent. Là, il prit la plus grande taille sans se donner la peine d'essayer. S'il voulait se protéger efficacement d'un éventuel flot de sang, il lui fallait un vêtement qui touchât presque terre. Scase mit les gants dans la poche de l'imperméable qu'il roula ensuite autour des jumelles et du couteau gainé. Le paquet entra sans difficulté dans le sac à dos et la large lanière s'adapta confortablement à son épaule.

A la fin, sans trop savoir pourquoi, il décida de se rendre quand même au *Goat and Compasses*. Peut-être pour des raisons à la fois simples et complexes. Après tout, il était à Brighton, une ville où il ne reviendrait probablement pas de sitôt, le pub se trouvait sur le chemin de la gare, il entamait une nouvelle existence qui rendrait encore plus lointaines les années traumatiques de son enfance ;

enfin, il était curieux de voir si l'endroit avait changé. Ce n'était pas le cas — le pub semblait toujours accroupi à l'ombre des arches du viaduc — un local bas de plafond, sombre, qui vous donnait la claustrophobie. Les habitués l'aimaient bien, mais il n'attirait guère de passants. La même longue table et les mêmes bancs en chêne meublaient la salle aux murs lambrissés ; ceux-ci étaient toujours ornés des mêmes vieilles photos, dans des cadres en érable, de la jetée de Brighton et de groupes de pêcheurs en cirés devant leur bateau. En face, vues à travers les fenêtres, les arches du viaduc continuaient à bâiller comme des gueules noires et menaçantes. Dans son enfance, elles avaient représenté pour lui un lieu terrifiant, la tanière de monstres écumants, dépourvus de cous, à la salive mortelle. Il passait toujours de l'autre côté de la rue, sans courir, pour que le bruit de ses pas n'attirât pas leur attention, mais à vive allure et en regardant ailleurs. Plus tard, à l'âge de onze ans, il avait conclu un pacte avec elles. Il cachait de petits restes de ses repas — une croûte de pain de son petit déjeuner, l'extrémité d'une saucisse ou un morceau de pomme de terre de son dîner — et les déposait en offrande propitiatoire à l'entrée de la première arche. Le soir, en revenant, il regardait si le don avait été accepté. Au fond de lui, il savait que c'étaient les mouettes qui l'avaient mangé, mais, constatant que la nourriture avait disparu, il rentrait chez lui, rassuré. Les trains, par contre, ne lui avaient jamais fait peur. La nuit, couché dans son lit, il calculait mentalement le moment de leur passage. Les mains crispées sur le bord de la couverture, les yeux fixés sur la fenêtre, il attendait le sifflement préparatoire, le grondement qui s'approchait et qui, presque aussitôt qu'il l'entendait, éclatait en une apothéose de cliquetis et de lueurs clignotantes tandis que son lit tremblait sous l'éblouissant plafond couvert d'un fugitif dessin de lumières.

Assis là, seul, dans un coin obscur du pub, serrant un verre de bière blonde dans ses mains, il se rappela le jour où il avait appris qu'il était laid. Il avait alors dix ans et trois mois. Tante Gladys et oncle George étaient en train de préparer la salle pour les premiers clients du soir. Sa mère était sortie avec oncle Ted, le dernier en date des oncles — ou prétendus tels — qui traversaient sa vie. Il jouait seul dans le petit couloir sombre situé entre le bar et le salon. Couché par terre il faisait précautionneusement rouler son modèle réduit de Spitfire sur l'un des carreaux gris du lino. La porte du bar s'était ouverte. Il avait entendu des pas, un tintement de bouteilles, un bruit de chaises traînées sur le plancher, puis la voix de son oncle :

« Où est Norm ? Marge a dit qu'il ne devait pas sortir.

— Dans sa chambre, je suppose. Ce gosse me donne la chair de poule, George. Il est affreux. Un vrai petit Crippen.

— Tu exagères ! Il n'est pas si moche que ça. Pauvre petit bonhomme ! Son père n'était pas une beauté non plus. C'est un gosse très sage.

— Oui, c'est vrai, mais il vaudrait peut-être mieux qu'il le soit un peu moins. Ça serait plus sain. Moi j'aime les gamins vifs et délurés. Lui, il rôde dans la maison comme une fouine. Tu as la clef de la caisse, George ? »

Les voix devinrent un murmure indistinct. Norman rampa sans bruit sur le plancher, se glissa par la porte et gravit l'escalier en colimaçon qui menait à sa chambre. Là, devant la fenêtre, il y avait une commode de chêne délabrée et, au-dessus, une vieille glace au tain piqueté qui ne lui servait jamais. Il fut obligé de traîner une chaise depuis le chevet du lit et de monter dessus avant de pouvoir voir ses maigres doigts sales serrant toujours le Spitfire miniature, pressés, exsangues, contre le bois, son visage, encadré d'acajou fendillé, qui se levait pour lui faire face. Il s'examina tranquillement : ses yeux protubérants derrière des lunettes à monture d'acier payées par la sécurité sociale, sa frange droite de ternes cheveux châtains, trop mince pour cacher l'éruption de boutons sur son front, la pâleur malsaine de sa peau. Laid. C'était donc pour cela que sa mère ne l'aimait pas. Cette révélation ne le surprit pas. Il ne s'aimait pas lui-même. D'apprendre qu'il était laid et, par conséquent, incapable d'être aimé, ne faisait que lui confirmer une chose qu'il avait toujours sue, mais n'avait jamais voulu admettre jusque-là, qu'il avait absorbée avec son lait quand sa mère lui fourrait la tétine entre les gencives, qui s'était reflétée dans le visage anxieux et désappointé penché au-dessus de lui, une chose sans cesse présente dans les yeux des adultes, perceptible dans le ton agacé de sa mère. Cela faisait trop inévitablement partie de lui-même pour qu'il pût en éprouver du ressentiment ou du chagrin. Il eût été préférable pour lui de naître avec une seule jambe ou borgne. Alors, les gens auraient été impressionnés de le voir si bien se débrouiller, ils auraient ressenti de la pitié pour lui. Mais cette difformité de l'esprit ne pouvait inspirer de la pitié, pas plus qu'elle ne pouvait guérir.

Quand sa mère rentra, il la suivit dans sa chambre.

« Maman, qui était Crippen ?

— Crippen ? Quelle drôle de question. Pourquoi me demandes-tu ça ?

— Des garçons en parlaient à l'école.

— Ils auraient pu trouver un meilleur sujet de conversation. Crippen était un assassin. Il a tué sa femme, l'a coupée en morceaux et enterrée dans la cave. Il y a des années de cela. Du temps de ton grand-père. A Hilldrop Crescent. C'est là que ça s'est passé ! » Devant les prodiges capricieux de la mémoire, la voix de sa mère s'anima, puis redevint revêche comme toujours. « Crippen ! je vous jure !

— Que lui est-il arrivé ?

— On l'a pendu, bien sûr, qu'est-ce que tu crois ? Cesse de me parler de lui, veux-tu ! »

Ainsi donc il était non seulement laid, mais aussi méchant et, de quelque mystérieuse façon, laideur et méchanceté allaient de pair. Quand il pensait à son enfance, Scase s'étonnait que le garçon qu'il était alors eût accepté avec stoïcisme ce double fardeau de la répulsion physique et morale qu'il inspirait, rendu à peine plus supportable par la conscience de son arbitraire ou de son impuissance à s'en débarrasser.

Deux choses le sauvèrent : la délinquance et les échecs. La première avait commencé très modestement. Un samedi avant l'ouverture, il était entré, discrètement, dans le bar. Il aimait cette pièce quand elle était vide : les tables rondes aux pieds en fer forgé et à la surface tachée, l'horloge au balancier doré et au cadran couvert de fleurs peintes qui mesurait le silence en des tics-tacs si faibles qu'on ne les entendait que pendant les heures de fermeture, la toile cirée maculée du plateau sur lequel reposaient encore deux sandwiches à la saucisse de la veille ; même l'odeur de bière qui imprégnait toute la maison, mais qui, dans ce réduit enfumé, tapissé de brun, était aussi forte et puissante qu'un gaz, la mystérieuse pénombre derrière le comptoir où les rangées de bouteilles luisaient d'un éclat sombre en attendant le moment magique où s'allumeraient les lumières et où les liquides prendraient feu. S'aventurant derrière le bar, au cœur de ce terrain interdit, il vit que le tiroir-caisse n'avait pas été fermé à clef et bâillait légèrement. Il le tira doucement vers lui. Alors, sous ses yeux, apparut de l'argent. Non pas de l'argent en possession d'adultes, symbole du pouvoir des grandes personnes, non pas quelques billets froissés comme ceux que sa mère fourrait, presque subrepticement, dans son porte-monnaie au supermarché, non pas les quelques pièces qu'on lui donnait chaque semaine pour payer la cantine de l'école et ses tickets d'autobus, mais de l'argent à portée de sa main : deux liasses de billets reliés par un élastique, des pièces d'argent qui brillaient d'une façon surnaturelle, semblables à de lourds doublons, des pennies couleur café. Plus tard, il ne se souvint pas d'avoir pris la coupure d'une livre. Il se rappelait seulement que, de retour dans sa chambre, terrifié, le cœur battant, le dos pressé contre la porte, il avait tourné et retourné le billet entre ses doigts.

On ne s'aperçut jamais de la disparition de l'argent, ou, si l'on s'en aperçut, on ne le soupçonna pas. Il le dépensa le jour même en s'achetant un modèle réduit de voiture de course Lotus. Le lundi, à l'école, il exhiba son jouet entre deux cours et le fit rouler sur la table. Son voisin regarda la voiture avec une envie mal dissimulée.

« C'est la nouvelle Lotus, non ? D'où tu la sors ?

— Je l'ai achetée.

— Montre-la. »

Norman la lui tendit. La perte du bel objet lisse et brillant lui serra brièvement le cœur. Il dit :

« Tu peux la garder.

— Quoi ? Tu n'en veux plus ? »

Norman haussa les épaules.

« Si elle te plaît, elle est à toi. »

Trente paires d'yeux pivotèrent vers eux pour voir ce miracle. La terreur de la classe demanda :

« T'en as d'autres comme ça, chez toi ?

— Peut-être. Pourquoi ? T'en veux une ?

— J'en ai rien à foutre de ta bagnole. »

Mais ce n'était pas vrai. Regardant le garçon

redouté droit dans ses petits yeux avides, Norman fut heureux de voir à quel point il désirait le jouet.

Cette manœuvre mit fin à la persécution dont Norman était l'objet. Commença alors une année durant laquelle il vécut dans un paroxysme d'excitation, de joie et de terreur comme il n'en avait plus jamais connu depuis. Il ne puisa plus dans la recette du pub. Deux fois encore, il se glissa dans le petit bar plein d'espoir, mais le tiroir-caisse était fermé. D'un côté, il fut soulagé de ne pas être exposé à la tentation. Un second larcin aurait été trop risqué. Mais le début de l'été et l'arrivée des vacanciers lui offrirent des possibilités moins dangereuses. Durant ses promenades solitaires, après l'école, sur le front de mer ou sur la plage, ses yeux clignotants, d'une si trompeuse douceur derrière les lunettes à monture d'acier, apprirent à repérer les occasions : porte-monnaie négligemment posé sur un sac de plage, portefeuille dépassant de la poche d'un blazer, monnaie rendue par le préposé aux chaises longues et glissée dans la poche de la veste accrochée au dos de la chaise. Il devint un pickpocket très habile : ses petites mains de marsupial s'insinuaient sous la veste, se faufilaient dans la poche arrière du pantalon. Ensuite, il employait toujours la même tactique. Il n'examinait son butin que plus tard, quand il était sûr que personne ne l'observait. Le plus souvent, il se réfugiait à l'ombre, sentant le sel et le métal des grandes poutres sous la jetée, sortait l'argent et enfouissait le porte-monnaie ou le portefeuille dans le sable. A part les pièces de monnaie, il ne gardait que les billets d'une livre. En présentant une coupure plus grosse dans un magasin local, il aurait aussitôt éveillé les soupçons. Mais jamais on ne le soupçonna, peut-être parce qu'il opérait seul et qu'il avait l'air si quelconque, si propre et si respectable. Une fois seulement, durant toute cette année, il fut sur le point d'être découvert. Il s'était acheté un modèle réduit de dépanneuse et n'avait pu résister à l'envie de jouer avec dans le vestibule avant de partir pour l'école. L'éclat inattendu de l'objet avait attiré l'attention de sa mère.

« C'est une voiture neuve, n'est-ce pas ? D'où vient-elle ?

— Un homme me l'a donnée.

— Quel homme ? interrogea sa mère d'une voix brusque, inquiète.

— Un type qui sortait du bar. Un client.

— Qu'as-tu fait pour l'avoir ?

— Rien. Je n'ai rien fait.

— Ce type, t'a-t-il demandé de faire quelque chose ?

— Non, maman. Il me l'a simplement donnée, je te le jure. Je n'ai rien fait.

— Surtout ne fais jamais rien, tu m'entends ! Et n'accepte pas de jouet de gens que tu ne connais pas. »

Mais, à l'automne suivant, au début de sa deuxième année de collège, survint Mr. Micklewright, un nouveau jeune professeur qui avait la passion des échecs. Il forma un club d'échecs à l'école. Norman s'y inscrivit. Ce jeu le fascinait. Il jouait tous les jours. Il n'avait pas besoin d'adversaire puisqu'il existait des parties publiées à étudier, des stratégies qu'on pouvait apprendre en secret, des livres de la bibliothèque municipale et du collège qui lui enseignaient les subtilités des ouvertures. Encouragé par l'enthousiasme et les éloges de Mr. Micklewright, Scase devint très vite le meilleur joueur de l'école. Puis il y eut les tournois interscolaires, les championnats du Sud et, finalement, même sa photo dans le *Brighton Evening Argus* — photo que sa tante découpa et fit circuler parmi les clients du bar. Il devint célèbre et passa le reste de sa vie scolaire sans avoir peur. Il cessa de voler parce que cela avait cessé d'être une nécessité pour lui. Même les monstres écumants quittèrent les arches du viaduc, ne laissant derrière eux que des boîtes de bière vides, des paquets de cigarettes écrasés et un oreiller brun et moisi qui perdait ses plumes humides contre le mur du fond.

En regagnant la gare pour prendre le train du retour, Scase se demanda ce qui serait advenu de lui s'il avait continué à voler. Il se serait sûrement fait prendre un jour. Et ensuite ? On lui aurait collé une étiquette officielle de délinquant sur le dos, il aurait passé par le système judiciaire réservé aux mineurs, serait devenu l'objet rebutant de l'aide sociale bureaucratisée. Il n'aurait pas fait une carrière respectable dans l'administration locale, il n'y aurait eu ni Mavis, ni Julie. Tant de choses dans sa vie semblaient avoir dépendu de ce moment où Mr. Micklewright avait disposé sous son regard ébloui ces guerriers mythiques dont les vies, comme la sienne, étaient régies par d'immuables et arbitraires lois.

Quand Scase rentra enfin chez lui, il alla dans sa chambre à coucher essayer son équipement d'assassin. Il se contempla dans la grande glace de l'armoire. Avec le couteau dégainé à la main, l'imperméable qui pendait en plis luisants de ses maigres épaules, il ressemblait à un chirurgien habillé pour une opération de la dernière chance ou, peut-être, à un prêtre d'une ancienne et sinistre religion vêtu pour l'accomplissement d'un sacrifice rituel. Pourtant son image n'était pas tout à fait terrifiante. Quelque chose clochait : il avait presque l'air pathétique. Les vêtements étaient parfaits, le couteau nu montrait le fil tranchant de la peur, mais les yeux qui rencontrèrent les siens, avec leur doux regard, leur résolution presque douloureuse, n'étaient pas ceux d'un bourreau, mais ceux de la victime.

16

Le 4 août, après avoir pris rendez-vous au préalable, une déléguée à la probation vint inspecter l'appartement. Philippa se prépara avec un soin extrême à cette visite. Elle dépoussiéra et redisposa le maigre mobilier et acheta un pot de géraniums qu'elle plaça sur le rebord de la fenêtre de la cuisine. L'appartement était loin d'être terminé et il ne restait que dix jours, mais Philippa était contente des résultats obtenus jusque-là. Elle ne se souvenait pas d'avoir jamais travaillé aussi dur physiquement que pendant la semaine écoulée, ni avec plus de satisfaction. Elle avait concentré ses efforts sur la chambre de sa mère. Celle-ci était presque prête. Le plus pénible avait été d'enlever le tapis et de s'en débarrasser. En l'entendant tousser et se débattre dans l'escalier avec le rouleau poussiéreux, George l'avait aidée à le descendre, puis — était-ce avec ou sans pourboire ? — persuadé les éboueurs de l'enlever. Ensuite, elle avait passé deux jours à brosser et à cirer le plancher. De Caldecote, elle n'avait apporté qu'une valise de vêtements et la toile de Henry Walton. Elle avait pendu le tableau au-dessus de la cheminée de sa mère. Bien que d'une époque différente, la hotte astiquée et la tablette simple mais élégante le mettaient en valeur.

Heureusement, elle avait encore un peu d'argent en réserve. Deux choses l'étonnaient : le prix des produits d'entretien et le nombre et la cherté des petits objets nécessaires au confort domestique. Le propriétaire avait laissé une caisse d'outils sous l'évier. A la suite d'essais plus ou moins fructueux, et après avoir consulté un manuel de menuiserie élémentaire dans une bibliothèque, elle réussit à poser convenablement des étagères supplémentaires dans la cuisine et une patère dans l'entrée. Au marché aux puces, elle trouva un lot bon marché de carreaux victoriens qu'elle fixa derrière l'évier. Certains de ces travaux lui plaisaient particulièrement : peindre la boiserie en blanc tandis que le soleil qui entrait par la fenêtre lui chauffait les bras ; chercher les meubles dont elle avait besoin chez les brocanteurs du quartier ou au marché de Church Street. Elle était très fière de l'un de ses achats : deux petits fauteuils en osier en parfait état mais d'un vert horrible qui, une fois repeints et garnis de nouveaux coussins en patchwork, mirent une note de gaieté dans les deux chambres. Quand il la voyait traîner péniblement une de ses emplettes, George quittait un moment son magasin pour lui donner un coup de main. Philippa le trouvait sympathique. Ils se parlaient très peu, sauf quand elle lui achetait les fruits qu'elle mangeait chaque jour pour son déjeuner, mais Philippa le sentait plein de bonne volonté. Un jour, il lui demanda à quelle date devait arriver Mrs. Palfrey. Le 15 août, lui répondit-elle, sans rectifier le nom.

La nuit, couchée dans l'étroit lit de la chambre sur cour, dans un épuisement presque sensuel, elle écoutait le grondement et le murmure de Londres entrer par la fenêtre ouverte, regardait la vie nocturne de la ville colorer les nuages qui filaient dans le ciel, et se laissait bercer par les vibrations des rames de métro qui roulaient entre Marylebone et Edgware Road.

La déléguée à la probation arriva avec dix minutes de retard. Quand la sonnette retentit enfin, Philippa ouvrit la porte à une femme de haute stature, aux cheveux bruns, qui paraissait à peine plus âgée qu'elle. Elle portait un sac en plastique plein à craquer sur lequel on lisait le nom du supermarché d'Edgware Road. Elle avait l'air exténuée.

« Philippa Palfrey ? Je suis Joyce Bungeld. Excusez mon retard. Mon joint de culasse a lâché. Je suis rentrée de vacances ce matin et j'ai eu une journée épouvantable. Les O'Brien au tribunal, tous les huit ! Ils semblent craindre que je sois mise au chômage. Alors ça ne rate pas : chaque fois que je m'absente, ils vont chaparder en famille dans les magasins pour prouver aux autorités que je suis indispensable. Ils étaient très contents d'eux. Alignés dans le box, ils souriaient comme une bande de singes. Mais moi je m'en serais bien passée, de leurs bêtises ! Vous n'aviez pas l'intention de faire du thé, par hasard ? J'ai le gosier archi-sec. »

Philippa prépara du thé. Elle descendit de l'étagère ses deux chopes neuves en faïence. Sa première visiteuse. L'irritation que lui causait cette inspection ne devait pas compromettre son projet, se dit-elle. Elle riposterait donc à la bureaucratie par une démonstration de docilité. La déléguée à la probation fouilla dans son sac et en sortit un paquet de biscuits chocolatés à la farine complète. Après l'avoir ouvert, elle le tendit à Philippa. Perchées sur la table de la cuisine, les deux femmes grignotèrent de concert en buvant leur thé brûlant.

« Votre mère a sa chambre personnelle, n'est-ce pas ? Oui, je vois. C'est celle-ci. Il est joli, votre tableau. »

Que craignait-elle ? se demanda Philippa. Que sa

mère et elle se lancent dans une relation incestueuse encore inédite ? Et comment deux chambres
séparées auraient-elles pu les en empêcher ?

« Voulez-vous voir la salle de bain ? Elle est à
l'entresol.

— Non merci. Je ne suis pas un inspecteur
sanitaire, heureusement. Vous existez, l'appartement aussi, votre mère a un endroit où aller, c'est
tout ce qui m'intéresse. Demain, j'écrirai à l'assistante sociale en chef de la prison. Vous devriez
recevoir une réponse dans un jour ou deux. Ils
essaieront sans doute de maintenir la date de libération prévue à l'origine : le 15 août.

— Obtiendrons-nous l'autorisation ? demanda
Philippa d'un ton qu'elle voulait neutre.

— Je pense que oui. La décision finale appartient
évidemment au ministère de l'Intérieur. Passerez-
vous beaucoup de temps dans cet appartement ? Je
veux dire : vous avez sans doute un travail ?

— Pas encore. J'attends ma mère pour que nous
en cherchions un ensemble : femme de chambre
dans un hôtel, serveuse de restaurant ou un job de
ce genre. » Puis, seulement à demi ironique, Philippa ajouta une phrase qui faisait écho à ce qu'avait
dit sa mère : "Nous ne rechignons pas à la besogne."

— Alors vous êtes bien les seules dans tout
Londres ! Excusez-moi. Je suis un peu amère cet
après-midi. Mon boulot serait idéal sans les clients.
En octobre, vous irez à Cambridge, n'est-ce pas ?
Que comptiez-vous faire à ce moment-là ?

— Pour ma mère ? Rien. Je suppose qu'elle cher-
chera un appartement moins cher si elle n'a pas les
moyens de garder celui-ci, ou bien elle essaiera de
trouver un emploi accompagné d'un logement. Et
puis il reste toujours vos foyers d'accueil. »

Philippa eut l'impression que Miss Bungeld la
regardait un peu curieusement.

« Dans ce cas, elle ne fait que remettre à plus

tard la plupart de ses problèmes. Enfin... Les deux premiers mois sont les plus durs pour une condamnée à perpétuité. C'est alors qu'elles ont le plus besoin de soutien. Et c'est elle qui a demandé à venir ici. Merci pour le thé. »

La visite avait duré moins de vingt minutes, mais Philippa se dit que Miss Bungeld avait vu tout ce qu'elle voulait voir, et posé toutes les questions nécessaires. Fermant la porte de la rue derrière elle et remontant l'escalier, elle imagina le rapport que rédigerait la déléguée :

« La fille de la détenue est majeure. C'est une fille intelligente et sensée. Le logement, pour lequel elle a payé trois mois de loyer d'avance, paraît convenable. La libérée disposera d'une chambre et l'appartement, quoique petit et simple, était propre et bien rangé au moment de ma visite. Miss Palfrey a l'intention de trouver un travail pour elle et pour sa mère. Je recommande l'approbation de ces dispositions. »

DEUXIÈME PARTIE

UNE MISE EN LIBERTÉ

1

LE mardi 15 août, Scase était à la gare de York. Il avait commencé sa surveillance à huit heures et demie du matin. Arrivé la veille, il avait pris une chambre dans un hôtel lugubre près de la gare. En fait, il aurait pu se trouver dans n'importe quelle ville de province : il ne lui vint même pas à l'idée de visiter la cathédrale ou de flâner dans les rues pavées, à l'intérieur des remparts. Aucun des agréments que la ville offrait ne pouvait un instant détourner son esprit de la tâche à accomplir. Pour tout bagage, il n'avait que son sac à dos au contenu duquel — le couteau gainé, l'imperméable en plastique roulé, les jumelles et les fins gants protecteurs — il n'avait ajouté que son pyjama et une trousse de toilette. Maintenant, il ne se séparait jamais du couteau ni du reste de son équipement d'assassin. Ce n'était pas qu'il crût possible de tuer la meurtrière pendant le voyage à Londres — un train bondé ne lui en donnait guère la chance —, mais il avait besoin de porter l'arme sur lui. Celle-ci n'était plus un objet de fascination ou d'horreur, mais une puissante et familière extension de lui-même, la partie qui, quand il l'empoignait, le complétait, faisait de lui un homme entier. A présent, même la nuit il se sentait frustré sans le poids du sac à dos sur son épaule, quand il ne pouvait pas glisser sa main sous le rabat et passer ses doigts sur la gaine en carton.

La gare se prêtait à la surveillance. Du couloir extérieur, des arcades menaient à un petit hall. A droite se trouvait la salle d'attente pour femmes. A travers la porte, Scase entrevit une lourde table d'acajou aux pieds sculptés, une banquette défoncée et une rangée de chaises contre le mur. Au-dessus du radiateur à gaz éteint, on apercevait une gravure moderne indescriptible : on aurait dit des filets de pêche mis à sécher. Il n'y avait qu'une personne dans la salle : une très vieille femme endormie au milieu d'un tas de gros paquets. Le hall avait une entrée unique et le tableau indiqua à Scase que les trains pour Londres partaient du quai 8. Au-delà, la vaste voûte du toit s'élançait des piliers d'un gris laiteux jusqu'aux chapiteaux surchargés d'ornements. La gare sentait la fraîcheur du matin mêlée d'un arôme de café. Dans ce qui semblait être un calme de mauvais augure, elle attendait le flot de voyageurs qui partaient travailler ailleurs et la foule bruyante des premiers touristes de la journée. Scase savait que sa présence en ce lieu, seul et de si bonne heure, pouvait le rendre suspect, mais cela n'avait pas d'importance. Il n'y avait pas d'endroit plus impersonnel et plus anonyme qu'une gare de chemin de fer. Personne ne l'interrogerait, et si jamais quelqu'un le faisait, il dirait qu'il attendait un ami qui arrivait de Londres.

Le kiosque à journaux était ouvert. Scase acheta le *Daily Telegraph*. Le journal lui permettrait de dissimuler rapidement son visage quand la meurtrière apparaîtrait. Il s'installa sur un banc. Il ne doutait pas une seconde de la parole d'Eli Watkin : la femme serait élargie ce matin. Une chose, cependant, commença à le tourmenter : il risquait de ne pas la reconnaître. Dix ans de prison l'avaient peut-être complètement changée, ou alors d'une façon si subtile qu'elle passerait à côté de lui sans qu'il s'en aperçût. De son portefeuille, Scase sortit une photo d'elle qu'il avait découpée dans un journal local à l'époque du procès. La criminelle et son mari avaient été photographiés apparemment sur la promenade, à Southend. On voyait deux jeunes gens qui riaient au soleil en se tenant par la main. Scase se demanda comment le journaliste s'était procuré cette photo. Celle-ci ne lui apprenait rien et, quand il l'approchait de ses yeux, elle se désintégrait en un dessin anonyme de petits points. Il lui était impossible d'établir un rapport entre le visage qui figurait sur cette image et la femme qu'il avait aperçue pour la dernière fois au banc des prévenus, à Old Bailey.

Pendant les trois semaines qu'avait duré le procès de la meurtrière de son enfant, il était venu là seul, quotidiennement, et, le dernier jour, tout avait cessé de lui paraître réel. Il lui semblait qu'il vivait dans un monde de rêves circonscrit par la salle d'audience étouffante et propre, un monde dans lequel les conventions ordinaires de la vie avaient été remplacées par une logique différente, par une série de valeurs qui lui étaient étrangères. Dans ces limbes surréalistes, personne, à part le juge et les avocats, n'avait la moindre réalité. Tous les assistants étaient des acteurs, mais seuls ceux qui portaient toge ou perruque parlaient avec assurance ou savaient leur texte. Les deux accusés étaient assis côte à côte dans le box, mais à une certaine distance l'un de l'autre, sans se regarder, bougeant à peine les yeux. Si chacun d'eux avait tendu le bras, leurs doigts se seraient peut-être touchés, mais ils ne bougeaient pas le bras. Ce contact n'était pas prévu dans le scénario. La haine brûlante qui l'avait dévoré comme une fièvre pendant les premiers jours suivant la mort de Julie, qui l'avait chassé dans les rues pour y marcher sans fin, sans but, aveugle, s'agitant désespérément pour s'empêcher de se frapper la tête contre les murs si nets de la banlieue et de crier vengeance en hurlant comme un chien — tout cela avait disparu quand il avait regardé les visages morts des accusés. Car, comment haïr quelqu'un qui n'était pas là, qui n'était qu'un figurant choisi pour s'asseoir dans le box afin que la pièce pût continuer ? Bien qu'ils fussent les personnages principaux, c'étaient eux qui avaient le moins à faire, eux qu'on regardait le moins. Ils avaient une apparence banale qui, d'une façon horrible, n'avait rien d'ordinaire. C'étaient des enveloppes de chair dont l'esprit n'était pas le seul absent. Les eût-on piqués qu'ils n'auraient pas saigné. Les jurés semblaient éviter leur regard. Le juge ne leur prêtait aucune attention. Scase sentait que le drame, terriblement amorti et décousu, aurait pu se poursuivre en dehors de leur présence.

La salle d'audience était bondée ; l'air, cependant, n'y avait ni goût ni odeur. Le temps s'étirait pour s'adapter au lent déroulement de la tragédie. Le procureur parlait avec une calme résolution, réglant son débit sur l'allure de la plume du juge. De temps à autre, il y avait un hiatus, quand personne ne parlait. Alors les avocats à perruque se redressaient soudain et regardaient le juge qui semblait plongé dans une rêverie personnelle. Puis ce moment-là passait. La plume du juge recommençait à courir. Le procureur reprenait sa péroraison et, presque imperceptiblement, tout le monde se détendait.

Parmi les membres du jury s'était trouvée une femme dont Scase avait eu du mal à détacher les yeux. Plus tard, chaque fois qu'il repensait au procès, c'était son image qui prédominait. Celles des accusés et du juge pâlissaient, la sienne devenait de plus en plus nette avec les années. C'était une femme trapue aux cheveux gris. Elle portait des lunettes à la monture scintillante étirée en « yeux de chat », un manteau écossais rouge, vert et jaune. Une toque assortie surmontait ses grosses boucles serrées. Le bord de la coiffure avançait sur son front et le fond, qui semblait bourré de papier, s'ornait d'un pompon de laine rouge. Comme les autres jurés, la femme resta assise, immobile, pendant tout le procès, la mine sévère sous son ridicule chapeau. Elle ne tournait la tête que de temps à autre, comme une automate, le visage impassible, pour regarder la personne qui parlait.

Un seul avocat représentait les deux accusés. D'une voix tranquille, raisonnable, il avait essayé de persuader le jury que le viol avait été un attentat à la pudeur, le meurtre un homicide involontaire. Les verdicts, quand ils tombèrent, n'apportèrent ni sensation forte ni soulagement. Le juge énonça les deux condamnations à perpétuité, se contentant d'ajouter, comme il était d'usage, que c'était là une sentence impérative prévue par la loi. Puis il se leva sans cérémonie et la cour l'imita. Les membres de l'assistance sortirent lentement de la salle, jetant des regards derrière eux comme s'ils ne parvenaient pas à croire que le spectacle était terminé. Les avocats fourrèrent leurs livres et leurs papiers dans leurs serviettes et conférèrent les uns avec les autres. Les greffiers s'agitèrent dans le tribunal, l'esprit déjà occupé par l'affaire suivante. La conclusion de ce procès avait été aussi peu dramatique, aussi ordinaire que la fin d'une réunion du conseil municipal. Autrefois, un greffier aurait posé une toque, pas une vraie toque, mais un petit morceau de tissu noir, sur la perruque du juge. Autrefois, un aumônier en habits sacerdotaux aurait psalmodié un « amen » sonore après la condamnation à mort. Scase aurait voulu qu'une fin aussi bizarre et théâtrale vînt clore cette célébration formaliste de la raison et du châtiment. Quelque chose de plus mémorable aurait dû être dit ou fait, quelque chose de plus digne du rituel corporatif que la voix soigneusement maîtrisée du président du jury prononçant le mot « coupable » en réponse aux deux questions du greffier, que le ton froid et impartial du juge. Pendant une folle seconde, il avait été tenté de bondir sur ses pieds et de crier que ce n'était pas terminé, que ça ne pouvait pas être terminé. Il avait eu l'impression que le procès avait moins été une procédure judiciaire qu'une réconfortante formalité grâce à laquelle tous les participants, sauf lui, avaient été purifiés ou justifiés. C'était fini pour eux. C'était fini pour le jury et pour le juge. C'était fini pour Julie. Mais pour Mavis et lui, cela ne faisait que commencer.

Par petites saccades, l'horloge de la gare mesurait les minutes et les heures. Vers onze heures, Scase eut soif. Il serait bien allé acheter un café et une brioche au buffet, mais il avait peur de quitter son poste d'observation, de détacher ses yeux de l'entrée. Quand enfin il l'aperçut, peu après onze heures trente, il se demanda comment il avait jamais pu craindre de ne pas la remettre. Il la reconnut immédiatement, et avec un tel choc physique, qu'il se détourna instinctivement, terrifié à l'idée qu'elle pût sentir, de l'autre côté du hall, la force déferlante de sa présence. Comment croire qu'elle était là, à quelques mètres seulement de lui, et pourtant insensible aux ondes de choc provoquées par cet instant de reconnaissance ? Même l'amour, assurément, ne pouvait réclamer plus bruyamment une réponse. Scase constata que la femme portait une petite valise, mais mis à part ce détail, il n'avait conscience que de son visage. Les années s'effacèrent et il se retrouva dans la salle lambrissée du tribunal, regardant fixement le box, mais voyant maintenant l'accusée avec une terrible intuition qu'il n'avait pas alors : il ne pourrait jamais lui échapper pas plus qu'elle ne pouvait lui échapper à lui, car tous deux étaient des victimes. Il se dissimula derrière un tourniquet contenant des livres de poche placé devant le kiosque à journaux. Se pliant en deux comme pris d'une violente douleur, il serra le sac à dos sur sa poitrine comme si, par cette étreinte, il pouvait supprimer les puissants signaux du couteau. Puis il s'aperçut qu'un homme muni d'un attaché-case l'observait avec inquiétude. Scase se redressa et se força à regarder de nouveau la meurtrière. Ce fut alors qu'il remarqua la fille. En cet instant exceptionnel, tout ce qui concernait Mary Ducton était révélé à ses yeux. Cette fille était une parente par le sang. Sans même noter l'empreinte de la criminelle sur cet autre visage plus jeune, plus éclatant, sans même déduire consciemment que sa compagne était trop jeune pour être sa sœur, qu'il y avait peu de chances qu'elle fût sa nièce, Scase eut l'absolue certitude qu'elle était sa fille. A l'entrée, celle-ci présenta un billet ainsi qu'un morceau de papier, peut-être une sorte de feuille de route. La meurtrière se tenait en retrait, le regard fixé droit devant elle, comme une docile enfant accompagnée. Scase suivit les deux femmes à travers le contrôle et jusqu'au quai 8. Un groupe d'une vingtaine de personnes y attendait le train de onze heures quarante. La meurtrière et sa fille le dépassèrent et s'arrêtèrent une cinquantaine de mètres plus loin. Elles se tinrent là, seules, silencieuses. Scase n'osa pas attirer l'attention en se détachant du groupe principal. Maintenant qu'elles n'avaient rien d'autre à faire et du temps devant elles, les femmes risquaient de le repérer. Scase ouvrit le journal et, le dos tourné vers elles, guetta les vibrations du train annoncé. La première partie de son plan était simple. Quand la locomotive entrerait en gare, il s'approcherait sans hâte et avec naturel de ses proies et monterait dans le même compartiment qu'elles. C'est ce qu'il devait faire s'il ne voulait pas risquer de les perdre à King's Cross. Les trains modernes interurbains avaient heureusement de longues voitures ouvertes. Avec leurs compartiments séparés, les vieux trains à couloir auraient présenté une difficulté. A part la peur d'être reconnu par la meurtrière après toutes ces années, il aurait trouvé intolérable d'avoir à s'asseoir en face d'elle, presque genou contre genou, de sentir que, peut-être un instant intriguée par sa laideur, son insignifiance, elle aurait posé son regard sur lui.

Le train arriva à l'heure. Prudemment, Scase recula pour laisser monter une famille avec de jeunes enfants, sans perdre de vue les deux têtes blondes. Les femmes avaient descendu le couloir central du compartiment et s'étaient assises côte à côte, dans le sens de la marche. Scase se glissa à un coin fenêtre tout près de la porte, mit son sac sur la table devant lui et se réfugia de nouveau derrière son journal. Assis, il ne voyait pas les figures des deux femmes et il surveillait la porte du bout pour le cas où elles décideraient, après tout, de changer de voiture. Mais de nouveaux voyageurs en bloquaient la sortie et, de toute façon, elles ne bougèrent pas.

Scase se rendit compte presque aussitôt que s'installer près de la fenêtre avait été une erreur. Juste avant le coup de sifflet du chef de train, une famille de trois personnes — un couple obèse et suant et leur fils d'une dizaine d'années, à la figure lunaire — se faufilèrent par la porte et occupèrent avec des grognements de satisfaction les trois places vides. Scase recula, désagréablement conscient de la masse de chair chaude du corps de la femme qui l'incitait à rapprocher ses cuisses de la fenêtre. Dès que le train prit de la vitesse, sa voisine ouvrit un sac en plastique bourré, en sortit un thermos, trois tasses en carton, une boîte en plastique et se mit à distribuer des victuailles à son fils et à son mari. Une forte odeur de fromage et d'oignons au vinaigre flotta au-dessus de la table. Scase n'avait pas la place d'étendre son journal ; il le plia et fit semblant de s'intéresser au carnet mondain de la dernière page. Pourvu qu'il n'eût pas besoin d'aller aux toilettes, se dit-il. L'idée d'avoir à demander de se pousser à ce mastodonte l'effrayait. Mais une chose le tracassait encore plus : et s'il se trouvait coincé à leur arrivée à Londres ? Alors la meurtrière et sa fille risquaient de descendre et de disparaître dans la foule avant qu'il n'ait pu se dégager.

Il était à peine conscient du temps qui passait. Pendant la première demi-heure, il resta assis très raide, craignant presque que la femme n'entendît battre son cœur, ne sentît l'excitation qui le vissait à son siège. Tandis que les fils électriques étincelants montaient et descendaient, il regarda fixement par la fenêtre le triste paysage des Midlands : les champs mouillés et les arbres dégouttant de pluie, les étranges villes aux rangées de maisons noircies adossées les unes contre les autres et les villages pareils aux avant-postes oubliés d'une civilisation abandonnée. Au bout d'une heure environ, la pluie cessa. Le soleil surgit, chaud, éclatant, et fit monter de la terre détrempée de petites bouffées de vapeur pareilles à une récolte de fin coton hydrophile. A un moment, par un jeu de lumière, le compartiment se refléta dans les vitres et Scase vit une file de voyageurs fantômes flotter dans l'air. Ils étaient assis immobiles tels des mannequins, le visage gris et creux comme ceux des cadavres. Une fois seulement, quelque chose retint son attention. Le train s'arrêta une minute devant Doncaster et durant ce bref instant d'inhabituel silence, Scase aperçut, sur le talus herbeux, de hautes et fortes tiges de cerfeuil sauvage surmontées d'une mousse de délicates fleurs blanches. Cette plante lui rappela les écoles du dimanche méthodistes où sa mère l'envoyait chaque semaine, vraisemblablement pour se débarrasser de lui. Tous les ans, en août, ils avaient célébré l'anniversaire de cette institution. Selon la tradition, les enfants décoraient l'église avec des fleurs sauvages. Le sanctuaire était un affreux bâtiment victorien. Sa lourde pierre foncée éclipsait la fragile beauté des fleurs. Scase revit des boutons-d'or en train de se faner dans un vase en terre cuite au bout du banc et le cerfeuil sauvage répandre une poudre blanche sur ses chaussures du dimanche neuves. Il se tenait tout à fait tranquille, pelotonné sur son siège, de crainte que Dieu ne le remarquât, lui, un Crippen, assis parmi les bienheureux. Il prenait ses distances vis-à-vis d'une félicité qu'il n'avait pas le droit de partager, terrifié à l'idée qu'il pût avoir l'air de la revendiquer. L'école du dimanche ne lui avait rien donné sauf que, pour le reste de sa vie, à des moments de tension ou de crise, des passages de la Bible surgissaient, pas toujours à propos, dans son esprit. Se rappelant les interminables après-midi remplis d'angoisse qu'il y avait passés, cet échange ne lui avait jamais paru très équitable.

Soudain, il détacha ses yeux de la fenêtre et vit la fille descendre le couloir central dans sa direction. Elle passa à côté de lui sans regarder sa table et fit coulisser la porte. Pour la première fois, il prit vraiment conscience d'elle et se demanda comment son existence pourrait affecter ses plans. Il ne lui souhaitait aucun mal. Elle était, jugea-t-il, deux ou trois ans plus jeune que ne l'aurait été Julie. Julie était morte, cette fille était vivante. Devant l'irrévocable perte qu'il avait subie, toute autre comparaison entre elles semblait dérisoire. Mais sa douce et timide fille n'aurait sans doute pas eu ce port plein d'assurance, n'aurait pas regardé le monde avec des yeux aussi calmement confiants en leur jugement. Il examina son dos qui s'éloignait, l'étroit pantalon en velours côtelé qui moulait ses cuisses, la veste sport portée avec négligence, le sac de voyage en cuir et en toile passé sur son épaule, sa lourde tresse. Alors qu'elle passait, le lustre du tissu qui recouvrait l'intérieur de ses cuisses, la fermeture Éclair qui soulignait son ventre plat et suggérait le doux renflement au-dessous avait éveillé en lui un faible désir. Sa sexualité sommeillait depuis si longtemps que ce léger dérangement déclencha en lui toutes les incertitudes, toutes les excitations mi-honteuses de l'adolescence.

Cette fille le rendait perplexe. Il avait beau fouiller sa mémoire, il n'arrivait pas à se souvenir d'avoir jamais entendu parler d'elle au moment du procès. Mais à l'époque, ni Mavis ni lui ne s'étaient intéressés aux membres de cette famille en dehors du violeur et de la meurtrière. Eux seuls existaient et leur existence même était une abomination qui serait un jour éliminée. Scase se demanda ce qui avait pu advenir de cette fille pendant toutes ces années. Elle avait l'air bien nourrie, prospère. Dans son maintien orgueilleux, sa démarche assurée, rien ne dénotait la privation. Elle avait dû rester en contact avec sa mère puisqu'elles étaient ici ensemble ; par ailleurs, elles ne semblaient pas être tellement intimes. Pendant le temps où il les avait observées, elles avaient à peine parlé. Ce voyage ne représentait peut-être qu'un devoir filial auquel la fille renoncerait volontiers dès que la meurtrière serait arrivée à bon port. Sa présence inexpliquée et inattendue lui compliquait légèrement la tâche, mais c'était tout. Mais, alors qu'elle repassait près de lui pour regagner sa place avec deux tasses en plastique et un pâté en croûte, Scase remarqua qu'un petit porte-étiquette pendait au bout du sac de voyage. Cet objet était juste assez grand pour contenir une carte de visite, mais un rabat en cuir recouvrait le nom. S'il pouvait s'approcher suffisamment de la fille sans attirer l'attention, se dit soudain Scase, dans la cohue, à la descente du train, par exemple, il lui serait peut-être possible de soulever doucement la languette de cuir et de lire le nom imprimé au-dessous. Cette idée l'excita. Il passa le reste du voyage à regarder par la fenêtre sans rien voir, imaginant comment il allait s'y prendre.

A quatorze heures quinze, le train entra dans la gare de King's Cross avec une minute de retard. Dès qu'il ralentit, Scase se leva, prit son sac et son imperméable. La grosse femme le laissa passer avec mauvaise grâce et il fut l'un des premiers debout dans le couloir. Il vit la meurtrière et sa fille se diriger vers la porte la plus proche, à l'autre extrémité du compartiment. Scase avança vers elles, se frayant un chemin à travers la foule de voyageurs qui encombraient le couloir, ôtant leurs bagages des filets et enfilant leurs manteaux. Quand les deux femmes atteignirent la portière, il se trouva juste derrière elles. Comme d'habitude, les gens mirent un certain temps à faire passer leurs valises par la porte et à descendre sur le quai. Les deux femmes attendirent patiemment leur tour. Aucune d'elles ne se retourna. L'opération se révéla beaucoup plus facile que Scase ne l'avait espéré. Il posa un instant son sac à dos par terre, puis se pencha et tripota son lacet de chaussure. Alors qu'il se levait, ses yeux arrivèrent au niveau de l'étiquette oscillante. Soulever la languette protectrice de ses petites mains habiles fut l'affaire d'une seconde. Il y avait peu de lumière, mais c'était sans importance. Au lieu d'être imprimé en petits caractères sur une carte de visite, le nom était inscrit dans une élégante écriture, à l'encre noire. P.R. Palfrey.

Pourvu que la prochaine étape ne fût pas un taxi, se dit-il. Se glisser dans la queue juste derrière elles était trop risqué et, même s'il le faisait, il ne les entendrait vraisemblablement pas indiquer leur adresse au chauffeur. Dans les livres de la bibliothèque qu'il lisait dans son enfance, le héros sautait dans le taxi suivant et ordonnait au chauffeur de suivre celui qui le précédait. Il ne se voyait pas l'imiter et d'ailleurs une telle ruse paraissait tout à fait impraticable dans la circulation embrouillée qu'on trouvait aux abords des grandes gares londoniennes. Mais, à son soulagement, la fille conduisit sa mère au bas des marches qui menaient au métro. C'était ce qu'il avait espéré. Il les suivit à une distance d'environ six mètres, fouillant dans sa poche pour y rassembler de la monnaie. L'important, c'était de ne pas perdre de temps à la caisse. Avec un peu de chance, il pourrait se rapprocher suffisamment d'elles pour les entendre annoncer leur destination. Au pis, il pourrait voir à quel distributeur automatique elles prendraient leurs tickets. A condition de voyager de nouveau avec elles, tout irait bien. Soudain Scase se sentit tout confiant et excité. Jusqu'ici sa tâche avait été plus facile qu'il n'avait osé l'imaginer.

Mais, brusquement, le tunnel d'accès retentit de cris et du bruit de pas pressés. Un autre train devait avoir dégorgé ses voyageurs. Une bande de jeunes dévala l'escalier en hurlant et bouscula Scase au passage, le pressant contre le mur et lui bouchant momentanément la vue. Désespéré, il se faufila à travers la presse et repéra de nouveau les deux têtes blondes sautillantes. Les femmes dépassèrent l'entrée des lignes Northern et Bakerloo. Elles poursuivirent leur chemin et, finalement, tournèrent à droite pour descendre les larges marches qui conduisaient au hall des lignes Metropolitan et Circle. La foule avait grossi et une longue queue stationnait devant le guichet. La fille ne se mit pas au bout, pas plus qu'elle ne fendit la foule jacassante pour atteindre les distributeurs automatiques. Horrifié, Scase constata qu'elle avait acheté des tickets à l'avance : la mère et la fille franchirent tranquillement le portillon. Et le contrôleur examinait soigneusement chaque ticket. Scase n'avait donc pas la moindre chance de passer en resquillant ; l'eût-il tenté qu'il n'aurait fait qu'attirer l'attention sur lui. Il dut presque jouer des coudes pour approcher du premier distributeur. La pièce de dix pence semblait lui coller aux doigts. D'une main tremblante, il la poussa dans la fente. Il y eut un bruit métallique : refusée, la pièce tomba dans le réceptacle extérieur. Il l'inséra de nouveau ; cette fois, la machine lui livra son billet. Mais l'air s'emplissait déjà du fracas d'une rame entrant dans la station. Comme il se frayait un passage à travers la foule amassée au contrôle, le bruit cessa. Il se précipita sur le quai de gauche, celui sur lequel les deux femmes avaient disparu, juste à temps pour voir les portes du train se fermer devant lui. A part deux Indiens enturbannés et un clochard couché, endormi, sur un banc, il n'y avait plus personne sur le quai. Quand Scase leva les yeux, le train partait ; sur le tableau indicateur, le mot *Hammersmith* remplaça ceux de *Circle Line*.

2

CE n'est qu'en atteignant la gare de Liverpool Street que Scase se rendit compte qu'il avait faim. Il s'acheta un café et un petit pain avant de prendre le train pour rentrer chez lui. Il était presque quatre heures quand il introduisit sa clef dans la serrure. Sa maison le reçut avec un silence de conspirateur, comme si elle avait guetté son retour pour partager avec lui son échec ou sa réussite. Bien qu'il fût encore tôt, Scase se sentait très las. Il avait mal aux jambes. Cette véritable fatigue était une sensation nouvelle, différente de la lassitude avec laquelle il se traînait chez lui à la fin de chaque journée de travail et qui avait fait des huit cents mètres environ qui le séparaient de la gare une épreuve quotidienne. Il se prépara un thé-dîner composé de saucisses et de haricots à la tomate, suivis d'une tartelette à la confiture sortie d'un paquet de quatre qu'il gardait au Frigidaire. Il supposa qu'il avait faim ; il était en tout cas avide de nourriture. Les saucisses éclatèrent sous le gril et le gaz lécha les côtés de la casserole dans laquelle il réchauffait les haricots. Il dévora, mais sentit à peine la saveur des aliments, conscient seulement de satisfaire un besoin. En préparant le thé et en attrapant sur l'étagère la théière blanche et bleue bordée d'un motif de roses — Mavis et lui l'avaient achetée ensemble lors de leur lune de miel — il éprouva pour la première fois un peu d'affection pour sa maison et un léger regret d'avoir à la quitter. Cela le surprit. Ni lui ni Mavis ne s'y étaient jamais sentis chez eux. Ils l'avaient achetée parce que c'était le genre de maison dont ils avaient l'habitude et qu'elle était à un prix abordable ; parce qu'ils devaient quitter Seven Kings et tous ses souvenirs, et que le 19 Alma Road était disponible. En banlieue, on peut acheter l'anonymat en allant vivre trois arrêts de train plus loin, en changeant de travail. Scase se rappela la première fois où ils l'avaient visitée : Mavis était passée d'une pièce à l'autre, indifférente, pendant que l'agent immobilier, essayant désespérément de susciter une réaction quelconque, vantait les qualités de la maison. A la fin de l'inspection, Mavis avait déclaré d'une voix sans timbre : « Elle fera l'affaire. Nous l'achetons. » Une vente archi-facile. L'agent immobilier n'avait pas dû en revenir. Les Scase n'y avaient fait que peu de travaux au cours des huit dernières années : ils avaient repeint quelques murs, remplacé le papier peint dans le salon de devant qu'ils utilisaient à peine et fait le minimum de réparations nécessaires à la conservation de leur petit investissement. Mavis l'avait entretenue consciencieusement, bien que sans y prendre grand intérêt, mais la maison avait toujours eu l'air propre. Quelque chose en elle décourageait la poussière et l'usure tout comme l'intimité, le bonheur, l'amour. Étrange : c'était seulement maintenant qu'il commençait à sentir qu'il était chez lui ici ; qu'il laisserait une fraction de lui-même derrière la haie de lauriers méticuleusement taillée. L'idée que ce logis participait à son entreprise devint si forte qu'il se demanda s'il oserait le quitter, si les inconnus qui déballeraient leurs bouilloires et leurs casseroles dans cette cuisine n'interrompaient pas un instant leur travail, mal à l'aise, tirant de l'air même qu'ils y respiraient l'intuition secrète qu'un meurtre avait été conçu entre ces murs. Mais il savait qu'il devait partir. La proie se trouvait à Londres et c'était là qu'il devait la traquer. Et il avait besoin d'être libre, même de ce nouveau lien qui s'était créé entre lui et la maison, libre de tout attachement à des biens personnels, aussi maigres fussent-ils, libre d'entamer ses recherches, circulant incognito et sans racines au milieu d'étrangers.

Et maintenant, il savait *où* chercher. Quand il eut bu son thé, il déplia sa carte de Londres et son plan du métro et les plaça côte à côte sur la table. Les femmes étaient parties vers l'ouest, sur la *Circle Line*, la ligne circulaire. Scase compta les stations. St. James's Park se trouvait à mi-chemin. Donc, pour toute station située au-delà, il aurait été plus logique d'aller dans la direction opposée. Victoria était exclu. Elles auraient pris directement la ligne Victoria. De la même façon, il pouvait éliminer South Kensington et Gloucester Road puisque ces deux stations se trouvaient sur la ligne Piccadilly et qu'on pouvait s'y rendre directement de King's Cross. Cela signifiait qu'elles étaient descendues à l'une des huit stations entre King's Cross et High Street Kensington. Bien entendu, elles pouvaient être descendues à Baker Street ou à Paddington et avoir changé de ligne ou pris un train pour sortir de Londres. Mais cette dernière éventualité ne le tracassa pas. Il ne croyait pas un seul instant qu'elles fussent à la campagne. C'était dans le vaste anonymat de la capitale que les pourchassés se sentaient le plus en sécurité. A Londres qui ne posait pas de questions, gardait le secret, pourvoyait dans ses cent villages urbains aux besoins divers de dix millions de personnes. Et la fille n'était pas une provinciale. Seule une Londonienne pouvait avoir marché avec autant d'assurance dans le dédale de la station de métro de King's Cross. Et elle avait acheté les tickets à l'avance. Cela voulait dire qu'elle s'était rendue à York tôt dans la matinée. Non, les deux femmes étaient sûrement à Londres.

Sur la grande carte, Scase suivit le tracé de la ligne du métro circulaire. Bloomsbury, Marylebone, Bayswater, Kensington. Ces quartiers lui étaient peu familiers, mais il apprendrait à les connaître. La journée avait été assez bonne, après tout. Il savait à présent que la meurtrière avait une fille et le nom de celle-ci. Elle l'avait changé de Ducton en Palfrey par acte unilatéral, adoption ou mariage. Mais, se souvint-il, elle ne portait pas d'alliance. Un léger coup de malchance, le fait qu'elle eût pris la peine d'acheter des tickets de métro à l'avance, avait contrarié ses plans. Comme les femmes n'avaient pas eu l'air pressé, cette précaution ne pouvait signifier qu'une chose : la fille voulait éviter à sa mère le désagrément possible de se faire bousculer dans la cohue pendant qu'elle attendait au guichet. Cela dénotait de sa part une sollicitude que Scase n'avait pas prévue. Et si la fille avait pour la mère de la sollicitude, alors elles resteraient ensemble, du moins pour un certain temps. Cela augmentait certainement les chances qu'il avait de les trouver. Même si toutes ses autres initiatives échouaient, la fille pourrait encore le mener à la mère. De sa belle ronde soignée, Scase inscrivit les noms des huit stations dans son calepin, puis les regarda fixement comme si, par un effort de volonté, il avait pu en déplacer et battre les lettres qui, pour finir, se seraient mises en place pour former sous ses yeux l'adresse qu'il cherchait.

Demain, il entamerait la phase suivante de son projet : dépister la meurtrière par l'intermédiaire de sa fille. Même si les deux femmes n'étaient plus ensemble, la découverte de l'adresse de la plus jeune représenterait un gain certain. Scase alla dans l'entrée chercher l'annuaire de Londres de L à R. Aucune Palfrey P.R. n'y figurait, mais cela ne voulait pas dire grand-chose. Si la fille avait été adoptée, le numéro y serait inscrit sous les initiales de son père. La première chose à faire serait donc de téléphoner aux sept Palfrey de l'annuaire. L'évidence de cette ruse le frappa. Ce serait plus intelligent que de voyager toute la journée sur la ligne circulaire ou d'arpenter les places de Bloomsbury et de Kensington. Mais il lui faudrait inventer une excuse, une raison d'appeler ces sept inconnus qui ne parût pas suspecte. Et si la fille en personne décrochait, que lui dirait-il ? La meurtrière ne devait surtout pas se douter qu'elle était traquée. S'il l'effrayait au point de l'inciter à fuir, à changer de nom, il pourrait passer le reste de sa vie à la chercher vainement. Il avait vingt ans de plus qu'elle. La mort avait privé Mavis de sa vengeance ; elle risquait d'en faire autant pour lui.

Puis, alors qu'il était assis dans la cuisine silencieuse, il eut une inspiration. L'idée lui vint à l'esprit comme un acte créateur mineur, comme si elle avait toujours existé dans sa simplicité et sa justesse, n'attendant que le moment de se glisser dans sa conscience. Plus il l'examinait, plus il la trouvait parfaite. Il s'étonna de ne pas y avoir songé plus tôt. Il alla se coucher, impatient d'être au matin.

3

Sᴀ mère entra dans la pièce et s'immobilisa. On aurait dit qu'elle avait peur de parler ; seuls ses yeux bougeaient. Depuis le dernier passage de Philippa dans l'appartement, la chambre semblait avoir rétréci. Le plancher fraîchement teint, les tapis aux couleurs fanées, les chaises dépareillées avaient-ils trop l'air d'une décoration de pacotille ? Les avait-elle embellis dans son propre esprit ?

« Ça te plaît ? »

La note d'inquiétude qu'elle décela dans sa propre voix l'irrita. Elle avait fait tout ce qu'elle avait pu pour arranger cet appartement. Il serait vraisemblablement plus agréable à habiter qu'une chambre à deux lits dans un foyer. Et puis ce n'était que pour deux mois.

« Énormément. »

Sa mère sourit. Son sourire différait de celui avec lequel elle l'avait accueillie ce matin : cette fois, il montait jusqu'à ses yeux.

« C'est charmant. Je ne m'attendais pas à quelque chose d'aussi joli. Je te félicite. Cet appartement n'a pas dû être facile à trouver. Et tu y as certainement mis beaucoup de travail. »

Sa voix tremblait et Philippa s'aperçut que ses

yeux étaient trop brillants. Et elle avait l'air épuisée. La tension du voyage, du contact avec la foule, sans doute. Terrifiée à l'idée que ces larmes retenues pourraient couler, Philippa se hâta de répondre :

« Oh ! Ç'a été très amusant. J'ai pris grand plaisir à aller fureter chez les brocanteurs. George, le marchand de légumes, m'a aidée à trouver certaines choses. Le seul objet que j'ai apporté de Caldecote Terrace, c'est ce tableau, un Henry Walton. C'était un peintre du XVIIIe siècle, dont l'ensemble de l'œuvre est trop mièvre à mon goût, mais j'adore ce tableau-ci. Je me suis dit qu'il ferait bel effet dans cette lumière, sur le papier peint. Mais tu n'es pas obligée de le garder là.

— Il est très bien là où il est. A moins que tu ne le veuilles dans ta chambre. Au fait, où est-elle ?

— Ici, à côté de la cuisine. J'ai la chambre la plus silencieuse et la meilleure vue. Toi tu as le soleil mais plus de bruit. Si tu préfères la mienne, nous pouvons faire un échange. »

Elles se rendirent dans la pièce située sur l'arrière. Sa mère s'approcha de la fenêtre et contempla le morceau de cour et les étroits jardins désordonnés. Au bout de quelques minutes, elle se retourna et promena son regard autour d'elle.

« Je ne vois pas pourquoi j'aurais la plus grande chambre. Jouons-la à pile ou face.

— J'ai eu une grande chambre pendant les dix dernières années. C'est ton tour maintenant. »

Philippa avait envie de demander : « Crois-tu pouvoir être heureuse ici ? » Mais la question paraissait présomptueuse. Elle impliquait, en effet, qu'elle, Philippa, était en mesure de dispenser du bonheur. C'était nouveau pour elle, cette prudence dans le langage, cette conscience que les mots pouvaient blesser. Cette constante surveillance aurait dû créer une gêne entre sa mère et elle, mais il n'en était rien. Elle dit :

« Viens voir la cuisine. J'y ai mis la télévision. Nous pourrons y apporter nos fauteuils quand nous voudrons regarder une émission. »

Hilda lui avait assuré avec aigreur :

« Tu seras obligée de louer une télé couleurs. Elle en aura pris l'habitude en prison. Les condamnées à perpétuité obtiennent ce genre de privilège. Elle ne se contentera pas d'un poste en noir et blanc. »

Sa mère et elle regagnèrent ensemble la chambre sur le devant.

« Et si nous prenions dix jours de vacances avant de nous mettre à chercher un travail ? proposa Philippa. Nous pourrions visiter Londres ou passer quelques jours à la campagne, si tu préfères.

— J'aimerais faire les deux. Une seule chose me sera difficile au début : marcher seule dans les rues, du moins dans les endroits très fréquentés.

— Je t'accompagnerai.

— Pourrions-nous commencer par acheter des vêtements ? Je n'ai que ce que je porte sur le dos et un pyjama. J'ai l'intention de dépenser une cinquantaine de livres sur mes deux cents. Ensuite, je pourrai me débarrasser des affaires qui sont dans ma valise. Je ne veux rien garder de ce que j'avais en prison.

— Formidable ! J'adore acheter des vêtements. Les soldes continuent à Knightsbridge. Nous y trouverons quelque chose de bien et de pas cher. Nous nous débarrasserons des choses dont tu ne veux plus au marché aux puces de Mell Street. »

Elles pourraient également essayer d'y vendre la valise, mais sans doute n'en tireraient-elles que quelques pence. Le mieux serait de la jeter dans le canal. C'était une valise bon marché, en matière synthétique, aux coins déjà abîmés. Sa mère la plaça sur le plancher, puis, s'agenouillant, l'ouvrit. Elle en sortit un pyjama de coton blanc qu'elle posa sur le lit. La valise ne contenait que deux autres objets :

une trousse de toilette à cordons et une grande enveloppe. Le visage levé vers elle, sa mère lui tendit celle-ci.

« Ceci est le récit de la mort de Julie Scase. Je l'ai écrit en prison. Ne le lis pas tout de suite, attends un jour ou deux. Tant que nous vivons ensemble, je sais que tu as le droit de me poser des questions au sujet du crime, sur moi, sur ton passé. Mais je préférerais que tu t'en abstiennes, du moins pour le moment. »

Philippa prit l'enveloppe. Maurice lui avait dit :

« Les condamnés à perpétuité, les assassins, cherchent toujours à se justifier. Je ne te parle pas des meurtriers politiques, des terroristes, ceux-là n'ont pas besoin de gaspiller leur énergie à se fabriquer des excuses. Leur justification, comme leur philosophie politique, ils l'obtiennent d'occasion, toute faite. Je parle du condamné à perpétuité ordinaire — et ordinaires, ils le sont presque tous. Le meurtre est l'un des crimes pour lesquels il ne peut y avoir de réparation envers la victime. Nous sommes tous conditionnés à le considérer avec une horreur particulière. Aussi les assassins, à moins d'être des psychopathes, doivent-ils trouver des accommodements avec leur acte. Certains persistent à proclamer qu'ils sont innocents, qu'on les a injustement condamnés. Certains doivent d'ailleurs le croire.

— Certains sont peut-être innocents, avait répliqué Philippa.

— Bien sûr. C'est là l'irréfutable argument contre la peine capitale. Un assez grand nombre d'entre eux se réfugie dans la confession religieuse, dans la contrition officiellement reconnue, si tu veux. Il y a une merveilleuse simplicité dans le fait d'affirmer qu'on est assuré du pardon de Dieu : cela met ton prochain, s'il s'obstine à refuser le sien, dans une position morale désavantageuse. Et, bien entendu, plein de gens ne demandent pas mieux que d'encourager tout ce délire émotionnel. Dans cette situation, je choisirais probablement la conversion, moi aussi. Puis il y a les excuses basées sur l'insta-bilité psychologique, la provocation, le milieu social, l'alcoolisme, bref les raisons habituelles qu'invoque n'importe quel avocat pour demander les circons-tances atténuantes. Quelques esprits plus forts déclarent que leur crime se justifie : la victime n'a eu que ce qu'elle méritait. Ta mère a survécu dix ans en prison bien qu'elle fût coupable du seul crime que les codétenues ne peuvent pardonner. Cela veut dire qu'elle a de la résistance. Elle est sans doute intelligente. Quelle que soit l'histoire qu'elle choisira de te raconter, elle sera plausible et, une fois qu'elle aura fait ta connaissance, je suis persuadé qu'elle l'adaptera à ce qu'elle jugera être tes besoins psychologiques particuliers.

— Rien de ce qu'elle me dira ne pourra changer le fait qu'elle est ma mère. »

Et son père adoptif avait déclaré :

« A condition de te souvenir que, dans son cas, c'est probablement le fait le moins important. »

Philippa chassa Maurice de son esprit. Elle n'était pas pressée de poser des questions. Elle pouvait commencer à apprendre qui elle était sans se livrer à un interrogatoire. Après tout, elles avaient deux mois à passer ensemble.

« Je n'ai aucun droit, répondit-elle. Nous sommes ici ensemble parce que c'est ce que nous voulons. Cela nous arrange toutes les deux. Tu n'exiges pas de moi que je te raconte ce qu'a été ma vie durant ces dernières dix années, n'est-ce pas ? »

Elle ajouta avec une légèreté délibérée :

« Il n'y a aucune obligation, à part celles qu'en-traîne la cohabitation : nettoyer la baignoire après usage, faire la vaisselle à tour de rôle. »

Sa mère sourit.

« De ce point de vue là, je ne poserai aucun

problème. Sinon, je pense que tu aurais pu choisir une meilleure compagne. »

Mais ce n'était pas une question de choix. Pendant que sa mère allait se laver, Philippa emporta l'enveloppe dans sa chambre et la rangea dans le tiroir de sa table de chevet. Sa mère lui avait demandé de ne pas lire le texte tout de suite. Elle attendrait, donc, mais pas très longtemps. Elle exultait presque. Elle pensa : « Tu es ici parce que tu es ma mère. Rien au monde ne peut changer ce fait. C'est la seule chose me concernant dont je puisse être sûre. J'ai grandi dans ton utérus. Ce sont tes muscles qui m'ont expulsée dans le monde, c'est dans ton sang que j'ai pris mon premier bain, sur ton ventre que j'ai d'abord reposé. » Sa mère aimait sa chambre, elle était contente d'être avec elle. Leur cohabitation serait une réussite. Elle ne serait pas obligée de retourner chez Maurice et d'admettre son échec. Il ne pourrait jamais lui répondre : « Je te l'avais bien dit. »

4

LA seule lettre qu'il reçut au courrier du lendemain matin provenait de l'agent immobilier. Celui-ci lui annonçait que le jeune couple avait obtenu son crédit et que l'agence était en train d'établir les contrats. Scase lut le jargon professionnel ampoulé de ce message sans surprise ni satisfaction. La maison devait être vendue. A part le fait qu'il avait besoin de plus d'argent qu'il n'avait été capable d'économiser sur son modeste salaire, il ne pouvait s'imaginer revenant ici après le meurtre. Sa demeure ne contenait rien qu'il souhaitât garder. Il n'y avait même pas un instantané de Julie. Mavis avait détruit toutes les photos de leur fille après sa mort. Il emporterait une valise de vêtements. Ses biens restants et les meubles, il les vendrait par l'inter-médiaire d'une de ces entreprises qui vidaient les maisons et dont on trouvait les annonces dans les journaux. On devait surtout faire appel à elles après la mort de vieilles personnes solitaires pour débar-rasser leurs logements des débris de vies très ordi-naires et en épargner ainsi le souci aux exécuteurs testamentaires. Scase aimait l'idée de pénétrer avec si peu de bagages dans son avenir inconnu, si seul que s'il passait sous un autobus, personne n'aurait de responsabilité envers lui, n'aurait besoin d'assumer les obligations du deuil. Il serait couché sous un drap, étiqueté, à la morgue, pendant que la police chercherait un parent à lui, quelqu'un qui autoriserait la destruction de son encombrant cadavre. L'entrée dans ce néant semblait lui promettre une liberté enivrante et illimitée. Alors qu'il se faisait cuire un œuf à la coque et mettait du café soluble dans sa tasse de lait chaud, il lui vint à l'esprit qu'il était devenu plus intéressant à ses propres yeux depuis qu'il avait entrepris l'exécution de son projet. Avant la mort de Mavis, il avait été pareil à un homme emprisonné sur un tapis roulant qui avançait sans marcher, tandis que de chaque côté de lui de brillantes images d'un monde synthétique, des photos agrandies, des montages de la vie défilaient sans discontinuer dans la direction opposée. Programmé, il accomplissait certains actes au moment de leur passage. A l'aube, il se levait et s'habillait. A sept heures trente il prenait son petit déjeuner. A huit heures, il partait travailler. A huit heures douze, il montait dans son train. A midi, il mangeait ses sandwiches assis à son bureau. Le soir, de retour chez lui, il dînait à la cuisine avec Mavis, puis regardait la télévision pendant que sa femme tricotait. Les émissions de télévision avaient dominé leurs soirées. Pour certains de ses films préférés, au cours de ces neuf années noires, Mavis avait même pris la peine de soigner son apparence. Elle ne se changeait plus pour lui plaire ou pour sortir avec lui, mais elle mettait une autre robe et même se maquillait pour ces brillantes et éphémères images. Ces soirs-là, elle servait le dîner sur deux plateaux. Leur vie n'avait pas été malheureuse. Scase n'avait jamais rien ressenti d'aussi net que le malheur. Mais à présent, sur les épaules des mortes, il s'était hissé dans un air différent qui, même s'il lui piquait un peu les narines, lui donnait au moins l'illusion de vivre.

Assis dans le train, son sac à l'épaule, et traversant à toute allure les gares aux noms incongrus de la banlieue est, il songea que c'était une intéressante bizarrerie de son nouveau caractère qui lui faisait entreprendre ce voyage. Car, en fait, son plan avait tout autant de chances de réussir s'il restait chez lui et appelait les divers Palfrey depuis l'anonymat de son vestibule. Le mensonge qu'il avait l'intention de dire ne serait pas plus crédible s'il était soutenu par une vraisemblance artificielle. Pourtant il savait que pour mener sa tâche à bien, tous les éléments devaient concorder. Personne ne contesterait ses affirmations, personne n'irait les vérifier ou n'exigerait de preuve, mais il était obligé d'agir comme si, en soignant les détails, il pourrait conférer à l'ensemble le poids de la vérité.

De la gare de Liverpool Street, il prit la Central Line jusqu'à Tottenham Court Road, puis descendit Charing Cross Road. Il avait décidé que c'était Foyle, la plus grande librairie de Londres, qui conviendrait le mieux à la réalisation de son projet. Il devait choisir un livre assez cher pour mériter qu'on se donnât tant de peine, mais pas cher au point d'obliger un homme honnête qui le trouverait à le porter au commissariat. Un essai, raisonna-t-il, serait plus approprié qu'un roman et, après un moment de réflexion, il prit sur l'étagère le premier volume de Pevsner sur les bâtiments de Londres. La caissière qui lui rendit la monnaie parut à peine le voir.

Puis il marcha jusqu'à Shaftesbury Avenue où il prit le bus 14 à destination de Piccadilly Circus. Il donna au receveur un billet d'une livre, sachant qu'il aurait besoin de beaucoup de pièces de monnaie. A Piccadilly, il s'enferma dans l'une des cabines téléphoniques. Dans le répertoire d'adresses de son agenda, il inscrivit au crayon les initiales et les numéros de téléphone de tous les abonnés appelés Palfrey, heureux de ce que la fille portât un nom aussi peu commun. Il n'y avait aucune « Miss » Palfrey, mais cela ne le surprit pas : il avait lu quelque part que, pour une femme annoncer son sexe était une invite aux coups de fil obscènes. Quand il eut noté les huit numéros, il écrivit *Miss P. Palfrey* au crayon sur le sac de la librairie. Personne ne les verrait jamais, mais il prit la peine de former les lettres à grands traits irréguliers, aussi différents que possible de sa propre écriture. Puis, avant de soulever le récepteur, il répéta mentalement son texte :

« Excusez-moi de vous déranger. Je m'appelle Yelland. J'ai trouvé un livre abandonné sur un banc de St. James's Park. Il a été acheté chez Foyle et porte le nom *Miss P. Palfrey* inscrit sur le sac d'emballage. Je vous téléphone pour voir si je peux retrouver sa propriétaire. »

Au premier numéro qu'il composa, une voix mâle et bourrue lui répondit d'un ton péremptoire qu'il n'y avait pas de Miss Palfrey à cette adresse. « Laissez le livre dans un commissariat », ordonna l'homme, puis il raccrocha. Scase comprit que ce premier essai n'avait guère été concluant : même à ses propres oreilles, sa voix avait parue fausse et tendue. Son interlocuteur avait peut-être cru qu'il appartenait à une nouvelle espèce d'escrocs ou espérait recevoir une récompense. Scase cocha ce nom d'une croix, puis fit le second numéro.

Personne ne décrocha. Scase en fut presque soulagé. Il mit un point d'interrogation à côté de ce numéro et passa à un autre.

Ce fut une femme qui lui répondit, vraisemblablement la bonne ou une fille au pair. Avec un fort accent étranger, elle l'informa que « Madame faire des courses à Harrods ». Scase expliqua qu'il désirait parler à Miss et non à Mrs. Palfrey. Mais on lui répéta : « Madame pas à la maison. Madame chez Harrods. S'il vous plaît vous rappeler plus tard. » Bien qu'il fût presque persuadé que ce n'était pas le bon, Scase fit également suivre ce numéro-là d'un point d'interrogation.

Le prochain sonna pendant dix secondes et Scase était sur le point de renoncer quand quelqu'un décrocha enfin. Il entendit une femme élever sa voix lasse pour couvrir les hurlements d'un jeune enfant. Les cris étaient aussi aigus et continus qu'un sifflet de train. De toute évidence, elle tenait le bébé dans ses bras. Alors qu'il racontait son histoire, Scase sentit grandir l'impatience de son interlocutrice. Il en était à la moitié, quand la femme l'interrompit pour dire brièvement que sa fille n'avait que six ans, qu'elle n'achetait pas de livres et les oubliait encore moins sur des bancs de parc. « Merci quand même d'avoir appelé », ajouta-t-elle avant de raccrocher.

Scase composa le numéro suivant. Ce fut un appel frustrant. Une autre voix de femme lui répondit, mais celle-ci avait le débit monotone et le chevrotement de l'extrême vieillesse. La correspondante mit du temps à comprendre le message, puis Scase fut obligé d'attendre et d'insérer d'autres pièces dans l'appareil pendant que la femme palabrait avec sa sœur. Nommée Edith, celle-ci devait être sourde car les deux inconnues conversaient en criant à tue-tête. Edith déclara n'avoir aucune connaissance du livre, mais sa sœur hésitait à raccrocher, sentant apparemment qu'elle avait maintenant quelque responsabilité personnelle dans cette affaire.

Le stock de pièces de monnaie diminuait. Le prochain abonné sur la liste était un Palfrey M. S. habitant au 68, Caldecote Terrace, S.W.l. Une fois de plus, ce fut une femme qui répondit. Elle avait une voix hésitante, presque craintive. Elle annonça son propre numéro comme si elle le connaissait mal. Scase récita sa fable et, presque aussitôt, il comprit qu'il avait touché au but.

« Pourrais-je dire un mot à Miss Palfrey ? demanda-t-il en conclusion.

— Elle n'est pas ici. Je veux dire : ma fille n'est pas à la maison en ce moment. »

Cette fois, il n'y avait plus de doute. L'aigu de la voix, son léger halètement trahissaient la peur. Scase fut envahi d'un sentiment de triomphe, presque de joie. Il dit :

« Si vous me donnez son adresse, je pourrais lui écrire ou lui téléphoner.

— Oh ! non ! Cela m'est impossible ! D'ailleurs, elles n'ont pas le téléphone. Mais je lui parlerai du livre quand je la verrai. Seulement, je ne pense pas la voir de sitôt. Comment s'appelle ce livre, dites-vous ? »

Scase répéta le titre.

« Cela ressemble à Philippa. Je veux dire : elle aime les livres d'architecture. Vous pourriez peut-être l'expédier ici par la poste. Il faudrait évidemment que vous avanciez les frais de port. Si vous joignez votre adresse à l'envoi, vous pouvez être sûr que ma fille vous remboursera. Mais, évidemment, nous ne savons pas si ce livre est vraiment à elle... »

Il y eut un silence. Au bout de quelques secondes, Scase proposa :

« Le mieux sera peut-être que je le rapporte à la librairie Foyle. Là-bas, on saura peut-être à qui il appartient. Et votre fille commencera peut-être ses recherches par le magasin.

— Très, très bien ! C'est la meilleure solution. Si Philippa téléphone ou vient ici, je lui parlerai de votre initiative. Elle doit être en train de faire visiter Londres à... son amie... Elle a peut-être besoin de ce livre. Je vais lui envoyer un petit mot pour l'informer de votre appel. »

Le soulagement rendait la femme presque expansive. Scase replaça le récepteur et garda un moment la main dessus. Le contact chaud et poisseux de l'appareil lui apporta une certitude physique. Il savait maintenant où habitait la fille de la meurtrière. Il savait qu'elle avait été adoptée. Il savait qu'elle était encore avec sa mère puisque la femme avait employé le pluriel. Il savait le nom de la fille. Philippa Palfrey. Philippa R. Palfrey. D'une certaine façon, le fait de savoir son nom lui paraissait plus important que tout ce qu'il avait appris jusque-là.

5

SA carte lui montra que Caldecote Terrace se trouvait à la limite de Pimlico, au sud-est de Victoria et d'Ecclestone Bridge. Scase s'y rendit à pied à partir de la station de métro Victoria, descendant une rue qui passait à côté de la gare. Du point de vue de la distance, Caldecote Terrace n'était pas loin de son ancien bureau, mais, située sur l'autre rive du fleuve, elle aurait pu être dans une autre ville. C'était une impasse qui donnait dans Caldecote Road, rue plus large et plus animée. Elle était bordée de maisons de la fin du XVIIIᵉ siècle, attenantes les unes aux autres, maisons qu'on avait transformées mais sans les défigurer. Scase s'y engagea résolument, bien qu'avec la désagréable sensation qu'il ne pourrait pas y flâner en toute sécurité : les hautes fenêtres aux rideaux immaculés risquaient de cacher des yeux curieux. Il eut l'impression de s'introduire en fraude dans une propriété privée qui sentait l'ordre, la culture et une honnête prospérité. Bien que n'ayant jamais vécu dans une rue pareille et ne connaissant personne y vivant, il se laissa aller aux idées préconçues qu'il avait sur les gens qui l'habitaient. Ceux-ci affectaient de mépriser l'élégance de Belgravia, vantaient avec enthousiasme les avantages d'un voisinage mélangé d'un point de vue social, sans pour cela aller jusqu'à envoyer leurs enfants dans les écoles du quartier, se faisaient un devoir de se fournir chez les petits commerçants de Caldecote Road, surtout la laiterie et l'épicerie fine, et, le week-end, traînaient leurs amis dans le pub local où ils se montraient d'une affabilité chaleureuse avec le barman et franchement familiers avec les autres clients.

Scase se força à descendre sur un trottoir de la rue, puis à remonter sur l'autre. L'impression d'être un intrus était si forte qu'il lui semblait marcher dans une aura de culpabilité. Mais personne ne l'interpella, les portes d'entrée restèrent fermées, les rideaux immobiles. Cette rue différait légèrement des autres. Scase comprit pourquoi : aucune voiture n'y était garée et on ne voyait aucun panneau de stationnement pour résidents. Ces belles maisons avaient donc des garages à l'arrière, dans une ruelle sur laquelle donnaient autrefois les écuries. Pendant un moment, cette découverte le déprima. Il lui serait impossible de surveiller les deux sorties du numéro 68. Et si Mrs. Palfrey avait l'habitude d'aller en voiture plutôt que de marcher, il se demandait comment il pourrait la filer. Il n'avait pas pensé à cette éventualité. Puis l'optimisme lui revint. L'obstination dans la poursuite d'un but, avait-il appris, donnait de la force et de l'assurance. Elle portait également bonheur. Il était ici. Il avait raison d'être ici. Il connaissait l'adresse de la fille et de sa famille adoptive. Tôt ou tard, l'une ou l'autre le mènerait à Mary Ducton.

Alors qu'il commençait à penser qu'il avait le droit d'être là, il examina les maisons plus attentivement. La rue était d'une impressionnante uniformité ; toutes les demeures étaient identiques à part des variations dans le dessin des impostes et celui du fer forgé des balcons des premiers étages. Les grilles de devant qui protégeaient les sous-sols étaient munies de pointes ornées d'ananas à leurs extrémités. Flanquées de colonnes, les portes intimidaient ; leurs boîtes aux lettres et leurs heurtoirs de cuivre étincelaient. Un grand nombre de fenêtres étaient décorées de bacs à fleurs ; des géraniums y flamboyaient en des roses et rouges discordants et des rameaux de lierre panaché se lovaient contre les façades de pierre.

Scase atteignit le bout de la rue qu'il traversa pour remonter du côté des nombres pairs. Le numéro 68 se trouvait tout près. C'était l'une des rares maisons sans jardinière aux fenêtres ou devant l'entrée, d'une élégance sans concession. La porte était peinte en noir. La cuisine du sous-sol était brillamment éclairée. Scase passa lentement devant. Jetant un coup d'œil en bas, il constata qu'elle était occupée. Assise à une table, une femme était en train d'y déjeuner. Sur le plateau posé devant elle, on voyait une assiette d'œufs brouillés. Tout en mangeant, la femme regardait l'image scintillante d'une télévision en noir et blanc. Ainsi donc les Palfrey avaient une bonne. Scase n'en fut pas surpris. Il se serait presque douté que cette fille aperçue dans le train venait d'une famille avec domestique et habitait une maison exactement pareille à celle-ci — cette fille dorée qui était passée à côté de lui dans la voiture oscillante avec une séduction arrogante qui semblait dire, à lui, aux vieux, aux pauvres, aux laids : « Regardez-moi, mais ne me touchez pas. Je ne suis pas pour vous. »

Scase retourna dans Caldecote Road, l'esprit toujours préoccupé par le problème de la surveillance des deux sorties. Contrastant avec la rue qu'il venait de quitter, Caldecote Road présentait le méli-mélo de magasins, de cafés, de pubs et de quelques rares bureaux caractéristique d'une artère commerciale du centre de Londres qui avait depuis longtemps perdu tout lustre. Une ligne d'autobus y passait, et de mornes petits groupes de personnes encombrées de paniers à provisions et de poussettes attendaient aux arrêts, des deux côtés de la rue. Le nombre de voitures et de camions qui ajoutaient à l'embouteillage donnait à penser qu'il s'agissait d'un itinéraire très connu pour atteindre les ponts Vauxhall et Lambeth. Ici, à la différence de Caldecote Terrace, Scase pouvait traîner autant qu'il le voulait.

C'est alors qu'il remarqua les deux hôtels. Ils se trouvaient de l'autre côté de la rue, face à Caldecote Terrace. C'étaient deux bâtiments victoriens qui avaient survécu au changement, à la guerre, au délabrement et à la démolition et qui maintenant se dressaient, sales, minables, mais toujours grandiosement intacts, entre un magasin de voitures et la façade vulgaire et ostentatoire d'un supermarché. De n'importe laquelle des fenêtres supérieures de devant, il pourrait braquer ses jumelles sur la porte du numéro 68 ; là, confortablement assis, il pourrait regarder et attendre. Là, il aurait le temps de réfléchir et de préparer une stratégie sans craindre d'être découvert, sans l'ennui et la fatigue que représenteraient de longues stations dans la rue.

On aurait dit que les noms avaient été choisis pour souligner que les deux hôtels n'avaient aucun rapport l'un avec l'autre. Celui de gauche s'appelait Hotel Casablanca, celui de droite Windermere Hotel. Le premier, au nom moins rassurant, paraissait le plus propre et le plus prospère. Et, jugea Scase, il offrirait une vue légèrement meilleure sur Caldecote Terrace. La porte extérieure était ouverte. Scase pénétra sous un porche orné d'une carte de métro encadrée sur un mur, d'un miroir-réclame sur l'autre. Il franchit une porte intérieure tapissée de fac-similés agrandis de cartes de crédit. Une odeur concentrée de nourriture, de cigarettes et d'encaustique le saisit. Il n'y avait personne dans le hall à part une jeune femme assise devant un petit standard, derrière le comptoir de la réception. Une chienne brune à poils ras dormait à ses pieds, son ventre mou et mamelonné étalé sur les carreaux, ses pattes légèrement incurvées. Elle ne prêta que peu d'attention à Scase : elle se contenta de le regarder brièvement d'un œil mi-clos, puis elle rapprocha sa truffe de la chaise de la fille. Un harnais de chien d'aveugle pendait à un crochet, sur le côté du standard. Entendant le bruit de la porte intérieure, la jeune femme se tourna ; ses yeux clignotants parurent fouiller l'air au-dessus de la tête de Scase. Dans une orbite, l'œil, rétracté et tourné vers le haut n'était qu'à demi visible sous la paupière. Une pellicule laiteuse recouvrait l'autre œil. La fille avait un corps svelte, un visage doux et éveillé. Ses cheveux châtains étaient raides, coiffés en arrière et retenus derrière les oreilles par deux barrettes bleues. Scase se demanda incidemment pourquoi elle les avait choisies bleues, comment elle avait pu prendre cette décision et ce que signifiait le fait d'être privé des mesquines vanités du choix. Il dit :

« Je cherche une chambre. Savez-vous s'il y en a une de libre ? »

La fille sourit, mais comme ses yeux morts étaient dénués de toute flamme, de toute chaleur, son sourire mal dirigé paraissait fat, dépourvu de signification.

« Mr. Mario vient tout de suite. Veuillez sonner, s'il vous plaît. »

Scase avait vu le bouton de sonnette sur le comptoir, mais n'avait pas voulu appuyer dessus : la jeune fille aurait pu croire qu'il réclamait avec impatience un service qu'elle n'était pas en mesure de lui fournir. Le timbre émit un son strident. Une minute plus tard, un homme basané en veste blanche apparut à la porte de l'escalier qui menait au sous-sol.

« Avez-vous une chambre libre sur le devant ? demanda Scase. Je n'aime pas être sur l'arrière. Je viens de prendre ma retraite. Je suis en train de vendre ma maison en banlieue et je cherche un appartement dans ce quartier. »

L'autre reçut cette explication avec la plus grande indifférence. La seule chose qui l'aurait peut-être ému, c'était si Scase lui avait dit qu'il était un terroriste de l'I.R.A. cherchant une cachette sûre. Il se baissa pour passer sous le comptoir, puis ouvrit un registre taché de graisse. Après avoir fait semblant de le consulter un instant, il dit avec le plus pur accent cockney.

« Il y a une chambre individuelle sur le devant tout en haut. Elle coûte dix livre par nuit plus le petit déjeuner. Le dîner est en supplément. Nous ne servons pas de déjeuner.

— Il faut que je retourne chez moi chercher mes affaires. »

Scase avait lu quelque part que les hôteliers se méfiaient des clients sans bagages.

« Pourrais-je la prendre à partir de demain ?

— Demain, elle ne sera plus libre. C'est la pleine saison, vous comprenez. Vous avez de la chance d'en trouver une.

— Pourrais-je la voir ? »

De toute évidence, Mario considérait cette demande comme une excentricité, mais il ôta une clef du tableau et appuya sur le bouton de l'ascenseur. La cabine les monta en une cliquetante et claustrophobique proximité jusqu'au dernier étage. Là, Mario ouvrit une porte et s'éclipsa.

« Bon, eh bien, je vous reverrai en bas, à la réception », dit-il.

Dès que la porte se fut refermée sur lui, Scase alla à la fenêtre. Il constata, soulagé, que la chambre se prêtait parfaitement à la réalisation de son projet. D'un étage inférieur, la vue aurait été constamment bouchée par des autobus et des camions ; ici, à cette petite fenêtre sous les combles, il était assez haut pour découvrir tout Caldecote Terrace par-dessus la circulation. Mario avait emporté la clef, mais il y avait un verrou. Scase le poussa, puis prit les jumelles dans son sac à dos. La porte du numéro 68 trembla, opaque, comme s'il la voyait à travers une brume de chaleur. Affermissant ses mains, il fit le point. L'image sauta vers lui, brillante, nettement définie et si proche qu'il eut l'impression qu'en étendant la main il pourrait caresser la peinture luisante. Les jumelles parcoururent la façade, de fenêtre en fenêtre, toutes très secrètes derrière le voile blanc de leurs rideaux tirés. Sur le balcon gisait un papier froissé que le vent avait dû apporter de la rue. Scase se demanda combien de temps il resterait là avant d'être découvert et balayé — seul défaut de cette maison parfaite.

Scase rangea les jumelles et examina la chambre. Sans doute ne devait-il pas s'y attarder trop : cela pourrait sembler suspect. Mais, se dit-il, il était peu probable que Mario s'inquiéterait. Qu'y avait-il, en effet, à voler ou à abîmer dans cette triste cellule impersonnelle et sans confort ? Pas étonnant que Mario l'eût quitté si vite, évitant des excuses et des explications.

Un mince tapis beige recouvrait le plancher. Tous les occupants semblaient y avoir laissé leur marque : une éclaboussure de thé ou de café près du lit, des taches d'aspect plus inquiétant sous le lavabo. Dans un coin, une grande étendue d'humidité reflétait une tache similaire au plafond, là où le toit devait fuir. La tête de lit était en bois plein, vraisemblablement pour que le client ne soit pas tenté de se pendre par sa cravate aux barreaux. Une grande armoire se dressait en équilibre instable contre un des murs. Sa porte fermait mal. Une énorme coiffeuse en noyer verni surmontée d'un miroir piqueté occupait le coin le plus sombre de la pièce. Il y avait certaines compensations. Quand Scase s'assit dessus, le lit lui parut confortable ; une rapide inspection lui montra que les draps, bien que froissés, étaient propres. Il ouvrit le robinet d'eau chaude et, après quelques secondes de gargouillis et d'un débit intermittent, de l'eau brûlante en jaillit. C'étaient là de petites primes. Elles lui faisaient plaisir, mais n'avaient aucune importance. Scase aurait tout aussi bien dormi sur un lit dur et se serait tout aussi contenté d'eau froide. La chambre avait ce qu'il demandait : la vue de la fenêtre.

Alors, il remarqua la table de chevet. C'était une solide boîte oblongue en chêne pourvue d'une étagère, d'une petite armoire au-dessous et d'une barre en bois sur le côté pour y accrocher une serviette de toilette. Scase reconnut ce meuble. Il en avait déjà vu de semblables. C'était une vieille table de chevet d'hôpital. Elle devait avoir fait partie d'un lot que le comité de direction d'un hôpital avait vendu lors d'une rénovation des salles. Quel endroit aurait pu mieux lui convenir que cette chambre pour rebuts humains, meublée de rebuts ? Quand Scase en ouvrit la porte, une forte odeur de désinfectant s'éleva, agissant comme un catalyseur sur sa mémoire. Sa mère mourant enfin et sachant qu'elle mourait. Elle tournait et retournait sa tête sur l'oreiller, ses cheveux teints, la dernière vanité, gris à la racine, les muscles de son maigre cou tendus comme des cordes, ses doigts pointus comme des griffes grattant la couverture. Il entendit de nouveau sa voix querelleuse :

« J'ai pas eu de veine dans ma bon dieu de vie ! Vraiment pas de veine ! »

Pour la réconforter, il avait essayé de redresser son oreiller, mais, d'un geste brusque, elle avait repoussé sa main. Il avait compris que lui aussi faisait partie de sa malchance, que, même sur son lit de mort, sa mère n'accepterait rien de ce qu'il pourrait dire ou faire. Que penserait-elle, se demanda-t-il, si elle le voyait maintenant, si elle savait pourquoi il était ici ? Il pouvait presque l'entendre dire d'un ton méprisant :

« L'assassiner ! Toi ? Ne me fais pas rire. Tu n'en aurais pas le courage ! »

En quittant la pièce, Scase ferma soigneusement et silencieusement la porte derrière lui comme si le corps décharné de sa mère était couché là, inconsolé, sur le lit. Dommage que l'hôtel eût fourni ce genre de table de chevet, songea-t-il. Sinon, la chambre faisait parfaitement son affaire.

6

PHILIPPA avait toujours pensé que, forcée de partager un appartement avec quelqu'un, elle le ferait plus facilement avec une étrangère qu'avec une amie. Or cette étrangère-ci était extrêmement ordonnée, tranquille, modeste, accommodante sans être servile, bonne ménagère sans avoir une phobie excessive de la poussière. Dès le début, la répartition des tâches se fit presque automatiquement. Les sons et les odeurs qui accueillaient Philippa à son réveil étaient devenus si vite familiers qu'elle avait peine à croire qu'ils étaient nouveaux. Sa journée commençait avec le froufrou de la robe de chambre de sa mère, avec une tasse de thé posée silencieusement sur sa table de chevet. Maurice lui avait parfois monté son thé, à Caldecote Terrace, mais cela, c'était dans un autre monde et la fille qu'elle était alors n'existait plus. Pendant que sa mère faisait le ménage, Philippa préparait leur petit déjeuner : café, céréales et œuf à la coque. Puis elles mangeaient ensemble, le plan de Londres étalé sur la table, et organisaient leur excursion de la journée. Philippa avait l'impression de montrer la ville à une visiteuse doublement étrangère, comme si elle venait d'un pays mais aussi d'une époque différents — une visiteuse intelligente, éveillée, qui examinait les curiosités qu'on lui présentait pour son édification avec plaisir, voire ravissement, tout en portant son regard au-delà, essayant de concilier chaque nouvelle expérience avec un autre monde à demi effacé de sa mémoire. Mais c'était une touriste qui se méfiait des autochtones ; elle s'évertuait à ne pas attirer l'attention sur elle par la moindre faute de goût, confondait parfois les pièces de dix pennies avec celles de cinquante, et se montrait parfois déroutée par l'espace et la distance. L'observant, Philippa pensait : elle est comme une femme qui souffre à la fois de claustrophobie et d'agoraphobie. Et c'était également une visiteuse dont le pays natal devait être bien peu peuplé puisqu'elle avait si peur des foules. Londres fourmillait de touristes. Sa mère et elle avaient beau partir de bonne heure et fuir les endroits les plus fréquentés, il était impossible d'éviter la cohue aux arrêts d'autobus, sur les quais de métro et dans les magasins. A moins de vivre en ermites, elles devaient supporter ce grouillement humain, sa chaleur, sa pollution, son vacarme, auxquels elles contribuaient, et, par les journées plus chaudes et sans vent, respirer un air qui semblait avoir été exhalé par un million de poumons.

Philippa découvrit que sa mère aimait la peinture et avait un jugement instinctif en la matière ; pour sa mère aussi, c'était une découverte. A sa grande satisfaction, Philippa pouvait croire maintenant que le plaisir que lui procurait cet art était un trait hérité ; l'éducation soignée que Maurice lui avait donnée l'avait développé sans en être la cause. Durant la première semaine de leur vie commune, la mère et la fille s'adonnèrent à un tourisme extrêmement actif. Elles partaient de très bonne heure avec un pique-nique qu'elles mangeaient sur des bancs de parc, des bateaux-mouche, l'impériale d'un bus, sur les places et dans les jardins secrets de la ville.

Philippa pensait pouvoir préciser le moment exact où sa mère avait volontairement accepté le fardeau du bonheur. Ce fut le soir de leur troisième journée ensemble, lorsqu'elles jetèrent les affaires apportées de Melcombe Grange dans Grand Union Canal. Le matin, elles avaient pris un bus pour Knightsbridge et, jouant des coudes, elles étaient entrées dans un des magasins qui faisait des soldes. Regardant le visage de sa mère tandis que la horde d'acheteuses déferlait sur elles, Philippa décela en elle-même un sentiment trop proche du sadisme pour être agréable. Elles auraient tout aussi bien pu faire leurs courses au Marks et Spencer d'Edgware Road, y arriver à neuf heures trente, avant l'invasion du magasin par les touristes. Pour quelle raison avait-elle traîné sa mère dans cette mêlée : uniquement pour la voir dans des vêtements chers ? Ou plutôt pour mettre délibérément son courage à l'épreuve, peut-être même pour le plaisir inavouable d'observer avec un intérêt détaché les manifestations physiques de la souffrance et de l'endurance ? Au pire moment, alors que la foule se bousculait au bas de l'escalier mécanique, elle avait lancé un coup d'œil à sa mère : celle-ci avait paru sur le point de s'évanouir. Elle l'avait attrapée par le coude et poussée en avant, mais elle ne l'avait pas prise par la main. Pas une seule fois, pas même dans le sinistre parloir de Melcombe Grange, leurs doigts ne s'étaient touchés. Leurs peaux n'étaient jamais entrées en contact.

Mais elles avaient été très satisfaites de leurs achats : un pantalon de lin beige, un gilet en fin lainage assorti, deux chemisiers en coton. Les essayant de nouveau à la maison, sa mère s'était tournée vers elle avec un curieux regard mi-triste mi-résigné qui semblait demander : « Est-ce cela que tu veux ? Est-ce ainsi que tu me vois ? Je suis attirante, intelligente, encore jeune. Je dois passer le reste de ma vie sans mari, sans amant. Alors à quoi servent ces vêtements ? A quoi je sers, moi ? »

Un peu plus tard, assise sur le lit, Philippa avait regardé sa mère remplir sa valise. Elle y mit tout ce qu'elle avait apporté de prison : le tailleur avec lequel elle avait voyagé, ses gants, ses sous-vêtements, son pyjama et même ses affaires de toilette. C'était un peu extravagant de se défaire de tout, y compris de ces petits objets qu'il faudrait remplacer, mais Philippa n'essaya pas de l'en dissuader. Cette extravagance-là leur était nécessaire à toutes les deux.

Elles partirent pour le canal une heure avant la fermeture du chemin de halage. Elles marchèrent en silence, sa mère portant la valise, jusqu'à une partie peu fréquentée du sentier ombragé. Il faisait lourd et le ciel était bas. L'eau, semblable à de la mélasse, coulait tranquillement sous les ponts et s'infiltrait dans la berge. Des moucherons dansaient au-dessus du canal et des feuilles isolées, d'un vert foncé, encore couvertes de la brillante patine du plein été, flottaient lentement dans le courant paresseux. L'air était chargé d'une odeur fétide de rivière, dominée par celle du terreau et épicée d'un parfum fugace d'herbe tondue et de roses qui provenait des jardins surplombant le canal. Les oiseaux se taisaient à présent. Seul retentissait de temps à autre le cri lointain, étrange et plaintif d'un pensionnaire de la volière du zoo.

Toujours en silence, Philippa prit la valise de la main de sa mère et la lança au milieu du canal. Elle s'était d'abord assurée que le chemin de halage était désert. Malgré tout, le bruit de la valise frappant l'eau évoquait tellement celui d'un plongeon, que les deux femmes échangèrent un regard : et si quelqu'un l'avait entendu de la rue ? Mais il n'y eut ni cris, ni cavalcade. La valise remonta lentement, glissa à la surface graisseuse de l'eau, puis s'enfonça d'un côté comme un bateau qui coule, bascula et disparut. Les ondes concentriques s'effacèrent.

Philippa entendit sa mère pousser un faible soupir. Coloré par les ombres vertes, son visage était extraordinairement paisible. On aurait dit une femme emportée par un moment de joie mystique, presque d'extase religieuse. Philippa éprouva un soulagement quasi physique, comme si elle venait de jeter une partie d'elle-même, de son passé, non pas le passé qu'elle connaissait et admettait, mais le poids informe des années dont elle ne se souvenait pas, des souffrances enfantines qui, même cachées derrière la frontière de la mémoire, n'en étaient pas moins aiguës. Elles avaient disparu maintenant, disparu pour toujours dans la fange. Philippa n'avait plus besoin de se les rappeler, plus besoin d'avoir peur qu'elles surgissent de son subconscient pour la troubler et la terroriser. Elle se demanda à quoi pensait sa mère, elle dont le passé imprimé dans tant de mémoires, couché sur les documents contenus dans les chemises chamois des dossiers officiels, n'était pas si facile à jeter. Elles demeurèrent un moment en silence au bord de l'eau. Puis le charme se rompit. Sa mère se tourna vers elle. Sa figure se détendit et elle sourit comme quelqu'un dont la douleur s'apaise. C'était presque un sourire de plaisir. Mais elle dit simplement : « Voilà une bonne chose de faite. Rentrons à la maison. »

7

CETTE nuit-là, Philippa se dit qu'elle avait assez attendu : il était temps de lire le récit du meurtre. Maintenant que le moment était venu, elle hésitait à sortir le manuscrit du tiroir. Elle souhaitait presque que sa mère ne le lui eût jamais remis, qu'elle lui eût épargné l'épreuve de cette nouvelle décision. Elle avait peur de le lire, elle aurait préféré l'avoir déjà fait. Rien ne l'empêchait de le détruire, mais ç'eût été impensable. Le manuscrit était là ; elle devait prendre connaissance de son contenu. Qu'est-ce qui la retenait alors ? Sa mère lui avait parlé des faits lors de sa première visite à Melcombe Grange. Rien de ce qui l'attendait dans cette enveloppe ne pourrait les changer, ne pourrait les atténuer ou les excuser.

Il faisait chaud. Couchée, immobile, sous une seule couverture, Philippa contempla la brume pâle de la fenêtre ouverte. La fenêtre de sa mère devait être ouverte aussi : elle entendait le léger grondement de la circulation dans Lisson Grove et, de temps à autre, les cris et les rires des fêtards à l'extérieur du pub voisin, *The Blind Beggar*. A travers sa propre croisée entrait un chaud parfum de fleurs et de terre, comme si un riche jardin de campagne s'étendait au-dessous.

Aucun bruit ne lui parvenait de la chambre de sa mère, mais elle n'alluma sa lampe que lorsque les derniers cris venant des pubs s'éteignirent, et que la rue eut retrouvé son silence. Il lui semblait important de ne commencer sa lecture qu'une fois certaine que sa mère dormait. Elle sortit lentement l'enveloppe du tiroir. Le texte était écrit de la main de sa mère, de son écriture droite, ferme, mais difficile à déchiffrer, sur un épais papier finement rayé et pourvu d'une marge que délimitait une ligne rouge. Sa mère n'avait écrit que sur les lignes alternées. La présentation appliquée, l'aspect officiel, très propre, du papier et la marge rouge faisaient ressembler le manuscrit à une déclaration sous serment ou à une épreuve d'examen. Le récit était à la troisième personne.

Mary était à Holloway depuis cinq ans quand une nouvelle prisonnière, une femme qui avait été condamnée pour une affaire de prostitution et d'extorsion, debout à côté d'elle dans la bibliothèque, l'avait regardée avec de petits yeux méchants en murmurant :

« C'est toi la Ducton, pas vrai ? J'ai lu ton histoire dans un livre, à la bibliothèque municipale : *Cinquante années de crime 1920-1970*. Une sorte d'encyclopédie du meurtre, les affaires les plus célèbres. Vous figurez sous D, dans le chapitre consacré aux assassins d'enfants. Les Ducton. »

C'est alors qu'elle se rendit compte qu'elle avait cessé d'être une personne. Elle était la Ducton, classée sous la rubrique du crime, la partenaire d'une union impie, indissolublement liée par l'infamie. Une chose, cependant, l'étonna : que le compilateur les eût trouvés dignes d'être répertoriés. Ils n'avaient pas paru célèbres à l'époque. Ils avaient plutôt fait piètre figure : deux pauvres hères qui s'étaient fait bêtement prendre et dont la défense avait été particulièrement lamentable dans un procès sans grand retentissement. Dans l'actualité, leur affaire n'avait jamais réussi à éclipser le suicide d'une star ou les révélations sur la vie sexuelle d'un ministre de la Couronne. L'auteur avait dû racler les fonds de tiroirs pour allonger son chapitre sur les meurtriers d'enfants. Elle imaginait sans peine ce qu'il avait écrit au-dessous de leurs noms. Elle avait déjà feuilleté ce genre d'encyclopédie macabre.

« Martin et Mary Ducton, condamnés en 1969 pour le meurtre de Julie Mavis Scase, douze ans, venaient tous deux de respectables familles ouvrières. A l'époque du crime, Ducton était employé de bureau. Sa femme travaillait dans un hôpital où elle s'occupait du classement des dossiers médicaux. Pendant ses loisirs, elle étudiait chez elle pour obtenir un diplôme universitaire. Elle avait des prétentions à la culture. On considère généralement que c'est elle qui joua le rôle principal dans la mort de l'enfant. »

Elle avait d'autres prétentions encore : au bonheur, à la réussite, à une vie différente pour elle et pour son mari. Et c'était vrai qu'elle avait joué le rôle principal. Elle l'avait toujours joué, même dans leur destruction commune.

Après sa rencontre avec cette codétenue, elle décida d'écrire la vérité au sujet du crime ; mais cette vérité était soumise aux mêmes fluctuations que ses sentiments, était aussi peu sûre que la mémoire. Elle ressemblait à un papillon. Cet insecte, on pouvait l'attraper, le tuer, l'épingler sur une planche avec tous ses délicats détails, toutes les nuances de sa couleur, mais ce n'était plus un papillon. Mary Ducton trouvait cette comparaison prétentieuse. Mais n'avait-elle pas des prétentions, après tout ?

Au tribunal, elle avait juré de dire la vérité, toute la vérité, rien que la vérité. Elle avait failli ajouter : « Et que Dieu m'assiste », mais cette phrase n'était pas inscrite sur le carton. Ce n'était que dans les romans, apparemment, que les témoins prononçaient ces mots. Une petite pile de livres saints se trouvait sur le rebord du box. Habillé comme un bedeau, un greffier lui tendit la Bible. Elle se demanda ce qui se passerait s'il s'était trompé d'ouvrage, s'il lui avait donné le Coran, par exemple ? Lui faudrait-il répéter son serment ? La Bible était noire ; elle la saisit avec dégoût, pensant aux mains humides de sueur des assassins qui l'avaient contaminée — et elle savait qu'on n'avait pas pris la peine de la désinfecter. C'était presque son unique souvenir du procès. Ces faits sont véridiques.

Elle se rappelait être rentrée un peu plus tard ce soir-là : il y avait eu une affluence inhabituelle au service de gynécologie où elle travaillait, et elle n'avait pu partir qu'après six heures. Il faisait très froid, même pour un mois de janvier. Un léger brouillard s'enroulait autour des réverbères, se glissait dans les jardins. Revêtus d'un surplis de brume blanche, les arbres tronqués semblaient avancer, déracinés, dans une surréelle majesté. Dès que la femme ouvrit la porte d'entrée, elle entendit l'enfant pleurer. C'était une plainte désolée, assez faible, mais persistante et aiguë. Elle le prit d'abord pour un miaulement de chat. Mais c'était absurde : elle était bien la dernière personne à ne pas reconnaître un cri d'enfant.

Puis elle vit son mari. Debout à mi-hauteur de l'escalier, il la regardait. Elle se rappelait tous les détails de cet instant ; les pleurs de l'enfant, l'odeur chaude et familière de l'entrée, le papier peint à motifs et le raccord qu'elle avait raté, les yeux de son mari. Ce dont elle se souvenait le plus, c'était l'expression de honte empreinte sur son visage. Elle y avait également lu de la terreur et un appel au secours. Mais surtout la honte. Par la suite, elle n'avait jamais pu se rappeler ce qu'ils s'étaient dit. Peut-être n'avaient-ils pas parlé. Cela n'aurait pas été nécessaire. Elle avait compris.

Il n'y a pas de répétitions pour un procès criminel. Il faut être prêt à jouer son rôle, immédiatement. On ne vous donne pas d'explications ; on vous pose simplement des questions faussement anodines auxquelles la vérité peut être la réponse la plus dangereuse. Mary ne se rappelait qu'une des questions. Elle lui avait été adressée par le procureur et avait contribué à sa perte.

« Et qu'aviez-vous l'intention de faire quand vous êtes montée voir l'enfant ? »

Sans doute aurait-elle pu répondre : « Je voulais m'assurer qu'elle n'avait pas de mal. Je voulais lui dire que j'étais là, que je la ramènerais chez elle. Je voulais la consoler. » Aucun membre du jury ne l'aurait crue, mais certains, du moins, auraient peut-être bien voulu la croire. Au lieu de cela, elle leur avait dit la vérité :

« Je voulais la faire taire. Il fallait qu'elle s'arrête de pleurer. »

L'enfance est une prison dont on ne peut s'échapper, la seule condamnation sans appel. Nous purgeons tous notre peine. Ce fut à onze ans qu'elle comprit la vérité : son père ne les battait pas, elle et son frère, parce qu'il était ivre ; il s'enivrait parce qu'il avait plaisir à les battre et trouvait ainsi le courage de le faire. Quand il rentrait, le soir, le frère de Mary commençait à pleurer avant même que le pas lourd de la brute ne retentît dans l'escalier. Alors elle se glissait dans le lit du garçon et essayait d'étouffer les sanglots du gamin contre sa poitrine. Elle entendait son père tituber dans la cuisine, les remontrances plaintives de sa mère. A l'âge de onze ans, elle apprit qu'il n'y avait pas d'espoir, seulement de l'endurance. Elle endura. Mais, pour le reste de sa vie, elle ne put supporter d'entendre un enfant pleurer.

Pour se justifier, les assassins déclarent souvent qu'ils ne se souviennent pas exactement de ce qui s'est passé. C'est peut-être vrai. L'esprit efface peut-être miséricordieusement l'insoutenable. Pourtant Mary Ducton se souvenait de beaucoup d'autres scènes d'horreur. Pourquoi alors un trou de mémoire correspondait-il à cet instant particulier ? Elle avait dû se mettre en colère contre cette fille stupide qui pleurnichait : après tout, Martin ne lui avait pas fait vraiment mal, et on lui avait certainement interdit de suivre des hommes inconnus ; si elle avait le moindre bon sens, elle arrêterait ses lamentations et partirait en silence. Au procès, les médecins légistes firent un rapport détaillé : la mort avait été provoquée par strangulation, le cou portait les marques de mains humaines. Ses mains à elle, sûrement. A qui d'autre auraient-elles pu appartenir ? Mais elle n'arrivait pas à se souvenir d'avoir touché l'enfant, pas plus que du moment où ce qu'elle secouait avait cessé d'être un enfant.

Ensuite, la mémoire des événements ressemblait à un film qui se déroulait de façon continue, avec seulement quelques coupures aux endroits où l'image était perdue ou devenue floue. Martin était à la cuisine. Elle vit qu'il y avait deux tasses, la théière et le pot à lait sur la table. Pendant un instant, elle eut une pensée absurde : qu'il leur servait le thé. Elle dit :

« Je l'ai tuée. Nous devons nous débarrasser du cadavre. »

Martin accepta cette brutale déclaration comme s'il était déjà au courant, comme si elle lui annonçait le plus banal des faits. Il était peut-être tellement horrifié qu'aucune nouvelle horreur ne pouvait l'émouvoir.

Il murmura :

« Et ses parents ? Il ne faut pas la cacher. On ne peut pas les laisser continuer à espérer, à se poser des questions, à prier pour qu'elle soit en vie.

— Ils n'espéreront pas longtemps. Nous ne l'emmènerons pas très loin, seulement à la lisière de la forêt d'Epping. On ne tardera pas à trouver son corps. L'essentiel, c'est qu'on ne la trouve pas ici.

— Que vas-tu faire ? »

La peur aiguisait son esprit. C'était comme inventer une intrigue. Tous les détails devaient concorder. Elle considéra, rejeta, combina. Ils prendraient la voiture. Ils mettraient l'enfant dans le coffre. Mais il faudrait envelopper le corps. Si la police les soupçonnait, des experts examineraient le véhicule. Ils y découvriraient des traces de la fillette : des cheveux, de la poussière de ses chaussures, un fil de ses vêtements. Pour la couvrir, un drap ferait l'affaire, un drap propre, ordinaire, en terylène et coton blanc qu'elle prendrait dans son placard-séchoir. Elle les lavait toujours elle-même à la laverie automatique. Il ne porterait pas de numéro de blanchisserie susceptible de les trahir. Mais le problème serait de s'en débarrasser ensuite : ils seraient obligés de le ramener dans la voiture pour le laver. Un sac en plastique serait plus pratique : cette longue housse sous laquelle son manteau d'hiver était revenu du teinturier. Personne ne pourrait en découvrir l'origine et, quand ils se seraient défaits du cadavre, ils pourraient rouler le sac en boule et le jeter dans n'importe quelle boîte à ordures publique. Mais ils auraient besoin d'un alibi pour l'heure de la mort et, pour en trouver un, ils devaient se dépêcher. Elle dit :

« Nous allons rendre nos livres à la bibliothèque. Je m'inscrirai pour le dernier Updike : il faut le réserver. Ainsi la bibliothécaire se souviendra de nous, si jamais la police procédait à une vérification là-bas. Puis nous irons au cinéma à Manse Hill. Là, nous devrons faire quelque chose pour que la caissière nous remarque. Je m'apercevrai que je n'ai pas assez d'argent et t'en demanderai. Cela dégénérera en dispute. Non, mieux encore : je l'accuserai de ne pas m'avoir rendu assez de monnaie. Cela veut dire que je dois payer avec un billet de cinq livres. Tu en as un ? »

Son mari fit un signe de tête affirmatif.

« Je crois que oui. »

Il essaya de sortir son portefeuille. Ses mains tremblaient comme celles d'un parkinsonien. Elle glissa sa propre main dans la poche de sa veste et trouva l'argent : un billet neuf de cinq livres et deux coupures froissées d'une livre. Elle dit :

« Nous ne resterons qu'une demi-heure au cinéma. Avant d'entrer dans la salle, nous prendrons chacun notre billet et nous nous séparerons. Si la police nous suspectait, elle demanderait aux gens s'ils ont vu sortir un couple. Elle s'attendra à ce que nous restions ensemble. Et nous ferons bien de nous asseoir au bout de deux rangées différentes, assez loin l'un de l'autre. Cela ne devrait pas être difficile. Une nuit comme celle-ci, il y aura peu de monde. Mais tu ne devras pas me quitter des yeux. Dès que je me lèverai, tu te glisseras dehors à ma suite. Nous sortirons par la porte latérale, celle qui donne directement sur le parking. Puis nous partirons dans la forêt.

— Je ne veux pas m'asseoir loin de toi, dit son mari. Je ne veux pas que nous nous séparions. Ne me quitte pas. »

Il tremblait toujours. Elle n'était pas sûre qu'il eût compris. Elle aurait voulu pouvoir tout faire toute seule, le mettre au lit avec une bouillotte, le dorloter comme un enfant malheureux. Mais c'était impossible. Plus qu'elle encore, il avait besoin d'un alibi. Elle ne pouvait pas le laisser seul à la maison. Ils devaient être vus ensemble. Puis elle se rappela le cognac, la bouteille échantillon qu'elle avait gagnée à la fête de Noël de l'hôpital. Elle l'avait conservée pour une urgence quelconque. Elle se précipita dans le garde-manger et versa l'alcool dans un verre. Quand elle en sentit l'odeur, elle se rendit compte à quel point elle en avait elle-même besoin. Mais il n'y avait que deux ou trois gorgées dans la bouteille, pas assez en tout cas pour leur faire de l'effet à tous les deux. Elle le lui apporta. Elle alluma la troisième barre du radiateur électrique.

« Bois ça, mon chéri. Réchauffe-toi. Reste ici. Quand je serai prête, je t'appellerai. »

Sa clarté d'esprit l'étonna. Avant de monter, elle posa la chaîne sur la porte d'entrée. Elle sortit et ouvrit le coffre de la voiture, qui était fermé à clef. La rue était déserte. Situé à une dizaine de mètres, le lampadaire le plus proche n'était qu'une brume jaune dans le brouillard glacial. Tous les rideaux du numéro 39 étaient tirés ; derrière eux, les pièces obscures et vides attendaient leurs nouveaux propriétaires. Au 43, seule la pièce de devant, au rez-de-chaussée, était éclairée. Là aussi les rideaux étaient tirés, mais on entendait les salves de rire que déclenchait une comédie télévisée. Téléspectateurs invétérés, les Hickson étaient installés devant leur poste pour la soirée.

Elle ôta la housse en plastique du cintre qui pendait dans le placard, sous l'escalier. Son manteau sentait encore les produits de nettoyage du teinturier. Elle se demanda si cette âcre et familière odeur serait à jamais associée dans son esprit à cette nuit. Puis elle pensa à des gants en caoutchouc. Elle en avait une paire très fine, posée sur les robinets de l'évier de la cuisine. Elle détestait travailler avec des gants épais. Elle les enfila. Puis elle monta à l'étage.

La lampe de chevet près de leur grand lit était allumée, les rideaux fermés. Elle eut l'impression de voir l'enfant pour la première fois : elle était affalée sur le lit, le bras gauche étendu, les doigts repliés. Elle avait une expression paisible. Sous les secousses, ses lunettes étaient tombées : délicat assemblage de verre et de métal, elles reposaient sur le couvre-lit, ridiculement petites. La femme les prit et chercha leur étui dans la poche du manteau de la fillette. Il ne s'y trouvait pas. Elle eut un moment de panique, comme s'il était d'une importance capitale de mettre les lunettes en sûreté. Puis elle remarqua un petit sac à bandoulière noir posé par terre. Elle le ramassa. Il était en plastique bon marché et paraissait tout neuf. On avait dû le lui acheter spécialement pour l'assortir à son uniforme d'éclaireuse. Il contenait un mouchoir encore plié, un agenda d'éclaireuse, un crayon, un petit porte-monnaie et un étui rouge. Mary rangea les lunettes. Puis elle ouvrit l'agenda. Écrit dans une écriture enfantine — des caractères d'imprimerie reliés par des traits droits — on y lisait : Julie Mavis Scase, 104 Magenta Gardens Street. La femme se demanda pourquoi la gamine avait fait ce long détour pour rentrer chez elle. Elle aurait mis beaucoup moins de temps en traversant le terrain de jeux. Et, si elle avait suivi cet itinéraire, elle ne serait pas couchée là, morte. Il y avait un bon kilomètre et demi de leur maison à Magenta Gardens Street. Après la découverte du cadavre, il s'écoulerait bien un jour ou deux avant que la police vienne effectuer son enquête de porte à porte dans leur rue. Et chaque jour qui passait éloignait d'eux le danger.

Elle prit le manteau de l'enfant, son béret d'éclaireuse et les plaça sur le corps. Doucement, elle remonta la culotte. Puis, avec précaution, elle enfila le long sac en plastique sur la fillette et l'entortilla au-dessus de la tête. Vue à travers l'emballage transparent, la figure de l'enfant, sans lunettes, les paupières closes, était comme transformée : délicate, belle, même, mais irréelle. Ses lèvres entrouvertes laissaient entrevoir le luisant mouillé de son appareil dentaire. Une goutte de salive y pendait comme une perle. L'enfant avait l'air d'une poupée, cadeau de Noël pour une petite fille sage. Quand Mary la souleva, elle sentit sa chaleur à travers le mince plastique. La petite était plus lourde qu'elle ne s'y était attendue. Les muscles de ses bras et de son ventre se bandaient sous l'effort. Il lui aurait été plus facile de jeter son fardeau sur son épaule. N'était-ce pas ainsi qu'on sortait une personne évanouie d'une maison en flammes ? Mais elle n'en eut pas le cœur : elle se sentait obligée de porter doucement l'enfant dans ses bras, comme un bébé malade endormi qu'il ne fallait surtout pas réveiller. Des mots lui vinrent à l'esprit. Elle n'est pas morte, seulement endormie. Elle avait envie de prier : « Oh ! mon Dieu, aidez-nous je vous en supplie. Faites que les choses s'arrangent. » Mais c'était impossible. Elle s'était placée au-delà du pouvoir de la prière. Personne, pas même Dieu, ne pourrait plus jamais arranger les choses pour eux.

Leur voiture était une mini rouge d'occasion. Ils ne l'avaient que depuis six mois. Ils avaient pu économiser l'argent nécessaire à son achat grâce à son salaire à elle. Ils avaient néanmoins dû rationner leurs excursions à la mer, le dimanche, avec Rosie. Mary n'était pas une conductrice très expérimentée. Le brouillard la désorientait. Elle roula très lentement, consciente des conséquences que pouvaient avoir pour eux un accident, un contrôle de police. Assis à côté d'elle, raide comme un cadavre, Martin regardait fixement par le pare-brise.

L'épaisse écharpe qu'elle lui avait nouée autour du cou dissimulait à moitié son visage, mais elle n'avait pas pu cacher ses yeux. Tous deux se taisaient. D'une voix chuintante, elle lui murmurait parfois quelques mots rassurants, de la même manière dont elle aurait calmé un cheval rétif. De temps à autre, elle ôtait sa main gauche du volant et la posait sur la sienne. Mais lui ayant fait mettre des gants, elle ne savait pas s'il sentait son contact à travers la laine.

Les lumières des fenêtres de la bibliothèque brillaient dans le brouillard. Mary était déjà souvent venue ici, mais jamais en voiture. Elle se demanda où elle devait se garer. Tournant dans une rue latérale, elle y aperçut deux voitures stationnées le long du trottoir. Elle rangea soigneusement sa mini derrière elles. Puis elle donna des instructions à son mari. Martin hocha la tête affirmativement. Elle n'était pas certaine qu'il eût compris.

Quand elle ouvrit la porte de la bibliothèque, une odeur chaude et familière vint à sa rencontre : une senteur de livres et d'encaustique avec, par derrière, les effluves sûrs qui émanaient de la salle de lecture adjacente où des vieux, emmitouflés dans leurs manteaux râpés, étaient assis toute la journée, penchés sur des journaux, fuyant la solitude et le froid. A travers la cloison vitrée, elle pouvait voir qu'il en restait encore trois. Elle les envia d'être vivants alors que Martin était mort. Ce fut le seul moment de cette nuit où ses idées s'embrouillèrent passagèrement : elle avait oublié l'enfant et pensait que c'était le corps de son mari qui gisait, recroquevillé, dans le coffre de la voiture. Mais Martin avançait, mort, à ses côtés.

Elle alla au comptoir avec les trois livres qu'elle voulait rendre. Se rappelant les instructions qu'elle lui avait données, son mari s'approchait du rayonnage le plus proche sur lequel se trouvaient les romans. Elle lui cria :

« Nous n'avons pas le temps de choisir de nouveaux livres, chéri, si nous voulons arriver à l'heure au cinéma. Je vais juste m'inscrire pour le Updike. »

Martin ne semblait pas avoir entendu. Il demeurait figé devant les étagères comme un mannequin dans une vitrine. Il n'y avait qu'une seule personne devant elle, une femme d'âge mûr, résolument enjouée, qui rendait des livres pour sa mère apparemment invalide. Tout en sortant les fiches correspondantes, la jeune bibliothécaire l'écouta d'un air impassible parler avec volubilité des livres qu'elle rendait, de la santé de sa mère, des livres qu'elle espérait pouvoir emprunter. Cette lectrice devait venir souvent. Ces sorties étaient sans doute pour elle la seule occasion d'avoir un moment de liberté. « Merci, Miss Yelland », dit la bibliothécaire en lui tendant les trois cartes.

Puis ce fut au tour de Mary. Elle demanda à s'inscrire sur la liste d'attente pour l'Updike. En grands caractères d'imprimerie, elle inscrivit son nom et son adresse sur la carte. La fermeté de sa main la surprit. Elle traça soigneusement ses lettres, noires et hardies sur le fond blanc du carton. Si jamais la police procédait à une vérification, comment pourrait-elle croire que cette écriture résolue appartenait à quelqu'un d'angoissé ? Puis elle rejoignit son mari. Il semblait cloué au sol et elle fut presque obligée de le conduire à la porte, puis dehors, à la voiture.

Là, le film s'interrompait de nouveau ; les images s'étaient perdues. Contourner le rond-point à Manse Hill, où cinq routes se croisaient, avait dû représenter la partie la plus dure du trajet. Mais elle avait dû se tirer de cette épreuve sans incident puisqu'elle se souvenait ensuite s'être garée devant le cinéma. Dans le parking, il y avait plus de véhicules qu'elle ne l'avait prévu, mais elle s'en réjouit : cela signifiait que le cinéma était assez plein, qu'on remarquerait donc moins leur départ. Elle réussit à trouver une place près de l'une des sorties latérales. Quand elle coupa l'allumage, le silence autour d'eux l'effraya presque. Ils restèrent assis ensemble dans la voiture enveloppée de brume et elle lui répéta ce qu'il devait faire. « As-tu compris, chéri ? » Martin fit un signe de tête affirmatif, mais n'ouvrit pas la bouche. Quand ils mirent pied à terre, elle ferma la portière pour lui. Le brouillard s'était épaissi. Il montait et descendait comme un gaz pernicieux, tombant en paquets visqueux des hauts lampadaires. Pataugeant dedans jusqu'aux genoux, ils avancèrent vers l'entrée.

Le grand film devait avoir commencé. Il n'y avait que deux personnes devant eux à la caisse. Quand son tour arriva, elle demanda deux billets à huit shillings et six pence et tendit sa coupure de cinq livres. Elle ramassa sa monnaie, fit avancer Martin de quelques mètres devant elle et lâcha l'un des billets d'une livre. Puis elle pivota sur ses talons et retourna à la caisse. Elle dit :

« Il me manque une livre. Il n'y a que trois billets ici. »

La caissière répondit d'un ton ferme :

« Je vous en ai rendu quatre, madame. Je les ai comptés devant vous.

— Mais il y en a que trois ici.

— Je les ai comptés devant vous, madame », répéta la caissière, puis elle se tourna vers le client suivant.

Mary s'éloigna, puis elle s'écria d'une voix forte :

« Oh ! excusez-moi ! J'ai dû le laisser tomber. Il est là par terre. »

A l'époque, tout cet épisode lui avait paru irréel, artificiel. La caissière se contenta de hausser les épaules. Martin et elle traversèrent le vestibule en direction de la salle. Elle essaya de lui donner son billet, mais il refusa de le prendre, faisant semblant de ne pas remarquer la pression de ses doigts. Elle comprit qu'il ne pouvait pas supporter l'idée de se séparer d'elle. Ils devraient donc rester ensemble.

Ils pénétrèrent dans ce qui lui parut être un océan de chaudes et odorantes ténèbres. Seul l'écran était éclairé, rempli de couleurs et de sons. C'était un James Bond. Le film devait avoir tout juste commencé. Elle suivit le point lumineux de la lampe de l'ouvreuse le long de l'allée centrale, une main derrière elle agrippée au manteau de Martin. On leur désigna deux places au bout d'une rangée. Cela n'irait pas. Elle voulait s'éclipser par une porte latérale et non remonter le passage central. Après être restée assise dix minutes, elle chuchota quelques paroles à Martin et le prit par la main. Ils quittèrent leurs sièges ensemble. Elle le conduisit à l'avant, vers l'écran. Plus accoutumés à l'obscurité maintenant, ses yeux finirent par distinguer une rangée peu occupée. Il n'y avait que trois couples, tous assis près de l'allée centrale. Murmurant des excuses, ils passèrent devant eux et s'installèrent au bout de la rangée, presque en face du panneau rouge indiquant la sortie.

Elle se força à attendre presque une demi-heure avant de donner le signal. Dans le film, l'action était à son point culminant : la musique de fond atteignait un crescendo, l'écran regorgeait de voitures carambolées et de bouches hurlantes. Dans la rangée devant eux, toutes les têtes étaient tournées vers les images. Elle poussa son mari du coude et se leva à demi. Martin la suivit et ils se faufilèrent par la porte. Ils descendirent quelques marches de ciment, puis elle poussa la barre de la dernière porte. Le froid brouillard les enveloppa : ils se trouvaient dans le parking. Elle enfonça la main dans la poche de son manteau pour y prendre les clefs. Elles n'y étaient pas. Aussitôt elle comprit. Elle les avait laissées sur le tableau de bord. Prenant son mari par la main, elle l'entraîna en courant vers l'endroit où elle avait garé la mini. Mais elle savait ce qu'elle allait trouver : les deux lignes de peinture blanche ne renfermaient que du vide. La voiture avait disparu.

Après cela, le film de la mémoire s'interrompait de nouveau. Ils devaient avoir marché pendant trois heures, main dans la main, avançant péniblement à travers le brouillard en direction de la forêt. Le souvenir suivant était celui d'une étroite route qui s'étendait, droite et sans éclairage, entre les arbres.

La nuit était glaciale et très silencieuse. De part et d'autre du chemin, la forêt embrumée. Elle croyait pouvoir l'entendre ruisseler, laisser tomber de ses branches des gouttes lentes et lourdes comme du sang. Leurs haleines, pareilles à de petites bouffées de fumée blanche, semblaient leur montrer le chemin. Il n'y avait d'autre son que le bruit répété de leurs pas sur la chaussée. De temps à autre, ils entendaient le ronronnement d'une voiture qui approchait. Instinctivement, ils se retiraient à l'ombre des arbres jusqu'à ce que le véhicule fût passé dans un faisceau de lumière, emportant des gens ordinaires, peut-être en route pour une fête ou rentrant chez eux d'une longue journée, des gens heureux qui n'avaient d'autres soucis que leurs dettes, des maladies, leurs enfants, leur mariage, leur travail.

Puis, soudain, Martin s'arrêta. Il dit d'une voix sourde, brisée :

« Je suis fatigué. Viens avec moi dans la forêt. Nous y trouverons un endroit pour dormir. Je te prendrai dans mes bras. Tu ne sentiras pas le froid. Nous serons ensemble. Avec de la chance, nous ne nous réveillerons jamais plus. »

Mais Mary déçut son attente. Elle refusa d'aller avec lui. Pour finir, il supplia, pleura presque, mais elle ne céda pas. Elle l'obligea à faire demi-tour avec elle et à commencer la longue marche vers la maison. Depuis sa plus tendre enfance, elle avait toujours eu peur de la forêt. Pour elle, la forêt, ce n'était pas celle des contes de fée, le son du cor de chasse dans des clairières ensoleillées, des sentes où couraient des cerfs. C'était une couche de matière en décomposition, l'endroit où son père menaçait de l'abandonner si elle criait, le dépotoir à cadavres assassinés. Dans son imagination d'enfant, c'était du sang qui coulait dans les ruisseaux paresseux du bois.

Il n'y avait pas que la peur de la forêt. Elle ne partageait pas, n'avait jamais partagé le pessimisme de son mari. Pour lui, la vie était foncièrement tragique, une suite de jours qu'il fallait passer tant bien que mal, non pas un privilège dont on pouvait jouir, mais un fardeau à supporter. La joie l'étonnait toujours. L'idée de la mort ne lui causait aucune anxiété ; c'était vivre qui lui demandait du courage. Pour elle, c'était différent. Seuls une douleur physique intolérable ou un total désespoir auraient pu la conduire au suicide. Fondamentalement, sa personnalité débordait d'optimisme ; toute sa vie elle s'était nourrie d'espoir. Elle n'avait pas survécu aux souffrances de l'enfance pour accepter si facilement de mourir, maintenant. Elle se dit que tout pouvait encore s'arranger. Les voleurs de la voiture n'ouvriraient peut-être pas le coffre ; pourquoi le feraient-ils ? La mini n'avait pas assez de valeur pour que quelqu'un ait voulu se l'approprier. Cela voulait donc dire qu'ils l'avaient simplement prise pour faire un tour, et qu'ils l'abandonneraient ensuite. La police finirait par la trouver et l'examiner. Mais, même si Martin et elle en étaient les propriétaires, cela ne prouvait pas encore qu'ils étaient coupables du crime. Le violeur, n'importe qui, aurait pu la voler devant leur porte. Tout ce qu'ils avaient à faire, désormais, c'était de rentrer chez eux et de signaler le vol au matin.

Mais, instinctivement, elle savait qu'elle se faisait des illusions. Une fois la voiture retrouvée, ils deviendraient les principaux suspects. On les interrogerait sur leurs déplacements ce soir-là ; leur visite à la bibliothèque, l'incident des billets de cinéma. On leur demanderait comment ils s'étaient rendus au cinéma sans voiture. Il n'y avait ni bus direct ni correspondance pratique. Et ils ne pouvaient pas répondre que la voiture leur avait été volée devant le cinéma. Pourquoi n'avaient-ils pas signalé sa disparition avant de quitter la maison ? Elle savait que Martin serait incapable d'affronter aussi prématurément un interrogatoire serré. Elle avait compté sur plusieurs jours de délai avant que la police ne parvienne jusqu'à lui, et même alors, sans le moindre indice qui aurait pu montrer qu'il avait un rapport avec le crime, cela n'aurait été qu'une enquête de routine dans le quartier. Aucune présomption ne pesait sur lui. Maintenant, tout était changé. La police réussirait à établir que le sac en plastique provenait du teinturier local. Elle découvrirait que Mary y avait été récemment.

Et ainsi ils retournèrent lentement vers leur maison, où la voiture de la police stationnait déjà devant la porte, pour affronter les regards curieux des voisins d'en face et le fait que, plus jamais, ils ne seraient seuls ensemble.

Les terreurs de la forêt étaient imaginaires. Mais les terreurs à venir seraient bien réelles. Si Mary avait suffisamment aimé Martin, elle aurait pu lui donner la main et se laisser conduire dans l'obscurité, sous les arbres. Elle aurait pu dominer sa peur dans les bras de son mari. C'était toujours elle qui avait été la plus forte. C'était chez elle qu'il avait cherché soutien et réconfort. N'était-ce pas précisément pour cela qu'elle l'avait épousé ? Parce qu'il n'avait aucune des qualités qui, selon son père, faisaient la virilité ? Cette nuit-là, et pour la première fois, il lui avait demandé de s'en remettre à lui. Il avait voulu une autre fin, souhaité s'étendre avec elle dans les ténèbres et l'emmener doucement vers la mort. Mais à cause de ses terreurs enfantines, elle l'avait lâché. Elle le priva du droit de mourir dignement, à sa façon et à l'heure de son choix. Elle le condamna au procès, au banc des accusés et à la torture de ces dix-huit mois de prison avant que la mort ne vînt le délivrer. Elle avait entendu parler des tourments que les codétenus infligeaient aux violeurs d'enfants. Pendant ces dix-huit mois, elle avait vécu loin de lui, incapable de le réconforter, de lui demander pardon. Elle n'avait pas voulu la mort de l'enfant ; elle se disait qu'elle n'aurait pas pu empêcher cet acte de violence. La fillette avait été assassinée par une autre fillette, celle qu'elle avait été autrefois. Mais c'était volontairement qu'elle avait abandonné Martin à la fin.

J'aurais dû mourir avec lui cette nuit. Il avait raison : c'était tout ce qui nous restait à faire. C'était cela le véritable péché : ce manquement à l'amour : « L'amour parfait exclut toute crainte. » Même sans amour parfait, elle aurait pu soutenir Martin. Il aurait suffi d'un peu de bonté, d'un peu de courage.

Le manuscrit s'achevait là. Quand elle eut terminé sa lecture, Philippa éteignit et resta couchée, immobile, le cœur battant. Elle avait la nausée et, en même temps, l'impression qu'elle allait s'évanouir. Elle se leva et demeura un moment assise sur le bord du lit. Ensuite, elle alla à la fenêtre et respira avidement l'air embaumé. elle ne se demanda pas jusqu'à quel point elle croyait au récit de sa mère. Elle ne le jugeait pas comme on juge un texte, une description. Elle se sentait incapable de prendre une distance à l'égard de ce qu'elle avait lu, pas plus qu'elle ne pouvait en prendre vis-à-vis de son auteur. Elle ne dirait pas à sa mère qu'elle l'avait lu, et celle-ci ne lui poserait pas de questions à ce sujet. C'était donc tout ce qu'elle apprendrait jamais sur le meurtre, tout ce qu'elle en saurait jamais ou aurait besoin d'en savoir. Après avoir contemplé le ciel pendant quelques minutes, elle rangea le manuscrit dans le tiroir et se recoucha. C'est alors seulement qu'elle se demanda où elle se trouvait, elle, pendant cette nuit fatale.

8

Il revint le soir même et s'installa à son poste de commandement. Le lendemain matin, il prit le petit déjeuner à l'ouverture de la salle à manger et, à huit heures, il commença sa surveillance. Il était assis à la fenêtre, les jumelles appuyées sur le rebord, la porte verrouillée. Près de lui se trouvait le sac à dos ouvert prêt à recevoir les jumelles pour qu'il pût dévaler l'escalier dès l'apparition de Mrs. Palfrey. Descendre par l'ascenseur prendrait trop de temps ; il lui faudrait se mouvoir avec la plus grande rapidité pour ne pas perdre la femme de vue.

A neuf heures quinze précises, un homme brun de haute stature quitta le numéro 68, une serviette à la main. Mr. Palfrey, certainement. Il avait l'air sérieux d'une personne dont l'emploi du temps était bien établi. Scase doutait que celui-ci comportât une visite à la meurtrière et à sa fille. Depuis son coup de téléphone, il n'avait pas changé d'idée : c'était la femme à la voix craintive qui finirait par le conduire à Mary Ducton.

A neuf heures quarante-cinq, la bonne apparut, montant une poussette par l'escalier du sous-sol. Personne n'entra ou ne sortit jusqu'à son retour, deux heures plus tard. La femme tirait ses emplettes derrière elle, puis, par le même chemin qu'à l'aller, elle les descendit avec de prudentes manœuvres dans la cuisine. Scase alla manger un sandwich et boire un café dans une cafétéria située un peu plus bas dans la rue, à une cinquantaine de mètres de l'hôtel. Il fut de retour à son poste à une heure quarante-cinq. Il fit le guet tout l'après-midi, mais personne n'apparut. L'homme revint chez lui peu après six heures et pénétra dans la maison par la grande porte.

Scase interrompit sa surveillance à huit heures pour dîner, mais il fut de retour à la fenêtre à neuf heures. Il y resta jusqu'à la tombée de la nuit. Les lampadaires s'allumèrent. Onze heures, minuit. La première journée était finie.

Les trois jours suivants, il eut droit au même scénario. L'homme sortait le matin à neuf heures quinze. La bonne, généralement avec sa poussette, partait vers dix heures. Le lundi, tenté par le soleil, par besoin d'exercice et par frustration, Scase décida de la filer. Il se disait qu'il pourrait peut-être engager la conversation avec elle, découvrir enfin si Mrs. Palfrey était chez elle ; peut-être inventerait-il un prétexte pour demander où la fille était partie. Il ne savait pas encore comment il l'aborderait ni ce qu'il lui dirait, mais il fut pris d'une envie si irrésistible de la suivre qu'il se trouvait déjà dans la rue au moment où elle atteignait le coin de Caldecote Terrace.

Elle entra d'abord chez le marchand de journaux pour régler une facture. Là, le commerçant la salua par son nom et Scase apprit qui elle était. Il s'en voulut beaucoup de sa méprise. Sa supposition facile lui avait fait perdre trois jours. Regardant Mrs. Palfrey, tout en feignant d'hésiter entre plusieurs journaux, il trouva difficile d'associer sa mince et triste silhouette, sa figure anxieuse avec la fille pleine d'assurance qu'il avait rencontrée dans le train, ou de l'imaginer en propriétaire du numéro 68. Quand elle eut payé sa note, Scase acheta le *Daily Telegraph*, puis la suivit à une distance prudente jusqu'au prochain magasin où elle s'arrêta : le boucher. Il y avait un jambon à l'os dans la vitrine. Scase décida d'en acheter quelques tranches et de les manger dans sa chambre en guise de déjeuner. Il se plaça dans la queue derrière Mrs. Palfrey et attendit patiemment qu'elle eût choisi son épaule d'agneau. Pour la première fois, il la vit animée. Le boucher lui montra le rôti, puis, avec cette complicité propre à tous les experts, ils contemplèrent la viande, tendrement, attentivement. Elle demanda au boucher d'enlever l'os ; celui-ci s'empressa d'emporter l'épaule, laissant son aide servir tandis qu'il satisfaisait cette cliente exigeante.

Après avoir acheté le jambon, Scase suivit la femme à travers des places entourées de maisons victoriennes, jusqu'à un marché découvert. Là, elle alla d'un étalage à l'autre, examinant les produits avec ce qui lui parut être une anxiété excessive, tâtant subrepticement les tomates et les poires. Pour finir, elle entra dans une charcuterie. Scase resta sur le trottoir, feignant de s'intéresser aux saucisses racornies de la devanture pendant qu'elle achetait du saumon fumé. Il regarda le charcutier poser son long couteau contre la chair rose et présenter à sa cliente, pour examen, la première tranche, riche et transparente, dont les bords pendaient des deux côtés de la lame. Scase n'avait jamais mangé de saumon et le prix indiqué sur le demi-poisson exposé dans la vitrine réfrigérée l'horrifia. Ils mangeaient bien, les Palfrey. La petite Ducton était bien tombée. Sur une impulsion, il rejoignit Mrs. Palfrey dans le magasin et acheta deux onces de saumon. Il les savourerait avant le dîner, dans sa chambre.

Il découvrirait le goût de ce mets délicat, sachant que la langue de cette femme connaîtrait la même sensation que la sienne, que ces deux petits morceaux de chair veinée les lieraient intimement.

Et c'est ainsi qu'il vécut pendant les dix jours suivants. Limité par Victoria Street et Vauxhall Bridge Road, deux artères à grande circulation, pareilles à des fleuves non navigables que cette femme ne se risquait jamais à traverser, Pimlico, son village à elle, devint aussi celui de Scase. Deux fois par semaine, Mrs. Palfrey se rendait dans Smith Street, à la succursale de la bibliothèque Westminster, pour changer ses livres. Scase entrait dans la salle de lecture et faisait semblant de lire des revues tout en la regardant errer entre les rayonnages, à travers la cloison vitrée. Il se demandait quels livres elle rapportait chez elle pour se consoler, dans sa cuisine du sous-sol. Elle semblait traîner avec elle un climat d'anxiété et de solitude, mais cela n'affectait pas Scase. Il ne se souvenait pas d'une période récente de sa vie où il eût été plus insouciant. La femme était facile à filer. Elle avait des préoccupations très personnelles et secrètes ; elle semblait ne pas remarquer ce qui se passait autour d'elle, à part ce qui concernait les courses et la nourriture. Mais Scase n'avait pas le sentiment d'être pressé, de perdre du temps. Il était à l'endroit où il devait être. Tôt ou tard, cette femme le conduirait aux deux autres.

Le temps devint plus chaud, le soleil, moins capricieux. En ces journées estivales, Mrs. Palfrey emportait un sandwich et des fruits et déjeunait sur un des bancs des jardins de l'Embankment où les branches pendantes des platanes balayaient l'eau de leurs feuilles. Scase avait lui-même pris l'habitude d'acheter un pique-nique dans une charcuterie de Caldecote Road, et de le manger soit dans un parc, soit à la fenêtre de sa chambre. Mrs. Palfrey et lui étaient souvent assis à vingt ou trente mètres l'un de l'autre, sur leurs bancs respectifs. Il la regardait pendant qu'elle contemplait, par-dessus le parapet, les bords sablonneux de la Tamise empanachés de mouettes, les grandes péniches qui remontaient le courant en ahanant, faisant claquer l'eau contre la berge. Après avoir déjeuné, elle nourrissait les moineaux, restant parfois accroupie jusqu'à quinze ou vingt minutes, les miettes dans sa main tendue. Une fois Scase l'imita. Il sourit lorsqu'au bout de quelques minutes d'une patiente attente le moineau voleta jusqu'à lui et qu'il sentit sur son épaule le frémissement de ses ailes, le grattement de ses pattes minuscules. Par un chaud matin venteux, quand la marée haute apporta avec elle les remous d'un lointain orage dissipé, Mrs. Palfrey vint avec un sac de croûtes de pain pour nourrir les mouettes. Scase l'observa. Debout près du parapet, elle lançait le pain avec de grands mouvements brusques et gauches. L'air agité fut soudain blanc d'ailes, transpercé de becs et de griffes, vibrant de cris aigus et désespérés.

A sa surprise, il se sentit très vite chez lui au *Casablanca*. L'hôtel était inconfortable, mais sans prétentions. Il y avait un petit bar, toujours bondé, dans une pièce attenant à la salle à manger ; presque chaque soir, Scase y prenait un xérès avant le dîner. Les repas étaient prévisibles : mangeables, mais à peine. Toutefois, le menu changeait de temps en temps. On aurait dit que le cuisinier jouait à un petit jeu très personnel : quand il jugeait que les clients étaient au bord de la révolte, il les confondait par un dîner d'une qualité acceptable. Mais, la plupart du temps, il cuisinait fort peu. Scase connaissait toutes les soupes : il ouvrait souvent les mêmes boîtes. Le cocktail de crevettes consistait en crevettes de conserve, dures et salées, nageant dans la plus ordinaire des sauces toutes préparées et reposant sur une feuille de laitue fanée ; le pâté maison était de la vulgaire saucisse au pâté de foie achetée dans le commerce, et les pommes de terre invariablement servies en purée. Depuis que Scase avait entrepris l'exécution de son projet, tous ses sens s'étaient aiguisés : il remarquait ces choses à présent, mais elles ne le dérangeaient pas.

Mario, l'homme qui lui avait loué la chambre, semblait diriger l'affaire. Scase ne voyait pas d'autre responsable. Le reste du personnel travaillait à mi-temps, y compris Fred, un vieil infirme qui passait toute la nuit assoupi dans un fauteuil, derrière le comptoir, et ouvrait aux clients qui rentraient après minuit et demi. Les habitués se composaient surtout de représentants de commerce. Mario entretenait des relations amicales avec certains d'entre eux. Vêtu de sa veste blanche, il s'asseyait à leur table et avait avec eux de longues et intimes conversations. Les courses de chevaux semblaient être leur intérêt commun. Ils consultaient des listes, des journaux du soir ; de l'argent changeait de mains. Mais c'étaient les Espagnols qui venaient en voyage organisé qui constituaient le gros de la clientèle. Chaque samedi matin, quand arrivait le car, l'hôtel s'animait soudain. Pris d'une activité fébrile, Mario devenait aussitôt espagnol par la parole et par le geste ; le hall était encombré de bagages et de touristes bruyants ; l'ascenseur tombait immanquablement en panne et Coffee, la chienne, tremblait d'excitation.

L'hôtel se prêtait admirablement à la réalisation de son plan. Personne ne s'occupait de lui, ne lui posait de questions. La seule façon d'attirer l'attention, au *Casablanca*, c'était d'omettre de régler d'avance, et en espèces, la note hebdomadaire. Quand il éprouvait le besoin de parler à quelqu'un, le bref et vif désir d'entendre une voix humaine s'adresser à lui, Scase s'arrêtait pour bavarder avec la jeune aveugle. Il apprit qu'elle s'appelait Violet Hedley. Orpheline, elle avait grandi dans une institution pour aveugles et habitait maintenant avec une tante, une veuve, dans un logement que leur louait la municipalité, près de Vauxhall Road. En échange, Scase ne lui dit rien sur lui-même, sinon qu'il avait perdu sa femme et sa fille unique. Il avait l'impression que Violet était la seule personne à laquelle il pouvait parler en toute sécurité. Car, quelle que fût l'image mentale qu'elle avait de lui, tous ses secrets, son passé, son projet, même sa laideur et son chagrin restaient cachés au regard de ses yeux morts.

Le matin du vendredi 25 août, après lui avoir fait traverser une place nouvellement construite, Mrs. Palfrey l'entraîna dans l'immensité fraîche et fleurant l'encens de la cathédrale de Westminster. Scase constata qu'elle ne trempait pas ses doigts dans le bénitier : apparemment, elle n'était pas venue là pour prier. Cette visite était juste une autre façon de tuer le temps. Mêlé discrètement à un groupe de touristes français, il la suivit tandis qu'elle déambulait entre les grands piliers de marbre carrés, s'arrêtait pour regarder chacune des chapelles latérales, se penchait pour contempler avec une fascination mêlée de répulsion le corps argenté de saint John Southworth, aussi petit qu'un enfant dans sa châsse de verre.

C'était la première fois qu'il mettait les pieds dans la cathédrale. L'extérieur byzantin en briques rouges ne l'avait pas préparé à la merveille qui se trouvait au-delà de la porte occidentale. A partir de grands piliers de marbre lisse, les briques rugueuses, sans ornement, s'élançaient vertes, jaunes, rouges et grises, vers le vaste dôme noir. Ténèbres et chaos ayant pris forme et consistance, la coupole était suspendue au-dessus de lui. Il avait l'impression de ramper comme un crabe au-dessous de son mystère.

La chapelle de la Vierge, étincelante de mosaïque dorée, jolie et sentimentale, le laissa froid. Même la beauté polie des colonnes de marbre ne servait qu'à attirer le regard vers le haut, vers la splendide courbure du toit. Il n'aurait jamais cru qu'il s'enthousiasmerait ainsi pour un bâtiment. Une fois l'acte accompli, il reviendrait ici. Il lèverait les yeux vers ce vide noir, y puiserait un réconfort que ni cierges ni vitraux ne pourraient lui donner. Il y aurait d'autres édifices à explorer, peut-être même d'autres villes à visiter. Il pourrait y avoir une vie, aussi solitaire fût-elle, qui serait plus que la simple existence. Mais maintenant, cette fabuleuse découverte suffisait à éveiller son remords. Il se rappela la piqûre du bec de l'oiseau sur sa paume. A ce moment-là aussi il avait été tout près de connaître la joie. Mais connaître la joie quand Mary Ducton était vivante, c'était trahir les mortes. Déjà il sentait la routine l'enfoncer dans une complaisante léthargie. Il attendrait encore une semaine. Si, d'ici là, il n'avait pas retrouvé la meurtrière, si cette fille, Philippa, n'était toujours pas retournée à Caldecote Terrace, il lui faudrait à tout prix inventer une ruse pour amener Mrs. Palfrey à lui donner l'adresse des deux femmes.

9

QUAND leurs dix jours de vacances touchèrent à leur
fin et qu'il fut temps de chercher du travail, elles
évitèrent l'agence pour l'emploi de Lisson Grove :
celle-ci sentait trop l'administration. Elles préférè-
rent éplucher les offres des journaux du soir et
celles des panneaux d'affichage. Sur l'un de ces
derniers, elles trouvèrent l'annonce suivante : « *Sid's
Plaice**, près Kilburn High Road, cherche filles de
cuisine/serveuses. » L'annonceur précisait aimable-
ment : « Prendre le bus 16 et descendre à Cambridge
Avenue. » Il ajoutait que le salaire était d'une livre
l'heure plus la nourriture. Philippa et sa mère
calculèrent que si elles travaillaient six heures par
jour pendant cinq jours, leurs gains couvriraient
largement leurs dépenses courantes. Le plat quotidien de poisson gratuit représenterait une prime.

Sid's Plaice était un *fish-and-chip* à double devanture avec un café attenant. L'odeur qui en sortait
était d'une rassurante fraîcheur. Sid, que Philippa
avait imaginé petit, brun et gras se révéla être un
boxeur amateur blond et rougeaud. Il travaillait lui-
même derrière le comptoir, dirigeant les opérations

* *Plaice* : carrelet. *(N.d.T.)*

des deux côtés de son établissement, rabattant bruyamment le couvercle de sa friteuse à poissons, plongeant les paniers métalliques dans la graisse bouillante, plaisantant avec les clients tandis qu'il enveloppait leur commande dans du papier sulfurisé et du journal, hurlant des ordres aux filles de cuisine et flanquant du poisson et des frites sur les assiettes destinées aux serveuses qui, à intervalles réguliers, passaient la tête par le guichet pour crier leurs commandes. Un effroyable vacarme, auquel Sid et ses employés semblaient totalement insensibles, remplissait le local en permanence. Philippa jugea très vite que, pour dîner chez Sid, les clients, même si leur estomac n'en souffrait pas, devaient avoir les nerfs solides.

Les filles de chez Sid servaient à tour de rôle — si prendre des assiettes au guichet et les déposer brutalement devant les clients sur les tables en formica pouvait s'appeler servir. Elles préféraient ce travail à celui de la plonge, à cause des pourboires. Sid expliqua que la plupart des clients laissaient quelque chose et qu'on pouvait toujours espérer la générosité involontaire d'un touriste ou d'un immigré de fraîche date connaissant mal la valeur de l'argent anglais. Cet emploi souple de sa main-d'œuvre féminine évitait à Sid la dépense que lui aurait occasionné l'embauche de deux catégories d'employées. Pour décrire son système, Sid disait : « Tout le monde met la main à la pâte, comme dans une grande famille unie. »

Il engagea Philippa et sa mère avec empressement. Et s'il fut surpris de voir deux femmes apparemment cultivées chercher du travail chez lui, il n'en laissa rien paraître. Philippa se dit que, dans un endroit pareil, elle ne courait aucun risque de tomber sur une connaissance, ni d'être questionnée. Sur ce dernier point, elle se trompait : ses collègues ne cessèrent de lui poser des questions, mais sans attacher d'importance à la véracité des réponses.

Il y avait trois autres plongeuses dans l'équipe du soir : Black Shirl, Marlene et Debbie. Hérissés et teints en orange vif, les cheveux de Marlene avaient l'air d'avoir été coupés avec des cisailles. Deux ronds écarlates ornaient chacune de ses joues. Philippa constata avec soulagement que la fille semblait avoir répugné à se percer les lobes d'oreilles avec des épingles à nourrice. Des tatouages couvraient l'un de ses avant-bras : deux cœurs entrelacés transpercés d'une flèche et entourés d'une guirlande de roses, et un galion du XVIᵉ siècle. Ces dessins fascinaient Debbie. Elle essuyait volontiers la vaisselle toute la soirée aux côtés de Marlene pour le plaisir de voir le bateau s'enfoncer dans l'eau savonneuse.

« Fais-le couler. Vas-y, Marl ! Fais-le couler », suppliait-elle.

Alors Marlene plongeait les bras dans le détergent et la mousse écumait autour du petit navire.

Dans la cuisine humide et mal équipée située derrière le café et pourvue de deux éviers, les filles travaillaient par équipes de deux. Elles parlaient sans arrêt, généralement du programme de télévision de la veille, de leurs petits amis ou de leurs emplettes dans le West End. Elles étaient sujettes à des sautes d'humeur et à de terrifiantes explosions de colère. Elles quittaient alors leur place en claquant la porte, affichant une indépendance pathétique, farouchement gardée bien qu'illusoire, puis revenaient quelques jours plus tard. Elles se plaignaient de Sid derrière son dos ; en sa présence, elles se montraient tantôt revêches, tantôt outrageusement provocantes. Elles discutaient longuement et en détails précis des insuffisances sexuelles présumées de leur patron. Aux yeux de Philippa il était pourtant évident que Sid dépensait son énergie à

259

diriger son affaire, à boxer de temps en temps, à jouer aux courses et à contenter Mrs. Sid. Cette femme d'une beauté et d'une vulgarité également foudroyantes apparaissait brièvement, une fois par jour, dans la gargote, pour rappeler à Sid qu'elle existait et en guise d'avertissement aux autres femmes. Sid aurait probablement eu peur de ses esclaves si celles-ci avaient eu assez de jugeote pour organiser une protestation commune. Mais la guerre d'usure qu'elles lui livraient avec ruse connaissait un certain succès. Elles lui volaient régulièrement de petites quantités de nourriture, de pain, de sucre, de thé — ce qu'il n'ignorait pas. Les deux parties considéraient peut-être ces larcins comme un des petits bénéfices supplémentaires de l'emploi. Mais Philippa constata que Sid ne prenait aucun risque avec son tiroir-caisse : il le surveillait de près.

Pareille à une enfant misérable, Debbie avait la peau si pâle et transparente qu'on aurait dit que la vie s'échappait d'elle par une voie sous-cutanée. Debbie parlait à voix basse et glissait telle une ombre autour de la cuisine, distribuant impartialement son doux et niais sourire. Pourtant, c'était elle la plus violente de toutes. Black Shirl dit à Philippa, un soir qu'elle partageait un évier avec elle :

« Debbie a agressé sa mère avec un couteau quand elle avait onze ans.

— Elle l'a tuée ?

— C'était tangent. On a dû la boucler. Mais on n'a plus rien à craindre d'elle à présent, à condition de ne pas la laisser s'approcher de votre jules.

— Elle le poignarderait ? »

Black Shirl hurla de rire.

« Non. Elle le violerait. Elle est terrible, cette fille ! »

Prenant machinalement les assiettes les unes après les autres des mains de Shirl, Philippa songea que si son père avait rencontré Debbie au lieu de Julie

Scase, il serait encore en vie. Il n'y aurait eu ni viol, ni meurtre, ni adoption. Son seul problème aurait été de se débarrasser de la gamine, de l'empêcher de revenir, mais dix shillings et un paquet de bonbons auraient probablement arrangé les choses. Il avait eu la malchance de tomber sur Julie Scase, ce dangereux mélange d'innocence et de stupidité.

Les trois plongeuses traitaient sa mère avec un respect prudent. Peut-être parce qu'elle était plus âgée, ou que son calme imperturbable les embarrassait. A la différence de Philippa, les explosions émotionnelles des trois autres ne la troublaient pas. Un jour que Debbie avait pointé sur la gorge de Marlene un couteau à découper qu'elle venait de laver, sa mère avait réussi à persuader la fille de le lui passer — et cela avec un simple : « Donne-moi ça, Debbie. » Mais elle intriguait ses « collègues ». Un soir, Marlene s'informa :

« Elle n'a pas été à l'asile, ta mère ? Je veux dire : chez les fous ?

— Oui. Pourquoi me demandes-tu ça ?

— Parce que ça se voit. Pour ma tante, c'était pareil. Ça se voit aux yeux. Elle va bien maintenant ?

— Très bien. Son médecin a dit qu'elle devait éviter la tension nerveuse. C'est pour cela que nous avons pris ce travail. Il n'est pas très stimulant, mais au moins on peut l'oublier une fois rentré chez soi. »

Les autres acceptèrent cette explication en silence. Toutes les trois s'étaient elles-mêmes fabriqué des excuses pour justifier le fait qu'elles condescendaient à travailler pour Sid. Faisant mousser l'eau savonneuse dans l'évier voisin, Black Shirl dit d'un ton agressif, soupçonneux :

« Pourquoi tu parles comme les gens de la haute ?

— Ce n'est pas ma faute. C'est mon oncle qui s'est occupé de moi après la mort de mon père. Lui et ma tante étaient bizarres. C'est d'ailleurs pour ça que je me suis sauvée. Pour ça et aussi parce que mon oncle voulait coucher avec moi.

— Mon oncle à moi m'a fait le même coup. Mais ça ne me dérangeait pas. C'était un brave type. Le samedi soir, il m'emmenait au cinéma dans le West End.

— T'es allée dans une école chic, alors ? demanda Black Shirl.

— Oui, mais je me suis sauvée de là aussi.

— Vous avez une maison, ta mère et toi ?

— Oh ! non ! Juste une pièce. Mais nous n'y resterons pas longtemps. Mon petit ami est en train de nous acheter un appartement.

— Comment il s'appelle, ton jules ?

— Ernest. Ernest Hemingway. »

Ce nom fut accueilli par un silence méprisant. Marlene déclara :

« Moi je ne sortirais jamais avec un mec qui s'appelle Ernest. Mon grand-père s'appelait comme ça.

— Comment il est ? demanda Black Shirl.

— Du genre sportif. Il passe son temps à tirer à la carabine et à chasser. Il aime aussi les taureaux. En fait, il commence à m'ennuyer un peu. »

Philippa prenait plaisir à inventer ces mensonges. Elle s'aperçut bientôt que ses compagnes étaient d'une crédulité sans bornes. Ou bien rien n'était trop énorme pour être incroyable, ou bien elles ne tenaient pas tellement à la vérité. Elles-mêmes faisaient appel à la fantaisie pour pouvoir supporter leurs vies ; elles n'avaient pas la mesquinerie de refuser cette liberté aux autres. Ce qui les tracassait, comme Sid semblait-il, c'était le fait que sa mère et elle avaient demandé qu'on leur tamponne leur carte de sécurité sociale. Toutes les filles qui travaillaient au restaurant touchaient des allocations de chômage. Elles se sentaient vaguement menacées par l'orthodoxie des nouvelles venues. Philippa se crut obligée d'expliquer :

« C'est à cause de mon délégué à la probation. Il sait que je travaille. Je ne peux pas lui raconter d'histoire. »

Les plongeuses la regardèrent d'un air de pitié. Certes, les agents à la probation étaient moins faciles à tromper que les assistants sociaux des autorités locales, mais cette docilité excessive rabaissait Philippa à leurs yeux. Pareille naïveté ne vous permettait pas de survivre dans la jungle urbaine. Parfois Philippa souriait toute seule au souvenir de Gabriel qui croyait, ou prétendait croire, que les faibles, les malades et les ignorants parasitaient les forts, les bien-portants et les gens intelligents. Il en aurait trouvé suffisamment de preuves chez *Sid's Plaice*. Mais, penchée au-dessus de l'évier, courbatue, la peau mouillée de vapeur, Philippa se dit que le monde de Gabriel survivrait sans peine aux minables rapines de Marlene, de Debbie et de Black Shirl.

Deux images, vives et contrastées, s'imposaient fréquemment à son esprit : Gabriel venant la chercher par un samedi ensoleillé du dernier trimestre, sautant hors de sa Lagonda, montant en courant les marches du numéro 68, son pull en cachemire jeté sur les épaules ; Black Shirl traînant dans un coin de la cuisine l'énorme sac contenant le linge sale de ses cinq enfants, qu'elle apporterait dans un landau à la laverie automatique en rentrant chez elle. Des images analogues devaient exister dans la tête de Maurice. C'étaient elles qui avaient fait de lui un socialiste, bien qu'il sût certainement que le socialisme se bornerait à transférer la Lagonda à un propriétaire tout aussi privilégié, même si c'était d'une façon différente, et qu'il n'existait pas de système économique au monde qui pût transférer la Lagonda à Shirl, la lessive et les enfants à Gabriel.

Un soir qu'elles se dirigeaient vers leur bus, sa mère demanda :

« Tu ne crois pas que nous les exploitons ?

— Comment ça ? Vu que dans le même temps nous abattons deux fois plus de besogne qu'elles, on pourrait dire que ce sont elles qui nous exploitent.

— Je m'explique : nous faisons semblant d'être amicales, d'être l'une des leurs, puis une fois seules à la maison, nous parlons et nous nous moquons d'elles comme si elles étaient des objets, d'intéressants spécimens.

— Mais c'est ce qu'elles sont ! Des spécimens bien plus amusants et intéressants que tous ceux que nous aurions pu rencontrer dans un quelconque bureau, par exemple. Si elles ignorent que nous parlons d'elles, est-ce mal ?

— Peut-être pas pour elles, mais ça pourrait l'être pour nous. »

Au bout de quelques secondes de silence, sa mère ajouta :

« T'en serviras-tu pour un de tes livres ?

— Je n'y avais pas pensé. Ce n'est pas pour cela que nous sommes allées travailler chez Sid. Mais je les classerai sans doute dans mon subconscient jusqu'au jour où j'en aurai besoin. »

Philippa s'attendait presque à ce que sa mère lui demandât : « Et moi, me classeras-tu de la même façon ? », mais elle ne dit rien et, pendant un instant, toutes deux marchèrent en silence.

Dans le bus, sa mère se tourna vers elle :

« Combien de temps devrons-nous rester chez Sid ?

— Aussi longtemps que nous nous contenterons de vivre de poisson et de frites. J'admets que je me demande parfois s'ils n'ont pas besoin de plongeuses à L'Écu de France.

— Est-ce là que tu avais l'habitude de manger ?

— Seulement dans les grandes occasions. L'Écu, le Gay Hussar et Mon Plaisir sont les restaurants préférés de Maurice. Bertorelli's, c'était pour tous les jours. Parfois il m'y donnait rendez-vous pour le déjeuner. J'adore Bertorelli's. »

Elle se demanda si Maurice y mangeait toujours et si, dans cet autre monde, le signor Bertorelli s'était jamais enquis d'elle. Sa mère déclara d'un ton hésitant :

« Nous pourrions peut-être y rester encore une semaine — si tu n'es pas trop fatiguée et si tu ne t'ennuies pas trop. Ça ne me dérange pas de manger du poisson tous les jours. Au contraire.

— Je ne suis pas fatiguée le moins du monde. Et nous pouvons changer de job dès que nous en aurons assez. Nos cartes sont tamponnées. En insistant un peu, Sid nous donnerait peut-être même une recommandation. Il n'aime pas beaucoup les factures, as-tu remarqué ? Il paie la plupart des fournisseurs en espèces, et le fisc n'y voit que du feu. Je parie qu'il suffirait de lui en toucher un mot pour qu'il nous allonge aussitôt un an de salaire.

— Ça ne serait pas chic de notre part. Il s'est toujours montré correct envers nous.

— Quoi qu'il en soit, nous pouvons partir quand ça nous chante. C'est ça qui est formidable. Dis-moi simplement quand tu en auras assez du poisson. »

10

Au bout de dix jours, un délégué à la probation vint
à l'appartement. Philippa savait que cette démarche
était inévitable — sa mère n'était libre qu'à ce prix
—, mais elle s'apprêta à trouver l'agent antipathique. Celui-ci ayant fixé par écrit la date et l'heure
de son passage, elle s'arrangea pour porter leurs
draps à la blanchisserie à ce moment-là, sous prétexte de laisser le fonctionnaire en tête-à-tête avec
sa mère, et dans l'espoir secret de ne pas avoir à la
rencontrer. A son retour, quand elle introduisit la
clef dans la serrure, elle entendit la voix de sa mère,
claire, normale, animée, même. L'homme était dans
la cuisine devant une chope de thé. Philippa serra
la main à un jeune homme râblé aux yeux doux, à
la barbe emmêlée d'un brun roux et à la calvitie
naissante. Il portait un jean et un sweat-shirt beige.
Ses pieds chaussés de sandales étaient hâlés et
étonnamment propres. Toute sa personne respirait
la propreté. Certains des collègues de Maurice
s'habillaient exactement ainsi, mais chez eux on
sentait que c'était de l'affectation, le désir de montrer leur solidarité avec les étudiants. Philippa sentit
que ce jeune homme s'habillait simplement à sa
convenance personnelle. Sa mère le lui présenta,

mais les mots qu'elle prononça n'atteignirent pas sa conscience. Elle rejetait cet homme entièrement, y compris son nom.

Il avait apporté une plante verte. Le regardant aider sa mère à la mettre en pot, elle comprit qu'elle lui en voulait de troubler leur intimité, comme elle en voulait à sa mère d'accepter docilement cette discrète mais dégradante surveillance. Elle avait conscience d'être jalouse. Elle veillait au bien-être de sa mère. Elles veillaient au bien-être l'une de l'autre. Elles n'avaient pas besoin de l'aide bureaucratique et soigneusement rationnée que dispensait l'État. Le délégué et sa mère discutaient des herbes qui poussaient sur la fenêtre de la cuisine. Philippa profita d'une brève absence de sa mère, partie chercher du papier et un crayon, pour intervenir.

« Vous ne pensez pas qu'au bout de dix ans la société pourrait laisser ma mère tranquille ? Elle n'est une menace pour personne, vous devriez le savoir.

— La liberté conditionnelle est la même pour tous. La loi ne peut pas établir de distinctions, répondit le jeune homme doucement.

— Mais quel bien espérez-vous faire ? Pas à ma mère : dans ce cas, je connais la réponse. Quel bien faites-vous à des clients de type plus courant ? Vous les appelez bien des « clients », n'est-ce pas ? Vous êtes une sorte d'administrateur qui trafique avec la vie émotionnelle des gens. »

Ne tenant pas compte de la deuxième question, le délégué répondit à la première :

« Du bien, je leur en fais peu. Il s'agit plutôt de ne pas leur nuire, d'essayer de les aider à ne pas se nuire à eux-mêmes.

— Mais que faites-vous exactement ?

— La loi précise : conseiller, assister, offrir son amitié.

— Mais on ne peut pas offrir son amitié au nom d'une loi. Comment quelqu'un, aussi misérable fût-il, pourrait-il se contenter d'une amitié pareille ou y croire ?

— La plupart des gens s'en contentent. Ils se débrouillent avec très peu, qu'il s'agisse d'amitié ou d'argent. Je compte sur leur bonne volonté plus qu'ils ne comptent sur la mienne. Au fait votre persil est superbe. C'est vous qui l'avez semé ?

— Non. Ce sont des pieds que nous avons achetés dans le magasin de produits diététiques de Baker Street. »

Philippa lui en cueillit un petit bouquet, heureuse de pouvoir lui donner quelque chose en échange de la plante verte. De cette façon, sa mère et elle n'auraient pas besoin de se sentir redevables. Le délégué prit le persil qu'il enveloppa soigneusement dans son mouchoir. Il avait de grandes mains aux doigts en spatule dont il se servait avec douceur et simplicité. Quand il se pencha au-dessus de l'évier, son sweat-shirt remonta, révélant quelques centimètres d'une chair lisse, hâlée et tachetée de brun comme un œuf. Philippa se sentit prise d'une envie de la toucher ; elle se surprit en train de se demander comment il serait au lit. Gabriel faisait l'amour comme s'il était un danseur, absorbé d'une manière narcissique par son propre corps : chaque geste était un exercice contrôlé. Il exécutait son ballet comme s'il pensait : « Ceci est une tâche nécessaire, inesthétique, mais vois comme je trouve moyen de lui donner de la grâce. » Philippa se dit que le délégué serait différent : doux mais direct, dénué de prétention et de culpabilité. Quand il eut emballé le persil, il déclara :

« Cela fera plaisir à Mara. Merci. »

Mara devait être sa femme ou sa petite amie, présuma Philippa. Si elle le lui avait demandé, il aurait certainement répondu ; mais il ne lui fournit pas le renseignement spontanément. Il semblait considérer sa personne et le monde qui l'entourait avec un détachement empreint de bon sens, prenant toute marque de gentillesse pour argent comptant, comme si la gentillesse courait les rues, répondant simplement aux questions comme s'il était inconscient des motifs tortueux dont elles découlaient. Dans son métier, il était peut-être vital de juger également les gens sur les apparences. Il n'avait pas réagi à son évidente hostilité, pourtant il ne donnait en aucune façon l'impression de se dominer. Son attitude, songea-t-elle, pouvait se résumer ainsi : « Nous sommes tous du même sang, embarqués dans le même bateau en perdition. Récriminations, explications, panique — tout cela n'est que perte de temps. Une seule chose est nécessaire à notre sécurité : que nous nous comportions avec amour les uns envers les autres. »

Philippa se réjouit de l'entendre dire à sa mère, à la fin de sa visite :

« A dans un mois, alors. Peut-être préféreriez-vous venir me voir au bureau. Je passe la plus grande partie de la journée dehors, en visites ou au tribunal, mais vous êtes sûre de me trouver tous les mardis et tous les vendredis entre neuf heures et midi et demi. »

Philippa était contente : il ne reviendrait pas, l'appartement serait de nouveau à elles. A part George, quand il l'avait aidée à monter des meubles, et la brève visite de Joyce Bungeld, c'était la seule autre personne à y avoir mis les pieds. Elle sentait aussi qu'elle n'était pas encore prête à se trouver confrontée à quelqu'un qui — pensée curieuse et inquiétante — pût être naturellement bon.

11

LE week-end ou le lundi — leur jour de repos —
elles regardaient souvent la télévision le soir, assises
dans les fauteuils en osier de leurs chambres qu'elles
installaient à la cuisine pour la circonstance. Pour
Philippa, cette distraction était une nouveauté. Elle
avait passé ses soirées à préparer son bac, puis son
examen d'entrée à Cambrigde. Et puis, on allumait
rarement la télévision à Caldecote Terrace. Comme
bon nombre d'experts qui ne refusaient jamais une
invitation à apparaître sur le petit écran, Maurice
affectait de mépriser tous les programmes, à part
quelques émissions destinées à un public restreint.
A présent, Philippa et sa mère étaient devenues des
spectatrices plus ou moins assidues d'une série
ridiculement mauvaise : une saga familiale. Apparemment sortis physiquement et mentalement
indemnes des épreuves de l'épisode précédent, les
personnages ressuscitaient chaque semaine, parfaitement recoiffés, leurs blessures guéries et sans
marques de cicatrices, pour d'autres empoignades
et d'autres bains de sang. Cette aptitude si commode
à vivre dans le moment, et le message subliminal
qui l'accompagnait — on peut littéralement mettre
son passé derrière soi — avaient certainement du

bon. Il aurait fallu inventer un mot, se dit Philippa, pour décrire le franc plaisir que procurait parfois la rassurante médiocrité. Et c'est ainsi que, allumant la télévision un peu trop tôt, elles tombèrent sur les dix dernières minutes de l'entrevue de Maurice avec l'évêque.

Maurice avait l'air décontracté, tout à fait à l'aise dans ce milieu qui était le sien, pivotant légèrement sur sa chaise en chrome et en cuir d'un modernisme agressif, une jambe négligemment jetée sur l'autre. Philippa reconnut le dessin de ses chaussettes, la flèche discrète qui pointait vers la cheville, le brillant de ses chaussures de cuir sur mesure. Maurice était très difficile en matière d'élégance. Vissé sur la chaise jumelle, l'évêque avait l'air moins détendu. C'était un gros homme. Insignifiante, sa fine croix pectorale en argent reposait de travers sur le violet épiscopal. Philippa le méprisa pour la timidité avec laquelle il affirmait sa foi. Un talisman, si on aimait ce genre de choses, devait être lourd, beau et porté avec panache. De toute évidence, le prélat s'était laissé entraîner par Maurice sur son terrain le moins sûr : son épais visage arborait le demi-sourire embarrassé, légèrement honteux et conciliant, d'un homme qui n'a pas fait honneur à son camp, mais qui espère que personne à part lui ne s'en est aperçu.

Maurice était dans une forme éblouissante. Philippa prévoyait chacun de ses tics familiers : son épaule gauche tressaillait brusquement ; il levait la tête et la détournait de celle de son adversaire ; il croisait soudain ses mains osseuses sur son genou droit et se courbait comme s'il penchait son intellect vers le cœur de la discussion. Ce cinéma n'était nullement dû à la nervosité. C'était une pantomime à laquelle se livraient son corps et son esprit, tous deux trop agités pour rester emprisonnés dans cet assemblage d'acier et de cuir, enfermés entre les murs de carton du studio qui portaient en caractères étudiés le titre de l'émission : « Pour ou contre ». La voix de Maurice était plus flûtée qu'à l'ordinaire — une voix de pédant.

« Eh bien, récapitulons un peu ce que vous nous demandez de croire. Que Dieu, qui, d'après vous, est esprit, c'est-à-dire, si je ne m'abuse incorporel — un de vos dogmes ne précise-t-il pas "sans forme ni passion" ? — a créé l'homme à Sa propre image. Et que l'homme a péché. Je vous fais grâce du reste — le jardin d'Éden, cette espèce de parc floral céleste, l'histoire de la pomme, etc. Disons, pour employer vos propres termes, que l'homme s'est montré indigne de la gloire divine. Que chaque enfant qui vient au monde est entaché de ce péché originel, sans qu'il y soit pour rien. Que ce Dieu, au lieu d'exiger de l'homme, en expiation, un sacrifice sanglant, a envoyé Son fils unique en ce monde pour y être torturé et mis à mort de la manière la plus barbare qui soit, afin de satisfaire le désir de vengeance de Son Père et de réconcilier l'homme avec son créateur. Que ce fils était né d'une vierge. A propos, vous nous avez dit la semaine dernière que la sexualité était en quelque sorte sacrée parce que prescrite par Dieu. J'avoue trouver curieux qu'il ait dédaigné la méthode normale de procréation que Lui-même a inventée et qu'Il est censé approuver. On nous demande de croire que cet enfant miraculeux, cet homme créé par Dieu, a vécu et est mort sans péché pour racheter la première désobéissance de l'homme. Nous avons peu de documents historiques sur la vie de Jésus de Nazareth, par contre nous sommes assez bien informés sur les modes d'exécution pratiqués par les Romains. Ni vous ni moi, heureusement, n'avons jamais assisté à une crucifixion, mais vous conviendrez que c'était là une méthode atroce, avilissante, lente, bestiale et sanguinaire. Si vous ou moi, nous

272

voyions une victime hissée sur cette croix et pouvions l'en descendre — à condition, bien sûr, de ne courir aucun risque — je pense que nous ne pourrions pas nous empêcher d'essayer de la sauver. Mais apparemment le Dieu d'Amour a permis, que dis-je, voulu que son fils unique mourût ainsi. Vous ne pouvez pas nous demander de croire en un Dieu d'Amour qui montre moins de compassion que la dernière de ses créatures. Je n'ai plus de fils, mais ce n'est pas ainsi que je conçois l'amour paternel. »

La mère de Philippa se leva et, sans parler, baissa le son. Ensuite, elle demanda :

« Que veut-il dire par : je n'ai plus de fils ?

— Il en avait un, Orlando, mais il est mort dans un accident de voiture avec sa mère. C'est pour cela que Maurice et Hilda m'ont adoptée. »

C'était la première fois que Philippa mentionnait ses parents adoptifs. Elle attendit, curieuse de voir si le moment était arrivé de rompre leur silence, si sa mère l'interrogerait sur ces dix années perdues, lui demanderait si elle avait été heureuse à Caldecote Terrace, quelle école elle avait fréquentée, quel genre de vie elle avait menée. Mais elle se contenta de dire :

« Est-ce ainsi qu'il t'a élevée, en athée ?

— Je devais avoir neuf ans environ quand il m'a dit que la religion, c'était de la foutaise, que seuls les imbéciles y croyaient. Puis il m'a fait comprendre que je devais étudier les dogmes par moi-même et tirer mes propres conclusions. Je ne pense pas qu'il ait jamais été croyant.

— Il l'est maintenant, en tout cas. Car sinon, pourquoi haïrait-il tellement Dieu ? Il ne serait pas aussi véhément si l'évêque lui demandait de croire aux fées ou que la terre est plate. Le pauvre évêque ! Dans cette discussion, il ne pourrait avoir le dessus qu'en disant des choses qu'il trouverait trop embarrassantes à prononcer et que ni la BBC ni les téléspectateurs — surtout les chrétiens — ne voudraient à aucun prix entendre. »

« Quelles choses ? » se demanda Philippa.

Elle s'enquit :

« Crois-tu en Dieu ?

— Oui, absolument », répondit sa mère.

Elle regarda l'écran où Maurice, toujours en train de parler, n'était plus qu'un mime incompréhensible et ridicule.

« L'évêque n'a pas vraiment de certitude, mais il aime ce qu'il pense croire. Ton père, par contre, a la connaissance, mais rejette ce qu'il sait. Moi je crois mais je ne peux plus aimer. Lui et moi sommes à plaindre. »

Philippa eut envie de demander : « A quoi crois-tu exactement ? Et qu'est-ce que cela change ? » Elle sentit monter en elle le mélange d'excitation, de curiosité et de peur qu'on éprouve lorsqu'on pose pour la première fois le pied sur un terrain traître et dangereux. Elle dit :

« Tu ne peux tout de même pas croire à l'enfer ?

— Quand on en revient, on y croit.

— Mais je pensais que tout pouvait être pardonné. N'est-ce pas là l'intérêt de la religion ? Tu ne peux pas te placer au-delà de la miséricorde divine. Pour les chrétiens, ne suffit-il pas de demander ?

— Il faut avoir la foi.

— Tu viens de me dire que tu l'as. C'est heureux pour toi. Moi je ne l'ai pas.

— Il faut éprouver de la contrition.

— Est-ce si difficile ? Regretter ? J'aurais cru que c'était la partie la plus facile.

— Il ne faut pas simplement regretter d'avoir accompli un acte et les conséquences que cela peut avoir pour vous. Il ne suffit pas de souhaiter ne jamais avoir commis cet acte. Ça, c'est facile. La

274

contrition, c'est dire : "J'ai fait cette chose. J'étais responsable."

— Eh bien, où est la difficulté ? Il me semble que c'est équitable, si en échange tu reçois le pardon instantané et la vie éternelle par-dessus le marché.

— Je ne peux pas passer dix ans de ma vie à m'expliquer que je n'étais pas responsable, que je n'aurais pas pu m'empêcher de faire ce que j'ai fait, puis une fois libre, aussi libre que je le serai jamais, quand la société juge que j'ai été assez punie, quand plus personne ne s'intéresse à moi, me dire que j'aimerais avoir également le pardon de Dieu.

— Et pourquoi pas ? Souviens-toi des dernières paroles de Heine : "Dieu me pardonnera, c'est son métier." »

Sa mère ne répondit pas. Elle avait une expression fermée comme si elle trouvait cette conversation douloureuse ou désagréable. Philippa poursuivit :

« Pourquoi n'aimes-tu pas parler de religion ?

— Tu t'en es très bien passée jusqu'ici. »

Sa mère regarda le poste de télévision, puis se leva soudain et l'éteignit. Le visage affable et gêné de l'évêque disparut, remplacé par un carré de lumière qui diminua, puis disparut. Une autre idée, plus personnelle, vint à l'esprit de Philippa.

« Ai-je été baptisée ?

— Oui.

— Tu ne me l'as jamais dit.

— C'est la première fois que tu me le demandes.

— Comment m'as-tu appelée ?

— Rose, d'après le nom de ta grand-mère paternelle. Ton père t'appelait Rosie. Mais tu sais que ton nom est Rose. C'est inscrit sur ton acte de naissance. Avant ton adoption, tu t'appelais Rose Ducton.

— Je vais faire du café. »

Sa mère semblait sur le point de parler, puis se ravisa. Elle sortit de la cuisine et entra dans sa chambre. Philippa descendit les deux chopes de l'étagère. Ses mains tremblaient. Elle posa les chopes sur la table et essaya de remplir la bouilloire. Évidemment, elle avait su qu'elle s'appelait Rose, dès qu'elle avait ouvert cette enveloppe officielle d'aspect inoffensif pour en sortir son acte de naissance. Mais à ce moment-là, ce prénom n'avait été pour elle qu'une autre étiquette. Elle l'avait à peine enregistré sinon pour remarquer que Maurice, en le reléguant à la deuxième place, lui avait néanmoins permis de garder quelque chose de son passé. Rose Ducton. Rosie Ducton. Philippa Rose Palfrey. Une rangée de livres portant le nom de Rose Ducton au dos. C'était un symbole trisyllabe qui n'avait aucun rapport avec elle. Je te baptise au nom du Père, du Fils et du Saint-Esprit. Un filet d'eau avait coulé sur son front. Il ne pouvait pas avoir eu une réelle importance puisque Maurice avait pu l'effacer d'un trait de sa plume. Où, se demanda-t-elle, avait-elle été baptisée ? Dans cette église banlieusarde de Seven Kings, sous cette minable flèche camouflée qu'elle y avait vue ? Rose. Cela ne lui allait même pas. C'était un nom dans un catalogue ; Peace, Scarlet Wonder, Albertine. Elle s'était crue habituée au fait que rien de ce qui la concernait n'était authentique, pas même son nom. Pourquoi, alors, était-elle si bouleversée à présent ?

Réussissant à maîtriser son tremblement, elle remplit la bouilloire avec autant d'application qu'une enfant à laquelle on a confié une tâche inhabituelle. Rose. Comment se faisait-il que sa mère ne l'eût jamais une seule fois appelée par ce nom, n'avait jamais une seule fois laissé échapper par inadvertance ce nom qu'après tout elle avait choisi, ou du moins accepté, pour son bébé, ce nom qu'elle avait employé pendant huit ans, et qu'elle devait avoir eu à l'esprit durant ces dix années de solitude où elle avait lutté pour sa survie ? Si sa mère croyait en

Dieu, elle avait certainement mentionné ce nom dans ses prières, en supposant qu'elle priât. Dieu bénisse Rosie. Depuis leur première rencontre, elle avait dû se surveiller pour l'appeler Philippa. Chaque fois qu'elle prononçait ce nouveau nom donné par Maurice, elle jouait un rôle, se montrait insincère. Non, elle était injuste, se dit Philippa. C'était stupide de sa part d'y attacher autant d'importance. Elle aurait pourtant bien voulu que, juste pour une fois, sa mère eût oublié d'être sur ses gardes et l'eût appelée par son vrai nom.

12

UN sentiment de solitude, lourd et fatigant comme un poids physique, s'abattit sur lui après le petit déjeuner. C'était d'autant plus troublant qu'il ne s'y attendait pas. La solitude était une chose à laquelle il s'était habitué depuis la mort de Mavis et il n'aurait jamais cru la ressentir de nouveau comme une véritable émotion, avec son triste cortège d'agitation et d'ennui. A onze heures, Mrs. Palfrey n'avait pas encore paru et il était improbable qu'elle le fît maintenant. Il en était allé de même le dimanche précédent. C'était sans doute le jour où elle sortait avec son mari. Ils devaient partir en voiture du passage situé à l'arrière de la rue qui, comme l'avait découvert Scase après investigation, menait à une rangée de garages. Sans sa filature quotidienne, il lui serait sans doute difficile de dissiper cette pénible impression de vide. Sa vie était devenue si dépendante de celle de Mrs. Palfrey, son programme journalier si lié à ses déplacements à elle que, lorsqu'elle ne se montrait pas, il se sentait aussi frustré que s'il était réellement privé de sa compagnie.

L'hôtel était bondé. Une nouvelle fournée de touristes espagnols avait débarqué la veille et les autres clients étaient traités par-dessous la jambe. La salle de restaurant résonnait d'un vacarme de voix excitées, le hall était encombré de bagages. Mario jacassait, gesticulait, courait frénétiquement de la réception à la salle à manger. Heureux d'échapper à cette cohue, Scase s'était installé assez tôt à la fenêtre de sa chambre, ses jumelles braquées sur le 68, mais sans grand espoir de voir son occupante. La pluie alternait avec le soleil. De furieuses rafales cinglaient la vitre, puis cessaient tout aussi brusquement ; le troupeau de nuages se dispersait et le pavé fumait au soleil revenu. A onze heures trente, Scase n'y tint plus. Il descendit prendre un café. Comme d'habitude, Violet était assise au standard, la chienne à ses pieds. Éprouvant le besoin d'entendre une voix humaine, Scase lui dit que c'était un plaisir de voir le soleil, puis il s'interrompit, horrifié par son manque de tact. C'était *sentir* le soleil qu'il aurait dû dire. Mais Violet sourit, cherchant de ses yeux aveugles l'écho de la voix qui lui parlait. Puis à sa surprise, Scase s'entendit déclarer :

« Je pensais aller à Regent's Park, regarder les roses. Vous êtes libre le dimanche après-midi, n'est-ce pas ? Voulez-vous m'accompagner avec Coffee ?

— Quelle bonne idée ! Oui, merci »

La main de la jeune fille trouva la tête du chien et la tapota. L'animal remua. Il dressa les oreilles, ses yeux brillants fixés sur le visage de sa maîtresse.

« Aimeriez-vous dîner, je veux dire déjeuner, d'abord ? »

Violet rougit et fit un signe de tête affirmatif. Elle paraissait contente. Scase vit qu'elle portait une robe neuve en coton bleu sous son gilet de laine beige. Après qu'il eut parlé, elle lissa doucement sa jupe des deux mains et sourit comme si elle se félicitait d'avoir pris la peine de la mettre. Il avait fait une première folie, se dit Scase, et maintenant il se lançait dans une autre. Mais il était trop tard pour reculer et d'ailleurs il n'en avait pas vraiment envie. Puis il se demanda où il allait emmener déjeuner la jeune femme. Il y avait un café près de Victoria Street où il mangeait parfois un sandwich en semaine, mais il n'était pas sûr qu'il fût ouvert le dimanche. L'endroit était très propre, mais banal. Puis Scase se rappela que l'aspect minable de cette salle exiguë n'avait pas d'importance, puisque Violet ne pouvait pas la voir. Il eut honte d'avoir pareille pensée. C'était mal de tromper la jeune fille simplement parce qu'elle était aveugle. Après tout, elle ferait plus pour lui qu'elle ne l'imaginait. Et elle serait la première femme, à part Mavis, qu'il aurait invitée depuis le jour de son mariage. D'accord, elle était aveugle. Mais, par ailleurs, si elle ne l'avait pas été, elle n'aurait pas accepté son invitation. Il se rappela qu'il y avait un restaurant italien non loin de la gare. Il était peut-être ouvert le dimanche. Au moins Coffee ne poserait aucun problème. Les enfants, avait remarqué Scase, étaient rarement les bienvenus, mais les chiens ne dérangeaient personne.

La journée s'annonçait sous de meilleurs auspices. Il était temps pour lui de prendre un jour de repos, de faire une promenade et de parler à un autre être humain. Après avoir décidé avec Violet qu'il viendrait la chercher à la réception peu avant midi, Scase remonta dans sa chambre. En ouvrant la porte, il se dit soudain que cela ne servirait pas à grand-chose d'emporter le sac à dos qui contenait son équipement d'assassin. Mais était-il prudent de le laisser dans sa chambre, même fermée à clef ? D'autre part, le sac était presque devenu une partie de lui-même. Il eut l'impression qu'il se sentirait mal à l'aise sans son poids familier à l'épaule droite. Et pourquoi ne le prendrait-il pas ? Il lui vint à l'esprit que, sur une impulsion, il avait choisi la compagne idéale pour sa promenade. Elle ne se demanderait pas ce qu'il transportait dans son sac à dos. Elle ne poserait pas de questions. Et après le meurtre, si les choses tournaient mal et que la police retrouvait sa trace, Violet serait la seule personne à laquelle on ne demanderait pas de l'identifier.

13

LE 27 août — c'était le deuxième dimanche qu'elles passaient ensemble — sa mère demanda brusquement :

« Ça t'ennuierait de m'accompagner à l'église ? »

Surprise, Philippa réussit à répondre comme si c'était là une question tout à fait normale. A une certaine époque, elle avait écouté pas mal de sermons. Elle se sentait donc tout aussi capable de recommander une église pour son service et sa musique que de discuter de son architecture. Elle s'informa des désirs de sa mère : voulait-elle le cérémonial ordonné et le chœur magnifiquement équilibré de l'église paroissiale de Marylebone ? Une messe *high anglican* à All Saints, Margaret Street, dans l'éclat des mosaïques, des saints dorés et des vitraux ? Ou préférait-elle la splendeur baroque de Saint-Paul ? Sa mère dit qu'elle aimerait un endroit tranquille, proche de la maison. Aussi se rendirent-elles à l'office chanté de onze heures, dans l'intérieur frais et sobre de Saint-Cyprian où un chœur d'hommes chantait la liturgie en plain-chant du haut du balcon, où un prêtre à la voix douce prêchait un sermon catholique sans concessions et où l'encens, fort et sucré, voilait le maître-autel.

Philippa resta assise pendant tout l'office, mais la tête légèrement baissée : c'était elle, après tout, qui avait décidé de venir ici et la politesse lui dictait de donner au moins une marque d'acceptation. Personne ne l'avait forcée à entrer ; elle n'avait donc aucune raison d'afficher une incroyance offensante alors que ni croyance ni incrédulité n'importaient. Et puis ce n'était pas une corvée que d'écouter la prose de Cranmer, ou du moins ce que les réviseurs en avaient laissé. Sur son lit de mort, tandis qu'elle recevait l'extrême-onction des mains de son frère, Jane Austen avait puisé du réconfort dans ces sonores antiennes. Cela suffisait à faire taire l'irrévérence. Regardant sa mère pencher la tête et joindre les mains, elle se demanda ce qu'elle disait à son dieu. A un moment, elle pensa : « Elle prie peut-être pour moi », et cette idée lui fut vaguement agréable. Bien qu'elle-même fût incapable de prier, elle aimait chanter les hymnes. D'entendre sa voix la surprenait toujours. Elle avait un riche contralto, plus grave que la voix avec laquelle elle parlait, difficile à reconnaître comme étant la sienne — expression, semblait-il, d'une partie plus libre et imprévisible de sa personnalité que seuls des vers de mirliton et les gaies et nostalgiques chansons des réunions scolaires faisaient apparaître.

Quand arriva pour les fidèles le moment de manger et de boire leur dieu, sa mère n'approcha pas de l'autel. Elle sortit discrètement pendant la dernière hymne, Philippa sur ses talons. De cette façon, comprit Philippa, le prêtre ou des membres de l'assistance ne risqueraient pas de se présenter à elles pour essayer de leur faire bon accueil en tant que nouvelles venues. Quoi que cette étrange vie religieuse dénuée de sacrements signifiât pour sa mère, elle n'inclurait jamais le café dans la salle paroissiale ou le papotage sous le porche avant que chacun ne rentre chez soi. Heureusement ! Fermant doucement la porte derrière elles tandis que la dernière hymne touchait à sa fin, elles décidèrent de s'épargner la peine de préparer leur déjeuner : elles resteraient dehors aussi longtemps que possible pour profiter du beau temps. Elles trouveraient un restaurant bon marché dans Baker Street, puis elles iraient passer l'après-midi à Regent's Park.

Bien qu'habitant tout près du parc, c'était la première fois qu'elles s'y rendaient. La pluie du début de la matinée avait cessé. De hauts nuages éclairés par le soleil glissaient imperceptiblement dans un ciel bleu qui virait au mauve au-dessus d'un bouquet d'arbres lointain, de l'autre côté du lac. Les géraniums et le lierre planté de part et d'autre du pont métallique descendaient jusqu'à l'eau et les rameurs riaient, faisant osciller leurs skiffs, quand les plantes leur effleuraient le visage. Avec le retour du soleil, le parc commençait à s'animer. On ressortait les transats empilés à l'abri des arbres. Leurs pieds s'enfonçaient dans l'herbe humide quand les familles, par petits groupes, s'y asseyaient, contemplant les parterres de roses, le paysage qui s'offrait à leur vue et la rassurante proximité des toilettes et du café. Des promeneurs du dimanche à l'air posé déambulaient, tenant leurs chiens en laisse, parmi les lavandes et les pieds-d'alouette ; la queue devant le café s'allongeait. Dans la roseraie de Queen Mary, les roses gonflées de pluie retenaient les dernières gouttes entre leurs pétales délicatement veinés : des Harriny roses, des Summer Sunshine d'un jaune éclatant, des Ena Harkness et des Peace.

Pendant que sa mère flânait parmi les buissons, Philippa s'assit sur l'un des bancs, sous une masse de petites roses blanches, et sortit de son sac un livre de poèmes de Donne acheté pour dix pence à un éventaire du marché. Aussi serrées que de l'aubépine, les fleurs se balançaient doucement au-dessus de sa tête, faisant tomber de temps à autre une pluie de pétales blancs et d'étamines dorées sur l'herbe mêlée de trèfle. Le soleil lui chauffait doucement le visage, provoquant en elle une douce et léthargique mélancolie. Elle ne parvenait pas à se souvenir quand elle avait visité cette roseraie pour la dernière fois ; peut-être n'y avait-elle jamais mis les pieds. Maurice préférait les bâtiments à la nature, même à une nature aussi disciplinée et organisée que celle de Regent's Park. Elle se souvenait d'une roseraie, mais c'était celle de Pennington. Son père imaginaire avait été là ; il était venu vers elle à travers la ceinture verte de la clôture. Étrange qu'un souvenir aussi clair — le parfum des fleurs, la chaleur, la lumière dorée de l'après-midi qu'elle se rappelait avec une intensité particulière, presque avec douleur — ne fût qu'une chimère enfantine. Mais cette roseraie-ci, ce parc étaient réels et Maurice avait raison en ce qui concernait l'architecture. La nature avait besoin du contraste, de la discipline de la brique et de la pierre. Les colonnades et les frontons des terrasses de John Nash, le contour excentrique du zoo, même le phallus technologique de la Tour de la Poste qui surplombait les haies contribuaient à la beauté du jardin, le définissaient et le limitaient. C'eût été intolérable, se dit-elle, de voir cette luxuriante perfection s'étendre à l'infini — Éden illimité et corrompu.

Philippa fit glisser son regard des roses à sa mère. Elle l'observait sans cesse. Sa mère, se dit-elle, n'avait fait qu'échanger une forme de surveillance pour une autre. Soulevant délicatement la fleur dans sa main, elle était en train de sentir une rose d'un rouge orangé. La plupart des adorateurs de roses fermaient les yeux pour savourer le parfum ; sa mère les ouvrait tout grands. Elle avait une expression d'intense concentration, les muscles de son visage tendus comme sous l'effet d'une douleur aiguë. Elle se tenait un peu à l'écart, immobile, oublieuse de tout sauf de la rose qui reposait sur sa paume.

C'est alors que Philippa aperçut l'homme. Il avait gravi le sentier qui montait du lac : un petit homme grisonnant, à lunettes, qui accompagnait avec sollicitude une femme aveugle guidée par un chien couleur café. Le regard de l'homme tomba sur elle, leurs yeux se rencontrèrent. Dans la paresseuse euphorie du moment, elle lui sourit. Le résultat fut extraordinaire. L'inconnu s'immobilisa, cloué sur place, les yeux exorbités, comme saisi d'une terreur incrédule. Puis il pivota sur ses talons et, prenant la femme par le coude, la força presque à redescendre le chemin. Philippa éclata de rire. C'était un petit homme laid, ordinaire sans être repoussant, mais sûrement pas assez laid pour qu'aucune femme lui eût jamais souri spontanément. Peut-être l'avait-il prise pour une dragueuse, en quête d'aventure au milieu des roses. Elle regarda l'étrange couple disparaître, s'interrogeant sur leurs relations, s'il était le père de la fille et quel prétexte il lui avait donné pour l'entraîner si brusquement. Puis Philippa se dit qu'elle l'avait déjà vu quelque part, mais sa mémoire se dérobait. L'homme avait une figure rien moins que frappante, mais Philippa avait l'impression frustrante qu'elle aurait dû le reconnaître. Elle baissa de nouveau les yeux vers son livre et chassa le curieux individu de son esprit.

14

D'UNE voix anxieuse, aiguë, Violet Hedley demanda :

« Qu'y a-t-il ? Que s'est-il passé ? Quelque chose ne va pas ? »

Il avait dû lui serrer très fort le coude, lui faire mal. Ou bien avait-elle senti une brusque odeur d'excitation et de peur se dégager de lui ? On disait que les aveugles étaient dotés d'un sixième sens. Scase ralentit le pas.

« Excusez-moi. Tout va bien. J'ai simplement vu quelqu'un que je ne pensais pas rencontrer, un ancien collègue du service de comptabilité. Je voulais éviter d'avoir à lui parler. »

Violet resta silencieuse. Craignant qu'elle ne pensât qu'il avait honte d'être vu avec elle, Scase se hâta d'ajouter :

« C'est quelqu'un qui m'a toujours été antipathique. Un type trop zélé, désagréable. Vous voyez ce que je veux dire ? »

Violet répondit doucement :

« Il a dû vous rendre très malheureux.

— Pas vraiment. Pas trop malheureux. Mais j'ai eu un choc en l'apercevant. je croyais que cette partie-là de ma vie avait disparu à jamais. Il y a

287

quelques très belles roses jaunes dans ce parterre. je vais chercher à voir leur nom pour vous le dire.

— Ce sont des Summer Sunshine. »

Scase avait eu du mal à maîtriser sa voix. Il était malade de déception. Les deux femmes étaient là. Ensemble. A la seconde où il s'était brusquement détourné, il avait vu la meurtrière se pencher sur l'un des rosiers. Il les avait enfin trouvées et il était impuissant, ligoté, empêché de les suivre. De plus, c'était une occasion idéale. Comme la fille, il aurait pu s'asseoir innocemment sur un banc au soleil et les regarder. Il y avait de plus en plus de promeneurs. Quand, finalement, elles auraient décidé de rentrer chez elles, rien n'aurait été plus facile que de les filer — un homme anonyme dans la foule. Il aurait même pu se servir de ses jumelles au besoin. Beaucoup de touristes en avaient ; de temps en temps, ils les braquaient sur les oiseaux aquatiques d'espèces exotiques. Le moment, le lieu, les circonstances, tout jouait en sa faveur, mais il ne pouvait pas en profiter. Pendant un instant, il caressa l'idée d'abandonner Violet sous un prétexte quelconque, de l'installer sur un banc en lui promettant de revenir tout de suite. Mais il ne pouvait pas faire une chose pareille et il eut honte d'y avoir même songé. Pour finir, il lui faudrait retourner à l'hôtel et elle aussi. Il lui faudrait inventer une excuse pour sa désertion et il n'y en avait aucune qu'il pût lui donner. Mais le pire, c'était que Philippa Palfrey l'avait vu, lui avait souri et se rappellerait peut-être son visage si elle le revoyait.

Ce sourire spontané, ouvert, plein d'une franche camaraderie asexuée l'avait consterné. Il avait trop ressemblé à une invitation à partager le bonheur de cette chaude journée, l'air chargé du parfum des roses, la joie physique d'être en vie ; à une constatation de leur humanité commune, à une association dans le plaisir qu'il rejetait, surtout venant d'elle. Mais cela avait-il été aussi simple que cela ? Alors que Violet et lui rentraient lentement et sans parler à l'hôtel, il essaya de se rappeler ce moment où il s'était détourné avec une instinctive horreur. Il ne s'était pas trompé, tout de même ? Ç'avait été un sourire de bien-être, rien de plus. Elle ne pouvait savoir qui il était, ni deviner son dessein. C'était sûrement de la folie de se persuader, ne fût-ce qu'un instant, qu'il s'était agi d'un sourire de complicité dû à un secret commun.

Une chose toutefois était certaine : cet incident avait gâché la journée de Violet Hedley. Tout avait pourtant si bien commencé. Elle avait été contente de son déjeuner et ils avaient été heureux d'être ensemble dans le parc. Scase s'était surpris à lui parler sans réticences. Mais c'était terminé maintenant. Même Coffee avait perdu tout entrain et marchait à côté d'eux, la queue basse. Scase avait appris une leçon. A partir de ce jour, il lui faudrait supporter sa solitude. S'aventurer, même en prenant les plus grandes précautions, dans le monde normal de l'amitié, de la sollicitude, des confidences partagées pouvait lui être fatal. Il était complètement seul et c'était bien ainsi. Il devait préserver sa liberté pour la tâche qu'il s'était assignée.

15

Enfin, le jeudi 31 août, Mrs. Palfrey le conduisit jusqu'à elles. La journée avait commencé comme toutes les autres : lui assis à la fenêtre, les jumelles braquées sur la porte du numéro 68. Comme à l'ordinaire, Mr. Palfrey quitta son domicile à neuf heures quinze. Ce n'était pas important, mais, comme un espion de roman, Scase avait pris l'habitude de noter l'heure de chacun des déplacements des habitants de la maison. Trois minutes plus tard, il aperçut la femme. Il remarqua aussitôt qu'elle avait un aspect inaccoutumé. Elle n'avait ni filet à provisions ni poussette, seulement un grand sac à main. Au lieu d'avoir son gilet de laine, elle était vêtue d'un manteau beige d'une coupe banale, un peu trop long pour être à la mode. Un foulard imprimé bleu et blanc couvrait sa tête, obscurcissant son visage. Une légère brise soufflait et il ne faisait pas froid ; peut-être voulait-elle rester bien coiffée. Le plus étonnant, c'était qu'elle portait des gants beiges — note de solennité qui renforçait l'impression que cette sortie différait des autres, que Mrs. Palfrey avait tenté d'être un peu plus élégante.

Scase saisit son sac à dos et la suivit en vitesse. Elle n'avait qu'une avance de cinquante mètres sur lui. Il vit qu'elle se dirigeait vers Victoria. Alors qu'il traversait Ecclestone Bridge derrière elle et longeait le côté de la gare, il se demanda avec inquiétude si elle allait se mettre dans la queue, à la station de taxis, devant l'entrée principale. Mais, à son soulagement, elle tourna pour descendre dans le métro. Elle prit un ticket au distributeur automatique à trente-cinq pennies. Scase découvrit qu'il n'avait pas de pièce de cinq pennies et deux jeunes touristes chargés de sacs à dos qui s'étaient faufilés devant lui avaient déjà inséré dix pence et prenaient leur temps pour trouver la monnaie nécessaire. Mais Scase avait déjà deux pièces de dix pennies dans sa main. Il les introduisit rapidement dans le distributeur voisin et parvint à suivre Mrs. Palfrey, à quelques mètres de distance à travers le portillon et en bas, à la Victoria Line.

Sur l'escalier roulant, il resta aussi près d'elle qu'il osa, craignant qu'elle n'arrivât juste à temps pour attraper un train. Mais il entendit le grondement d'une rame qui s'éloignait avant qu'aucun d'eux n'eût atteint le quai. La suivante arriva un instant plus tard ; la voiture n'était qu'à moitié pleine. Scase s'installa près de la portière, à quelque distance de la femme. Mrs. Palfrey était assise immobile, raide, les yeux fixés sur la publicité en face d'elle, les pieds joints, ses mains gantées reposant sur ses genoux. Elle avait l'air tendue, préoccupée. L'imaginait-il ou s'armait-elle vraiment de courage pour quelque épreuve, figée dans l'absorption de soi d'une victime en route pour un examen médical redouté ou une entrevue décisive ?

Elle changea à Oxford Circus et Scase marcha derrière elle dans le long couloir qui menait à la Bakerloo Line. Pas une seule fois elle ne tourna la tête. Elle descendit à Marylebone. Scase la suivit sur l'escalier mécanique, serrant dans sa main une pièce de cinquante pennies pour payer le bout de trajet supplémentaire qu'il avait fait, soudain inquiet à l'idée que le contrôleur pût être trop lent à lui rendre la monnaie. Mais tout se passa bien. D'un geste rapide et nonchalant, l'employé du métro lui glissa trente-cinq pennies dans la main et Scase sortit du contrôle avant que Mrs. Palfrey n'eût parcouru la moitié du hall de la station Marylebone. A sa joie, il la vit de nouveau dépasser la queue de trois ou quatre personnes qui attendaient un taxi et se diriger au nord, vers Marylebone Road.

Là, il resta un peu plus en arrière. Les feux de signalisation étaient contre elle et un flot dense de véhicules roulait dans les deux sens, obstruant son chemin. Scase se dit que les feux mettraient un moment à changer ; il ne voulait pas se tenir près d'elle, seul à ses côtés devant le passage pour piétons. Mais il fallait à tout prix qu'il traversât en même temps qu'elle, sinon plusieurs minutes s'écouleraient au cours desquelles Mrs. Palfrey pouvait se perdre dans le dédale des rues situées au sud de la grande artère de Marylebone Road. Mais, de nouveau, tout se passa bien. Il n'était qu'à quelques mètres d'elle quand ils traversèrent ensemble, mais elle ne sembla pas s'apercevoir de sa présence. Elle tourna dans Seymour Place.

Et là était sa destination : un imposant bâtiment de pierre orné d'armoiries compliquées sculptées au-dessus de la corniche. Une plaque informa Scase qu'il s'agissait du tribunal pour enfants du centre de Londres. Mrs. Palfrey disparut par la grande porte ouverte à deux battants d'où sortait un tumulte de voix enfantines aussi aiguës et discordantes que dans une cour de récréation. Scase poursuivit son chemin, se demandant ce qu'il devait faire. De toute évidence, Mrs. Palfrey n'était ni une délinquante ni la mère d'un délinquant. Il savait qu'elle ne travaillait pas ici. Cela signifiait donc qu'elle était soit témoin, soit magistrat pour mineurs. La dernière possibilité lui paraissait improbable, mais dans un cas comme dans l'autre, il n'y avait aucun moyen de prévoir à quel moment la femme réapparaîtrait. Pour finir, Scase entra d'un air résolu et demanda à l'agent de service s'il pouvait assister au procès. On lui répondit par un « non » poli : le public n'était pas admis aux sessions d'un tribunal pour enfants. Scase dit :

« Une de mes amies, une certaine Miss Yelland, est ici en qualité de témoin. J'ai oublié le nom de l'affaire, mais je lui ai dit que je viendrais la chercher. A quelle heure, environ, auront-ils terminé ?

— Cela dépend du rôle, monsieur. Et il y a plusieurs audiences aujourd'hui. Si c'est une affaire plaidée, la dame que vous attendez pourrait en avoir pour un bon moment. Mais tout le monde devrait être sorti entre le milieu et la fin de l'après-midi. »

Scase retourna à Marylebone Road. Il s'assit sur un banc, à côté de l'arrêt d'autobus, pour réfléchir. Cela valait-il la peine de tuer le temps jusqu'à ce que Mrs. Palfrey quittât le tribunal en fin de journée ? Finalement, il décida que c'était ce qu'il devait faire. Si ce qu'il croyait était vrai — que la meurtrière et sa fille vivaient dans ce quartier, quelque part à proximité de Regent's Park —, Mrs. Palfrey se trouvait assez près d'elles pour la première fois depuis qu'il la filait. Il était donc possible qu'elle leur rendît visite sur le chemin du retour. Il reviendrait en fin d'après-midi et attendrait qu'elle sorte. Ce serait une porte difficile à surveiller. Il n'y avait pas de librairie en face où il aurait pu commodément faire semblant de lire. Il lui faudrait revenir à temps, puis arpenter Seymour Place sans perdre de vue l'entrée du tribunal, mais sans trop s'en approcher pour ne pas attirer l'attention. Sa lente promenade, la nécessité d'une vigilance constante seraient pénibles, mais il devrait lui être assez facile d'éviter la suspicion. On n'était pas ici dans une rue de village où des yeux curieux vous guettaient derrière les rideaux, A condition de marcher posément et de traverser la rue de temps en temps au feu, il était peu probable qu'on remarquât ses allées et venues. Et même si quelqu'un les remarquait, qu'est-ce que cela pouvait faire ? Il devenait exagérément prudent, se dit-il. Il n'y avait que trois personnes auxquelles il devait cacher sa présence, et l'une d'elles se trouvait à l'intérieur de ce bâtiment. Entre-temps, il irait passer deux heures à la bibliothèque de Marylebone Road — la fille étant quelqu'un qui lisait, il y avait même une chance pour qu'il la rencontrât là-bas — puis il se rendrait à Regent's Park et revisiterait la roseraie. Il trouverait sûrement un endroit en haut de Baker Street où il pourrait s'acheter un sandwich et un café pour le déjeuner. Il consulta sa montre-bracelet. Il était presque dix heures. Remontant la lanière de son sac à dos, il tourna à droite et se dirigea vers Baker Street.

16

ELLE n'avait jamais vraiment voulu être magistrat d'un tribunal pour enfants, mais Maurice lui avait conseillé avec la force persuasive d'un ordre de « trouver d'autres sujets d'intérêt en dehors de la cuisine » ; puis la femme d'un de ses collègues, elle-même magistrat, avait suggéré le tribunal pour enfants et proposé la nomination de Hilda. Maurice avait dit :

« Ta participation aux délibérations pourrait être fort utile. Le tribunal est composé de bourgeois qui s'auto-perpétuent. Ils ont besoin que quelqu'un les oblige à secouer leur confort intellectuel. Et la plupart d'entre eux n'ont pas la moindre idée de la vie que mènent leurs clients. Tu apporteras à ce travail une expérience différente. »

Par « expérience différente », il entendait celle qu'elle avait acquise en habitant une bicoque dans la partie la plus pauvre de Ruislip et en fréquentant un collège technique, enfant unique de parents ouvriers qui pendaient leurs rideaux le côté imprimé à l'extérieur, pour les voisins, et qui rêvaient pour leur fille d'une carrière d'employée de banque, économisant pour prendre chaque année leurs vacances dans la même pension à Brighton.

Installée à la gauche du président, sous le blason royal, Hilda se dit que tout cela ne servait à rien. Lady Dorothy, près de laquelle elle était généralement assise, avait, elle, acquis son expérience à Eaton Square, et passait ses week-ends dans un presbytère du XVIIᵉ siècle rénové, dans le Norfolk. Pourtant, bien que tout la séparât des enfants ou des parents qui se tenaient devant elle dans des attitudes variées de résignation, de maussaderie ou de peur, Lady Dorothy ne semblait avoir aucune difficulté à partager leurs sentiments. Elle les traitait avec un vigoureux bon sens tempéré par plus de sensibilité que ne le laissaient supposer son épaisse silhouette vêtue de tweed, son ton arrogant et bourru. Après avoir parcouru le rapport d'un assistant social qui mentionnait un mari en prison, trop d'enfants et trop peu de tout le reste, elle se penchait en avant et disait à la mère du jeune délinquant :

« Je vois que votre mari n'est pas chez lui en ce moment. Avec quatre fils, cela doit vous rendre la vie bien difficile. Et ces ménages de bureaux que vous faites à Holborn, ça représente un long voyage. Comment y allez-vous ? Par la Central Line ? »

Alors la femme, qui semblait sentir qu'on lui témoignait un intérêt et une compassion que la voix de Lady Dorothy ne communiquait certainement pas à Hilda, avançait avec empressement sur sa chaise et épanchait son cœur comme si la salle d'audience s'était soudain vidée et qu'elle fût seule avec Lady Dorothy : oui, en effet, sa vie n'était pas rose ; Wayne se conduisait correctement à la maison, mais son père lui manquait et il s'était mis à fréquenter la bande de Billings ; il ne voulait pas aller à l'école parce qu'il y avait toujours des garçons qui voulaient le tabasser ; elle avait essayé de l'accompagner, mais cela lui faisait perdre une heure de travail et, de toute façon, Wayne s'enfuyait de nouveau aussitôt l'appel terminé ; son trajet quotidien ne lui posait pas de problème, sauf qu'elle devait changer à Oxford Circus et puis c'était cher — le métro avait encore augmenté — et ce n'était pas la peine d'essayer d'y aller en bus parce qu'ils passaient trop irrégulièrement le matin.

Lady Dorothy hochait la tête d'un air compréhensif, comme si elle avait changé à Oxford Circus toute sa vie pour aller faire des ménages à Holborn. Mais, d'une certaine façon, il y avait un contact entre les deux femmes. Elles avaient conscience d'un élan de sympathie mutuelle, même si celle-ci restait inexprimée. Ensuite, la mère du délinquant se sentait mieux et, comme le supposait Hilda, Lady Dorothy aussi. Hilda se souvint d'avoir surpris le commentaire d'un collègue magistrat :

« Elle les traite comme si elles étaient les épouses du garde-chasse de son père, mais ça a l'air de marcher. »

Mais ce qui transformait chaque session du tribunal pour enfants en un long purgatoire pour Hilda, ce n'était pas son incompétence en tant que magistrat — elle était désormais habituée à l'incompétence — mais sa peur de rougir. Certains jours étaient pires que d'autres, mais elle ne pouvait jamais espérer échapper entièrement à l'angoisse que lui causait cette infirmité. Tôt ou tard, à un moment du procès, elle savait que cela allait arriver, que rien ne pourrait l'arrêter, ni volonté, ni prière désespérée, ni les pitoyables expédients qu'elle avait inventés pour cacher son visage en feu : main posée en visière au-dessus du front comme si elle était plongée dans la réflexion, examen studieux de ses papiers de manière à faire tomber ses cheveux sur ses joues, accès de toux simulé, son mouchoir porté à sa figure. Elle sentait, comme une douleur physique, la première étreinte de la peur, puis cela commençait. Une rougeur brûlante envahissait son cou, tachait son visage — difformité écarlate de la honte. Elle sentait que tout le monde la regardait. L'enfant accompagné de ses parents qui s'agitait sur sa chaise, le greffier qui levait sa tête du registre pour la dévisager avec étonnement, les assistants sociaux qui l'observaient avec une pitié professionnelle, le président qui s'interrompait brièvement pour lui jeter un coup d'œil avant de détourner le regard, embarrassé, les agents de police qui la considéraient fixement, la mine impassible. Puis la marée rouge et palpitante refluait, la laissant pour un moment aussi froide et purifiée qu'une plage lavée par la mer.

Ce jour-là, elle avait passé l'épreuve de la session du matin sans trop de difficulté. A une heure, le tribunal levait la séance. Les trois magistrats avaient l'habitude de déjeuner ensemble dans un petit restaurant italien de Crawford Street. Ce matin, ses collègues étaient Mr. Carter, un colonel de l'armée de l'air, et Miss Belling. Le colonel était un homme aux cheveux gris, raide et pointilleux, qui la traitait avec une courtoisie démodée qu'on pouvait parfois prendre à tort pour de la bonté. Miss Belling, directe, au regard pénétrant derrière ses immenses lunettes cerclées d'écaille, enseignait l'anglais dans un collège technique de la périphérie. Son attitude envers Hilda ressemblait à celle qu'elle devait avoir envers une lycéenne de troisième pas très brillante, mais Hilda ne s'en formalisait pas : cela correspondait au jugement qu'elle portait sur elle-même. Aucun de ces deux compagnons n'étaient bien intimidants et Hilda aurait presque pris plaisir à ses lasagnes et à son beaujolais si elle n'avait craint que le colonel, qui ne manquait jamais de s'enquérir de sa famille, lui demandât ce que devenait Philippa.

La première affaire de l'après-midi n'avait commencé que depuis vingt minutes quand elle sentit son cœur s'emballer ; aussitôt, la marée rouge envahit son cou et son visage. Elle prit le mouchoir qu'elle tenait sur les genoux et y enfouit sa bouche et son nez, feignant d'étouffer une quinte de toux. Pendant la session du matin et durant la pause de midi, ses mains nerveuses avaient transformé le bout de tissu en un chiffon humide. Maintenant, il empestait la sueur, la sauce à la viande et le vin. Pendant qu'elle toussait de sa fausse toux qui, même à ses oreilles, sonnait faux, l'assistante sociale debout à la barre hésita, jeta un regard vers le banc, puis poursuivit son témoignage. Sans la regarder, Miss Belling, qui présidait, poussa la carafe d'eau dans sa direction. Hilda prit le verre d'une main tremblante. Mais quand l'eau tiède glissa sur sa langue, elle sut que le pire était passé. L'attaque n'avait pas été trop violente. La marée rouge se retirait. Maintenant, elle était tranquille jusqu'à la fin de la session, tranquille jusqu'à la prochaine fois.

Chiffonnant son mouchoir sur ses genoux, elle leva la tête et se trouva en train de plonger son regard dans une paire d'yeux terrifiés. D'abord elle crut que cette gamine assise seule, à un mètre à peine du banc, était la délinquante. Puis elle se souvint. Il s'agissait dans cette affaire de mauvais traitements infligés à un bébé, et cette fille était la mère. Âgée de seize ou dix-sept ans, elle avait un visage blafard, un corps dégingandé, des cheveux blonds en désordre, un nez mince et pointu au-dessus d'une bouche dont la lèvre supérieure était charnue et arquée, la lèvre inférieure molle et presque exsangue. Elle ne portait aucun maquillage, à part un trait noir baveux autour des yeux. Remarquablement grands, gris et espacés, ceux-ci étaient tournés vers Hilda en un appel désespéré.

Hilda remarqua pour la première fois la façon incongrue dont la fille était habillée. Quelqu'un avait dû lui conseiller de mettre un chapeau. Le sien était un chapeau de paille à larges bords décoré d'une grappe de cerises dont les feuilles, froissées et pâlies, pendaient d'un côté. Peut-être avait-il originellement été acheté pour son mariage. Elle portait une courte jupe noire. Une broche en forme de rose tirait sur le fin coton de son tee-shirt beige au slogan effacé par les lessives. La fille avait les jambes nues, ses genoux pleins de croûtes et de bosses comme ceux d'un enfant. Ses pieds étaient chaussés de sandales à épaisses semelles de liège et lanières en plastique attachées autour des chevilles. Dans ses bras, elle tenait un sac noir bourré, d'une forme démodée et très grand. Elle le serrait désespérément contre sa poitrine comme si elle craignait qu'un des magistrats sautât de son banc pour le lui arracher. Elle continuait à regarder fixement Hilda. Ses yeux n'exprimaient qu'un appel au secours, mais Hilda eut conscience d'un message plus compliqué et plus personnel : un douloureux élan de pitié. Elle eut envie de se pencher et de tendre les mains vers la fille, de la faire se lever et d'entourer son corps rigide de ses bras. Cette impossible étreinte les réconforterait peut-être toutes les deux. Elle aussi était jugée, considérée comme incapable, privée de son bébé. Sa bouche se fendit en un inadmissible sourire. On ne le lui rendit pas. La jeune fille — elle avait davantage l'air d'une enfant — était trop terrifiée pour répondre à une aussi timide et suspecte marque d'amitié.

Elle ne semblait pas écouter l'assistante sociale. Celle-ci poursuivait son témoignage. L'enfant, un garçon de dix semaines, avait été confié à un foyer sous injonction de placement surveillé et les autorités locales demandaient un renouvellement de cette ordonnance afin de préparer l'audience finale. A la fin de la déposition, Miss Belling se tourna vers le colonel, puis vers Hilda. Elle chuchota :

« Nous renouvelons donc l'injonction de placement provisoire pour vingt-huit jours, n'est-ce pas ?

Cela devrait donner aux autorités locales le temps de constituer leur dossier. »

Hilda ne répondit pas. Miss Belling répéta :

« Nous renouvelons donc l'injonction provisoire ? »

Hilda se surprit en train de déclarer :

« Je pense que nous devrions en discuter. »

Sans manifester la moindre irritation, Miss Belling informa le tribunal que les magistrats allaient se retirer. Étonnée, la cour se leva tandis que Miss Belling conduisait ses collègues hors de la salle.

Rien de ce qu'elle pourrait dire ou faire ne changerait quoi que ce soit, se dit Hilda ; le mélange malsain de pitié et d'indignation qu'elle éprouvait était futile. Ils devaient protéger le bébé. Majestueuse, bien intentionnée, faillible, la machine judiciaire continuerait inexorablement à tourner ; rien de ce qu'elle, Hilda, pourrait dire ou faire ne l'arrêterait. Et, si on l'arrêtait, alors le bébé serait peut-être de nouveau maltraité. Et s'il mourait ? Dans la petite pièce étouffante où ils délibéraient, ses confrères se montrèrent très patients avec elle. Après tout, elle ne leur avait encore jamais causé d'ennuis jusque-là. Le colonel Carter essaya de lui expliquer ce qu'elle savait déjà.

« Nous ne faisons que proposer une injonction de placement provisoire pour une durée de vingt-huit jours. Les autorités locales ont besoin de trois ou quatre semaines pour établir leur dossier. Nous devons continuer à protéger le bébé entre-temps. Ensuite, ce sera au tribunal de prendre une décision.

— Mais ils lui ont enlevé son enfant il y a six semaines ! Maintenant, il va falloir qu'elle attende quatre semaines de plus. Et s'ils ne le lui rendaient pas, en fin de compte ? »

Miss Belling répondit avec une étonnante douceur :

« Ce sera à la cour d'en juger. C'est-à-dire nous, et non pas quelque "ils" anonyme. L'enfant est sous la protection d'une ordonnance de placement surveillé. Celle-ci expire demain. Je pense que nous ne pouvons pas simplement rejeter la demande de renouvellement des autorités locales. En fait, cela voudrait dire renvoyer le bébé chez lui. Le risque serait trop grand. Vous avez entendu le rapport du médecin ? Les marques rondes à l'intérieur des cuisses qui font penser qu'on l'a brûlé avec une cigarette, la côte cassée guérie, les bleus sur les fesses — rien de tout cela n'était accidentel.

— Mais l'assistante sociale a dit que le mari avait quitté la maison. Il a abandonné sa famille. Si c'est lui le coupable, l'enfant sera en sécurité maintenant.

— Nous ignorons si c'est lui le coupable. Nous ignorons qui a maltraité le bébé. Ce n'est pas à nous qu'il incombe de l'établir. Nous ne sommes pas un tribunal pour adultes. Notre tâche, c'est de considérer le bien-être de l'enfant. Nous devons continuer à le protéger jusqu'à l'action judiciaire qui statuera définitivement sur son cas.

— Alors elle perdra son bébé complètement, j'en suis sûre. Il n'a que dix semaines et cela fait déjà six semaines qu'il est séparé de sa mère. Et personne ne plaide sa cause à elle.

— Oui, c'est ce qui m'ennuie dans ces affaires, convint Miss Belling. Jusqu'à l'application de l'article 64 de la loi sur l'Enfance de 1975, une mère se trouvant dans ce genre de situation n'a pas droit à un avocat de l'aide judiciaire. C'est à l'enfant qu'on donne un défenseur, pas aux parents. C'est un scandale. Il devrait y avoir une procédure quelconque pour examiner les lois qui ne sont jamais mises en vigueur ou dont l'application est aussi retardée que dans ce cas. Mais ce n'est pas notre problème. Nous ne pouvons rien y changer. Ce que nous devons faire maintenant, c'est décider s'il existe assez de preuves pour justifier un renouvellement de l'injonction provisoire de placement. Je crois que nous n'avons pas vraiment le choix. Nous ne pouvons pas empêcher le mari de rentrer chez lui quand il le voudra ; sa fille a probablement envie qu'il revienne. Et, même si elle n'a pas maltraité l'enfant elle-même, elle a de toute évidence été incapable d'empêcher son mari de le faire. »

Hilda murmura :

« J'aimerais pouvoir les prendre tous deux chez moi : la mère et l'enfant. »

Elle pensa à la chambre de Philippa, si propre, si vide. Philippa n'en avait pas voulu, l'avait rejetée, mais la fille y serait heureuse et en sécurité. Elle pourrait placer le lit du bébé sous la fenêtre qui donnait au sud. Elle avait l'air d'avoir besoin d'être retapée ; ce serait merveilleux de faire la cuisine pour quelqu'un qui avait vraiment faim. Hilda entendit Miss Belling dire :

« Essayez de vous rappeler ce qu'on vous a appris pendant votre formation. Un tribunal pour enfants n'a rien à voir avec l'aide sociale. C'est aux autorités locales de s'occuper de l'enfant. Nous autres, nous devons agir judicieusement, dans le cadre de la loi, des règlements. »

Quand ils se furent réinstallés sur le banc, Miss Belling annonça brièvement la décision prévue. Ensuite, Hilda ne rencontra plus le regard de la fille. Elle ne fut consciente que d'une chose : pendant un instant, la maigre silhouette se tint là, comme une prisonnière attendant sa sentence, serrant son sac à main, peu après, elle avait disparu. Pendant le reste de l'après-midi, Hilda se força à s'intéresser à chaque affaire. Défila devant elle le triste cortège d'inadaptés, de criminels, de déshérités. Lisant soigneusement chaque rapport des assistants sociaux avec leur catalogue de pauvreté, d'incapacité, de misère et d'échec, elle sentit peser de plus en plus sur elle sa propre impuissance, sa propre insuffisance. Après la session, tandis qu'elle se tenait seule au soleil, devant le tribunal, elle éprouva soudain un désir irrésistible de voir Philippa, de s'assurer qu'elle, au moins, allait bien. Elle voulait lui parler. Elle savait que c'était impossible. Philippa lui avait clairement fait comprendre que la rupture, si temporaire fût-elle, devait être totale. Mais Hilda connaissait son adresse et Delaney Street était si près... Cela ne ferait de mal à personne si elle jetait un coup d'œil à la façade de sa maison pour découvrir où elle vivait avec sa mère.

Comme d'habitude, elle marcha les yeux baissés, évitant les lignes entre les pavés. Depuis sa plus tendre enfance, elle savait que poser les pieds sur le trait portait malheur. Elle se demanda si c'était un moment opportun pour aller à Delaney Street. Si Philippa et sa mère travaillaient toutes les deux, ce qui était presque certain, elles rentreraient peut-être chez elles à cette heure. Ce serait affreux de tomber nez à nez avec elles ! Philippa penserait qu'elle les espionnait. Elle avait tellement insisté sur le fait qu'elle voulait préserver leur intimité. On ne devait dire à personne où elles étaient, personne ne devait leur rendre visite. Elle avait seulement donné son adresse à Hilda pour que celle-ci pût lui faire suivre son courrier et se mettre en rapport avec elle en cas d'urgence. Quelle urgence ? se demanda Hilda. Jusqu'à quel point Maurice devait-il être malade pour que cela comptât comme une urgence ? Elle-même ne compterait jamais, se dit-elle. Elle pria : « Je vous en prie, mon Dieu, faites qu'elles ne me voient pas. » Sa vie était ponctuée de telles requêtes irrationnelles et désespérées. « Mon Dieu, faites que la crème brûlée réussisse » ; « Mon Dieu, aidez-moi à comprendre Philippa » ; « Mon Dieu, faites que je ne rougisse pas pendant cette session » ; « Mon Dieu, faites que Maurice se remette à m'aimer. » Les crèmes brûlées réussissaient toujours, mais pour cela elle n'avait pas tellement besoin de l'aide de Dieu. Ses autres prières, ces extravagantes demandes d'amour, restaient insatisfaites. Cela ne la surprenait pas. Après son mariage, elle avait cessé d'aller à l'église ; elle ne pouvait guère s'attendre à ce que ses prières fussent exaucées alors qu'il était tellement évident qu'elle craignait Maurice plus qu'elle ne craignait Dieu.

Elle se dirigea vers Marylebone Road sans remarquer l'observateur silencieux qui se tenait à vingt mètres d'elle, sur le trottoir opposé. L'homme pressa le pas pour attraper le feu vert, traversa en même temps qu'elle et la suivit à distance respectueuse au-delà de la station de métro, de l'autre côté de Lisson Grove et le long de Mell Street.

17

IL les avait donc enfin trouvées. Il se tenait dans Delaney Street, l'air calme, ses doux yeux clignotant derrière ses lunettes, mais, s'il avait pu, il aurait levé les bras et crié sa joie. Une partie de lui-même — le souvenir de ce garçon qui s'était agenouillé dans la chapelle méthodiste de Brighton — avait envie de s'agenouiller maintenant, de sentir ses genoux contre le dur pavé. Il avait eu raison : la meurtrière était à Londres. Elle se trouvait à quelques mètres de lui, dans un appartement situé au-dessus d'un marchand de légumes, au numéro 12. Une dizaine de minutes plus tôt, il avait vu Mrs. Palfrey rôder dans les parages, lever les yeux, passer rapidement devant le magasin, revenir sur ses pas, lever de nouveau les yeux. Si elle avait été un agent provocateur payé pour le conduire à sa proie, elle n'aurait pu se livrer à un meilleur mime de la trahison. Après avoir ainsi arpenté le trottoir pendant deux minutes, elle avait acheté deux oranges à l'éventaire, lorgnant subrepticement les fenêtres de l'appartement, peut-être effrayée à l'idée de voir apparaître les deux femmes. Pourquoi était-elle si nerveuse ? se demanda Scase. La fille avait-elle défendu qu'on la dérangeât ? Quelles étaient au juste ses relations avec ses parents adoptifs, en supposant qu'elle eût été adoptée ? Mais elle avait été adoptée, c'était évident. Elle était incontestablement la fille de la meurtrière et, tout aussi incontestablement, elle s'appelait Palfrey. Ses parents adoptifs avaient peut-être désapprouvé son départ. Scase se sentit envahi par un regain d'excitation à l'idée que cette timide visite de Mrs. Palfrey était peut-être le préambule à une réconciliation. Et si la fille retournait à Caldecote Terrace et laissait la meurtrière seule, sa tâche à lui serait plus facile.

Après avoir acheté les oranges, Mrs. Palfrey avait marché d'un pas plus pressé que d'habitude jusqu'à Edgware Road en passant par Mell Street, puis s'était mise à attendre le bus 26 à destination de Victoria. Elle rentrait chez elle. Il n'avait plus besoin de la suivre. Scase faillit retourner en courant à Delaney Street, terrifié à l'idée qu'il pût manquer la mère et la fille Ducton, qu'il pût ne pas avoir la confirmation qu'elles habitaient réellement ici. Mais arrivant au coin de la rue et parcourant des yeux sa morne longueur, il en eut la certitude. Il connaissait ce sentiment de triomphe et de peur qui maintenant montait en lui. Il éprouvait de nouveau l'excitation malsaine du garçon de dix ans qui, debout sur le sable humide, sous la jetée de Brighton, avec le grondement de la mer dans les oreilles, tenait dans ses petites mains le butin de son dernier vol. Sans le moindre remords. C'était extraordinaire : pendant toutes les années où il avait été parfaitement innocent, il avait vécu en permanence écrasé par un sentiment de culpabilité ; paradoxalement, ce fardeau s'était allégé dès qu'il avait commencé à voler. Le même phénomène s'était produit à la mort de Julie. Quand il enfoncerait le couteau dans la gorge de Mary Ducton, il chasserait à jamais la culpabilité de son esprit. Impossible de savoir s'il pourrait libérer l'esprit de Mavis ; il savait seulement qu'il libérerait le sien.

Ce fut alors qu'elles apparurent. Cette fois l'expérience fut moins brutale que lorsqu'il les avait vues dans Regent's Park et il se maîtrisa mieux. La fille ferma la porte d'entrée en disant quelque chose à sa mère. Toutes deux prirent la direction de Mell Street. Elles portaient des vêtements de sport : pantalon et veste. Scase se hâta de tourner dans Mell Street, pensant qu'elles étaient en route pour Baker et le West End, mais, jetant un coup d'œil par-dessus son épaule, il vit qu'elles empruntaient le même chemin et n'étaient qu'à une cinquantaine de mètres derrière lui. Il enfila rapidement une rue latérale et attendit qu'elles fussent passées.

De retour dans Delaney Street, il étudia la rue en stratège. Maintenant qu'il savait qu'elles n'étaient pas là pour l'observer, il pouvait prendre son temps. Le problème était de trouver un endroit où il pût faire le guet sans attirer l'attention. Le *Blind Beggar* était une possibilité évidente, vite rejetée. Dans un petit pub londonien, les habitués se connaissaient tous et étaient connus du patron ; un client nouveau et assidu se ferait remarquer. On ne s'imposerait pas à lui : nulle part ailleurs il ne serait aussi protégé d'une ingérence dans sa vie privée. Cependant, quand on découvrirait le cadavre, il figurerait forcément parmi les suspects. S'il tuait ici, sur le territoire de la meurtrière, la police viendrait dans ce pub, avec ses photographes et ses questions. Si le bistrotier ou ses clients avaient des raisons de rendre service aux flics, l'un d'eux parlerait tôt ou tard. De plus, Scase buvait peu et la perspective de s'asseoir là, dans la fumée de tabac et l'odeur de bière, sous le regard curieux des habitués, lui répugnait. Et, de toute façon, le bistrot ne valait rien comme poste d'observation. Comme dans tous les pubs victoriens, l'intérieur était à l'abri des regards indiscrets de l'extérieur. Aussi, à moins de rester debout et d'observer la rue par-dessus la vitre peinte, il ne verrait rien.

Le libraire situé à côté du pub et le brocanteur adjacent au marchand de légumes lui offriraient l'occasion de s'arrêter, de feuilleter et de fureter. Mais là aussi il risquait de se faire remarquer s'il y allait trop souvent. La meilleure solution, ça serait peut-être la blanchisserie automatique. L'idée d'avoir à s'encombrer de ses quelques vêtements de rechange pour des lavages fréquents et inutiles l'ennuyait ; mais, se dit-il, il n'avait pas besoin de laver quoi que ce soit, après tout. Une fois qu'il y aurait assez de monde à la laverie, il lui suffirait de s'asseoir là patiemment comme les autres, avec son sac en plastique et son journal. Tout le monde croirait que son linge était en train de tourner dans une des machines. Pendant la maladie de Mavis, il portait toujours leurs draps à la blanchisserie du coin. Les clients, là-bas, avaient eu l'habitude d'aller et venir, de partir faire des courses ou prendre un verre en attendant que leur lessive soit prête. Mais, même là, il lui faudrait se montrer prudent. Il y avait moins de chances que la police enquêtât dans un endroit pareil ; mais il ne pouvait tout de même pas y passer ses journées. Toutefois, la meurtrière et sa fille y viendraient peut-être. Elles utilisaient sûrement une laverie située si près de leur domicile.

Il lui apparut de plus en plus clairement qu'il lui fallait tenter de s'introduire dans l'appartement. D'un pas lent mais résolu, il descendit ce côté-là de la rue et nota la serrure. C'était une simple Yale, une des plus faciles à forcer. Le marchand de légumes occupait ce qui avait dû être autrefois la pièce sur le devant de la maison d'origine. Scase vit qu'il y avait une porte sur le côté du magasin : elle devait mener au vestibule. Elle aussi était pourvue d'une serrure Yale.

Il traversa, s'approcha du bouquiniste et se mit à
fouiller dans des cartons de livres de poche posés
sur une table à tréteaux. Soudain, il se demanda
pourquoi il était là, pourquoi il n'avait pas suivi la
meurtrière et sa fille. Il avait son couteau sur lui.
Qu'est-ce qui l'avait empêché de les filer et de saisir
la première occasion ? Cela s'était déjà vu. Il l'avait
lu assez souvent dans les journaux : le trottoir
encombré, la cohue à l'entrée d'une station de
métro, l'agresseur silencieux enfonçant son couteau
et s'enfuyant avant que les témoins, embarrassés,
puis perplexes et finalement horrifiés ne se rendent
compte de ce qui s'était passé. C'était en partie
parce que tout était arrivé trop vite, d'une façon
trop inattendue, se dit-il. Jusque-là, il s'était surtout
préoccupé de les retrouver ; il n'avait pas encore
tourné ses pensées vers l'acte lui-même. Mais il y
avait plus. Scase ne voyait pas les choses de cette
façon : un crime sordide dans la rue, un crime
public, précipité, maladroit, peut-être même raté. Il
voyait les choses autrement. Dans son imagination,
la meurtrière et lui étaient seuls ensemble. Elle
était couchée dans son lit, endormie, le cou offert,
le pouls battant. L'exécution, le coup de couteau
dans sa gorge aurait lieu sans hâte, avec cérémonie
— rituel de justice et d'expiation.

La librairie lui permettait de faire une pause. En
partie obscurcie de l'intérieur par le dos d'une
bibliothèque, la devanture reflétait l'extérieur comme
un miroir. Levant les yeux de l'exemplaire crasseux
de *L'Adieu aux armes* qu'il feignait de regarder,
Scase vit que le marchand de légumes fermait
boutique : il traînait les sacs de pommes de terre et
d'oignons à l'arrière, empilait les caisses de laitues
et de tomates, démolissait ses pyramides soigneusement édifiées de pommes et d'oranges, ôtait le
tapis d'herbe artificielle de l'étalage. Scase posa son
livre et traversa nonchalamment. Il s'approcha du

magasin de brocante. Là, une partie du trottoir était encombrée d'articles de moindre valeur : un bureau dont tous les tiroirs manquaient, deux chaises cannées aux sièges affaissés et troués, un tub en fer-blanc contenant de la vaisselle fêlée. Sur le bureau se trouvait un carton presque plein de vieilles lunettes enchevêtrées. Scase fouilla dans le tas, en sortit une ou deux paires qu'il tint devant ses yeux comme pour les essayer. A travers une brume déformante, il vit le marchand de légumes enlever sa blouse beige et prendre une veste en jean accrochée à une patère au fond du magasin. Puis il disparut une seconde, revint muni d'une gaffe et descendit avec fracas son rideau de fer.

Une minute plus tard, il sortit par la porte de devant qu'il ferma énergiquement derrière lui, puis remonta Delaney Street. Il n'habitait donc pas au-dessus du magasin, se dit Scase. Malgré tout, il devait avoir besoin d'une clef pour la serrure Yale, puisque son local était fermé de l'intérieur et qu'il ne pouvait y accéder qu'en passant par la porte d'entrée. Il gardait la clef sur lui, avec d'autres, peut-être, sur un porte-clefs, vraisemblablement dans la poche de sa veste. Il portait un jean moulant pourvu de deux poches arrière plates qui épousaient la forme de ses fesses. Les clefs ne pouvaient s'y trouver. Presque machinalement, Scase sortit une paire de lunettes après l'autre, les tournant et les retournant dans sa main. Cela vaudrait peut-être la peine d'en acheter une ou deux s'il pouvait en trouver qui ne déforment pas trop la vision. Changer de lunettes modifierait son apparence. Il n'avait encore jamais pensé à se déguiser : il ne se sentait aucun talent pour cela. Mais il y avait un autre talent qu'il était certain de posséder. Il ne l'avait pas pratiqué depuis de nombreuses années, mais alors il n'avait jamais connu d'échecs : il était un excellent pickpocket.

Sa joie d'avoir enfin trouvé les deux femmes était si grisante qu'il avait du mal à quitter Delaney Street. Toutefois, la porte du numéro 12 lui était fermée, il n'y avait là aucune cachette sûre et il avait besoin de retourner à la sécurité et à l'anonymat de sa chambre mansardée ; il lui fallait du temps pour se reposer, réfléchir, établir des plans. Avant de partir, il descendit la rue une dernière fois, cherchant des possibilités. Ce fut alors qu'il remarqua l'étroit passage sur le côté du *Blind Beggar*, entre le mur de brique noirci du pub et la palissade en tôle ondulée d'environ deux mètres de haut qui ceignait un terrain vague infesté de mauvaises herbes. Il examina les panneaux en face de Delaney Street : rouillés, branlant dans leur support de béton, ils s'étaient affaissés sur le côté, laissant bâiller des fentes à travers lesquelles il serait possible d'observer la rue. Restait à trouver un moyen de pénétrer dans le terrain vague, et à vérifier qu'aucune fenêtre des bâtiments alentours ne dominerait son poste stratégique.

Il regarda rapidement autour de lui, puis se glissa dans le passage. Si on l'interpellait, il avait une réponse crédible, toute prête : il dirait sur un ton d'excuse qu'il cherchait des toilettes. Il s'aperçut très vite que son explication serait plus plausible qu'il ne l'avait cru. La ruelle menait à une petite cour qui empestait la bière, l'urine et la poussière de charbon. A droite se trouvait la porte arrière du pub ; devant lui, une remise à charbon désaffectée et une porte en bois sur laquelle on avait grossièrement peint les lettres W.C.

Scase se précipita dans le cabinet et tira le verrou. Par la fente du haut, il pouvait voir à l'arrière du pub, au premier étage, une petite fenêtre sale aux épais rideaux tirés et la palissade. Ici, celle-ci était encore moins solide que sur le devant. L'interstice entre deux des panneaux était, à son avis, assez grand pour permettre à quelqu'un de se faufiler. Cela devait probablement pouvoir se faire sans risque à la nuit tombée, malgré le réverbère à l'ancienne fixé au coin du pub. On était à la fin de l'été, un été froid et décevant, mais il faisait tout de même jour jusqu'à tard dans la soirée. A moins qu'il n'y eût aucune fenêtre surplombant le terrain vague, il lui faudrait sans doute restreindre son guet aux heures de la nuit.

Il faillit glisser à travers l'énorme siège de bois. Celui-ci devait être aussi vieux que le pub. Scase glissa ses maigres fesses sur le bord de la lunette et resta tapi là, comme un animal acculé, tous ses sens en éveil. Aucune voix ne retentissait dans la maison. Aucun bruit de pas, aucun cri ne lui parvenait de Delaney Street, et même le grondement de la circulation dans Mell Street paraissait assourdi. L'odeur du désinfectant lui piquait les narines. Il s'était mis à bruiner ; le vent se levait, poussant une brume à travers la fente de la porte, embuant ses lunettes. Sortant son mouchoir pour les nettoyer, Scase s'aperçut que sa main tremblait. C'était étrange. Pourquoi juste à ce moment précis, où il était en sécurité, à l'abri des regards ?

Il était temps de partir. Ayant pris sa décision, Scase quitta rapidement le cabinet et, de l'épaule, pressa contre le panneau le plus vulnérable de la clôture. Celui-ci céda légèrement. De la main, il tira le second panneau en avant et sentit l'arête tranchante du métal mordre sa paume. La brèche s'élargit. Scase se glissa à travers.

C'était comme pénétrer dans un jardin. Il avança à l'ombre de la palissade, des mauvaises herbes presque jusqu'à la taille. Avec leurs petites fleurs roses, ces plantes avaient un air fragile ; pourtant elles avaient percé la terre tassée, fissurant en partie le béton. Là où elles étaient le plus haut, il s'arrêta un moment pour examiner le terrain. Celui-ci convenait mieux à son projet qu'il n'avait osé l'espérer. Il n'y avait qu'une issue. Elle donnait sur Delaney Street. Scase constata qu'elle était barrée et cadenassée. Une rangée de maisons se dressait là autrefois ; sans doute les avait-on démolies pour en construire d'autres. Devant lui, Scase voyait un mur aveugle à l'endroit où la maison voisine avait été coupée. Il n'y avait pas de fenêtres dans la façade latérale du *Blind Beggar* et un bâtiment en verre et en béton, qui semblait être une école, bordait le quatrième côté du terrain. On pouvait peut-être le voir des étages supérieurs, mais l'édifice serait vide après les heures de classe, à moins, bien sûr, qu'on y donnât des cours du soir. Pas en été, tout de même. Il lui faudrait se renseigner à ce sujet.

Puis il se rendit compte que cela ne serait peut-être pas nécessaire. La chance avait l'air de lui sourire. Deux vieux véhicules, une fourgonnette cabossée et un châssis d'automobile sans roues, dont la portière gauche sortait de ses gonds, avaient été garés, ou abandonnés à quelques mètres de Delaney Street. Ces rebuts pouvaient le protéger contre le regard de tout observateur curieux se trouvant dans l'école, à condition d'être placés au bon endroit, c'est-à-dire, contre une partie de la palissade où les panneaux bâillaient. Même ainsi, sa vue serait limitée. D'une manière idéale, il avait besoin d'être juste en face du numéro 12. Il avança vers les voitures, toujours en rasant la clôture, comme s'il pouvait se confondre avec la surface ondulée.

Alors qu'il approchait de la fourgonnette, il pressa le pas, résistant à l'envie de courir pour se mettre confortablement à couvert derrière le véhicule. Quand il l'atteignit enfin, il s'immobilisa un instant, haletant de soulagement, les yeux fermés, le dos pressé contre la palissade. Au bout de quelques secondes, il s'obligea à ouvrir les yeux et à promener son regard autour du terrain vague. Toujours désert, celui-ci paraissait encore plus désolé maintenant que la bruine s'était transformée en une pluie oblique et que les touffes d'herbes luttaient contre un vent capricieux. Puis Scase se tourna pour examiner la palissade. Son vœu était exaucé : il y avait un interstice juste au-dessous de la hauteur de son œil. La brèche ne se trouvait pas exactement en face du marchand de légumes, mais elle était suffisante pour lui offrir une vue assez large.

Il resta là, les jambes légèrement pliées, les bras écartés, les doigts agrippant les courbes de la tôle, les yeux fixés sur le numéro 12, aux aguets. La pluie continuait à tomber, mouillant ses épaules, s'infiltrant dans le col de sa veste. Il essaya d'essuyer ses lunettes, mais son mouchoir fut vite trempé. Le réverbère au coin de Delaney Street s'alluma, posant un reflet tremblotant sur le trottoir mouillé. Quelque part, l'horloge d'une église sonnait les quarts, les demies ; elle carillonna neuf, dix, puis onze heures. Le bruissement des voitures qui passaient dans Mell Street s'espaça. Le brouhaha qui sortait du pub s'intensifia, puis s'apaisa avec un bruit de pas qui s'éloignent, de derniers cris d'adieu. Mais les femmes ne revenaient toujours pas. De temps en temps, Scase se redressait pour soulager la douleur intolérable qui lui transperçait les épaules et les jambes, puis baissait de nouveau la tête vers le trou dès qu'il entendait des pas. Elles ne rentrèrent qu'à onze heures et demie. Elles avaient l'air fatiguées. La fille chercha la clef dans son sac. Pendant qu'elle ouvrait, les deux femmes échangèrent tranquillement quelques paroles. Puis elles pénétrèrent à l'intérieur, et le battant se referma derrière elles. Quelques secondes plus tard, les deux fenêtres du premier devinrent deux pâles rectangles lumineux. C'est alors seulement que Scase, ankylosé au point de ne presque plus pouvoir bouger, conscient pour la première fois de sa faim, de sa veste et de sa chemise trempées qui lui collaient au dos comme un cataplasme, se glissa de nouveau à travers la fente de la clôture. Puis il gagna péniblement le métro de Baker Street et prit la Circle Line à destination de Victoria.

18

QUAND Maurice rentra en fin d'après-midi, la cuisine, bien qu'éclairée, était vide. Il trouva Hilda au jardin. Debout devant la table en fer forgé, elle arrangeait des roses dans une coupe en cristal. C'était un récipient peu profond, de forme grossière et Maurice mit une ou deux secondes à se rappeler sa provenance. Les parents de Hilda la leur avaient offerte pour leur mariage. Il les imaginait en train de se consulter anxieusement au sujet de cet objet, de dépenser plus d'argent qu'ils ne pouvaient se le permettre. Il se rappela également que sa mère avait possédé le même. Elle ne lui avait jamais confié le soin de le laver. Elle y préparait ses diplomates pour le thé du dimanche : une couche de gâteau de Savoie recouvert de gelée et surmonté de crème anglaise synthétique. La coupe contenait un fil de fer tordu destiné à maintenir les roses en place. Chaque fois que Hilda enfonçait une fleur, le métal raclait le verre, agaçant les dents de Maurice. Les roses avaient été cueillies trop tard et Hilda les avait trop manipulées. Quand elle composait des bouquets pour le salon, Philippa coupait toujours les fleurs de bonne heure, puis les laissait au frais, dans de l'eau. Celles-ci gisaient, molles et flasques, en un tas sur la table. Soudain il décida qu'il n'aimait pas les roses. Il fut surpris de faire cette découverte à cet instant précis et après d'aussi nombreuses années. La rose était une fleur surestimée, vite ébouriffée ; sa beauté dépendait de son parfum et d'associations poétiques. Une rose parfaite dans un vase rare placé contre un mur uni pouvait être merveilleuse du point de vue de la forme et de la couleur, mais on devait juger les fleurs sur la façon dont elles poussaient. Une roseraie avait toujours quelque chose de désordonné : de récalcitrants buissons épineux au maigre feuillage. Et les roses poussaient de manière brouillonne, n'étaient belles qu'un bref instant : très vite leurs pétales pâlissaient, s'effeuillaient au vent, jonchaient le sol. De plus, leur odeur était écœurante — du parfum bon marché. Comment avait-il jamais pu s'imaginer qu'elles lui procuraient du plaisir ?

Mécontente de son arrangement, Hilda avait ressorti les tiges et s'était piquée. Une goutte de sang perlait à son pouce. « Mourut d'une rose dans une douleur parfumée. » Browning ou Tennyson ? Philippa l'aurait su. Pendant qu'il cherchait l'auteur de la citation, Hilda dit d'un ton maussade :

« Philippa me manque pour les fleurs. Je ne peux pas tout faire : préparer le dîner et en même temps décorer la table.

— Oui, Philippa faisait ccla très bien. Sont-elles pour ce soir, ces fleurs ? »

Aussitôt, Hilda leva les yeux vers lui, sur la défensive, inquiète.

« Pourquoi ? Ça ne va pas ?

— Ce bouquet n'est-il pas trop grand ? Les gens ont besoin de se voir par-dessus les fleurs. On ne peut pas parler à quelqu'un qu'on ne voit pas.

— Oh ! parler.

— Les dîners sont justement faits pour cela. Et leur parfum est trop fort. Nous voulons sentir la nourriture et le vin. Des roses sur une table où l'on mange embrouillent les sens. »

Avec une agressivité boudeuse qui l'irritait particulièrement et qu'il avait entendue plus souvent depuis le départ de Philippa, Hilda répliqua :

« Rien de ce que je fais n'a l'air de te plaire. Je me demande pourquoi tu m'as épousée. »

Dès qu'elle eut proféré ces paroles, elle le regarda, horrifiée, du moins c'est ce qu'il lui sembla, comme s'il y avait des mots qu'ils pouvaient formuler mentalement, mais qu'il eût été fatal de prononcer. Il ramassa une rose. La tête de la fleur pendit tristement sur sa main. Il dit, entendant la froideur dans sa voix :

« Je t'ai épousée parce que j'avais beaucoup d'affection pour toi et que je pensais que nous pourrions être heureux ensemble. Si tu n'es pas heureuse, il faut que tu essaies de me dire ce qui te tracasse. »

C'était paradoxal : comment la vérité pouvait-elle sonner aussi faux, pouvait-elle être tellement moins que la vérité ? S'il l'avait suffisamment aimée, il aurait pu se forcer à mentir et répondre : « Parce que je t'aimais. » Mais s'il l'avait suffisamment aimée, il n'aurait pas eu besoin de mensonge. Hilda grommela :

« Ne me parle pas comme si j'étais un de tes étudiants. Je sais que tu me crois stupide, mais ce n'est pas une raison pour prendre ce ton condescendant. »

Il ne répondit pas, mais resta là à la regarder passer la dernière rose à travers l'enchevêtrement de fil de fer. Le bouquet était trop lourd du haut ; le support métallique bascula sur la table, répandant des pétales, du pollen et des gouttes d'eau. Poussant un petit gémissement, Hilda se mit à éponger le liquide avec son mouchoir.

« Tu m'as rendue responsable du départ de Philippa. Je sais ce que tu pensais : que je n'ai été capable ni de te donner un enfant de ton sang ni de retenir notre enfant adopté.

— Tu dis des bêtises et tu le sais. J'aurais pu empêcher ce départ, mais je n'étais pas disposé à en payer le prix. Philippa doit revenir à la réalité toute seule. »

Si doucement qu'il l'entendit à peine, Hilda murmura :

« Ç'aurait été différent si j'avais pu te donner un bébé. »

Il fut pris d'un sentiment de pitié, fugitif, mais assez fort pour le rendre imprudent. Il se surprit à déclarer :

« Cela me rappelle que je voulais te dire quelque chose. Je suis allé voir le docteur Patterson la semaine dernière. Tout va bien ; un simple bilan de santé. Mais il a sorti mon dossier et m'a confirmé ce que j'avais déjà à moitié deviné lors de notre visite au spécialiste, il y a douze ans. C'est moi qui suis stérile. Toi tu n'y es pour rien. »

Elle le dévisagea, ahurie, une rose à la main.

« Mais tu as eu Orlando ! »

Il répondit d'un ton brusque :

« Cela m'est arrivé *après* sa naissance. Le médecin l'attribue aux oreillons que j'ai attrapés quand Orlando avait six semaines. Ce genre de chose est assez fréquent. On ne peut rien y changer. »

Hilda continuait à le dévisager ; ; la fixité de son regard était déroutante. Maurice eut envie de se détourner, de se débarrasser de l'insignifiant détail de sa stérilité d'un haussement d'épaules, d'un sourire désabusé devant la perversité du destin. Mais il était fasciné par ce regard fixe et incrédule. Il maudit sa sottise. A cause d'une coupe de roses flétries, d'un moment de vaine compassion, il avait lâché la vérité. Pas toute la vérité — il ne pouvait pas s'imaginer la disant jamais — mais un fragment, l'essentiel de la vérité. Le secret qu'il avait gardé pendant douze ans, une partie de lui qu'il s'était mis à aimer comme on peut aimer un ami peu reluisant, ne lui appartenait plus. Il avait réagi à son coupable secret comme, supposait-il, la majorité des hommes devaient réagir aux leurs. La plupart du temps, il avait été capable de l'oublier, non par un effort conscient de volonté, mais parce qu'il faisait autant partie de lui-même que sa digestion — discret jusqu'au moment où il lui causait des ennuis. Parfois, il lui venait à l'esprit et il méditait sur lui comme sur une curieuse et intéressante complication de sa personnalité qui valait la peine d'être étudiée, tout comme il aurait pu méditer sur les complexités du style d'un étudiant. Parfois, il y prenait même plaisir. Un secret coupable reste néanmoins un secret et peut être goûté avec au moins un peu de l'innocence des cachotteries enfantines. Parfois, mais de plus en plus rarement, il s'insinuait dans ses pensées de la journée, provoquant une désagréable sensation de détresse et d'inquiétude, même de légères manifestations physiques comme l'essoufflement ; il aurait pu diagnostiquer qu'il souffrait d'un sentiment de culpabilité et de honte, si ç'avaient été là des mots qu'il eût jamais voulu employer. A présent, ce secret ne lui appartenait plus. Il en avait porté le fardeau pendant douze ans et maintenant il lui faudrait charger sur ses épaules les reproches, la nouvelle déception de Hilda. Soudain, il s'apitoya sur lui-même. Pourquoi le dévisageait-elle avec ces yeux stupéfaits ? C'était lui qui était à plaindre, lui, l'infirme, et non pas elle. Elle dit :

« Tu l'as toujours su, n'est-ce pas ? Ce n'est pas vrai que tu as été chez le docteur Patterson. Tu le sais depuis l'époque où nous avons commencé à faire des examens, quand tu as dit que tu ne voulais pas les continuer, que tu en avais assez. Et tu m'as laissée croire que c'était ma faute si nous ne pouvions pas avoir d'enfant. Pendant toutes ces années, tu m'as laissée croire que c'était moi.

— Ce n'est la faute de personne. Il n'est pas question de faute. »

Il devait avoir été fou de penser un seul instant que tout ce qui manquait entre Hilda et lui, c'était la vérité. Le drame de leur mariage — quoique drame fût un bien grand mot pour une infortune aussi banale — n'était pas qu'elle réagît toujours mal à ses besoins, mais bien plutôt qu'elle fût incapable, d'une quelconque façon, de les satisfaire. Elle dit d'un ton accusateur :

« J'aurais pu avoir un enfant si je ne t'avais pas épousé.

— En effet. Cela suppose que tu aurais épousé quelqu'un d'autre, que ton mari aurait voulu un enfant, que vous auriez tous deux été capables d'en avoir un. »

Hilda avait enfin baissé les yeux. Rassemblant maladroitement les roses, elle murmura d'un ton maussade :

« D'autres hommes ont été amoureux de moi. George Bocock, par exemple. »

Qui diable était George Bocock ? se demanda-t-il. Ce nom lui disait quelque chose. Bien sûr ! Ce jeune employé boutonneux du bureau d'admission à l'université. Il avait donc eu George Bocock comme rival. De quoi blesser à mort votre amour-propre.

Pendant le dîner, Hilda se montra encore plus réservée qu'à l'ordinaire, moins, songea-t-il, à cause de sa timidité habituelle que parce qu'elle était plongée dans ses propres pensées. Ils avaient des invités et ce n'est que lorsqu'ils se retrouvèrent seuls dans leur chambre à coucher qu'ils eurent l'occasion de reparler. Alors elle déclara d'un ton agressif, comme si elle s'attendait à des remontrances :

« Je veux quitter le tribunal pour enfants.

— Démissionner ? Pourquoi ?

— Je ne suis pas douée pour la magistrature. Je n'aide personne. Et ça ne me plaît pas. Je ferai mes trois mois, mais ensuite je m'arrêterai.

— En effet, si cette tâche te rebute autant, ce n'est pas la peine de continuer. Tu ferais bien d'écrire au bureau du Grand Chancelier. Mais je te conseille d'essayer de donner des raisons moins puériles.

— Ne faire aucun bien, être incapable d'aider qui que ce soit n'est pas une raison puérile.

— Comment vas-tu occuper ton temps libre ? Veux-tu que je parle à Gwen Marshall ? Elle pourrait peut-être te trouver un travail d'aide bénévole dans une école.

— Pourquoi serais-je plus douée pour ça ? Ne t'inquiète pas : j'ai de quoi l'occuper, mon temps. »

Elle fit une pause, puis ajouta :

« Je voudrais un chien.

— A Londres ? Peut-on faire ça à un animal ? Où veux-tu le promener ?

— Il y a plein d'endroits. Les jardins de l'Embankment, St. James's Park.

— J'aurais cru qu'il y avait déjà assez de chiens qui souillaient les jardins publics. Mais si tu y tiens tant que ça, tu n'as qu'à décider de quelle race tu le veux et nous nous rendrons dans un bon élevage. Nous pourrions faire cela ce week-end. »

Sa magnanimité le surprit. Peut-être n'était-ce pas une mauvaise idée, après tout ? Philippa n'avait pas exactement été une compagne pour Hilda, mais, sans elle, la maison devait lui paraître vide. A condition d'être bien dressé, un chien ne le dérangerait pas. Ils pourraient prendre la voiture et aller dans un chenil, en profiter pour se promener.

Hilda répondit :

« Je ne veux pas de chien de race. Je voudrais un chien abandonné du chenil de la S.P.A. à Battersea.

— Vraiment, Hilda, s'exclama-t-il, irrité, tant qu'à avoir une bête, qu'elle soit au moins jolie !

— Pour moi, la beauté importe peu. Je ne suis pas comme toi ou comme Philippa. Je veux un chien perdu que personne n'a réclamé, qu'on éliminera s'il ne trouve pas de foyer. »

Hilda se détourna de la coiffeuse et pour la première fois parla avec animation, d'un ton presque implorant :

« Il ne causera pas de dégâts dans le jardin. Je sais que tu tiens à tes roses. Je veillerai à ce qu'il ne monte pas sur les plates-bandes. Je le dresserai. Il peut vivre dans un panier, à la cuisine. Et il ne nous coûtera pas grand-chose. Toute cette nourriture que nous gaspillons, il pourrait la manger. Et Mr. Pantley me donnera sûrement des os pour lui : je suis une bonne cliente.

— Bon, si tu en prends la responsabilité, je suppose qu'il n'y aura pas de problème. »

C'était comme se prêter aux caprices d'une enfant importune.

« Oh ! oui, ça je le ferai, répondit-elle avec tristesse. Je m'occuperai de lui. Voilà une chose dont je suis capable.

— Si, lors de ton choix, tu pouvais faire en sorte de jeter ton dévolu sur un spécimen de petite taille et modérément jappeur, je t'en saurais gré. »

Hilda sut alors qu'elle avait gagné la partie. Elle se rappela ce que Philippa lui avait dit un jour : quand Maurice parlait comme un personnage d'un roman de Jane Austen, cela signifiait qu'il était de bonne humeur. L'allusion littéraire lui échappait, mais elle avait appris à reconnaître le ton. Elle aurait donc un chien. Elle se le représentait vif, les yeux brillants, la tête levée vers elle, la queue frémissante. Cela ne servait à rien de lui chercher un nom avant de l'avoir choisi. Il lui faudrait d'abord voir son allure. Mais elle aimait bien Scamp*. Maurice et Philippa diraient que c'était un nom trop banal, trop commun, mais c'était bien cette sorte de chien qu'elle voulait. Couchée dans le lit jumeau où Maurice la rejoignait si rarement, elle se sentit envahie d'un sentiment de confiance en elle, presque de puissance. Elle n'était pas stérile, après tout. C'était sa faute à lui, non la sienne. Elle n'avait pas besoin de passer sa vie à l'amadouer pour compenser une privation dont elle n'était pas responsable. Et, après ses trois mois d'essai, elle n'aurait plus jamais besoin d'aller au tribunal pour enfants.

* Coquin, galopin. *(N.d.T.)*

TROISIÈME PARTIE

UN ACTE DE VIOLENCE

1

DÉSORMAIS, la vie routinière dans laquelle il s'était installé, à Pimlico, appartenait au passé, et il se sentait envahi d'un curieux sentiment d'excitation, comme s'il pénétrait dans un autre monde, nouveau et inconnu : le leur. Le moment où il passerait à l'action se rapprochait ; le temps était venu pour lui de se préparer physiquement et mentalement au meurtre. Mais il notait un changement dans son propre comportement. Quand il filait Mrs. Palfrey, lui, le limier, s'était néanmoins senti maître de la situation. Elle marchait devant lui, il la suivait, mais c'était lui qui menait leur attelage invisible. Il avait l'impression de l'avoir pistée dans un état de douce euphorie, libre de tout souci, certain qu'elle finirait par le conduire à sa proie. La solitude de Mrs. Palfrey, la triste futilité de sa vie, l'inéluctabilité de sa trahison avaient même suscité en lui un sentiment de pitié, de camaraderie.

Maintenant, c'était différent : il était en territoire ennemi. Il filait deux femmes, non plus une seule ; et la fille l'avait vu et pouvait le reconnaître. Scase se rappelait encore leur rencontre dans la roseraie avec un mélange de honte et d'effroi. En outre, elle était plus jeune que Mrs. Palfrey, ses yeux étaient plus perçants ; elle était plus rapide et, presque certainement, plus intelligente qu'elle. La tâche de Scase était devenue infiniment plus délicate et le risque d'être découvert plus grand. Il lui faudrait prendre son temps, se mouvoir avec ruse. En premier lieu, il devrait les surveiller depuis sa cachette, dans le terrain vague, et se faire une idée de leur emploi du temps.

Il mit une semaine à découvrir où elles allaient quand elles partaient chaque soir à cinq heures. Pendant trois jours il les suivit à distance jusqu'en haut de Mell Street, puis les observa depuis la porte d'une pharmacie jusqu'à ce qu'elles fussent montées dans le bus 16 qui se dirigeait vers le nord d'Edgware Road. Le lendemain, il se dissimula plus près de l'arrêt, puis monta dans le bus derrière elles. Elles s'assirent en bas, aussi grimpa-t-il en vitesse sur l'impériale. Il prit un ticket jusqu'au terminus de manière à ne pas avoir à préciser sa destination ; ensuite, à chaque arrêt, il les guettait par la fenêtre. Quand enfin, au bout de vingt-cinq minutes, il les vit descendre à Cricklewood Broadway, il dévala l'escalier, sauta de la plate-forme au premier feu rouge et rebroussa chemin en courant. Mais il était trop tard : elles avaient disparu.

Le lendemain soir, il prit de nouveau le bus, bondissant hors de sa cachette pour les rejoindre une fois qu'elles furent montées, et s'installa de nouveau sur l'impériale. Mais, cette fois, prêt à descendre à leur arrêt, il ne les perdit pas. Il était à une trentaine de mètres derrière elles quand elles pénétrèrent dans un restaurant de poisson-frites, *Sid's Plaice*. Scase passa nonchalamment devant le bistrot et s'arrêta un peu plus loin, faisant mine d'attendre le bus, pour voir si les deux femmes allaient ressortir. Au bout de dix minutes, il repassa devant le magasin et, à travers la vitrine, regarda les rangées de tables en formica. Aucune trace des

Ducton. Cela ne le surprit guère ; il aurait trouvé curieux qu'elles fissent un si long trajet simplement pour dîner. C'était donc là qu'elles travaillaient. Le choix du lieu l'étonna, puis il comprit. C'était le genre de job où la fille ne risquait pas de rencontrer des gens de sa connaissance ; là, au moins, on ne lui poserait pas de questions.

A partir de ce jour, il sut qu'il pouvait relâcher sa surveillance tous les soirs entre cinq et onze heures. Il ne pouvait pas tuer la meurtrière dans l'autobus, ni à son travail. Et s'il le faisait pendant qu'elle revenait par Mell Street, la nuit, seule avec sa fille ? Scase s'imagina les attendant un soir, collé contre la porte pour éviter d'être repéré, le couteau à la main. Il la frapperait à la gorge en murmurant « Julie », d'une voix si basse qu'elle serait seule à l'entendre, il tournerait son arme dans la plaie, verrait la chair se déchirer pendant qu'il arracherait la lame, puis il descendrait Delaney Street en courant pour se réfugier... se réfugier où ? Impossible. Tout cela sonnait faux. Et le couteau ? Qu'est-ce qui prouvait que le couteau ne resterait pas fiché dans la plaie, entre chair et os ? Il lui faudrait du temps pour le dégager. Il ne pouvait laisser l'arme plantée dans le cou. La meurtrière ne mourrait que si son sang coulait librement. Et la fille serait là, plus jeune, plus forte, plus vive que lui. Comment pouvait-il espérer s'échapper ?

Durant la première semaine de sa surveillance, jamais il ne les vit séparément. Elles étaient ensemble toute la journée et, ce qui était plus important encore, elles restaient ensemble la nuit. Puisqu'il avait rejeté l'idée d'attaquer la meurtrière dans la rue, son plan dépendait maintenant du moment où il saurait que sa fille l'avait laissée seule à la maison. Il lui faudrait une excuse pour justifier sa visite, surtout s'il faisait déjà nuit, mais cela ne présenterait pas trop de difficultés. Il dirait qu'il apportait un message urgent de Caldecote Terrace pour Philippa Palfrey. Le fait qu'il sût le nom de la fille et son ancienne adresse agirait sûrement comme un sésame. La meurtrière lui ouvrirait. Cela suffirait. Il aurait préféré la tuer dans son sommeil ; ç'aurait été plus propre, plus sûr, moins horrible, plus convenable. Mais il n'avait besoin que d'une chose : se trouver face à face, seul avec elle dans cet appartement.

Il les suivait dans leurs déplacements quotidiens. Non pas parce qu'il pensait trouver une occasion d'assassiner la meurtrière, mais parce que le fait de ne pas les voir le rendait nerveux. Il était relativement facile de les suivre dans le métro. Elles partaient généralement de Marylebone, la station la plus proche. La première fois, quand elles étaient venues de la gare de King's Cross, se dit Scase, la fille avait dû choisir Baker Street ou Edgware Road sur la Circle Line pour gagner du temps et leur épargner un changement. Il marchait à distance respectueuse derrière elles, traînant au bout du couloir pendant qu'elles attendaient sur le quai ; puis il entrait dans un compartiment différent et restait debout près de la portière pendant tout le trajet, afin de les voir descendre. Ensuite, cela se compliquait. Parfois la prudence l'incitait à rester en arrière et il les perdait. Parfois, elles se promenaient sur des quais peu fréquentés du fleuve ou sur des places écartées construites dans le style du XVIIIᵉ siècle, à Islington ou dans la City, où tout suiveur se serait fait remarquer. Alors il les surveillait à la jumelle du haut d'un porche d'église ou du seuil d'un magasin, immobile jusqu'à ce que les deux têtes aux cheveux d'or eussent disparu.

Maintenant, il lui importait moins de les filer, de ne pas les perdre de vue que de partager leurs vies, de goûter d'une façon indirecte aux choses qui les intéressaient, à leurs plaisirs. Il devint obsédé par les deux femmes, agité dès qu'il était séparé d'elles.

Bien qu'il eût la preuve qu'elles menaient une vie stable, il était terrifié à l'idée d'arriver un matin à Delaney Street pour découvrir qu'elles s'étaient envolées. Avec une attention presque maniaque, il notait tous les petits détails de leur vie commune : que c'était la fille qui semblait diriger les opérations, qui organisait les pique-niques, prenait la boîte à sandwiches dans son sac et la tendait, ouverte, à sa mère ; c'était elle qui achetait les tickets, portait le plan de la ville. Scase ne pensait plus à ces femmes comme à deux entités séparées et, quand il s'en aperçut, cela l'inquiéta. Une nuit, il eut même un cauchemar confus dans lequel il tuait la fille. Elle était couchée, nue, sur son lit au Casablanca ; au lieu de saigner, la plaie dans sa gorge béait comme deux lèvres humides entrouvertes. Quand, horrifié par sa méprise, il se retourna, le couteau sanglant à la main, il aperçut sa propre mère et la meurtrière debout sur le seuil, cramponnées l'une à l'autre et hurlant de rire. La terreur de ce rêve le poursuivit toute la journée suivante et, pour la première fois depuis qu'il avait retrouvé les deux femmes, il ne quitta l'abri de sa chambre qu'au prix d'un effort de volonté.

Il était lié à elles par la haine, mais aussi par l'envie. Jamais il ne les voyait se toucher ; elles se parlaient peu ; quand elles souriaient, c'était avec la complicité spontanée de deux personnes qui rient des mêmes choses. Elles étaient comme deux amies aimables qui passent leurs journées ensemble parce qu'elles n'ont encore rencontré personne dont elles préfèrent la compagnie.

Scase aurait pu continuer ainsi pendant des semaines : les suivre, retourner à son hôtel pour dîner, puis, le soir, attendre derrière la palissade de tôle ondulée qu'elles rentrent, que la porte se referme sur elles, que les deux rectangles de lumière apparaissent à leurs fenêtres. Il savait à peine ce qu'il espérait, accroupi là, dans l'obscurité. Il y avait peu de chances que la fille laissât sa mère seule aussi tard la nuit. Mais jusqu'à ce que les lumières s'éteignent enfin, Scase était incapable de s'en aller. Puis le matin du samedi 9 septembre, tout changea.

Elles faisaient des courses au marché de Mell Street et, comme le samedi précédent, Scase les filait, anonyme dans la foule mouvante. Il les observait depuis la boutique d'un brocanteur, dissimulé derrière des éventaires de bric-à-brac, reculant quand leurs têtes se tournaient dans sa direction, se dissimulant parmi des chemises en coton, des robes d'été et de longues jupes en imprimé indien qui pendaient sur des cintres au-dessus de lui. Après la brume matinale, il s'était mis à faire beau et chaud et Mell Street grouillait de monde. Debout devant un étal de fruits exotiques, Scase écoutait le jacassement incompréhensible des clientes antillaises, surveillant, de l'autre côté de la rue, les deux femmes occupées à chiner parmi les cartons de vêtements. Elles avaient l'air de chercher de la dentelle. Au bord de l'éventaire était posé un chapeau de broussard australien au large bord relevé sur un côté. Soudain la fille le prit et s'en coiffa. Ses cheveux, que ce jour-là elle portait dénoués, tombaient dans son dos comme un rideau d'or oscillant. Pivotant sur ses talons, la fille se tourna vers sa mère et repoussa sa coiffure en arrière en un geste de joyeux défi. Puis elle sortit de l'argent de son sac. Elle l'avait acheté, ce superbe et ridicule chapeau. Et la meurtrière riait ! De l'autre côté de la rue, dominant les voix des Antillaises, la musique des chanteurs ambulants, les aboiements frénétiques des chiens, il pouvait l'entendre donner libre cours à sa gaieté.

Elle riait. Julie était morte, Mavis était morte et elle riait. Scase fut saisi non pas de colère — sentiment qu'il aurait pu supporter — mais d'un

terrible chagrin. Julie pourrissait dans sa tombe.
On avait étouffé sa jeune vie. Et cette femme riait,
ouvrant sa gorge au soleil. Il n'avait pas d'enfant.
Sa fille à elle était vivante, saine ; elle rayonnait
d'une beauté provocante comme si, pareille à un
vampire, elle s'était nourrie du sang de Julie. Sa
mère et elle se déplaçaient librement. Lui, il les
suivait furtivement comme une bête qui se nourrissait d'ordures. Elles étaient là, bien au chaud toutes
les deux dans leur petit appartement, elles souriaient, parlaient, écoutaient de la musique. Lui
restait accroupi seul dans le noir, une nuit après
l'autre, regardant comme un voyeur par une brèche
dans le mur. Il entendit de nouveau la voix de sa
tante Gladys, morte désormais comme Mavis, comme
Julie. « Ce gosse me donne la chair de poule. Il
rôde dans la maison comme une fouine. » Ton
serviteur est-il un chien pour se conduire ainsi ?
Autant lever la jambe contre la portière de la voiture
abandonnée qui l'abritait et évacuer son incapacité,
le dégoût qu'il avait de lui-même. Il entendit la voix
de sa mère, aussi nette que si ces mots avaient
réellement été prononcés un jour : « L'assassiner ?
Toi ? Ne me fais pas rire ! »

Il se rendit compte qu'il pleurait — de silencieuses et intarissables larmes. Elles inondaient son
visage, s'infiltraient comme une pluie salée dans sa
bouche tremblante, s'écrasaient sur ses mains inef-
ficaces. Il marcha dans la foule, aveuglé. Où aller,
où se cacher ? A Londres, il n'existait pas d'endroit
où un homme pût pleurer en paix. Il pensa à Julie,
à ses yeux inquiets derrière ses lunettes à monture
d'acier de la sécurité sociale, à son appareil dentaire
— un mince visage bardé de métal. Il admettait si
rarement ce visage fantôme dans son esprit. Ce qu'il
y avait d'affreux dans le meurtre, c'était qu'il dégra-
dait le souvenir des morts. Si Julie était morte de
maladie ou dans un accident de voiture, il aurait pu

penser à elle avec tristesse, mais avec une certaine résignation et sérénité. Maintenant, tous les souvenirs de son enfant étaient altérés par la colère, par l'horreur, la haine. Comme des photos défectueuses, toutes les images de l'enfance de sa fille portaient en surimpression l'horreur et l'humiliation de sa fin. Les meurtriers l'avaient même privé du tribut normal que l'humanité paie à ses défunts. Il se souvenait rarement parce que c'était trop pénible. Si les deux criminels avaient été pendus, cela aurait-il purifié ses pensées ou ajouté une nouvelle dimension d'abomination à la mort de son enfant ?

Il s'aperçut soudain qu'il avait parcouru Mell Street et vacillait maintenant au bord du trottoir où le flot de la circulation descendait Edgware Road. Il se surprit à aspirer au refuge de ce qu'il considérait à présent comme son chez-soi : cette petite chambre mansardée du *Casablanca*. Mais il avait pris une décision. Il ne les pisterait plus comme un chien tirant sur sa laisse. Si rien ne pouvait séparer les deux femmes, il serait obligé de trouver un moyen d'accéder à leur appartement. Il lui faudrait s'introduire chez elles la nuit, quand la meurtrière dormirait seule. Le temps était venu de voler les clefs.

2

AYANT, par un accord tacite, décidé qu'il était encore trop tôt pour parler des années perdues de leur séparation, elles s'entretinrent beaucoup de livres. Le passé était tabou, l'avenir, incertain, mais la littérature constituait une expérience commune dont elles pouvaient discuter sans gêne ni réticences — le plus inoffensif des sujets. L'ironie du sort voulut justement qu'une minute d'une banale conversation littéraire au petit déjeuner du vendredi 15 septembre les conduisît tout droit à Gabriel Lomas.

Philippa demanda :

« Qu'est-ce que tu lisais en prison, à part Shakespeare ?

— Surtout les romanciers de l'époque victorienne. La bibliothèque n'est pas si mal. La lecture carcérale exige deux choses : que le livre soit très long et que l'auteur soit capable de créer un monde particulier et différent. Je suis devenue une sorte d'autorité en matière de romans-fleuves, tu sais, ces histoires où des femmes intelligentes et masochistes poussent la perversité à épouser l'homme qui ne leur convient pas, ou même à ne pas se marier du tout. Tu vois ce que je veux dire : *Un portrait de femmes, Middlemarch, The Small House at Allington.*

— Est-ce que le fait de les lire en prison ne t'a pas dégoûtée de ces livres ?

— Non, pendant que je les lisais, je n'étais pas en prison. Grâce à *Middlemarch*, je suis restée saine d'esprit pendant six semaines. Cet ouvrage comporte quatre-vingt-six chapitres. Je me suis rationnée à deux par jour. »

La première publication de *Middlemarch* datait de 1871. En ce temps-là, on aurait pendu sa mère, quoique pas en public. On avait dû supprimer les exécutions publiques trois ans plus tôt. Maurice le savait sûrement.

« Je crois que j'aurais été incapable de me discipliner comme toi. *Middlemarch* est un merveilleux roman.

— Oui, mais il serait encore plus merveilleux si la morale sexuelle de l'époque avait permis à George Eliot d'être plus honnête. Un roman est forcément imparfait s'il raconte essentiellement l'histoire d'un mariage et qu'on ne peut même pas savoir si celui-ci a été consommé. Crois-tu que Casaubon était impuissant ?

— Oui, et toi ? On en a tous les indices.

— Dans un roman réaliste, je ne veux pas avoir à déduire les faits d'indices. Je veux qu'on me dise les choses. Je sais que les victoriens ne pouvaient pas être explicites, mais ils n'avaient certainement pas besoin d'être aussi timides.

— Timide est bien le dernier adjectif que j'emploierais pour qualifier George Eliot. Mais puisque tu es si critique vis-à-vis de la littérature victorienne, pourquoi ne pas goûter un peu à l'art victorien ? Ce matin, nous pourrions aller à l'Exposition des grands peintres victoriens à la Royal Academy. Je crois qu'elle se termine le 17. Ensuite, nous nous rendrons comme prévu au musée Courtauld, si tu ne crains pas d'attraper une indigestion de peinture.

— Je crois que rien ne pourrait me donner une indigestion maintenant, pas même le plaisir. »

Et c'est ainsi qu'elles rencontrèrent enfin une personne appartenant au passé de Philippa. Le fait en soi n'avait pas d'importance. Philippa avait toujours su que cela arriverait tôt ou tard. L'important, c'était que ce fût précisément Gabriel Lomas.

Il s'approcha doucement d'elles par-derrière alors qu'elles étaient dans la seconde salle, devant les *Thermes de Caracalla* d'Alma Tadema, lisant la notice correspondante du catalogue. Seul, ce qui était surprenant ; mais le plus surprenant, c'était qu'il fût venu à cette Exposition. Philippa ne put éviter les présentations, ce qu'elle n'avait d'ailleurs pas l'intention de faire. Touchant le bras de sa mère, elle dit :

« Je te présente un ami, Gabriel Lomas. Gabriel, ma mère. Elle est à Londres en ce moment et nous passons la journée ensemble. »

Gabriel cacha admirablement sa surprise. Pendant une seconde, pas plus, son arrogant et mobile visage se figea et ses mains se resserrèrent sur le catalogue. Puis il dit d'une voix posée :

« Comme cela doit être agréable pour vous ! Mais ne pourriez-vous pas vous arracher à ces yeux brillants et exorbités et reprendre des forces en déjeunant avec moi chez *Fortnum et Mason* ? Ensuite, je pensais me rendre à la Tate. L'Exposition Henry Moore est terminée, mais on n'a pas besoin de prétexte pour visiter ce musée. »

Sa bouche souriait, sa voix exprimait un juste mélange d'intérêt et de plaisir, mais ses yeux, qui évitaient soigneusement de dévisager la mère de Philippa, étaient ceux d'un inquisiteur. Fixant Gabriel du regard, Philippa répondit :

« Non, merci Gabriel. Nous allons à la galerie Courtauld et nous déjeunerons plus tard. Notre programme de la journée est assez chargé. »

Comme elle le savait, Gabriel était à la fois trop bien élevé et trop fier pour insister ou leur imposer sa compagnie. Il dit :

« J'ai téléphoné à ta mère adoptive il y a deux semaines. Elle m'a dit que tu te terrais. Je l'ai trouvée bien mystérieuse.

— Elle n'avait nul besoin de jouer les conspiratrices. Elle ne t'a pas expliqué que je passais trois mois seule à Londres ? J'essaie de découvrir si je peux subvenir à mes besoins en gardant plus ou moins le même train de vie que celui auquel m'a habituée Maurice. Et j'accumule des expériences pour mon futur livre. »

La deuxième explication paraissait prétentieuse ; Philippa aurait préféré ne pas la donner. Mais, contrairement à la première, elle avait l'air vrai. La moitié de la terminale devait probablement être en train de glaner des expériences pour un premier roman, comme si, pareils à des détritus, ce genre de choses jonchait la surface de leurs vies douillettes.

« Et Paris, Rome et Ravenne, alors ? fit Gabriel. Je croyais que tu avais économisé de quoi t'offrir un grand voyage avant d'aller à Cambridge.

— Grand ? N'exagérons rien. Les mosaïques de Ravenne attendront. J'ai toute la vie devant moi pour les voir. Mais cette expérience-ci, je dois la faire maintenant ou jamais.

— Prends donc un soir de congé et accompagne-moi au ballet — avec ta mère. »

Gabriel jeta à Mary Ducton un regard amusé, scrutateur.

« Non, merci Gabriel, répondit Philippa. Je ne vois personne. Tout mon projet perdrait son sens si je sortais avec des amis chaque fois que je me sentais seule, ou que je rentrais chez moi dès que ça ne va pas.

— Ça n'a pas l'air d'aller très fort, justement. Mais, par ailleurs, tu n'es manifestement pas seule. »

La mère de Philippa s'était retirée un peu à l'écart, étudiant avec ostentation son catalogue, se dissociant d'eux. Gabriel la regarda, cette fois avec une franche curiosité et une sorte de dédain. Il dit :

« Bon, nous nous reverrons à Cambridge alors.

— C'est ça, à Cambridge.

— Veux-tu que je t'y emmène en voiture ?

— Oh ! Gabriel, je ne sais pas ! Cela me paraît encore si loin. Je te ferai peut-être signe.

— Eh bien, tant pis. *Abiit, excessit, evasit, erupit.* Salue le Sisley de ma part.

— Quel Sisley ?

— *Neige à Louveciennes.* C'est-à-dire, si vous allez réellement au musée Courtauld. Et bonne chance pour ton expérience. »

Gabriel leva le sourcil et fit une petite grimace attristée, mais Philippa crut y déceler une sorte de complicité. Puis il se tourna, inclina la tête en direction de Mary Ducton et s'éloigna. Philippa s'approcha de sa mère.

« Je regrette cet incident. Je croyais Gabriel parti en vacances. En fait, c'est bien la dernière personne que je m'attendais à trouver ici. Il affecte de mépriser l'art victorien. Mais, tôt ou tard, nous devions forcément rencontrer une de mes connaissances. Cela m'est égal, si toi ça ne te dérange pas.

— Ce qui me dérange, c'est que tu ne puisses pas inviter tes amis à la maison. »

« Inviter tes amis à la maison ». Pour Philippa, ces mots évoquèrent un thé dans le salon d'une maison de banlieue, des *scones* encore chauds sur un napperon, des sandwiches à la crème d'anchois, le meilleur service sorti du buffet pour que la fille n'eût pas à rougir de sa famille devant ce jeune inconnu qui représentait un bon parti.

« Mais je n'en ai pas envie ! Je trouve notre

solitude à deux très agréable. Gabriel, je l'aurai pendant trois ans à Cambridge. Tu ne t'ennuies pas, j'espère ?

— Non, jamais.

— Que penses-tu de lui ?

— Il est très beau garçon. Et plein d'assurance.

— C'est normal. Il ne lui est jamais rien arrivé qui aurait pu le déloger du centre de son univers. »

Quelque chose, pourtant, lui était arrivé. Philippa éprouva une fugitive anxiété. Gabriel avait-il réellement accepté son fiasco sexuel avec philosophie ? Il était bien du genre à vouloir sa petite vengeance. Comme en écho à ses pensées, sa mère déclara :

« Je pense qu'il pourrait être dangereux.

— Il serait flatté de te l'entendre dire. Mais il n'est pas plus dangereux que n'importe quel autre jeune animal de sexe masculin ; pas pour nous, en tout cas. Nous n'avons rien à craindre de personne. »

Une phrase de Donne lui vint à l'esprit : « Qui est en sûreté comme nous, puisque personne ne peut nous trahir, sinon l'un de nous deux. »

Philippa se demanda si sa mère avait lu Donne. Elle dit :

« Oublie Gabriel. J'espère qu'il ne t'a pas gâché ta journée.

— Non, ce serait impossible. Personne ne pourrait me la gâcher. » Sa mère se tut, comme hésitant à parler, puis elle ajouta : « Tu l'aimes ?

— On dirait que nous ne pouvons pas rester séparés bien longtemps. Mais je pense que ce que nous éprouvons l'un pour l'autre n'a rien à voir avec l'amour. Oublie Gabriel. Frayons-nous un chemin jusqu'à la cafétéria avant qu'il n'y ait trop de monde, puis allons à la galerie Courtauld. Je voudrais te montrer un peu de *vraie* peinture. »

3

CE soir-là, peu après six heures et demie, la sonnerie stridente du téléphone fit sursauter Hilda. Elle n'avait jamais aimé répondre. D'ailleurs, il sonnait rarement durant la journée. La plupart des collègues de Maurice appelaient son mari à l'université, et c'était lui ou Philippa qui décrochait quand ils étaient à la maison, tenant pour certain que la communication ne lui était pas destinée. Mais, depuis le départ de Philippa, Hilda s'était mise à appréhender de plus en plus ces sommations insistantes. Elle fut tentée de décrocher le récepteur sans répondre, mais il s'agissait peut-être d'un appel du tribunal au sujet d'une des sessions, ou de Maurice lui annonçant qu'il rentrerait tard ou amènerait un collègue à dîner. Et elle ne voyait pas comment elle pourrait lui expliquer le fait que le numéro était resté sans cesse occupé.

On pouvait difficilement oublier qu'ils avaient le téléphone. La maison semblait infestée d'appareils. Il y en avait un sur la table du vestibule, un autre près de leur lit. Maurice avait même fait poser un poste supplémentaire au mur de la cuisine. Parfois, Hilda le laissait sonner, demeurant parfaitement immobile au milieu de la pièce, osant à peine respirer comme si le téléphone avait une secrète et sinistre vie propre et pouvait déceler sa présence. Mais le silence accusateur qui suivait la dernière sonnerie, le remords harcelant que lui causaient son incapacité et sa faiblesse étaient plus insupportables que la peur de ce qu'elle pourrait entendre. Elle savait à peine ce qu'elle craignait. Elle pressentait seulement que quelque catastrophe l'attendait dans l'avenir, et qu'elle lui serait annoncée par cet impérieux appel.

Elle essuya ses mains à son tablier et décrocha. A l'autre bout, elle entendit la pièce de monnaie tomber dans l'appareil. Elle avait les paumes moites et sentait le combiné glisser entre ses doigts. Le soutenant de son autre main, elle récita son numéro. A son soulagement, c'était une voix familière.

« Mrs. Palfrey ? C'est moi, Gabriel Lomas. »

Comme si elle connaissait une douzaine de Gabriel ! N'importe qui de moins prétentieux aurait dit : « C'est moi, Gabriel. » Hilda avait toujours eu un peu peur de lui. Il avait pour elle trop d'attentions ; son charme décontracté la rendait perplexe. Parfois, les yeux du jeune homme avaient rencontré les siens en une sorte de complicité moqueuse, comme pour dire : « Vous savez que vous ne valez pas la peine qu'on s'intéresse à vous, moi aussi je le sais, alors que sommes-nous en train de faire, chère, charmante, ennuyeuse Mrs. Palfrey ? » Mais au moins il s'agissait d'une voix familière, animée, et non de celle d'un étranger, mystérieuse, pleine d'une malveillance imaginée.

« Comment allez-vous, Gabriel ?

— Bien. J'ai rencontré Philippa et sa mère à l'Exposition des grands peintres victoriens, à la Royal Academy. Elles regardaient des tableaux d'Alma Tadema, *L'Attente du verdict* et *L'Acquittement* d'Abraham Salomon. J'aurais dû m'attendre à y trouver Philippa : les victoriens l'ont toujours fascinée. J'avoue adorer le pompiérisme de la grande époque victorienne. Chaque tableau raconte une histoire. Et quelle histoire ! Une véritable et décadente orgie de couleurs, ma chère. Pathos complaisant qui sent la gloire de l'empire britannique, érotisme d'époque et affreux avertissements sur le sort qui attend les femmes infidèles. L'avez-vous vue ?

— Non, pas encore. »

Gabriel devait savoir qu'elle n'allait pas aux Expositions. Maurice casait celles qu'il avait envie de voir à l'heure du déjeuner ou en fin d'après-midi. Philippa y allait seule ou avec des amis. Parfois avec Gabriel. Une seule fois, essayant d'éveiller Hilda à l'art, elle l'avait emmenée à une Exposition de peintures du Prado. Cela avait plutôt été un échec. La cohue, au musée, avait été très désagréable. Et les tableaux avaient paru très sombres à Hilda. Elle ne se rappelait que les longues et lugubres figures des Espagnols, les lourds drapés foncés. Elle avait eu du mal à feindre de l'intérêt. Aucune de ces œuvres, s'était-elle dit, n'avait le moindre rapport avec elle, avec sa vie. Elle dut tendre l'oreille : la voix de Gabriel semblait s'être soudain affaiblie.

« C'était un peu déroutant, disait-il. Je veux parler des tableaux, pas de la rencontre, bien que celle-ci ait été déroutante aussi, à sa manière.

— Comment l'avez-vous trouvée, Gabriel ? Avait-elle l'air heureuse ?

— Philippa ? On ne sait jamais avec elle. Elle cache très bien ses sentiments. Elle avait envie de parler, mais nous n'avons eu que cinq secondes environ. Sa mère s'est éloignée avec tact pour nous laisser échanger quelques mots en tête-à-tête, c'est du moins ce que j'ai pensé — je n'en suis plus si sûr à présent. Elle était peut-être embarrassée. Quoi qu'il en soit, elle s'est approchée du mur opposé et a commencé à étudier d'une façon assez ostenta-

toire *La Fin de l'Angleterre* de Ford Madox Brown.
A vrai dire, c'était le seul tableau digne d'attention
de toute l'Exposition. Quelle étrange situation, n'est-
ce pas ? Je veux parler de Philippa et de sa mère.

— Philippa vous a-t-elle raconté ? demanda Hilda,
perplexe et troublée.

— Oui, juste l'essentiel. Nous n'avons eu qu'une
seconde. Elle m'a demandé de venir lui rendre
visite jeudi à l'endroit où elles habitent. J'ai cru
comprendre que sa mère sortait. Philippa m'a dit
qu'elle voulait me parler de certaines choses. »

Hilda eut un petit serrement au cœur. Comment
Philippa avait-elle pu confier son secret avec autant
de désinvolture après avoir donné de si strictes
instructions ? Que personne ne devait apprendre la
vérité, quelles que fussent les circonstances. Personne. Mais Gabriel faisait peut-être exception. Hilda
avait parfois senti que cela pouvait être le cas. Mais
jusqu'à quel point Philippa l'avait-elle mis au courant ? Et qu'était-ce donc que Gabriel avait dit un
peu plus tôt au sujet d'un verdict et d'un acquittement ? Elle demanda :

« Quelles choses ? Est-ce qu'elle va bien ?

— Elle n'est pas malade, si c'est ce que vous
voulez dire. Un peu tendue, peut-être, mais c'était
sans doute à cause de l'Alma Tadema. Comme je
l'ai déjà dit, elles étaient sur le point de partir quand
je les ai vues. Philippa n'a pas eu le temps de me
faire des confidences, à part la principale : où sa
mère avait été toutes ces années. »

Elle le lui avait donc dit ; il savait. Déconcertée,
Hilda s'écria :

« Elle vous l'a dit ?

— Enfin, je l'ai plus ou moins deviné. La mère a
des yeux que je qualifierais de méfiants. Après lui
avoir jeté un regard, je me suis dit : hôpital ou
prison. Je me demande si la contemplation des
peintures de la grande époque victorienne l'aidera

beaucoup à s'adapter au Londres contemporain. J'ai bien essayé de les attirer à la Tate, mais la mère de Philippa m'a donné l'impression que ma compagnie n'était pas exactement la bienvenue.

— Quelle impression vous ont-elles faite ? Êtes-vous sûr que Philippa va bien ?

— Je ne suis pas absolument sûr que l'expérience se déroule comme prévu, si c'est ce que vous voulez dire. Je suppose que c'est de cela dont elle veut me parler.

— Gabriel, essayez de la persuader de revenir ici. Pas pour toujours, si elle ne le veut pas. Qu'elle vienne simplement parler avec nous.

— C'est bien ce que j'avais l'intention de faire. C'est idiot de se couper ainsi du monde. Elle a cette idée absurde de lien biologique. C'est vous sa mère, au vrai sens du terme. »

Il n'en croyait pas un mot. Elle non plus. Et cela n'avait pas d'importance de toute façon. Pourquoi éprouvait-il le besoin de lui mentir ? Pourquoi tout le monde lui disait-il des mensonges ? Des mensonges manifestes, banals, puérils que les gens ne prenaient même pas la peine de rendre convaincants. Mais au moins Gabriel avait vu Philippa. Au moins, elle, Hilda, aurait quelques nouvelles d'elle. Puis elle entendit de nouveau la voix du garçon :

« Elle m'attend chez elle jeudi prochain, à six heures. L'ennui, c'est que j'ai perdu son adresse. Je l'avais notée au dos de mon catalogue, mais je n'arrive pas à remettre la main dessus. Le nom également.

— Ducton. La mère s'appelle Ducton. Et elles habitent au 12 Delaney Street, nord-ouest un. C'est une rue qui donne dans Mell Street.

— Ah ! oui, c'est vrai ! Et bien entendu, elle m'a présenté sa mère sous le nom de Ducton. C'était Delaney Street que j'avais oublié. Avez-vous un message à lui transmettre ?

— Non. Embrassez-la de ma part, c'est tout. Peut-être vaut-il mieux ne pas lui dire que vous m'avez parlé au téléphone. Gabriel, essayez de la persuader de revenir à la maison.

— Ne vous inquiétez pas. Je suis sûr qu'elle reviendra. »

Après avoir raccroché, Hilda se sentit le cœur plus léger. Elle éprouvait un sentiment voisin du bonheur. Si elles allaient à des Expositions, c'était tout de même bon signe. Elles ne regarderaient pas des tableaux ensemble si leur vie était intolérable. Et au moins, Philippa avait repris contact avec un ami, quelqu'un de son âge. Gabriel la rappellerait pour lui donner des nouvelles. Elle ne mentionnerait pas ce coup de fil à Maurice. Elle savait que son mari se faisait du souci pour Philippa, mais elle savait aussi qu'il n'était pas disposé à parler de son inquiétude. Mais, après jeudi, elle aurait des nouvelles. Philippa était peut-être même prête à rentrer à la maison. Et si tout finissait par s'arranger ?

Elle rinça et essuya ses mains, puis retourna hacher ses oignons, se demandant brièvement, mais sans la moindre anxiété, pourquoi Gabriel l'avait appelée d'une cabine publique.

4

SON plan, en fait, était simple, mais il savait que son exécution le serait beaucoup moins. Il prendrait le trousseau de clefs dans la poche de la veste de Monty et, en même temps, y laisserait tomber un autre d'une taille plus ou moins similaire. Même si ce n'était que d'une manière inconsciente, Monty percevrait le poids et le bruit des clefs contre sa cuisse. Si Scase se contentait simplement de les voler, il serait presque aussitôt découvert. Une fois les clefs en sa possession, il lui faudrait faire copier le plus rapidement possible les deux Yale, de préférence chez un serrurier proche, mais où il y aurait assez de clients pour qu'on ne s'y rappelât pas particulièrement son visage. Puis les clefs originales devraient être rendues et celles de remplacement, récupérées.

Cela impliquait deux visites au marchand de légumes en un temps relativement court. Et il y aurait là d'autres clients. Il lui faudrait donc choisir soigneusement son moment. Mais, d'abord, il devait voir le trousseau de plus près pour avoir une idée du nombre et du poids des clefs.

Le premier jour, le lundi 11 septembre, à huit heures quarante-cinq, il s'installa à son poste d'observation du terrain vague, les jumelles prêtes. Le marchand de légumes arriva sur sa bicyclette à neuf heures trois, enfonça la main dans la poche de sa veste en jean et ouvrit la porte. Mais comme il tournait le dos à la rue, Scase ne put voir les clefs. Deux minutes plus tard, le rideau de fer remontait avec fracas ; Monty se mit à coltiner des cageots depuis l'arrière de la boutique et à reconstruire son étalage. Il avait échangé sa veste bleue contre sa vieille blouse beige. Celle-ci était pourvue de deux poches latérales dont l'une était légèrement décousue. La porte entre le magasin et le vestibule de la maison bâillait.

Peu après, à neuf heures dix, une fourgonnette s'arrêta devant le commerce. Le conducteur et son jeune aide descendirent et commencèrent à déballer des caisses de fruits et de légumes sur le trottoir. La porte d'entrée était fermée. Monty mit la main dans sa poche gauche et pressa un objet dans la main du garçon. Puis il aida le conducteur à décharger tandis que le garçon ouvrait la porte, la bloquait avec un filet d'oignons d'Espagne et rentrait la livraison. Pendant quelques secondes, la clef resta sur la porte, le brillant anneau de métal et les autres clefs pendant contre le bois. Mais le conducteur s'en approcha et boucha la vue. Puis le garçon sortit les clefs de la serrure et les lança à Monty. Scase n'aperçut qu'un éclat métallique et la main de Monty qui empoignait l'air.

Trois jours durant, il employa le même tactique. Il restait toute la journée à son poste et se restaurait vers le milieu de la matinée avec des sandwiches ; mais il ne réussit jamais à voir les clefs de près. Monty travaillait seul. A midi, il allait de l'autre côté de la rue, au *Blind Beggar*, et en rapportait une chope de bière remplie à ras bord. Ensuite, il s'asseyait près de son étal, buvait sa bière et mangeait un énorme sandwich qui avait l'air d'être au fromage et à la tomate. Il se rendait plusieurs fois au pub durant la matinée. A ces moments-là, le brocanteur, un vieil homme ratatiné, s'occupait provisoirement de l'éventaire. Scase supposa que les deux commerçants avaient passé un accord : Monty surveillait de temps à autre les articles de brocante tandis que son voisin couvrait ses visites au *Blind Beggar*. La porte de communication entre le magasin et le reste de la maison demeurait entrebâillée, sauf quand Monty s'apprêtait à partir : alors il la tirait fermement derrière lui. Regardant avec difficulté à travers ses jumelles, par l'étroite brèche de la palissade, Scase constata que cette porte-là était également munie d'une serrure Yale. Monty devait donc la fermer aussi soigneusement que la porte d'entrée à la fin de sa journée.

Le vendredi matin, frustré, Scase comprit qu'il devait se rapprocher, qu'il devait se trouver devant le magasin et regarder Monty l'ouvrir. Rien ne l'empêchait de le faire : il fallait bien qu'il y eût un premier client. Cela signifiait qu'on le remarquerait ; cela augmentait le risque d'être reconnu plus tard. Mais c'était inévitable. Il s'en préoccuperait ensuite, quand le temps serait venu de se fabriquer un alibi. Maintenant, il se concentrait entièrement sur le moyen d'entrer en possession du trousseau de clefs.

L'heure de son arrivée posait un problème. Monty apparaissait invariablement entre neuf heures et neuf heures cinq. La meurtrière et sa fille quittaient leur appartement entre neuf heures quinze et neuf heures vingt. Si Monty était exact et que les deux autres ne décidaient pas de partir plus tôt, tout irait bien. Il lui était toutefois impossible de flâner dans Delaney Street avant neuf heures. Le brocanteur et la bouquiniste n'ouvraient guère avant neuf heures et demie et sa lente déambulation dans la rue déserte risquait d'être repérée de la fenêtre du numéro 12.

Cet après-midi-là, il s'acheta un cabas en toile au Woolworth d'Edgware Road et le lendemain matin, juste avant neuf heures, il descendit posément Mell Street en direction de Delaney Street. A neuf heures deux, Monty apparut sur sa bicyclette. Scase hâta le pas et parvint à la hauteur du marchand de légumes avant que celui-ci n'ait eu le temps de mettre pied à terre.

« Bonjour, dit Scase. Vous ouvrez tout de suite ?
— Oui. Ça me prendra deux ou trois minutes. Vous êtes pressé ?
— Un peu. Je vais aller m'acheter un journal au kiosque de la gare et je reviens. »

Pendant qu'il parlait, Monty, une main encore posée sur le guidon, engagea une clef Yale dans la serrure. Scase fixa son regard sur le trousseau, notant sa taille, son poids probable, la forme et le nombre de clefs. C'était un grand anneau. Il comportait deux Yale, une clef plate de la dimension d'une clef de voiture et une lourde et solide Chubb d'environ cinq centimètres de long.

Scase acheta son journal à la gare de Marylebone et, le visage caché derrière les pages, s'assit dans la salle d'attente pour le lire. Il y resta jusqu'à neuf heures et demie. Alors, à peu près sûr que la meurtrière et sa fille avaient quitté Delaney Street, il retourna chez Monty où il acheta quatre oranges, une livre de pommes et une grappe de raisin. Il allégerait son fardeau en mangeant des fruits au cours de la journée. Puis il se rendit d'un pas pressé au Wollworth où il acquit un grand porte-clefs. Celui-ci était pourvu d'une breloque portant une initiale décorative que Scase réussit à arracher sans trop de difficulté.

Il passa le reste de la matinée à chercher des clefs de remplacement dans les boutiques de brocante et les antiquaires de Mell Street et de Church Street. Il trouva d'abord un substitut pour la plus petite : il la prit sur la serrure d'une boîte à thé cabossée. Il découvrit une Yale dans un pot à tabac contenant des vis et des cure-pipes. La grosse Chubb s'avéra être la plus insaisissable et Scase fut obligé de voler une clef similaire d'environ la même taille et le même poids sur le tiroir d'une commode, à l'intérieur d'un des magasins. Il constata avec plaisir que ses doigts se mouvaient avec prestesse et habileté. Il dénicha une seconde Yale dans une boîte en fer-blanc pleine de clous, de vis, de lunettes et de pièces cassées d'appareillages électriques, sous la table qui se trouvait à l'extérieur du brocanteur de Delaney Street. A la fin de la matinée, il avait réussi à réunir un trousseau qui, par l'aspect et le poids, se rapprochait autant que possible de celui de Monty.

Pendant le reste de la journée, il parcourut de nouveau ces rues qui étaient celles de son enfance, euphorique, porté par une vague d'excitation et de terreur à demi agréable mais totalement familière. Le béton du passage souterrain à Edgware Road retentissait du grondement lointain de la mer. Il lui suffisait de fermer ses yeux au soleil pour sentir de nouveau le sable crissant se glisser entre ses orteils, pour voir de nouveau la plage couverte de taches de couleur. Les voix rauques des enfants qui criaient dans les rues latérales faisaient palpiter son cœur au souvenir presque oublié des anciens dangers du terrain de jeux et, après l'averse, le trottoir sentait la mer. Maintenant, comme jadis, il savait exactement ce qu'il devait faire ; il connaissait la nécessité, l'inéluctabilité de son acte. Maintenant, comme jadis, il était déchiré entre le désir d'en avoir fini et l'espoir mi-honteux d'avoir encore le choix, de pouvoir encore renoncer, décider que c'était trop risqué. Une partie de lui-même regrettait de ne pas être retourné chez le marchand de légumes aussitôt après avoir rassemblé le trousseau pour y tenter sa chance, dans un accès d'optimisme et de confiance en soi. Mais il savait que cela aurait pu lui être fatal. Il devait d'abord vérifier qu'il n'avait pas perdu la main.

Il passa toute la journée du dimanche et celle du lundi à s'entraîner. Il verrouilla sa porte et pendit sa veste au coin d'une chaise. Il accrocha le nouveau porte-clefs au petit doigt de sa main gauche et insinua celle-ci sous le rabat de la poche. Du pouce, il souleva son propre porte-clefs tout en laissant glisser l'autre de son doigt. Il répéta cette opération des centaines de fois, utilisant tantôt le pouce, tantôt le majeur, surveillant la plus petite ondulation du tissu de la poche, comptant les secondes à haute voix pour se chronométrer. Rapidité voulait dire sécurité. Quand il se sentit suffisamment habile, il recommença mais cette fois avec les doigts de la main droite. Il lui fallait être ambidextre. Ce n'était que le moment venu, quand il serait assez près de Monty pour tâter sa veste, qu'il saurait dans quelle poche se trouvaient les clefs. Pendant deux jours, il quitta à peine sa chambre sauf pour aller s'acheter des sandwiches. Il traversait en hâte le hall, répondant presque distraitement au salut que lui adressait Violet quand elle reconnaissait son pas et cherchait à le localiser de ses yeux morts. Il regrettait chaque instant qu'il ne consacrait pas à sa tâche. Le soir du 18 septembre, il se sentit enfin prêt.

5

LE lendemain, il prit deux slips, deux chemises, et les fourra dans un sac en plastique. Il se rendit d'abord à la blanchisserie de Delaney Street où il arriva peu après neuf heures. Quand son linge tournoya dans la machine, il s'assit sur une chaise près de la porte ouverte d'où il pouvait surveiller le numéro 12. Pourvu que la meurtrière et sa fille ne décident pas de venir justement à la laverie ce matin, se dit-il, inquiet. Mais le risque d'une rencontre était minime. S'il les voyait sortir de chez elles avec un sac pouvant contenir du linge, il s'éclipserait simplement avant qu'elles n'aient eu le temps d'atteindre la porte et reviendrait vider sa machine plus tard.

Mais tout se passa bien. Il les vit apparaître comme d'habitude vers neuf heures quarante-cinq, ne portant que leurs sacs à bandoulière. Il s'écarta de la devanture, mais elles marchèrent de l'autre côté du trottoir, sans regarder de son côté. Un ou deux retraités, toujours les premiers dans la rue, le matin, étaient déjà allés chez Monty, mais les affaires étaient calmes : la rue ne s'était pas encore éveillée. Quand la troisième cliente, une vieille dame, fut repartie avec ses pommes de terre, Scase jugea que le moment était venu. Il ramassa son sac vide et traversa la rue en direction du marchand de légumes. Enfoncée dans la poche de sa veste, sa main droite tripotait le trousseau de clefs factice. Le métal devint chaud et moite sous ses doigts. Il s'en voulut de transpirer ainsi de peur, puis il se souvint que l'humidité serait un élément favorable : les clefs glisseraient plus facilement de son doigt. Et, au moins, ses mains ne tremblaient pas. Même à l'apogée de ses exploits de jeunesse, ses mains n'avaient jamais tremblé.

Momentanément sans client, Monty polissait des pommes sur sa manche et les disposait l'une près de l'autre sur le devant de l'étalage. Feignant de s'intéresser aux avocats, Scase passa à côté du marchand, le frôlant, sa main gauche tâtant brièvement la poche droite de Monty. Celle-ci paraissait rembourrée : un mouchoir peut-être, ou un chiffon. En tout cas, Scase ne décela rien de dur ou de métallique. Les clefs donc, si Monty les avait sur lui, devaient se trouver dans son autre poche. Scase revint vers l'avant de la boutique et demanda quatre oranges en tenant son sac ouvert. Monty les lui choisit et les fit glisser dans le cabas. Puis Scase acheta quatre pommes. Enfin il réclama deux bananes pas trop mûres en désignant un régime qui pendait d'une barre, à l'arrière de l'étalage. C'était le régime le plus inaccessible et Monty dut tendre tout son corps pour l'attraper, se retenant à la tringle de la main gauche. Scase s'approcha tout près de lui, le regard fixé sur les bananes. Il passa son petit doigt dans le trousseau factice, ferma le poing, puis glissa sa main dans la poche de la blouse de Monty ; avec un sentiment de triomphe, il sentit le contact froid des clefs enchevêtrées. Tendant le majeur, il les souleva tout en laissant doucement tomber l'anneau de remplacement. Après l'entraînement intensif des derniers jours, le stratagème lui parut étonnamment facile. Il lui sembla que son tour de passe-passe avait pris moins de trois secondes. Quand Monty se redressa pour détacher les deux bananes et les jeter dans la balance, Scase se tenait sagement près de lui, son sac ouvert pour recevoir les fruits.

Il s'efforça de remonter Delaney Street sans trop de hâte, mais dès qu'il eut tourné le coin de la rue et enfilé Mell Street, il pressa le pas. Il eut de la chance : deux taxis attendaient devant la gare de Marylebone. Il prit le premier et se fit conduire chez Selfridges. Là, il descendit au sous-sol et se rendit au rayon serrurerie. Même à cette heure matinale, il y avait déjà deux personnes avant lui, mais quelques minutes plus tard il ôtait les deux Yale du trousseau de Monty et les tendait à l'ouvrier. Il commanda deux doubles de chaque : parfois, une Yale fraîchement taillée pouvait être défectueuse. Il quitta le magasin par la porte principale et n'eut aucune difficulté à trouver un autre taxi. Scase demanda au chauffeur de l'emmener à Marylebone et, après l'avoir payé, alla jusqu'à entrer dans le hall de la gare pour le cas où l'homme l'aurait observé. Quelques minutes plus tard, il se trouvait à Delaney Street. Il avait prévu de mettre sa lessive à sécher à la laverie, puis de surveiller le marchand de légumes par la vitrine, guettant le moment propice pour restituer les clefs. Mais alors qu'il approchait de l'étalage, il eut un coup au cœur : Monty ne portait plus la blouse beige. Il faisait plus chaud, il y avait affluence au magasin et le commerçant n'avait plus que son jean et un tricot de corps. Son vêtement de travail avait disparu.

Scase quitta Delaney Street et s'assit sur un banc dans la gare de Marylebone, attendant que l'horloge marquât midi moins cinq. Monty se rendait invariablement au *Blind Beggar* peu après douze heures. La demi-heure lui parut interminable. L'anxiété le poussait à se lever toutes les cinq minutes et à arpenter fébrilement le hall. Monty n'aurait probablement pas besoin de ses clefs jusqu'au moment où il fermerait boutique. Même alors, il ne s'en servirait pas : les deux serrures étant des Yale, il lui suffisait de tirer les deux portes, celle du magasin et celle de l'entrée, derrière lui. Il ne découvrirait peut-être le trousseau de clefs étranger que le lendemain matin, au moment d'ouvrir. Mais Scase n'avait aucun moyen d'effectuer l'échange après la tombée de la nuit. C'est maintenant qu'il fallait agir.

Il retourna dans Delaney Street à midi moins huit et fit semblant de feuilleter un livre chez le bouquiniste. A midi, Monty appela son voisin. Un instant plus tard, il émergea du fond du magasin vêtu de sa veste en jean, traversa la rue et entra au *Blind Beggar*. Le vieux brocanteur s'installa sur le cageot retourné, tendit un instant son visage au soleil, puis ouvrit son journal. C'est maintenant ou jamais, se dit Scase. Monty pouvait revenir avec sa bière dans deux minutes, peut-être moins. Seuls l'audace lui permettrait de réussir. Scase pénétra si rapidement dans le magasin que le vieil homme eut à peine le temps de lever la tête quand il passa à côté de lui. Tout allait bien. La blouse beige pendait à un clou, entre deux sacs de pommes de terre posés contre le mur. Quand ses doigts touchèrent le métal lisse des clefs, son cœur bondit de joie.

Le vieil homme se tenait dans l'espace situé entre le mur et le comptoir. Avant qu'il n'ait pu ouvrir la bouche, Scase dit :

« J'ai oublié un sac en plastique Marks and Spencer dans un des magasins où j'ai fait mes courses. C'est-à-dire ici, chez le bouquiniste en face et à la laiterie de Mell Street. Je ne l'ai trouvé nulle part. Je pensais que Monty l'avait peut-être trouvé et mis de côté. »

L'autre lui jeta un regard soupçonneux. Mais Scase ne s'était pas approché de la caisse. Il ne se servait d'aucune marchandise, n'avait pas été assez longtemps dans la boutique pour chaparder. De toute façon, que pouvait-il y avoir à voler derrière le comptoir ? Le vieil homme grogna :

« Monty ? Il est mort depuis vingt ans. Le patron s'appelle George. Et il ne m'a parlé de rien.

— Le sac n'est pas au fond du magasin et je ne vois pas d'autre endroit où George aurait pu le ranger. J'ai dû le laisser à la laverie, et quelqu'un a dû le prendre. Merci. »

Scase s'éloigna d'un pas vif, retraversa et monta sur le trottoir, devant le *Blind Beggar*, au moment où Monty — ou plutôt George — sortait du pub, portant avec précaution un demi dans chaque main.

Jamais encore, même après les délits plus innocents de son enfance, Scase n'avait connu pareil soulagement, pareille exaltation, pareille jubilation. Son cœur chantait une hymne d'action de grâces qui ne s'adressait à personne. Si les clefs avaient été enfilées sur un anneau, il aurait été tenté de les faire tournoyer dans l'air pour les rattraper comme un jouet. Mais son visage ne trahissait aucun sentiment de triomphe. Quand le marchand de légumes passa à côté de lui, Scase lui sourit. Son sourire devait avoir eu quelque chose d'étrange. En tournant dans Mell Street, la dernière image qu'il garda à l'esprit fut le visage étonné de George.

6

IL avait soigneusement réuni les deux doubles de chaque clef, les avait enfilés sur des longueurs de ficelle différentes. Une des paires ouvrirait la porte d'entrée, l'autre celle qui menait du vestibule au magasin. Tant qu'il ne les aurait pas essayées, il ne saurait pas à quelle serrure elles correspondaient. Il espérait avoir la chance de réussir à ouvrir du premier coup. Plus il passait de temps devant la porte à farfouiller avec sa clef, plus il courait le risque d'être vu. Installé à son poste d'observation habituel, dans le terrain vague, il attendit que la meurtrière et sa fille fussent parties travailler, puis encore quarante minutes de plus pour le cas où elles auraient oublié quelque chose et seraient revenues inopinément. L'étroite fente dans la tôle ondulée ne lui offrait qu'une vue très restreinte de Delaney Street, mais il colla son oreille contre le métal, guettant le moment où il n'entendrait plus aucun bruit de pas. Ensuite, il longea rapidement la palissade et sortit par la brèche habituelle. La rue était déserte. Au-dessus des magasins fermés, il voyait une rangée de fenêtres éclairées derrière lesquelles il pouvait imaginer des gens en train de dîner ou installés pour la soirée devant leur télévision. A sa gauche, la laverie était encore brillamment illuminée, mais Scase n'y aperçut qu'une seule cliente, une vieille femme qui retirait son linge emmêlé de l'une des machines.

Scase sortit une paire de clefs de sa poche et la cacha dans son poing, puis il traversa en hâte, mais résolument, et introduisit la clef dans la serrure. Elle ne tourna pas. Scase remua les lèvres. Silencieusement, il s'exhorta : du calme, du calme. Il prit la seconde paire de Yale. Cette fois, la clef joua sans difficulté. Scase pénétra dans le vestibule et ferma la porte derrière lui.

A cet instant, il connut un moment d'horreur. A son entrée, la maison avait tremblé. Scase s'immobilisa, paralysé de frayeur, retenant son souffle. Puis il se détendit. Ces vibrations n'étaient dues qu'au passage d'une rame de métro, probablement dans le tunnel qui reliait Marylebone et Edgware Road. Le bruit s'éloigna, la maison s'apaisa. Scase ferma la porte et resta là à écouter le silence. Une lourde odeur terreuse de pommes de terre mêlée d'une senteur plus sure, de pommes peut-être, emplissait le vestibule. A l'extrémité du passage, il distingua une légère lueur : une porte à deux panneaux de verre opaque menait à un jardin ou à une arrière-cour. Il alluma sa lampe de poche et suivit la flaque de lumière jusqu'au fond de l'entrée. La porte était verrouillée en haut et en bas. La cour ne lui offrirait donc ni refuge ni cachette. La meurtrière et sa fille vérifiaient certainement les verrous avant d'aller dormir.

Scase éclaira l'escalier et le gravit lentement en tâtant chaque marche du pied. Il y avait un petit entresol. Scase s'arrêta, puis poursuivit son chemin. La porte de l'appartement était en haut d'un second petit escalier, à gauche. Scase braqua sa lampe sur le battant ; le rond de lumière illumina une serrure de sûreté.

La déception lui monta à la gorge comme un flot de bile et il dut résister à la tentation de cracher. Il ne martela pas la porte de ses poings pour donner libre cours à sa frustration, mais il appuya un moment sa tête contre le bois, luttant contre la nausée. Puis il fut envahi de colère. Il s'était leurré. Comment avait-il été assez stupide pour ne pas prévoir que cette porte serait fermée à clef ? Il avait imaginé les lieux tels qu'ils avaient été autrefois, avec une porte d'entrée, une seule serrure. Et celle-ci n'était pas une Yale. A moins de revoler d'autres clefs — mais comment ? — il ne pourrait franchir cet obstacle qu'en l'enfonçant.

Il avait projeté d'explorer minutieusement l'appartement, de découvrir où dormait la meurtrière de façon à pouvoir se rendre droit dans sa chambre et s'échapper ensuite sans se tromper de porte. C'était désormais impossible. Il lui fallait changer ses plans. Mais il pouvait déjà effectuer certains préparatifs : se familiariser avec la maison, par exemple. Bien que sachant que les femmes ne rentreraient pas avant minuit, il se déplaça sur la pointe des pieds, cachant le faisceau de sa lampe de la main gauche, l'oreille aux aguets. Doucement, silencieusement, il poussa la porte de la salle de bain commune, tourné de côté comme s'il s'attendait à trouver la pièce occupée. La fenêtre était grande ouverte ; l'air lui frappa le visage, frais et fort comme un coup de vent, gonflant les rideaux. Ceux-ci étaient ouverts. Scase n'osa pas allumer sa lampe, mais à la lueur du ciel brillant de Londres, rayé de violet et de pourpre, il distingua les contours d'un chauffe-eau à gaz, les maillons et la poignée bulbeuse de la chasse d'eau, une grande baignoire blanche. Il n'y avait là ni placard ni penderie, aucun endroit où il aurait pu se dissimuler.

Il passa les cinq minutes suivantes à monter et à descendre les marches pour voir quelles étaient celles qui craquaient. La cinquième et la neuvième étaient particulièrement bruyantes ; il faudrait qu'il se souvînt de les éviter. La plupart des autres craquaient aussi, mais en restant tout près du mur, le son s'entendait à peine.

Enfin, il prit le deuxième jeu de clefs dans sa poche et ouvrit la porte qui menait au magasin. Alors qu'il poussait le battant, une odeur de terre, d'oranges et de citrons lui sauta au visage, si forte qu'il faillit en perdre le souffle. Une obscurité totale régnait dans la boutique. La fermeture métallique ne laissait pas passer le moindre rai de lumière et, s'il y avait une fenêtre au fond du local, elle devait avoir été recouverte de planches. Aucun rideau tiré n'aurait empêché aussi efficacement la lumière d'entrer. Scase s'adossa contre la porte, scrutant les ténèbres, respirant normalement pour la première fois depuis qu'il avait pénétré dans la maison. Même si les femmes rentraient plus tôt, elles n'auraient pas la clef de cette pièce. Il était en sûreté ici. S'enhardissant, il alluma sa lampe et la promena autour de lui, sur l'étal, la table à tréteaux pliée, le tapis d'herbe synthétique roulé, les cageots de tomates, de pommes et de laitues empilés les uns sur les autres dans l'attente du matin, les sacs de pommes de terre et les filets d'oignons tassés contre le mur. Au fond, sous la fenêtre condamnée, il y avait un vieil évier de porcelaine ; l'un des robinets manquait, l'autre gouttait continuellement. Scase dut résister à l'envie de le serrer pour arrêter ce doux bruit monotone. Près de là, sa lampe éclaira une table en bois à plateau de formica sur laquelle étaient posés un réchaud à gaz à un feu, une bouilloire et une théière tachée de brun. Au-dessous, dans une caisse d'oranges dressée sur le côté, il y avait deux chopes à bordure bleue, une boîte à sucre et une boîte à thé ornée d'une image représentant le couronnement du roi George V et de la reine Mary.

Scase appuya sa lampe de poche contre l'un des

cageots. Puis, à la lueur de son unique faisceau, il mit l'imperméable et les gants qu'il tira par-dessus les poignets retroussés du vêtement. Enfin, il sortit le couteau du fond du sac. Il s'accroupit, le dos contre le montant de bois, à l'arrière de l'étalage, les genoux sous le menton, ses maigres fesses calées contre le plancher, le couteau gainé à la main. Rien ne se passerait cette nuit. Il en avait la certitude, bien qu'il eût été incapable de dire pourquoi. Mais il sentait obscurément que l'imperméable et les gants lui permettraient de ne laisser aucune trace de son passage, qu'il avait raison d'endosser ainsi sa tenue d'assassin, d'être prêt pour le cas où, par quelque miracle, la meurtrière rentrerait seule. Assis dans le noir, il attendit, comptant les gouttes qui tombaient à intervalles réguliers du robinet, sentant la chaleur de son vêtement en plastique se superposer à l'odeur terreuse de la boutique, ses mains gantées de blanc devant lui, jointes comme celles d'un prêtre.

Quand elles revinrent enfin, il était près de minuit. Scase les entendit fermer la porte donnant sur la rue, il crut percevoir un faible murmure de voix et le craquement des marches, mais peut-être ne faisait-il que l'imaginer. Puis elles furent au-dessus de lui. La maison n'ayant pas été conçue comme deux appartements séparés, il n'y avait que les solives et le plancher entre elles et lui. Les poutres grinçaient bruyamment sous leurs pas et, de temps en temps, le bois émettait un bruit sec semblable à une détonation. Alors Scase sursautait violemment ; pétrifié de peur, il scrutait le plafond comme s'il craignait de voir un pied traverser les planches. Il entendait chacun de leurs mouvements. Il avait peine à croire que les femmes ne percevaient pas sa présence, son odeur, la chaleur de son haleine. Il distinguait deux sortes de pas, l'un plus léger que l'autre. Ce dernier devait appartenir à la meurtrière ; la fille était plus grande et marchait avec plus d'assurance. Puis les pas se séparèrent ; les femmes se déplaçaient dans des pièces différentes. Le pas plus feutré se trouvait sur le devant ; la meurtrière devait dormir dans la chambre donnant sur la rue. Au bout de cinq minutes environ, il l'entendit traverser la chambre. Un instant plus tard, retentirent le bruit de la chasse d'eau et le rugissement assourdi de la tuyauterie. La meurtrière était donc à la salle de bain. Si tout le reste échouait, ce serait peut-être sa dernière chance. Mais il ignorait encore si, seule dans la maison avec une autre femme, elle se donnait la peine de tirer le verrou, si la porte de l'appartement demeurait entrebâillée quand l'une des deux allait aux toilettes. Peut-être fermaient-elles instinctivement l'une et l'autre porte. Si, pour finir, il était obligé de la tuer dans la salle de bain, c'étaient là des détails qu'il devait connaître.

A minuit et demi, les derniers bruits s'étaient tus, mais Scase resta là, le dos meurtri par le dur montant de l'étal. L'odeur de terre fraîchement retournée que dégageaient les pommes de terre était plus forte que jamais. Il essaya de retenir son souffle pour éluder le souvenir. En vain. Soudain, il se vit avec Mavis près du tas de terre rouge, au bord de la tombe de Julie, dans ce vaste cimetière de l'est de Londres, en train de regarder le petit cercueil blanc descendre lentement et par saccades dans les ténèbres. Il n'y avait qu'eux deux. Mavis avait tenu à ce que l'enterrement eût lieu dans l'intimité. Ils n'avaient jamais fréquenté personne, pourquoi se seraient-ils montrés généreux dans le malheur ? Pourquoi se seraient-ils exposés maintenant aux regards avides, lubriques de leurs voisins ? Leur pasteur habituel était malade et son jeune remplaçant portait des chaussures sales. Pendant l'oraison funèbre, Mavis avait gardé les yeux fixés sur elles. Plus tard, écoutant ses récriminations, Scase avait dit :

« Mais il a fort bien célébré l'office. Je trouve qu'il a prononcé de très belles paroles. »

Butée, elle lui avait répondu de ce ton de rancœur qui devait lui devenir si familier :

« Il aurait dû cirer ses chaussures. »

Scase concentra son esprit sur la meurtrière endormie au-dessus de lui. Dans quelques jours, elle serait morte. La fille et lui seraient peut-être morts, eux aussi. A cet instant-là, il avait l'impression que c'était sans importance. Il se trouverait peut-être devant un cas de force majeure qu'il ne pouvait ni prévoir ni comprendre, mais qu'il serait incapable d'empêcher, le moment venu. Dans une certaine mesure, il considérait leur mort à tous les trois comme morale ; c'était une sorte d'accomplissement, une suppression de toute complication future qu'il en était presque venu à souhaiter. Pour sa part, il craignait moins la mort que la prison. Peut-être était-ce la possibilité de l'imminence de sa propre mort, qu'il envisageait pour la première fois, plus que la certitude de sa mort à elle, qui lui firent tourner ses pensées vers le passé. Sur son cerveau s'imprimèrent une série d'images brillantes et sans suite, comme projetées sur un écran. L'arbre de Noël scintillant sur le comptoir du *Goat and Compasses* entrevu par la porte ouverte ; les algues pendant en paquets des poutres de la jetée, bougeant comme des tentacules visqueux au-dessous du flot vert, l'humidité crissante du sable quand il y enterrait du pied les porte-monnaie volés ; Mr. Micklewright tenant un cavalier entre le pouce et l'index et le poussant vers lui sur l'échiquier ; Eli Watkin distribuant de la pâtée et cajolant d'une voix sifflante ses bruyants pensionnaires félins ; Julie dans son uniforme neuf d'éclaireuse ; Julie dormant dans son landau sous le pommier, sur la pelouse de

Magenta Gardens ; Mavis le regardant par-dessus la table tailladée, au collège d'enseignement général où ils s'étaient rencontrés pour la première fois, à des cours du soir de français. Pourquoi diable avaient-ils choisi cette langue ? se demanda-t-il. Aucun des deux n'avait jamais été en France ni ne désirait particulièrement s'y rendre. Mais c'était ainsi que tout avait commencé. Rien de ce qui s'était passé entre eux par la suite n'avait jamais réussi à le convaincre qu'il était digne d'être aimé. Il savait seulement que, par quelque incroyable miracle, Mavis l'avait fait.

De temps en temps, il s'assoupissait, puis se réveillait, étendait ses jambes ankylosées. Enfin, peu avant l'aube, il se leva lentement, ôta les gants, l'imperméable et les rangea avec le couteau dans le sac à dos. Sa veille était terminée ; une autre journée commençait. Il ne reviendrait pas ce soir-là ; il lui fallait rester au Casablanca une nuit sur deux pour être sûr de dormir assez, de garder ses réflexes. Il reviendrait le jeudi, puis toutes les deux nuits jusqu'à ce que l'occasion se présente. Il avait retrouvé son optimisme. Il savait qu'il n'aurait plus long-temps à attendre.

Il ferma la porte du magasin avec d'infinies précautions, puis parcourut à pas de loup les quelques mètres du vestibule. Il y avait encore la porte d'entrée à fermer, mais cela ne le tracassait pas : ce n'était pas ce petit déclic qui réveillerait les dor-meuses, là-haut. Même si la meurtrière était encore éveillée ou s'agitait dans son sommeil, un son si ténu ne risquerait guère de l'inquiéter. Les vieilles maisons comme celle-ci étaient toujours pleines de bruits mystérieux, la nuit. Et, de toute façon, le temps qu'elle allume et s'approche de la fenêtre, il aurait déjà disparu. La porte se referma derrière lui. Il se mit en route pour la station de Baker Street où il attendrait le premier métro de la Circle Line.

7

LE jeudi 21 septembre, au milieu de l'après-midi, Philippa était assise dans le fauteuil en osier, devant la fenêtre ouverte de sa chambre. Sa mère et elle venaient de rentrer d'une visite à l'oratoire de Brompton, où elles avaient pu admirer les marbres de Mazzuoli. Il leur restait une heure avant de partir au travail. Sa mère avait offert de préparer le thé. De la cuisine lui parvenaient de légers bruits semblables aux grattements furtifs d'un petit animal domestique, de délicats tintements, et, de temps à autre, un pas feutré. Ces sons étaient extraordinairement agréables. La porte de la chambre de sa mère était ouverte, mais, comme les magasins du quartier fermaient de bonne heure le jeudi, aucun bruit ne montait de la rue. Les voix qui entraient par sa fenêtre ressemblaient à des cris de joie lointains provenant d'un autre monde. La journée avait été chaude, orageuse, mais depuis une demi-heure le ciel s'était éclairci et l'intense lumière dorée qui précède le crépuscule emplissait maintenant la chambre.

Philippa resta assise absolument immobile dans le silence. Peu à peu, un plaisir délicieux, comme une extase étrange, l'envahit. Les objets de la pièce, et jusqu'à l'air, semblaient baigner eux aussi dans cette joie. Elle fixa son regard sur le géranium posé sur le rebord de la fenêtre. Comment avait-elle pu ne jamais remarquer son extraordinaire beauté ? Elle avait toujours considéré cette fleur comme un vulgaire expédient des jardiniers municipaux pour remplir les plates-bandes des parcs, une fleur qui servait à décorer les tribunes dans les rassemblements politiques, une plante d'intérieur utile parce qu'elle demandait peu de soins. Mais ce spécimen-ci était d'une miraculeuse beauté. Chacune de ses petites fleurs s'enroulait sur elle-même comme un bouton de rose miniature au bout de sa délicate tige duveteuse. D'une façon imperceptible, mais inévitable, comme sa propre respiration, elles s'ouvraient à la lumière. Les pétales étaient d'un rose clair et transparent, légèrement rayé de jaune. Et les feuilles en forme d'éventail, comme elles étaient subtilement veinées, toutes d'un vert différent, chacune avec son ombre plus foncée ! Des mots de William Blake, à la fois familiers et nouveaux, lui vinrent à l'esprit : « Tout ce qui vit est sacré. La vie se repaît de la vie. » Même le flux de sang qu'elle sentait couler doucement, presque d'une façon contrôlée, hors de son corps, n'était pas le suintement mensuel gênant et désagréable des déchets de l'organisme. Il n'y avait pas de déchets. Tout ce qui vivait faisait partie d'un grand tout. Le simple fait de respirer était un délice. Elle aurait voulu savoir prier, et qu'il existât un être auquel elle aurait pu dire : « Merci pour cet instant de bonheur. Aidez-moi à la rendre heureuse. » Et elle pensa à une autre phrase familière, mais dont elle ignorait l'origine : « En qui nous vivons et agissons, source de notre existence. »

Elle entendit sa mère l'appeler depuis la pièce du devant. L'air embaumait le citron fraîchement coupé et le thé de Chine. La théière et leurs deux tasses, la Worcester et la Staffordshire, étaient posées sur un plateau en papier mâché, sur la table de chevet. Sa mère souriait. Elle lui tendit un paquet enveloppé de papier de soie. Elle dit :

« Je l'ai tricoté pour toi. »

Philippa l'ouvrit et déplia un pull à col roulé dans différents tons de bruns et de beiges, avec deux rectangles vert pomme soigneusement placés sur le sein droit et dans le dos. Exécuté dans toutes sortes de points différents, le chandail, avec sa contexture variée et son subtil mélange de couleurs était d'une simplicité si raffinée que Philippa s'écria en l'enfilant :

« Il est superbe ! Absolument superbe ! C'est incroyable, je ne t'ai jamais vue tricoter...

— Je l'ai fait dans ma chambre, tard le soir. Je voulais te faire la surprise. C'est très facile à faire, tu sais. Les manches ne sont que deux rectangles cousus sur des emmanchures basses. Bien entendu, il fait encore trop chaud pour le porter maintenant. Mais tu seras contente de l'avoir cet automne, à Cambridge.

— Tu veux dire : maintenant. Et toujours. Tout le monde va me demander où je l'ai acheté. Je serai fière de pouvoir répondre que c'est ma mère qui l'a fait. »

Elles se regardèrent, le visage transfiguré par la joie. « Je serai fière de pouvoir répondre que c'est ma mère qui l'a fait. » Philippa avait prononcé ces paroles spontanément, sans la moindre gêne. Elle ne se souvenait pas d'avoir jamais pu exprimer ses sentiments avec autant de simplicité. Elle sortit sa crinière du col roulé et secoua la tête pour la répandre sur son dos. Étendant les deux bras, elle se mit à pirouetter joyeusement. Dans la glace ovale qu'elle avait placée entre les deux fenêtres, elle regarda son image tournoyante — or, beige, brun, vert — et, derrière elle, le visage encore rose, aux yeux brillants, animés, de sa mère.

Le timbre strident et péremptoire de la porte d'entrée rompit le charme. Philippa s'arrêta de tourner. Elles se regardèrent, surprises et inquiètes. Personne n'avait jamais sonné depuis la dernière visite du délégué à la probation.

« C'est peut-être George, dit sa mère. Il revient peut-être chercher quelque chose, il a dû oublier ses clefs. »

Philippa s'approcha de la porte.

« Reste ici, dit-elle. Je vais ouvrir. »

La sonnette retentit de nouveau avant qu'elle n'eût atteint le bas de l'escalier. A ce second appel, Philippa comprit que les ennuis commençaient.

« Miss Palfrey ? Je m'appelle Terry Brewer. »

Il parlait avec précaution, presque en s'excusant. Il lui montra une carte. Il avait dû la préparer en l'entendant descendre les marches. Philippa l'ignora. La police avait des cartes, elle aussi. Il y avait des cartes pour tout : mandats d'arrestation, autorisations, cartes d'identité, permis de conduire, sauf-conduits. Elles disaient : « Laissez-moi entrer. J'exige, je suis qualifié, inoffensif, respectable. » Philippa n'avait pas besoin de carte pour deviner la profession de l'inconnu. Elle continua à le dévisager.

« Que voulez-vous ? »

Il était très jeune, à peine plus âgé qu'elle. Il avait des cheveux épais et frisés qui lui descendaient sur le front, un visage en forme de cœur avec une grosse fossette au menton, des pommettes saillantes, une bouche boudeuse, délicate et humide. Il avait aussi de grands yeux lumineux, d'un brun pâle tacheté de vert. Philippa se força à y plonger son regard.

« Rien qu'un petit entretien. Je suis journaliste, freelance. Le *Clarion* m'a commandé un article. Sur les condamnés à perpétuité et leur réadaptation au monde extérieur. Quelque chose de discret. Vous connaissez le style du *Clarion*. Ils ne donnent pas dans le sensationnalisme morbide. Ce qui m'intéresse, c'est le point de vue humain : comment vous avez découvert qui était votre mère, comment se passe votre cohabitation après toutes ces années, comment elle a vécu son incarcération. J'aimerais vous interviewer toutes les deux. Bien entendu, je changerai le nom. Celui de Ducton ne sera pas mentionné. »

Il était impossible de lui claquer la porte au nez. D'ailleurs, il bloquait déjà le battant du pied.

« Je ne sais pas de quoi vous parlez et je ne veux pas vous voir.

— Vous n'avez guère le choix. Il vaut mieux que ce soit moi qu'une douzaine d'autres journalistes. Une interview exclusive, et je vous fiche la paix. Pas d'indication d'adresse ni de nom. Mes confrères risquent d'être moins accommodants, vous le savez aussi bien que moi. »

Il mentait. Il n'était pas journaliste, peut-être même pas reporter. Sans doute était-il stagiaire ou occupait-il un poste subalterne au *Clarion* et voyait-il dans cette histoire sa première chance. Mais quelqu'un avait dû le tuyauter. Cela ne pouvait être qu'une seule personne.

« Comme nous avez-vous trouvées ?

— J'ai des amis.

— L'un d'eux ne s'appellerait-il pas Gabriel Lomas, par hasard ? »

Le jeune homme ne répondit pas, mais elle vit tout de suite qu'elle avait touché juste. Il maîtrisait trop imparfaitement ses muscles, son visage était trop mobile pour dissimuler. Gabriel devait donc avoir téléphoné à Caldecote Terrace, choisissant un moment où Hilda serait seule. Maurice, lui, aurait flairé le danger et la supercherie que cachait cet appel, mais Hilda, la stupide, l'innocente Hilda, était une victime prédestinée. Elle se demanda par quelle ruse Gabriel lui avait arraché la vérité, et ce qu'il savait exactement. Bien entendu, il avait menti à Hilda au sujet de leur rencontre ; même sans nécessité absolue, il n'avait sûrement pas pu résister au plaisir de dire au moins un mensonge. Puis il avait entrepris ses recherches. Il allait étudier l'histoire à Cambridge. Il avait donc vérifié les faits d'une façon méticuleuse. D'ailleurs, ça n'avait pas dû être bien difficile. Il y avait peu de crimes pour lesquels on incarcérait une femme pendant dix ans. Il lui suffisait de lire les coupures de presse des années 68-69. Il était même étonnant qu'il eût mis une semaine à découvrir qui était sa mère. Mais peut-être avait-il en tête d'autres sujets de préoccupation. Peut-être n'avait-il pas donné la priorité à cette petite trahison.

En observant le sourire avide, insinuant, de Brewer, Philippa comprit ce qui avait attiré Gabriel en ce garçon. La singularité et l'étrangeté d'un visage l'avaient toujours fasciné. Sinon, pourquoi se serait-il d'abord intéressé à elle ? Il choisissait ses amis comme il aurait choisi de vieux objets hétéroclites dans une boutique de brocanteur. A des *parties*, elle l'avait vu s'extasier sur la façon dont la lumière tombait sur une joue, applaudir un trait d'esprit inattendu, la fierté d'un port de tête. Quand il pensait s'être trompé, il renvoyait les êtres au bric-à-brac d'où il les avait tirés. Ce visage-ci devait l'avoir intrigué. Une beauté un peu rude, un je ne sais quoi de corrompu et de dangereux, une fausse vulnérabilité. Brewer essayait de prendre un air humble, inoffensif, mais Philippa sentait presque son excitation. Il était trop élégant, et pas tout à fait à l'aise dans ses vêtements. Il devait porter son meilleur costume, celui qu'il gardait pour des interviews, des mariages, pour séduire ou faire chanter. Le complet, aux revers un peu trop larges, était un peu trop bien coupé, le tissu, plus synthétique que laineux, déjà froissé. Étrange que Gabriel ne lui eût pas appris à s'habiller. Mais elle avait de la tenue, elle se trouvait belle cette sale petite tapette au sourire hypocrite !

« Écoutez, je vous conseille de me laisser entrer faire mon boulot. Sinon, vous pouvez être sûre que je reviendrai. Et je n'ai pas envie de discuter avec vous sur le pas de la porte. Je n'ai pas envie de crier. Quelqu'un pourrait nous entendre de la rue. Pour les habitants du quartier, votre mère s'appelle Palfrey, n'est-ce pas ? Il vaut mieux qu'elle puisse garder ce nom. »

Sa mère était apparue en haut de l'escalier. Elle murmura :

« Laisse-le entrer. »

Philippa fit un pas de côté pour permettre à l'autre de se faufiler dans le vestibule. Sa mère se tenait devant la porte ouverte de l'appartement. Brewer passa devant elle et pénétra dans la chambre avec autant d'assurance que s'il y était déjà venu. Philippa et sa mère le suivirent. Avec quel empressement il avait gravi cet escalier miteux, méprisant leur pauvreté, leur vulnérabilité ! Maintenant il examinait ouvertement la pièce, de l'œil perçant d'un créancier qui estimerait leurs maigres biens. Son regard s'arrêta enfin sur le Henry Walton. Le tableau, que Philippa trouva soudain déplacé, parut le troubler un instant.

La présence de ce garçon dans l'appartement était intolérable. Philippa fut prise d'un accès de colère. Elle se sentit soulevée par une vague de rage passionnée où inspiration et action coïncidaient.

« Attendez, dit-elle. Attendez. »

Elle courut à la cuisine et tira la boîte à outils du placard sous l'évier. Elle empoigna le plus grand et le plus solide des ciseaux à bois, retraversa la chambre de sa mère avec un seul et bref regard au visage abasourdi de Brewer, sortit et ferma la porte derrière elle. Elle glissa la lame du ciseau dans l'interstice situé entre la serrure et le montant et attaqua le pêne. Elle n'avait pas le temps de se demander ce qui se passait à l'intérieur ; elle concentrait toute son énergie, toutes ses pensées sur sa tâche. La serrure ne céda pas. Elle avait été fabriquée pour résister à des assauts de ce genre. Mais le battant, lui, était plus fragile. Il n'avait pas été conçu pour une porte d'entrée et devait avoir plus de quatre-vingts ans. Philippa continua à peiner, grognant sous l'effort, bientôt elle entendit les premiers craquements, aperçut les premiers éclats de bois. Elle poussa un petit gémissement et la porte s'ouvrit brusquement sous ses mains. Puis, haletante, le ciseau à la main, elle se trouva dans la pièce, face à Brewer. Quand elle recouvra l'usage de la parole, elle dit d'une voix parfaitement maîtrisée :

« Bon, et maintenant, dehors. Si vous osez écrire un seul mot sur nous, je me plaindrai à votre journal et au conseil professionnel des journalistes en disant que vous avez cassé notre porte et menacé de dévoiler notre identité à tout le voisinage si nous ne vous accordions pas une interview exclusive. »

Brewer recula vers le mur, les yeux fixés sur le ciseau.

« Espèce de sale garce ! murmura-t-il d'une voix rauque et tremblante. Vous êtes cinglée. Qui vous croira ?

— Plus de gens que vous ne pensez. Pouvez-vous vous permettre de prendre ce risque ? Je suis éminemment respectable, rappelez-vous. L'êtes-vous ? Et pensez-vous qu'un journal de bonne réputation appréciera ce genre de publicité ? Ma mère n'inspirera peut-être pas la pitié, mais moi oui. Je suis la fille dévouée qui compromet son avenir pour l'aider. "Une étudiante de Cambridge se terre dans les bas-fonds de la ville." "C'est ma mère", nous a dit la fille de Mary Ducton. C'était bien ce genre de trucs dégoûtants qui en appellent aux émotions des foules que vous aviez l'intention d'écrire, n'est-ce pas ? Moi j'ai droit à la compassion. Et qui pourrait croire que j'ai enfoncé cette porte moi-même ?

— Ce n'est tout de même pas mon ciseau ! Pourquoi serais-je venu avec un ciseau à bois ?

— Pourquoi, en effet, si ce n'était pour forcer notre porte ? C'est un ciseau des plus ordinaires. Et neuf, comme vous pouvez le constater. Essayez de prouver que ce n'est pas le vôtre. Et souvenez-vous d'une chose : nous sommes deux contre vous. Vous semblez savoir qui est ma mère et ce qu'elle a fait. Croyez-vous qu'elle hésiterait à mentir ? Si cela peut briser votre carrière, sûrement pas.

— Bon Dieu, vous en seriez bien capables, chuchota Brewer avec une sorte d'étonnement.

— Je suis la fille de Mary Ducton, après tout. Si ma calomnie restait sans effet et que vous vous en tiriez sans dommage, combien de temps croyez-vous que je vous laisserais vivre ? »

Maintenant, la terreur de Brewer était manifeste. Le garçon recula vers la porte tandis qu'elle avançait vers lui, l'outil pointé sur sa gorge. Puis il s'enfuit, dévalant bruyamment l'escalier.

La mère de Philippa avança le long du mur, le tâtant des deux mains comme une aveugle. Philippa s'approcha d'elle et la conduisit à son lit. Elles s'assirent l'une près de l'autre, épaule contre épaule. Sa mère murmura :

« Tu lui as fait peur.

— J'espère bien ! Le journal ne publiera rien ; ce type n'écrira rien. Pas tout de suite en tout cas. Même s'il leur raconte ce qui s'est passé, ils consulteront d'abord leur avocat.

— Et si on partait ? Juste quelques jours pour lui

faire croire qu'il nous a fait fuir. Nous pourrions aller à Ventnor, dans l'île de Wight. J'y suis allée quand j'avais neuf ans, avec l'école du dimanche. Il y a des falaises, du sable et des petites maisons victoriennes de toutes les couleurs. Une fois que ce garçon découvrira notre absence, il se lassera de revenir.

— Il ne reviendra pas. Il n'osera pas. Il sait que je ne bluffais pas. Le *Clarion* est bien le dernier journal à imprimer l'espèce de mélo boueux que ce type avait en tête. Et, même si le *Clarion* publiait un article, il n'indiquerait ni nos noms ni notre adresse. Ils ont besoin de préserver leur bonne conscience libérale, à la direction. Ils considéreront que ce n'est pas à eux de te traquer. En fait, pour eux, une condamnée à perpétuité en liberté conditionnelle doit faire partie d'une espèce protégée. »

Que sa mère fût si bouleversée surprit Philippa. Elle avait paru tellement forte à sa sortie de prison. Mais peut-être les choses la touchaient-elles moins alors. Peut-être n'était-ce qu'au bord du canal quand, dans le crépuscule glauque, elle avait regardé sa minable valise s'enfoncer enfin sous l'eau, qu'elle avait consenti à s'exposer aux douleurs des vivants. Philippa se rapprocha d'elle et lui entoura les épaules de son bras. Elle posa sa joue contre la sienne, sa chair tiède contre une chair plus froide. Puis elle l'embrassa. Tout était si simple, si merveilleusement simple. Pourquoi avait-elle mis si longtemps à apprendre qu'on n'avait rien à craindre quand on aimait ?

« Tout ira bien, dit-elle. Il ne nous arrivera rien. Nous sommes ensemble, personne ne peut nous faire de mal.

— Mais si ce garçon proposait son article à un autre journal ?

— Il ne le fera pas, pas tant qu'il travaille au *Clarion*. Et, si jamais il le fait, nous briserons sa carrière. Il te suffira de confirmer mes déclarations. Si tu as l'air effrayée, cela ne paraîtra que trop normal. Cela ne demande qu'un peu d'habileté à mentir.

— Je ne pense pas l'avoir.

— Je ne vois pas pourquoi tu hésiterais. Dire la vérité ne t'a pas tellement réussi. Mais rien de tout cela ne sera nécessaire : ce type ne reviendra pas, je t'assure.

— Et la porte ? Comment allons-nous la fermer ?

— Demain, j'achèterai un verrou. Nous pourrons le pousser la nuit en attendant que je fasse poser une autre serrure. Ça, c'est bien le dernier de nos soucis. Ce journaliste ne reviendra pas et il n'y a rien ici qui ait de la valeur, à part le tableau. Un voleur professionnel ne se donnerait pas la peine de s'introduire ici. Et il ne prendrait certainement pas le Henry Walton. Nous avons été cambriolés une fois à Caldecote Terrace. Ce qui intéresse les voleurs, ce sont les petits objets précieux faciles à écouler. Nous n'avons rien qui puisse tenter qui que ce soit. »

Philippa regarda les mains de sa mère : elles s'agitaient nerveusement. Elle regarda ses doigts à elle, longs, osseux, aux ongles solides et étroits, posés sur ceux de sa mère. Se tordre les mains. C'était une expression trop banale, trop imprécise pour qu'on osât l'écrire ; pourtant elle semblait correspondre à une réalité, bien que « tordre » ne fût pas le mot juste pour décrire cette pression rythmée des paumes l'une contre l'autre. Les mains avaient l'air de se consoler mutuellement. Sa mère regardait fixement devant elle, apparemment inconsciente de ce qu'elle faisait. Peut-être se rappelait-elle la sensation qu'on a quand on roule un galet poli entre ses mains, peut-être voyait-elle en imagination les longues houles de l'océan, les vagues mouchetées de blanc qui s'arrondissaient pour déferler contre ses pieds nus. Puis, en un battement de paupières, elle revint dans le présent.

« Comment nous a-t-il trouvées ? demanda-t-elle.

— Grâce à Gabriel. Ce cher garçon a un flair pour le scandale, les secrets, la peur. Il n'a pas pu résister à l'envie de parler de nous à ce type. Je le comprends. C'était trop important pour lui. J'ai fait pareil avec la femme enceinte. En fin de compte, nous ne pensons jamais qu'à nous.

— Quelle femme enceinte ?

— Tu ne la connais pas. Quelqu'un que j'ai roulé. Quelqu'un qui avait besoin de cet appartement.

— C'est curieux que ce garçon soit un ami de Gabriel : ils n'ont pas la même classe.

— Oublie-les, tous les deux. Ce serait peut-être une bonne idée de quitter Londres, après tout. Oui, pourquoi ne pas aller à Ventnor ? On n'y sera pas plus mal qu'ailleurs. Mais ne t'attends pas à trouver cet endroit inchangé. Et nous aurons besoin d'argent. J'en ai encore à la banque, mais il faut en garder un peu pour l'expiration du bail. Il nous sera difficile de trouver du travail dans l'île de Wight, en tout cas maintenant, en fin de saison. »

Sa mère la regarda avec les yeux d'un enfant implorant.

« Je suis sûre que Ventnor te plaira. Et puis, rien ne nous oblige à y rester longtemps.

— Tu pourrais changer de nom, suggéra Philippa. Cela te faciliterait la vie. »

Sa mère secoua la tête.

« Non, jamais. Ce serait capituler. J'ai besoin de savoir qui je suis. »

Philippa se leva du lit.

« Nous partirons demain, dès que j'aurai fait réparer la porte et poser une nouvelle serrure. Mais d'abord je dois aller à Caldecote Terrace. Je ne serai pas longue, une heure tout au plus. Tu pourras rester seule un moment ? »

Sa mère fit un signe de tête affirmatif. Elle dit, en essayant de sourire :

« Je suis stupide, excuse-moi. Ne t'inquiète pas. Ça ira. »

D'un geste vif, Philippa mit son sac en bandoulière et se dirigea vers la porte. Soudain sa mère la rappela.

« Rose ! Promets-moi de ne prendre que ce qui t'appartient !

— Ne te tracasse pas. Je ne prendrai que ce qu'ils nous doivent. »

8

ELLE prendrait les cuillers à thé en argent. C'étaient de petits objets faciles à ventre ; au prix où était l'argent, cela représentait une belle somme. Maurice en avait une centaine dans sa collection. Il en gardait la moitié environ dans un coffre-fort mural, dans son vestiaire ; les autres étaient exposées dans une vitrine en bois de rose du XVIIIe siècle, au salon. Le meuble était toujours fermé, mais Philippa savait que la clef se trouvait dans le coffre dont elle connaissait la combinaison. De temps en temps, Maurice changeait les cuillers de la vitrine, mais une fois qu'elles étaient disposées sur le velours pourpre, il ne les regardait presque plus jamais. Enfant, elle avait aimé l'aider à les arranger, toucher leurs formes lisses, sentir leur délicat équilibre entre ses doigts. Maurice lui avait appris à reconnaître les poinçons, lui tendant les cuillers au fur et à mesure qu'il les sortait de leur boîte et lui demandant de deviner leur date et le nom de l'orfèvre. Oui, elle avait raison de prendre ces objets. Et cela serait facile. Si Maurice n'avait pas modifié la combinaison de son coffre-fort — ce qui était improbable —, elle n'aurait même pas besoin de forcer la serrure de la vitrine. C'était un joli meuble. Cela l'aurait ennuyée d'avoir à l'endommager. Elle emporterait le nombre de cuillers qu'il lui faudrait pour subvenir à ses besoins et à ceux de sa mère, pendant les quelques semaines où elles ne travailleraient pas. Maurice comprendrait que c'était elle qui les avait dérobées ; un jour, elle lui dirait pourquoi. Elle savait reconnaître les plus rares et, par conséquent, les plus précieuses. Au marché de Church Street, même les cuillers les plus ordinaires valent trente livres pièce. Il lui suffisait de voler les vingt plus belles et son problème immédiat serait résolu. Elle n'aurait aucun mal à les vendre à condition de les proposer une à une dans les magasins qu'il fallait.

Pressée d'en finir avec cette affaire et de retourner auprès de sa mère, elle s'offrit le luxe d'un taxi depuis la gare de Marylebone. Elle paya le chauffeur au coin de Caldecote Terrace — précaution instinctive, qui une fois que le véhicule se fut éloigné, lui parut stupide et inutile. Comme elle s'y attendait, la cuisine du sous-sol était plongée dans l'obscurité. On était jeudi, le jour où Hilda allait au tribunal. Philippa n'en ouvrit pas moins la porte avec d'infinies précautions et la referma derrière elle, retenant son souffle, comme effrayée d'éveiller un écho dans le vestibule blanc qui sentait le propre. Elle était une étrangère ici et la maison semblait le savoir. Puis, d'un pas léger, elle monta l'escalier en courant jusqu'à la chambre à coucher. Au moment où elle posait la main sur la porte, une seconde avant de tourner la poignée, elle eut l'absolue certitude qu'elle n'était pas seule. Elle s'immobilisa sur le seuil, puis poussa lentement le battant.

Ils étaient tous deux au lit, Maurice et la fille, à moitié couchés, paralysés de frayeur d'avoir entendu le bruit de ses pas sur le palier. Ils avaient fini de faire l'amour. Le lit en désordre, la serviette étendue en disaient assez long et Philippa crut percevoir dans l'air l'odeur du sexe, fade et précise. Maurice ne portait que son slip, la fille était nue. Celle-ci se laissa maladroitement glisser du lit, et avec un petit cri, commença à rassembler ses vêtements pendus sur la chaise. Philippa se tenait à la porte, percevant vaguement le regard ironique de Maurice, tandis que la fille, écarlate, se recroquevillant de honte, essayait de se couvrir de sa jupe et se penchait, en exposant gauchement ses fesses, pour prendre ses chaussures sous le lit. Philippa savait qu'elle l'avait déjà rencontrée quelque part, mais pendant un instant elle ne put se rappeler ni où ni quand. La nudité intégrale était importune, embarrassait les sens. Révélatrice, elle brouillait aussi les cartes. Philippa se força à dévisager la fille, puis elle se souvint. C'était une des étudiantes de Maurice. Son nom lui revint une seconde plus tard. Sheila. Sheila Manning. Dix-huit mois plus tôt, elle était venue dîner ; c'était un soir où Gabriel était là. Sheila s'était révélée être une invitée embarrassante que la nervosité rendait volubile, tour à tour agressive et blessée, les gratifiant d'une version remaniée du dernier séminaire de Maurice sur la paupérisation des classes laborieuses. Gabriel s'était occupé d'elle, résistant à la tentation de faire de l'esprit ou de railler, détournant la conversation du dogme marxiste pour l'amener à des sujets aussi inoffensifs et ennuyeux que la nourriture et les vacances. Il ne l'avait pas fait par gentillesse, pensa Philippa. Comme la plupart des hommes, il réservait sa gentillesse à des femmes qui, à cause de leur beauté ou de leur succès, en avaient le moins besoin. Philippa avait jugé qu'il agissait ainsi soit pour l'ennuyer, elle, soit pour se conformer à quelque règle apprise dans son enfance : qu'un invité se devait de sauver du désastre mondain même le plus raté des dîners. Déjà, à l'époque, il était manifeste que Sheila était amoureuse de Maurice. Cela lui avait-il vraiment pris dix-huit mois pour réussir à coucher avec lui ?

Elles étaient nez à nez maintenant. Philippa s'effaça silencieusement. La fille pressait un paquet de vêtements contre elle. Rencontrant le regard dépréciateur de Philippa, elle laissa choir ses chaussures ; cramoisie, elle se baissait pour les ramasser, faisant tomber le reste de ses habits. Philippa remarqua que son corps vigoureux était curieusement disproportionné par rapport à son cou grêle et à son étroit visage. Elle avait des seins lourds de nourrice dont les bouts saillaient comme des pis miniatures sur les aréoles brunes et concaves. Comment Maurice pouvait-il les avoir pris dans sa bouche ? Philippa pensa avec complaisance à ses propres seins hauts et fermes, à ses mamelons ronds, à peine dressés. Elle était contente de pouvoir aimer son corps même si elle ne lui avait pas encore appris à lui donner du plaisir.

Elle entra dans la pièce et ferma la porte.

« Tu ne trouves pas que ça manque de classe, de l'avoir amenée ici pour la baiser sur ton propre lit ?

— Quel autre lit aurais-je dû utiliser, d'après toi ? Ne sois pas si conventionnelle, Philippa. Faut-il vraiment que tu réagisses comme un personnage de feuilleton télé ?

— Mais nous nous trouvons bien dans ce genre de situation, n'est-ce pas ? Banale. Grotesque. »

Comme l'est cette conversation, songea Philippa. Comme tous les propos que nous échangeons, elle est artificielle.

Assis sur le lit, Maurice nouait sa cravate. Philippa trouva curieux qu'il n'eût pas d'abord enfilé son pantalon. Un homme déculotté était sûrement vulnérable, ridicule, un objet de risée dans une comédie de boulevard. Les slips de Maurice étaient très courts, blancs finement rayés de bleu. Philippa avait assez souvent vu Hilda les sortir de la machine à laver. Un enchevêtrement de vêtements masculins. Maurice était exigeant. Il changeait de linge tous les jours.

« Cela peut te paraître grotesque et banal, mais ne t'est-il pas venu à l'esprit que je pouvais avoir de l'affection pour elle, l'aimer ?

— Non. Tu es comme moi. Tu en es incapable. »

Autrefois, elle avait eu très peur de ne jamais apprendre, mais plus maintenant. Elle regarda Maurice s'habiller. Depuis combien de temps cela durait-il ? se demanda-t-elle. Des semaines, des mois, des années ? Est-ce que cela avait commencé avec la nomination de Hilda au tribunal ? L'occasion semblait idéale : la maison vide le même jour, toutes les semaines, pendant trois mois. Combien de filles ? Une par année universitaire ? Ils devaient éviter d'arriver ensemble, mais cela ne posait certainement pas de problème. Maurice pouvait entrer par l'arrière et ouvrir la porte quand la fille sonnait. La rue était très calme, l'après-midi. Et même si un voisin voyait la visiteuse, cela n'avait pas d'importance : en tant que professeur, Maurice avait après tout des étudiants à diriger.

« Où est-elle ? demanda Philippa.

— Je n'en ai pas la moindre idée. A la salle de bain, je suppose.

— J'espère qu'elle ne va pas s'y noyer. Tu aurais du mal à expliquer ça.

— Oh ! je ne pense pas qu'elle ait des tendances suicidaires. C'est une anxieuse, une émotive, mais pas une dépressive. Va donc voir ce qu'elle fait, si c'est cela qui t'inquiète.

— C'est toi qui es responsable d'elle, pas moi. Elle est plutôt nouille, non ? Je n'aurais pas cru qu'elle était ton genre. Tu ne pouvais pas trouver mieux ?

— Ne la sous-estime pas.

— A en juger par sa conversation à table, cela

me serait difficile. Elle a sorti de telles âneries à propos de la propriété et du vol... Tout ça dans un jargon et des formules totalement empruntées. J'ai fini par me lasser de l'entendre faire la moindre remarque originale ou amusante. Pas étonnant que tu en sois réduit à la baiser. N'importe quoi doit être moins ennuyeux que de l'écouter parler. »

Maurice avait fini de s'habiller. Maintenant, il mettait sa veste et transférait soigneusement divers objets de la coiffeuse dans ses poches.

« Chose curieuse, c'est justement après ce dîner que nous sommes devenus amants. Elle me faisait de la peine. C'est toujours dangereux avec moi.

— Est-ce pour cela que tu as épousé Hilda ? »

Philippa regretta ces paroles dès qu'elle les eut proférées. Mais Maurice répondit simplement :

« Non, pour la raison inverse ! parce que moi je lui faisais de la peine. »

Philippa attendit qu'il lui expliquât cette phrase, mais il n'en dit pas plus. Puis soudain, elle pensa à Orlando. Elle n'avait jamais prononcé son nom devant Maurice. Mais maintenant elle était remplie d'une sympathie telle qu'elle éprouvait le besoin de l'exprimer.

« J'avais oublié Orlando. Je l'oublie toujours. C'est sans doute parce que tu ne m'as jamais parlé de lui, ne m'as jamais montré de photo de lui. Et je ne t'ai jamais dit que je suis navrée qu'il soit mort. En fait, je n'étais pas tellement navrée jusqu'ici. S'il n'était pas mort, je ne serais pas ici. Et je ne l'ai jamais connu — dans la mesure où l'on peut connaître un enfant. Mais tu l'as perdu plus complètement que ma mère risquait jamais de me perdre. Elle savait au moins que j'existais, vivante, quelque part. »

Maurice ne répondit pas, mais ses mains interrompirent leur navette. Philippa le regarda. En une seconde, son visage était devenu aussi inexpressif que celui d'un facteur fatigué au repos — toute émotion, même les rides, effacées. Puis elle y vit passer une expression si fugitive qu'elle la manqua presque : chagrin, regret, résignation à la défaite. Elle avait déjà vu la même, un jour. Une scène lui revint avec netteté à la mémoire. Un crissement de pneus suivi aussitôt d'un fracas pareil à une explosion. Le jeune motocycliste sans casque couché sur le trottoir au carrefour d'Oxford Street et de Charing Cross Road. Les roues de sa moto tournant en l'air. Une seconde d'un absolu et sinistre silence comme si l'air retenait son souffle. Puis un brouhaha de voix, des cris. Une femme au visage blême, son gilet tendu sur son énorme poitrine, hurla de colère, d'une douleur remémorée :

« Il roulait trop vite ! Beaucoup trop vite ! Quelle saloperie, ces motos ! »

Étendu là, le garçon mourait en public, et la voix hargneuse de cette femme fut le dernier son qu'il entendit sur terre. Instinctivement, Philippa s'était avancée vers le blessé ; leurs regards s'étaient croisés. Dans le sien, elle avait lu cette même expression : l'acceptation d'un terrible savoir. Ensuite, elle s'était précipitée à la maison pour mettre cette expérience par écrit. Elle avait déchiré les pages. Elle déchirait toujours de pareils exercices. Sa vie était assez encombrée, le terrain vague situé entre l'imagination et la réalité déjà trop nébuleux. Elle regretta de s'être rappelé tout cela maintenant. L'heure était aux petits triomphes, aux projets, à l'action. Elle n'avait pas voulu penser à la mort.

Maurice et elle se rendirent compte en même temps que Sheila Manning était revenue dans la pièce. Habillée, elle portait une veste sur le bras et un gros sac à la main. Ne prêtant aucune attention à Philippa, elle s'adressa directement à Maurice.

« Tu m'avais juré que nous ne courions aucun risque, qu'il n'y aurait personne ici. »

Bien qu'essayant courageusement d'être digne,

elle ne pouvait empêcher sa voix d'avoir quelque chose de grognon. On croirait entendre Hilda quand Maurice arrive en retard pour le dîner, songea Philippa. Maurice n'appréciait guère ce genre de reproches mesquins. Sheila Manning n'avait qu'un moyen pour se tirer avec honneur de cette débâcle : en usant d'humour et de superbe ; mais c'étaient là des armes qui ne figuraient pas à sa panoplie. De toute manière, quoi qu'elle pût dire, cet incident marquerait la fin de leur liaison. La fille était aussi humiliée qu'une enfant surprise pendant sa première expérience sexuelle. Elle ne se rappellerait cette chambre, ce moment, et surtout cet homme, qu'avec un profond dégoût d'elle-même. Philippa se savait mêlée à cette humiliation, assise là sur le lit, près de Maurice, maîtresse d'elle-même et de la situation. Elle dit :

« Je suis désolée. Je ne l'ai pas fait exprès. »

Ces paroles parurent insincères, même à ses propres oreilles. Elle aurait méprisé quiconque l'eût crue. La fille n'en fit rien.

« Peu importe, dit-elle. Vous avez obtenu ce que vous vouliez. »

Elle se détourna. Regardant sa tête baissée, Philippa se demanda si elle avait commencé à pleurer. Maurice se leva aussitôt et s'approcha d'elle. Il lui entoura les épaules de son bras.

« Je sais, ç'a dû être affreux pour toi. Je suis vraiment navré. Mais ne te tracasse pas, je t'en prie. Ces choses-là n'ont guère d'importance. Dans quelques semaines, tu seras capable d'en rire.

— Cela n'a jamais eu d'importance pour toi, en tout cas. Tu ne me reverras plus. »

Sheila avait peut-être le pitoyable espoir que cette menace le ferait réagir, provoquerait du chagrin, de la colère, des reproches. Au lieu de cela, Maurice dit avec la politesse pointilleuse d'un hôte :

« Je vais te raccompagner à la porte. Es-tu sûre de n'avoir rien oublié ? »

La fille fit un signe de tête affirmatif. Ils sortirent ensemble, Maurice la tenant toujours par les épaules. Une minute plus tard, Philippa entendit la porte d'entrée se fermer. Elle attendit Maurice dans la chambre, toujours assise sur le lit défait. Il resta un moment sur le seuil à la regarder, puis se mit à arpenter la pièce.

« Tu es contente de ta vie ? Tu as l'air heureuse et en pleine forme.

— Oui, je suis heureuse. Pour la première fois, j'ai l'impression de compter vraiment pour quelqu'un.

— De lui être indispensable, tu veux dire. Il n'y a rien de plus grisant pour l'ego que de savoir que le bonheur de l'autre dépend de vous. C'est la base même de tout bon mariage. L'autre personne doit être capable de se laisser rendre heureuse, bien sûr, et cette faculté est plus rare qu'on ne pense. Je suppose que ta mère la possède ?

— La plupart du temps, oui.

— Il doit y avoir des moments où elle se demande si elle a le droit de vivre.

— Pourquoi ? Le monde est plein de meurtriers d'enfants : une bombe larguée pendant la guerre, une balle perdue à Belfast, un coup d'accélérateur donné par impatience. Sans parler des chauffards ivres et dès médecins incompétents... Tous ces gens-là ne passent pas leur journée à se demander s'ils ont le droit de vivre. Et ma mère a survécu à près de dix ans de prison. Si quelqu'un a le droit de vivre, c'est bien elle.

— Et à quoi passez-vous vos journées ? Tu prends certainement plaisir à jouer les protectrices, à la faire profiter de ton éducation. »

Tu sais de quoi tu parles. Tu as pris plaisir à m'éduquer, moi, songea Philippa.

« Nous allons à des Expositions. Je lui montre Londres.

— Elle ne connaît pas Londres ? Je croyais que son mari et elle habitaient tout près.

— Je ne sais pas. Nous ne parlons jamais du passé. Elle s'y refuse.

— C'est très sage de sa part. Au fait, quel bon vent t'amène ici ? Tu n'as pas très bien choisi ton moment, mais je suppose que ta gaffe était involontaire.

— Je suis venue me procurer de l'argent. Un journaliste a découvert notre retraite. Nous devons quitter Londres, du moins pour un moment. Je ne pense pas que ce type reviendra, mais ma mère est trop bouleversée pour rester Delaney Street. Nous partons pour l'île de Wight.

— Ainsi la fuite a commencé et elle t'entraîne avec elle.

— Elle ne m'entraîne pas, et elle ne m'entraînera jamais. J'y vais parce que j'ai envie d'être avec elle.

— Pourquoi diable l'île de Wight ?

— Parce que nous pensons que c'est un endroit agréable. Ma mère y a été une fois dans son enfance, avec l'école du dimanche.

— Il y a des refuges moins chers. Je suppose que tu voulais prendre de l'argent dans mon coffre-fort. La somme que j'y garde ne vous permettrait même pas de traverser le Solent.

— Il y a d'autres choses ici que je pourrais emporter et vendre. J'avais songé aux cuillers à thé. Nous n'avons besoin que d'un peu d'argent pour nous maintenir à flot une semaine ou deux. Ensuite, nous trouverons toutes les deux du travail. Il doit y en avoir, même en fin de saison. Nous sommes prêtes à accepter n'importe quel job.

— Comment ce journaliste a-t-il découvert où vous étiez ?

— Nous avons rencontré Gabriel Lomas à une

Exposition, à la Royal Academy. C'est sûrement lui qui a tuyauté son petit ami. Mais d'abord il a dû téléphoner à Hilda et lui extorquer notre adresse. Connaissant Gabriel, ça n'a pas dû lui être difficile.

— Cela ne m'étonne pas. C'est bien le genre de conduite d'un conservateur décadent comme lui : paroles édifiantes et basse moralité. Enfin, tu auras au moins appris que la trahison n'est pas une prérogative de l'extrême gauche.

— Je n'ai jamais pensé une chose pareille.

— Maintenant, tu as donc le choix entre le chantage et le vol. Pourquoi ne vends-tu pas le Henry Walton, au fait ? Tu l'as chez toi. Il t'appartient.

— Il nous plaît trop. Nous l'emportons. D'ailleurs, tu nous dois quelque chose.

— Plus maintenant. Tu as dix-huit ans, tu es majeure. Lors de ton adoption, je te devais un foyer, de la nourriture, une éducation. Je te devais une consciencieuse affection. Je suis incapable de donner plus. Je ne pense pas avoir d'ardoise.

— Je ne songeais pas à moi, mais à ma mère. Tu lui dois le prix de mon acquisition. Tu n'étais pas obligé de m'adopter. Tu aurais pu être mon père nourricier, devenir mon tuteur. Tu aurais pu me donner un foyer et une éducation sans m'enlever à elle. L'expérience aurait été la même, ou presque. Tu aurais quand même pu dire : "Regardez mon œuvre. Regardez ce que j'ai fait de cette enfant bizarre, difficile, renfermée, la fille d'un violeur et d'une meurtrière." Tu n'as jamais cru en des abstractions telles que la justice ou le châtiment. Le crime de ma mère ne t'a jamais vraiment troublé. Et tu n'as jamais eu beaucoup d'estime pour la justice pénale, n'est-ce pas ? Tribunaux de première instance ou assises ; un simple système formel pour s'assurer que les pauvres et les incapables restent à leur place, que les dépossédés ne mettront pas leurs mains sales sur leur part de gâteau. Le petit voleur se retrouve en prison, le financier qui, à la limite de l'honnêteté, fait fortune comme agent de change, finit par entrer à la Chambre des Lords. Je te l'ai entendu dire assez souvent. Faites une coupe à travers la société — tu connais même le point socio-économique précis de l'incision — et vous vous apercevez que la tranche supérieure siège comme juge sous le blason royal, tandis que la tranche inférieure se tient debout à la barre des prévenus. Alors pourquoi ma mère n'a-t-elle pas droit à ta pitié ? Elle était assez pauvre pour cela, défavorisée, sous-éduquée, tout ce qui, d'après ce que tu prêches, excuse le crime. Alors pourquoi ne pas l'excuser, elle ?

— Je n'ai pas l'habitude de confondre les petits récidivistes avec les violeurs et les assassins, répondit Maurice d'un ton calme.

— Mais tu ne sais rien d'elle ! Tu ignores les pressions qui l'ont poussée à tuer cet enfant. Tu ne t'es jamais donné la peine de les découvrir. Tout ce que tu savais, c'était qu'elle possédait ce que tu voulais : du matériel expérimental. Un matériel rare, même s'il n'est pas unique. Un enfant qui aurait pu être élevé spécialement pour servir ton dessein : démontrer que l'homme dépend de son environnement. Et cet enfant présentait des avantages accessoires : il occupait ta femme pendant que tu baisais tes étudiantes. Pas étonnant que tu aies tenu à m'obtenir. Mais que devenait ma mère dans tout ça ? Si on l'avait pendue, si ces événements avaient eu lieu avant l'abolition de la peine de mort, le bourreau aurait été plus juste. Au moins il lui aurait laissé quelque chose. Toi, tu m'as enlevée à elle pour toujours. Elle aurait pu sortir de prison sans que nous fassions jamais connaissance, sans que nous nous rencontrions jamais. De quel droit nous as-tu fait cela ? Et maintenant tu prétends ne rien nous devoir !

— C'est elle qui t'a dit tout ça ?

— Non. Ce sont mes idées à moi. »

Maurice s'approcha, mais ne s'assit pas à côté d'elle. Il resta debout, les yeux baissés vers elle, la dominant de toute sa hauteur. D'une voix soudain plus dure, il demanda :

« Est-ce vraiment l'impression que tu as eue pendant toutes ces années : d'être du matériel expérimental ? Ne réponds pas tout de suite. Réfléchis. Sois sincère. Ta génération attache une telle importance à la sincérité. Plus elle est blessante et plus vous semblez la trouver nécessaire. Quand l'excellente cuisine de Hilda descendait dans ton gosier, te voyais-tu réellement un cobaye auquel on donne sa ration soigneusement mesurée de protéines, de vitamines et de minéraux ?

— Pour Hilda, c'est différent. Je voudrais tant pouvoir l'aimer.

— Oui, moi aussi », admit Maurice, puis il ajouta : « Tu lui manques. »

Philippa eut envie de crier : « Et à toi ? Est-ce que je te manque ? » Elle dit :

« Je regrette mais je ne reviendrai pas ici.

— Et Cambridge ?

— Je commence à croire que Cambridge n'est pas aussi important que je le pensais.

— Vas-tu remettre tes études à plus tard, n'y aller que dans un an ?

— Ou pas du tout. Je veux devenir romancière. Une formation universitaire n'est pas essentielle pour un écrivain. Elle pourrait même lui nuire. Je connais une meilleure façon de passer les trois années qui viennent.

— Avec elle, tu veux dire ?

— Oui. Avec elle. »

Maurice gagna la fenêtre et resta là un moment.

Il écarta les rideaux et regarda en bas, dans la rue. Que s'attendait-il à voir ? se demanda Philippa. Quelle inspiration espérait-il puiser dans les portes peintes de couleurs vives, les élégantes impostes, les jardinières cerclées de cuivre et les bacs à fleurs des maisons opposées ? Au bout de quelques instants, il se retourna et se mit à faire les cent pas entre les deux hautes fenêtres, les yeux rivés au sol. Il y eut un moment de silence, puis il déclara :

« Il faut que je te dise quelque chose. Non, ce n'est pas tout à fait vrai : rien ne m'y oblige. Jusqu'à cet après-midi, je n'avais pas l'intention de t'en parler. Mais il est temps que tu cesses de vivre dans un monde imaginaire pour regarder la réalité en face. »

Philippa pensa : « Il essaie de paraître hésitant, inquiet, mais en fait il est tout excité, triomphant. » Une partie de cette excitation parut même la gagner, mais elle éprouva aussi un bref accès d'angoisse. Puis elle se rassura : rien de ce que Maurice dirait maintenant ne pouvait les atteindre, elle ou sa mère. Elle suivit des yeux sa marche régulière. Jamais encore elle n'avait été si consciente de sa présence physique, de chacune de ses inspirations, de chacun des os de sa tête et de ses mains, de chacune de ses contractions musculaires ; l'air qui les séparait résonnait des battements de son cœur. Et, à cause de cette intensité de perception, elle sentait autre chose, une chose qu'elle ne pouvait expliquer : si Maurice voulait la blesser maintenant, cela n'avait rien à voir avec Sheila Manning. Comme cette humiliation l'avait peu touché ! Ce qui l'avait changé, c'étaient les paroles qu'elle avait laissées échapper au sujet d'Orlando. Ce qui se passait maintenant ne concernait qu'elle et lui ; mais cela avait également un rapport avec Orlando. Elle attendit en silence qu'il commençât à parler. S'il voulait feindre la gêne, la réticence, ce n'était pas elle qui allait l'aider.

« Tu as toujours cru que Hilda et moi t'avions adoptée après le meurtre, que ta mère a renoncé à toi parce qu'elle devait purger une peine de prison à perpétuité, parce qu'elle n'avait pas le choix. Je pensais que, quand elle se mettrait à vivre avec toi, elle te dirait la vérité. Manifestement, elle ne l'a pas fait. Le jugement autorisant ton adoption a été rendu exactement deux semaines *avant* le meurtre de Julie Scase et, à ce moment, tu étais déjà chez nous depuis six mois. La vérité est très simple : ta mère t'a laissée partir parce qu'elle ne voulait pas de toi. »

Si seulement il pouvait s'arrêter de marcher, se dit Philippa, venir s'asseoir ici, près de moi, me regarder, faire n'importe quoi à part me toucher. Au lieu de cela, Maurice lui lança un regard rusé, presque complice, si rapide qu'elle se demanda si elle n'avait pas imaginé cette lueur de connivence. Quelque chose, peut-être une poussière, semblait lui irriter l'œil gauche. Il le frotta avec un mouchoir sorti de la poche de sa veste et resta un moment à cligner des paupières. Puis, soulagé, il reprit sa lente déambulation.

« J'ignore ce qui a pu se passer à l'origine. Elle était enceinte lors de son mariage et cela explique peut-être les choses. On m'a dit qu'elle avait eu un accouchement long et douloureux après une grossesse pénible. C'est souvent la raison pour laquelle une mère maltraite son enfant. Toujours est-il que le lien mère-fille habituel n'existait pas entre vous. J'ai cru comprendre que tu n'étais pas facile. Tu refusais de manger, tu étais repliée sur toi, tu pleurais continuellement. Pendant les deux premières années de ton existence, ta mère ne fermait presque pas l'œil de la nuit. »

Il se tut, mais Philippa ne dit rien. La voix de

Maurice était froide, maîtrisée comme s'il parlait à ses étudiants, leur faisait un exposé si souvent répété qu'il le connaissait par cœur.

« Les choses ne s'arrangèrent pas. Le bébé hurleur devint une enfant peu affectueuse. Vous étiez colériques toutes les deux, mais toi tu ne pouvais blesser ta mère que psychologiquement. Le mal qu'elle pouvait te faire, elle, était, hélas ! plus grave. Un jour, en te frappant, elle t'a fait un œil au beurre noir. Elle a eu peur. Elle a jugé qu'elle n'avait pas l'étoffe d'une bonne mère. Elle a repris un emploi et t'a confiée à une nourrice. Tu n'y restais que les jours où ta mère travaillait. Tu rentrais à la maison pour le week-end ; elle était capable de te supporter quarante-huit heures par semaine.

— Je me souviens. Je me souviens de tante May, murmura Philippa.

— Il y a sûrement eu toute une série de fausses tantes plus ou moins capables, plus ou moins sérieuses. En juin 1968, l'une d'elles t'a emmenée à Pennington. On pensait que ce serait une fête pour toi, cette journée à la campagne. C'était juste avant que la maison ne soit vendue et cette femme rendait visite à sa sœur qui travaillait là-bas comme pâtissière. Celle-ci est à la retraite maintenant. Tous les anciens domestiques sont partis. J'étais allé à Pennington pour prendre des dispositions au sujet de certaines affaires d'Helena avant la vente de la propriété. Hilda et moi t'avons rencontrée dans le jardin où tu étais avec ta nourrice. Hilda a parlé à cette femme. Je suppose que sa conversation lui était moins pesante que celle des habitants de la maison. Et c'est ainsi que nous avons appris ton histoire. Elle s'appelait Beddows, Mrs. Gladys Beddows. Elle ne voulait pas te garder — tu étais une enfant difficile — mais elle avait peur de te laisser retourner chez tes parents. Elle n'était pas très intelligente, elle ne t'aimait pas, mais elle avait au moins un certain sens responsable.

« Après cette rencontre, je pensais continuellement à toi. C'était comme une irritation, quelque chose que j'aurais préféré ne pas savoir mais que j'étais incapable d'oublier. Je ne voulais pas m'engager. Je me disais que ton sort ne me regardait pas. A cette époque, je n'envisageais pas d'adopter un enfant. Hilda en avait bien mentionné la possibilité, mais ce n'était pas une idée qui me plaisait. Je ne cherchais certainement pas un enfant. Je me suis dit que je pouvais toujours essayer de découvrir ce que tu étais devenue, que cela n'entraînerait aucune obligation. Je n'ai eu aucun mal à retrouver Mrs. Beddows : j'ai demandé son adresse à sa sœur. Ta nourrice m'a appris que tu étais de nouveau avec ta mère. J'ai failli en rester là, mais comme je n'étais pas loin, j'ai décidé de faire un saut chez toi. Je n'avais même pas pris la peine d'inventer un prétexte pour ma visite, ce qui ne me ressemble pas. Je n'ai pas l'habitude d'affronter des situations nouvelles sans préparation. Le temps que j'arrive chez toi, il devait être six heures et ta mère venait de rentrer du travail. Toi tu n'étais pas là. Tu avais été hospitalisée deux jours plus tôt avec une fracture probable du crâne. Ç'a été la dernière fois, mais aussi celle où tu as couru le plus de danger, que ta mère s'est fâchée contre toi. »

A travers ses lèvres enflées, Philippa demanda, sans se rendre compte qu'elle employait la troisième personne :

« Est-ce pour cela que cette enfant n'a jamais eu de souvenirs antérieurs à sa huitième année ?

— Ton amnésie était partiellement d'origine traumatique, partiellement, je suppose, de nature hystérique. L'esprit répugne à se rappeler l'intolérable. Ni Hilda ni moi n'avons jamais essayé de t'en guérir. Pour quoi faire ?

— Et que lui est-il arrivé ensuite ?

— Tes parents ont consenti à ce que nous te prenions chez nous à ta sortie d'hôpital avec, si les choses se passaient bien, une éventuelle adoption. Il n'y a pas eu de poursuites. A l'hôpital, on a manifestement accepté l'explication de ta mère : que tu avais dégringolé l'escalier et heurté la tête contre la rampe. C'était avant l'affaire Maria Collwell. A cette époque, les autorités étaient moins promptes à soupçonner quelqu'un de mauvais traitements volontaires. Mais ta mère m'a dit la vérité, elle m'a tout raconté en ce soir de juin. Je crois qu'elle était contente d'avoir quelqu'un, un étranger, à qui parler. De l'hôpital, tu es venue directement chez nous et, six mois plus tard, nous t'avons adoptée. Tes parents ont tous deux donné leur consentement, sans hésitation apparente, je dois dire. Et c'est là la mère pour laquelle tu envisages maintenant de renoncer à Cambridge, de devenir une voleuse et de passer Dieu sait combien d'années à la suivre d'une station balnéaire à l'autre. Bien entendu, le meurtre de la petite Scase n'a presque rien à voir avec tout cela. Ta mère ne t'a pas tuée, après tout, mais à ce que j'ai cru comprendre, c'était moins une. »

Philippa n'éleva pas de véhémentes protestations, ne cria pas qu'il mentait, que tout cela était faux. Maurice ne mentait qu'au sujet de choses importantes et encore seulement quand il pouvait être certain qu'on ne le démasquerait pas. Or cette histoire ne lui importait pas vraiment et sa véracité était facile à vérifier. Mais Philippa n'avait pas besoin de preuves. Elle savait qu'il disait la vérité. Si seulement elle n'avait pas eu si froid. Son visage, ses membres, ses doigts étaient glacés. Maurice aurait dû s'apercevoir qu'elle tremblait. Pourquoi n'ôtait-il pas une couverture du lit de Hilda pour lui en entourer les épaules ? Même ses lèvres étaient gonflées de froid, rigides et insensibles comme après une anesthésie dentaire. Elle avait du mal à former ses mots. Quand elle parvint à parler, elle bredouilla :

« Pourquoi ne m'as-tu jamais dit tout cela ?

— J'aimerais croire que c'était pour ne pas te faire mal. C'est peut-être vrai, d'ailleurs. Certaines cruautés exigent du courage. J'ai essayé de te mettre en garde. Je t'ai conseillé de découvrir les faits, de lire les comptes rendus du procès dans les journaux. Ils t'auraient appris la date du meurtre. Tu connaissais déjà la date de ton adoption. Tu aurais peut-être aussi trouvé étrange qu'aucun des articles ne mentionnât un enfant. Mais au fond, tu ne voulais rien savoir, tu ne voulais pas parler avec nous ; on aurait dit que tu avais décidé de t'aveugler. C'est bizarre que pour une chose aussi importante tu n'aies pas une seule fois fait appel à ton intelligence, toi qui as toujours compté sur elle, qui as toujours eu un tel respect pour ton esprit. »

Philippa eut envie de crier : « Sur quoi d'autre pouvais-je compter ? Avais-je le choix ? » Au lieu de cela, elle murmura :

« Je te remercie de me l'avoir dit maintenant.

— Cela ne change pas obligatoirement les choses. C'est sans rapport avec le présent. Tu n'attaches pas d'importance au comportement, au sens de la responsabilité, à l'éducation. Si tout ce qui compte pour toi ce sont les liens du sang, ceux-là, au moins, restent intacts. Mais je me suis occupé de toi pendant dix ans et, même si je n'ai pas le droit de te revendiquer comme mon enfant, j'ai celui d'exprimer mon point de vue sur ton avenir. Et je ne te laisserai pas renoncer à Cambridge sans avoir lutté. La chance de ces trois années d'études ne se représentera pas, pas pendant que tu es jeune ; c'est précisément le moment où il faut la saisir. »

Maurice ajouta d'un ton sec :

« J'ai aussi le droit de garder mon argenterie. Si tu as besoin d'argent, tu n'as qu'à vendre ton Henry Walton. »

Avec l'humilité d'une domestique à la fin d'une entrevue, Philippa demanda :

« As-tu encore autre chose à me dire avant que je m'en aille ?

— Seulement que tu es chez toi ici, si tu le désires. Ta place est ici. J'ai un acte d'adoption pour le prouver. Même si ce transfert légal de propriété manque de la charge affective des liens du sang. Ta famille n'en a-t-elle pas eu assez, du sang ? »

A la porte, elle se tourna et le regarda encore une fois.

« Mais pourquoi m'avoir adoptée ? Pourquoi m'avoir choisie, moi ?

— Je t'ai dit. Tu m'obsédais. Et je craignais qu'il ne t'arrive malheur. J'ai horreur du gaspillage.

— Mais tu dois avoir espéré quelque chose en échange ; de la reconnaissance, une distraction, la satisfaction de pouvoir protéger, une compagnie pour tes vieux jours, tout ce qu'on attend d'habitude.

— Je n'en ai pas eu conscience à l'époque, mais peut-être, effectivement, n'étais-je pas tout à fait désintéressé. J'attends toujours trop. Ce que j'espérais, c'était peut-être de l'amour. »

Trois minutes plus tard, Maurice se tenait à la fenêtre, regardant Philippa partir. La jeune fille avait quelque chose de différent, de moins rayonnant. C'était peut-être parce qu'elle courbait les épaules, ce qui la rapetissait, préfigurant l'apparence qu'elle aurait dans sa vieillesse, ou la précipitation avec laquelle elle franchit la porte, furtive comme une intruse qui s'est fait surprendre. Au bout de la rue, elle se mit à courir, sautant du trottoir devant un taxi. Maurice étouffa un cri ; son cœur bondit dans sa poitrine. Quand il osa rouvrir les yeux, il vit que Philippa était saine et sauve. Même d'aussi loin, il put entendre un grincement de freins, puis un flot d'injures. Ensuite, sans un regard en arrière, tantôt courant, tantôt traînant les pieds, Philippa disparut de sa vue.

Il ne regrettait pas de lui avoir tout dit, pas plus qu'il n'était vraiment inquiet pour elle. Elle avait survécu aux sept premières années de son existence, elle survivrait à ce dernier choc. Et elle voulait devenir écrivain, après tout ! Quelqu'un avait dit — il ne se rappelait plus qui — qu'un artiste devait subir dans son enfance autant de traumatismes psychiques qu'il pouvait en supporter sans craquer. Philippa ne craquerait pas. D'autres craqueraient, mais pas elle. Mais, au fond de lui, il prit conscience d'une petite anxiété harcelante, d'autant plus irritante qu'il la savait rebelle à toute explication logique et parce que, comme toutes ses anxiétés, elle ressemblait à un sentiment de culpabilité. Il se demanda ce que Philippa dirait à sa mère. Quelle que fût la nature du lien existant entre elles, Philippa ne devait pas aimer sa mère au sens où lui entendait ce mot galvaudé. Après tout, elles n'avaient passé que cinq semaines ensemble. Philippa avait vécu dix ans avec Hilda et lui sans qu'elle eût apparemment éprouvé le besoin d'aimer. Il se demanda ce qu'elle aurait dit, l'expression qu'elle aurait eue, si assis là, sur le lit, dans son abattement post-coïtal, il lui avait dit au moins une partie de la vérité au sujet de Sheila Manning.

« J'en ai fait ma maîtresse par égotisme, ennui, curiosité, vanité sexuelle, pitié et peut-être même par affection. Mais elle n'est qu'un substitut. Comme toutes les autres. Quand je la tenais dans mes bras, j'imaginais que c'était toi. »

Voyant que le couvre-lit faisait un pli, il le lissa. C'était le genre de détail qu'une ménagère maniaque comme Hilda remarquerait. Puis il se rendit à la salle de bain pour vérifier que Sheila n'y avait laissé aucune trace. Aucune, en tout cas, pour ce qui était d'un éventuel parfum. Avant de l'emmener pour la première fois à Caldecote Terrace, il l'avait priée de ne pas se parfumer. Elle avait répondu :

« Je ne me parfume jamais. »

Il se souvint de son visage rouge de gêne, de son expression froissée parce qu'il n'avait pas remarqué cette particularité. Aux yeux de Sheila, sa demande, qui révélait de sa part un calcul des risques occasionnés peut-être par des situations embarrassantes où il s'était trouvé dans le passé, avait avili leur amour, rabaissé ce premier rendez-vous au rang d'une banale et sordide intrigue. Cela n'avait pas été ça, mais, pour lui, cela n'avait guère été plus. Qu'est-ce qui le poussait à avoir recours à ces petits expédients de la volupté ? L'ennui ? La lassitude de l'andropause ? Une compensation pour sa stérilité ? Le besoin de s'assurer qu'il était encore viril, capable de séduire des femmes jeunes ? Une recherche, que d'avance il savait vaine, des enchantements perdus de l'amour ?

Il se sentait physiquement et psychiquement épuisé. Il lui fallait un remontant. Il prit un verre, une bouteille de Niersteiner et le seau à glace et alla s'asseoir dans le jardin. L'atmosphère était lourde, oppressante comme une couverture trempée de sueur et il crut percevoir l'odeur métallique, lointaine, d'un orage. Si seulement la couverture pouvait crever et la pluie tomber, se dit-il ; alors il lèverait son visage et sentirait son torrent d'eau fraîche mouiller sa peau. Il se demanda pourquoi Hilda n'était pas encore rentrée ; puis il se rappela qu'au petit déjeuner elle lui avait parlé de courses tardives qu'elle voulait faire à Oxford Street. Ils devraient donc probablement se contenter d'un dîner froid.

La rupture avec Sheila Manning ne l'attristait pas. Hilda démissionnait du tribunal d'enfants dans deux semaines et il avait eu l'intention de s'en servir comme prétexte pour mettre fin à cette liaison. Le fiasco de ce soir lui épargnait de longues et épuisantes stratégies, les supplications et les reproches qui accompagnaient habituellement la mort du désir. Le fait d'être attiré par des femmes qui excitaient sa pitié posait un problème : c'étaient précisément ces femmes-là dont on avait le plus de mal à se débarrasser. Il aurait voulu être comme certains de ses collègues et coucher avec de jeunes étudiantes libres, expérimentées, d'une joyeuse sensualité, qui ne lui demanderaient rien de plus qu'un bon dîner de temps à autre et un bref échange de plaisir.

Sans doute devrait-il parler à Hilda de la visite de Philippa. Il lui dirait la vérité, se contentant de censurer l'épisode Sheila Manning. Il savait que Philippa ne le trahirait pas et, même si elle le faisait, cela lui paraissait sans importance. Philippa reviendrait à la maison, maintenant, et cela ferait plaisir à Hilda. La vie continuerait comme avant. C'était sans doute ce qu'il désirait. Libérant son esprit de tout souci et remords, il ferma les yeux. Alors, en cet instant d'une paix presque désincarnée, l'odeur du vin et celle des roses fusionnèrent et il se retrouva marchant entre les hautes haies de la roseraie circulaire, à Pennington, un jour de juin, dix ans plus tôt. Il voyait Philippa pour la première fois.

9

Il n'avait encore jamais vu une enfant pareille. Elle se tenait immobile, un peu à l'écart de sa nourrice — une femme lourde et informe que la chaleur rendait irritable — et le regardait gravement de ses yeux d'un vert extraordinairement lumineux sous des sourcils arqués. Sa peau absorbait la douce lumière de l'après-midi, le vert ombreux de la haie, de sorte qu'on avait l'impression de la voir à travers de l'eau. Une tresse de la couleur des blés lui barrait le front dans un style adulte et démodé, accentuant le contraste entre sa tête Renaissance du XVIᵉ siècle au port si fier et son corps enfantin. Il lui donna sept ans. Elle portait un kilt beaucoup trop chaud pour l'été et qui lui arrivait presque aux mollets ; une énorme épingle à nourrice attachait le vêtement sur un côté. Brillant au soleil, les bras pâles, duvetés de la fillette sortaient d'un chemisier si fin qu'il collait à sa poitrine osseuse, fragile comme celle d'un oiseau. Il pouvait voir ses mamelons, deux délicates marques de chair rose.

Hilda engagea la conversation avec la femme. Elle apprit qu'elle s'appelait Gladys Beddows et qu'elle était venue à Pennington rendre visite à sa sœur. Il demanda à l'enfant :

« Tu ne t'ennuies pas ici ? Qu'aimerais-tu faire ?

— Avez-vous des livres ?

— J'en ai plein, dans la bibliothèque. Veux-tu que je te les montre ? »

La fillette fit un signe de tête affirmatif et ils se mirent à traverser la pelouse ensemble ; les femmes suivirent. La petite marchait à son côté, mais à une certaine distance, les mains devant elle, les paumes l'une contre l'autre en un geste cérémonieux qui n'appartenait pas à l'enfance. A quelques mètres derrière eux, Mrs. Beddows paraissait confier ses ennuis à Hilda. C'était typique de ce genre de femmes. Hilda, elle-même réservée, gauche, invitait à la confidence ou n'avait pas assez d'assurance ou de fermeté pour la refuser. Chaque fois qu'il entrait dans la cuisine les deux jours de la semaine où venait la femme de ménage, il trouvait celle-ci en train de prendre le café avec Hilda, la tête de cette dernière docilement courbée sous un flot de doléances domestiques. Portée par l'air chaud et embaumé, la voix geignarde et chargée de rancune de la nourrice leur parvenait très clairement à présent.

« Ce n'est pas qu'ils me paient grand-chose. Et j'ai cette gosse toute la journée, parfois même la nuit. Elle n'est pas commode. Pour lui faire dire merci, faut se lever de bonne heure. Et quel caractère ! Des crises de rage toutes les deux minutes. Des cauchemars aussi. Ça ne m'étonne pas que sa mère n'en puisse plus. On ne peut pas dire qu'elle soit jolie, hein ? Elle a un air curieux. Mais pour être intelligente, ça elle l'est. Toujours plongée dans un livre. Oh ! elle est maligne, cette petite. Tellement maligne qu'un jour ça lui retombera sur le nez. »

Il jeta un regard à l'enfant. Elle devait avoir entendu. Comment aurait-elle pu ne pas entendre ? Mais elle resta impassible. Elle continua à marcher avec sa dignité hiératique si peu enfantine, comme si elle tenait un objet précieux entre ses mains jointes.

Cette femme avait raison. La fillette n'était pas jolie, mais l'ossature délicate de son visage, ses yeux verts promettaient une beauté spectaculaire bien qu'un peu étrange. Et elle était intelligente, courageuse et fière. C'étaient là des qualités qu'il respectait. On pouvait en faire quelque chose de cette petite. Il eut envie de lui dire : « Je ne te trouve pas laide du tout. Et j'aime les enfants intelligents. N'aie jamais honte de ton intelligence. » Mais regardant de nouveau sa frimousse fermée, il se ravisa. Témoigner de la pitié eût été une impertinence vis-à-vis de cette gamine orgueilleuse et égocentrique.

Le côté sud de Pennington s'étendait, calme et doré, devant eux. La grande orangerie lançait des traits de lumière qui l'éblouissaient. C'était cet aspect-là de la maison qu'il avait vu lors de sa première visite à Pennington avec Helena. Ç'avait été en plein été aussi ; mais alors il était amoureux, grisé par le parfum des roses et des giroflées, par le vin qu'ils avaient bu en route avec leur pique-nique, par le bonheur, par le cadeau inestimable que lui faisait le destin. Ils étaient venus ensemble à Pennington pour annoncer au père d'Helena qu'ils allaient se marier. A présent, marchant sur le même gazon, l'ombre de l'enfant avançant comme un fantôme près de la sienne, il pouvait penser presque avec sérénité, avec de la pitié, mais aussi du mépris, à ce pauvre fou abusé batifolant dans un été mort qui maintenant semblait avoir eu la douceur concentrée de tous les étés. Et ainsi traversèrent-ils la pelouse, l'enfant avec son chagrin, lui avec le sien.

Après l'éclatant soleil, la bibliothèque paraissait fraîche et obscure. Les livres et la maison avaient été vendus séparément ; déjà des archivistes et des ouvriers vérifiaient et emballaient les volumes. Il aurait dû se réjouir à la pensée qu'un aristocrate — un de plus — abdiquait ses responsabilités, que ce château cesserait d'être une demeure familiale passant de père en fils dans la primogéniture du privilège, perdrait son caractère privé, serait dévalorisé. Au lieu de cela, contemplant le beau plafond de stuc et les splendides sculptures de Grinling Gibbons sur les rayonnages, il ressentit une douce et nostalgique mélancolie. Si cette pièce lui avait appartenu, il ne l'aurait jamais cédée.

L'enfant se tenait près de lui ; tous deux regardaient autour d'eux en silence. Puis il la conduisit de l'autre côté de la salle, à la table où l'on avait rassemblé pour lui un choix de livres d'Helena.

Il demanda :

« Quel âge as-tu ? Sais-tu lire ? »

Elle répondit d'un ton indigné :

« J'ai huit ans. Je savais déjà lire avant d'avoir quatre ans.

— Eh bien, voyons comment tu vas te débrouiller avec ce texte. »

Il prit le Shakespeare et le lui tendit. Sans intention particulière, il se comportait en pédant. Il faisait chaud, il s'ennuyait, la fillette éveillait sa curiosité. Tenant le livre avec difficulté, elle commença à lire. Il l'avait ouvert au *Roi Jean* :

« Le chagrin remplit la chambre de la présence de
                              [mon enfant absent,
Couche dans son lit, se promène avec moi,
Revêt ses traits gracieux, répète ses paroles,
Me rappelle toutes ses qualités,
Gonfle de sa forme ses habits vides. »

Elle lut sans une seule faute jusqu'à la fin de la réplique. Bien entendu, elle ne respecta pas la cadence des vers blancs, mais elle savait que c'était de la poésie et la récita soigneusement de sa douce voix enfantine, hésitant un peu sur les mots inconnus. Pour la première fois depuis qu'il avait appris qu'Orlando n'était pas son fils, il sentit des larmes lui picoter les yeux.

Et c'est ainsi que tout avait commencé. Il avait l'impression que ces deux moments si curieusement liés par le souvenir d'Orlando, le premier pendant lequel il avait vu des larmes couler des yeux de Hilda, le second où la voix claire de l'enfant avait fait monter des larmes aux siens, avaient été les deux seuls moments de sa vie où il n'avait pas pensé à lui. Le premier avait abouti à son remariage, le second à l'adoption de Philippa. Il ne se demandait pas maintenant si l'un et l'autre l'avaient déçu. Il ne savait trop ce qu'il avait espéré. L'absence de toute espérance avait fait partie de la pureté de ces instants, l'avait rapproché, supposait-il, de ce que les gens appellent la bonté. Il avait presque oublié l'angoisse du chagrin. Maintenant, elle se manifestait de nouveau, moins aiguë, plus diffuse, englobant en une seule mélancolie nostalgique la perte d'Orlando, l'enfant non encore né dont il ne pourrait jamais être le père, la bibliothèque vide de Pennington et la fillette dans sa jupe ridicule traversant avec lui la pelouse dans la douce lumière d'un jour de juin mort, dix ans plus tôt.

10

PHILIPPA ne sut jamais comment elle était revenue de Caldecote Terrace à Delaney Street. Le temps semblait aboli. On aurait dit que son cerveau était anesthésié, que son corps obéissait à des instructions programmées. Plus tard, elle ne put se rappeler qu'un seul incident : un moment de panique alors qu'elle montait dans un bus qui démarrait, à Victoria, et qu'elle saisissait la barre glissante, puis une secousse sous son aisselle tandis qu'un passager, sur la plate-forme, l'attrapait et la hissait à bord. Delaney Street était très calme. La pluie avait commencé à tomber en éclats d'argent contre les réverbères et, derrière les vitres teintées du *Blind Beggar*, les lumières du bar brillaient, rouges et jaunes. Elle tourna la clef dans la serrure Yale, ferma doucement la porte d'entrée et monta tranquillement l'escalier sans allumer. Dans l'obscurité, elle poussa la porte de l'appartement, sentant sous sa paume les aspérités du bois fendu. Sa mère l'entendit et l'appela de la cuisine. Elle devait être en train de préparer une vinaigrette pour le dîner ; une forte odeur de vinaigre flottait dans l'air. C'était cette même odeur qui l'avait accueillie à Caldecote Terrace quand elle était rentrée de Seven Kings ;

les deux moments fusionnèrent, l'ancien chagrin renforçant le nouveau. Sa mère avait une voix joyeuse, accueillante. Peut-être se remettait-elle de sa peur. Peut-être avait-elle décidé qu'il n'était pas nécessaire de partir, après tout. Philippa entra dans la cuisine. Sa mère se tourna, la salua d'un sourire. Puis ce sourire s'évanouit et Philippa regarda pâlir ce visage si différent du sien et pourtant si semblable. Sa mère chuchota :

« Qu'y a-t-il ? Que s'est-il passé ? Que s'est-il passé, Philippa ?

— Pourquoi ne m'appelles-tu pas Rose ? Tu m'as appelée Rose tout à l'heure. Tu m'as fait baptiser Rose. J'étais Rose quand tu as failli me tuer. J'étais Rose quand tu as décidé que tu ne voulais plus de moi. J'étais Rose quand tu t'es débarrassée de moi. »

Il y eut un moment de silence. A tâtons, sa mère chercha une chaise et s'assit.

« Tu n'étais pas au courant ? Quand tu es venue à Melcombe Grange, la première fois, je t'ai demandé si tu connaissais les circonstances de ton adoption. Tu m'as dit que oui.

— Je croyais que tu me demandais si j'étais au courant du meurtre. Je croyais que tu me rappelais les raisons pour lesquelles tu avais dû me faire adopter. Tu devais savoir que c'était cela que j'avais compris. »

Comme si Philippa n'avait rien dit, sa mère poursuivit :

« Et ensuite, parce que j'étais si heureuse ici, je n'ai pu me résoudre à parler. Je me suis dit que le passé n'était pas *notre* passé. Qu'il s'agissait de deux personnes différentes dans un monde différent. Je voulais juste m'accorder ces deux mois. Ensuite, quoi qu'il arrive, j'aurais au moins eu quelques bons souvenirs à évoquer. Mais j'avais l'intention de te le dire. J'aurais fini par te le dire.

— Oui, une fois sûre que je m'étais habituée à

avoir une mère. Quand je n'aurais plus pu me séparer de toi. Comme tu es habile ! Maurice m'avait prévenue. Au moins j'aurai appris une chose sur moi : de qui je tiens mon don de l'intrigue. Et mon père ? Est-ce qu'il me détestait aussi ? Ou était-il trop faible pour t'arrêter, trop timoré pour entreprendre quoi que ce soit, à part violer une petite fille ? Que lui as-tu donc fait qu'il ait eu besoin d'un tel acte pour prouver sa virilité ? »

Sa mère la regarda comme si elle avait quelque chose à expliquer, une chose qui pouvait être expliquée.

« Ne condamne pas ton père. Il voulait te garder. Je l'ai persuadé de renoncer à toi. C'était moi qui pensais que ce serait mieux pour toi. Et ça l'a été. Où serais-tu maintenant si tu étais restée avec nous ?

— Étais-je si insupportable ? N'aurais-tu pas pu avoir un peu plus de patience ? Oh ! mon Dieu, pourquoi fallait-il que je te trouve !

— J'ai essayé. Je voulais t'aimer. Je voulais que tu m'aimes. Mais tu ne répondais jamais à l'affection. Tu pleurais continuellement. Rien de ce que je pouvais faire ne te consolait. Tu ne voulais même pas me laisser te nourrir.

— Je te rejetais ? C'est ça que tu veux dire ? cria Philippa.

— Mais non... C'est seulement l'impression que tu me donnais.

— Comment ? Comment aurais-je pu ? Je n'étais qu'un bébé ! Je n'avais pas le choix. J'étais bien forcée de t'aimer pour survivre. »

Avec une humilité que Philippa trouva presque insupportable, sa mère demanda :

« Veux-tu que je parte tout de suite ?

— Non, c'est moi qui pars. Je trouverai bien un endroit. C'est plus facile pour moi. Je ne suis pas obligée de retourner à Caldecote Terrace. J'ai des amis à Londres. Tu peux rester ici jusqu'à l'expiration du bail. Cela te donnera le temps de chercher un autre logement. Je ferai prendre le tableau. Le reste, tu peux le garder. »

Philippa entendit la voix de sa mère, une voix si basse qu'elle eut du mal à saisir les mots :

« Ce que je t'ai fait à toi, est-ce tellement plus difficile à pardonner que ce que j'ai fait à cette enfant ? »

Philippa ne répondit pas. Elle attrapa son sac à bandoulière et se dirigea vers la porte. Puis elle se tourna et parla à sa mère pour la dernière fois.

« Je ne veux plus jamais te revoir. Je regrette qu'on ne t'ait pas pendue il y a dix ans. Je voudrais que tu sois morte. »

11

ELLE se maîtrisa jusqu'au bout de Delaney Street. Puis elle éclata en de violents sanglots. Les cheveux flottant au vent, elle courut désespérément dans la pluie, son sac lui battant la hanche. Instinctivement, elle remonta Lisson Grove, recherchant la solitude et l'obscurité du chemin de halage. Mais celui-ci était déjà fermé pour la nuit. Elle cogna contre la porte tout en sachant qu'elle ne céderait pas. Elle se remit à courir, le visage inondé par les larmes et la pluie. Aveuglée, indifférente maintenant à la direction qu'elle prenait, hurlant presque de souffrance. Soudain une crampe lui poignarda le côté. Pliée en deux, elle haleta, aspirant l'air comme une femme qui se noie. Elle agrippa les barreaux d'une grille qui se trouvait à proximité, attendant que la douleur s'apaise. Au-delà de la clôture, il y avait de grands arbres et, même à travers la pluie, elle pouvait sentir le canal. Elle s'arrêta un instant de pleurer pour écouter. La nuit regorgeait de mystérieux petits bruits. Puis elle entendit une plainte étrange, sinistre, plus forte et plus désespérée que sa propre souffrance, répondant à la douleur par la douleur. C'était le cri d'un animal : elle devait être près du zoo de Regent's Park.

Elle était plus calme à présent. Ses larmes coulaient encore, mais en un flot plus paisible, plus régulier. Elle continua à marcher. La ville saignait, striée de lumière. Les phares des voitures étincelaient sur la chaussée et les feux de signalisation couvraient le pavé de flaques rouges. Semblable à un mur d'eau, la pluie trempait ses vêtements, lui collait les cheveux contre la figure et les yeux ; elle pouvait la goûter sur ses lèvres : salée comme la mer.

Elle voyait son esprit pareil à un cachot souterrain sombre et grouillant où ses pensées luttaient pour avoir de l'air, s'écrasaient l'une l'autre, de longues et tortueuses pensées qui se tordaient dans des ténèbres nauséabondes. Et, de cet amas confus, s'éleva le faible cri d'un enfant. Ce n'était pas le pleurnichement maussade d'un gosse énervé dans un supermarché ; ce cri exprimait une terreur et une anxiété qu'on ne pouvait apaiser avec un paquet de bonbons acheté à la caisse. Elle s'exhorta à ne pas paniquer ; paniquer eût été perdre la raison. Elle devait trier ses pensées, les ranger, imposer un ordre à ce chaos. Et d'abord, cesser de sangloter. Elle porta la main à sa gorge et serra, étouffant les cris de l'enfant ; quand elle relâcha son étreinte elle ne pleurait plus.

Pas une seule fois au cours des semaines qu'elles avaient passées ensemble, sa mère et elle n'avaient parlé de l'enfant assassinée. Pas plus qu'elles n'avaient parlé des parents de l'enfant. Leur douleur avait-elle été très profonde ? Combien de temps l'avaient-ils pleurée ? Peut-être avaient-ils d'autres enfants à présent, et cette fillette violée, morte depuis longtemps, n'était-elle plus qu'un souvenir pénible, à demi rejeté. Le chagrin remplit la chambre de la présence de l'enfant absent. L'enfant était morte. Pour elle, cela avait moins compté que le fait que sa mère tînt la cuisine en ordre. Sa mère avait tué une enfant, avait accroché sa menotte à un landau et l'avait tirée en avant, de plus en plus vite, jusqu'à ce que la petite fille tombe sous les roues tournoyantes. Mais ça, c'était une enfant différente, en un autre lieu. Elle avait également tué le père de l'enfant. Dans la lumière de l'été, il avait traversé la pelouse, beau comme un dieu, et s'était dirigé vers l'endroit où elle et lui se donnaient toujours rendez-vous, dans la roseraie de Pennington. Et maintenant, lui aussi était mort. Elle avait caché son cadavre dans la terre humide de la forêt. Mais ça, c'était le père de quelqu'un d'autre. Le sien gisait sous de la chaux vive dans une tombe anonyme d'un cimetière de prison. Où n'enterrait-on ainsi que les meurtriers exécutés ? Que faisait-on des corps des criminels qui mouraient en prison ? Les sortait-on secrètement la nuit, dans un cercueil bon marché, pour s'en débarrasser au crématorium le plus proche, sans paroles de réconfort, le four flambant comme les flammes de l'enfer ? Et que faisaient-ils des cendres ? Ces résidus d'os broyés soigneusement empaquetés devaient avoir été ensevelis quelque part. Elle n'avait jamais pensé à le demander à sa mère et sa mère ne lui en avait jamais parlé.

Soudain brilla devant elle le panneau lumineux de la station de métro Warwick Avenue. La large rue bordée de maisons dans le style italien et de villas ornées de stuc ruisselait de lumière liquide. Alors qu'elle courait ou marchait sur le trottoir désert, les haies des jardins de devant faisaient pleuvoir sur sa tête une averse de pétales blancs et de feuilles arrachées. Enfin, elle retrouva le canal et se tint sur l'élégant pont en fer forgé qui l'enjambait. A chacun des coins, les hauts réverbères du XIXᵉ siècle, chacun sur son piédestal, jetaient une lueur tremblotante sur le bassin, l'île plantée d'arbres, les péniches amarrées contre le mur. A l'endroit où ils éclairaient le plus, les platanes semblaient brûler avec des flammes vertes et, au-dessous d'elle, là où la pluie giclait du toit d'un chaland, luisait un vase de couleur vive rempli d'asters agités par le vent.

Derrière elle, les voitures passaient dans un bruissement incessant, coupant à travers les caniveaux pleins et projetant des paquets d'eau contre le pont. Il n'y avait pas un piéton en vue, et des deux côtés du canal, l'avenue était déserte.

Elle portait encore le pull que sa mère lui avait tricoté. Il était trempé et gonflé de pluie, le col roulé désagréablement froid contre son cou. Elle le tira par-dessus sa tête ; levant les bras, elle le tendit à l'extérieur du parapet et le laissa doucement tomber dans le canal. Pendant une minute, il flotta, éclairé par le réverbère, l'air aussi fragile et transparent qu'une gaze. Les deux manches étaient déployées ; ç'aurait pu être un enfant en train de se noyer. Puis, imperceptiblement le pull s'éloigna de la lumière, s'enfonçant graduellement à mesure qu'il dérivait. Enfin les yeux gonflés de Philippa ne purent qu'imaginer son dessin sur l'eau sombre.

La disparition du chandail lui procura une sensation de soulagement. Maintenant, elle ne portait plus que son pantalon et un fin chemisier en coton. Trempé, celui-ci collait sur elle comme une seconde peau. Elle poursuivit son chemin, passa sous les grandes arches en béton du Westway et prit au sud, en direction de Kensington. Elle avait perdu toute notion de temps et d'orientation. Une seule chose lui importait : continuer à marcher. Elle remarqua à peine que la pluie se transformait en lentes et lourdes gouttes, puis s'arrêtait enfin, que des places tranquilles remplaçaient peu à peu les grandes artères bruyantes.

La fatigue s'abattit sur elle, violente, inattendue comme si on l'avait frappée. Ses jambes flageolèrent ; elle tituba vers le côté du trottoir et agrippa les barreaux d'une grille qui entourait un square. Mais la lassitude qui investissait son corps avait libéré son esprit ; ses pensées étaient redevenues cohérentes, disciplinées, rationnelles. Elle appuya sa tête contre la clôture et sentit le fer, tiges parallèles portées au rouge, lui marquer le front. Derrière s'élevait une haie de troènes ; son âcre verdure lui remplit les narines, piqua ses joues. La vague d'épuisement la traversa, abandonnant dans son sillage une douce et presque plaisante langueur.

Elle glissa peu à peu dans une sorte d'incons-cience. Un cri aigu la réveilla brusquement. La nuit retentit soudain du vacarme de pas précipités et de voix rauques. Du coin le plus éloigné de la place surgit une bande de jeunes ; en un flot désordonné, ils traversèrent la rue en titubant et se dirigèrent vers le jardin. Ils étaient manifestement ivres. Deux d'entre eux, agrippés l'un à l'autre, braillaient une complainte discordante. Les autres scandaient des chants dénués de sens, des slogans, et poussaient des cris de guerre tribaux en une cacophonie enrouée, entrecoupée, pleine de menaces. Terrifiée à l'idée qu'ils pourraient la voir, que son sac, qu'elle-même, constitueraient un butin trop facile, Philippa s'aplatit contre la grille. Les garçons ne semblaient pas avoir de but précis. Peut-être retra-verseraient-ils sans l'avoir repérée.

Mais le bruit de leurs voix s'intensifia. Ils venaient de son côté. L'un d'eux lança un rouleau de papier hygiénique. Volant par-dessus la clôture, celui-ci tomba dans le jardin, manquant de peu la tête de Philippa. Sa queue pâle, ondoyante, transparente comme un rayon lumineux, flotta et tourna dans la brise nocturne, légère comme une toile d'araignée, puis se posa à la surface d'une haie. Et les garçons continuaient d'approcher ; leurs têtes montaient et descendaient au-dessus des troènes. Philippa commença à s'éloigner rapidement d'eux, rasant la grille, mais, dès qu'elle bougea, ils l'aperçurent. Ils poussèrent un grand cri ; les voix disparates s'élevèrent en un seul beuglement de triomphe.

Elle se mit à courir, mais ils s'élancèrent à sa poursuite, plus résolus et moins soûls qu'elle ne l'avait cru. La peur lui fit oublier sa fatigue, mais elle savait qu'elle ne maintiendrait pas longtemps cette allure. Elle fila de l'autre côté de la rue et s'engouffra dans une autre, bordée de hautes maisons délabrées. Elle entendait ses pieds marteler le trottoir, voyait passer en un éclair, du coin de l'œil, les barreaux des grilles, sentait le battement rythmé de son cœur. Ils étaient toujours à ses trousses, moins bruyants maintenant, gardant leur énergie pour la chasse. Soudain elle parvint à une autre rue qui tournait à gauche. Elle s'y précipita. Avec un petit cri de soulagement, elle remarqua qu'une porte était ouverte dans la grille. Elle se jeta au bas des marches, atterrissant dans un endroit obscur, puant, où elle se heurta à trois poubelles cabossées. Elle se glissa derrière et s'accroupit dans le réduit, sous un escalier qui menait à la porte d'entrée. Presque pliée en deux, les bras croisés sur la poitrine, elle essaya d'étouffer le son de ses palpitations. Comment ses poursuivants pouvaient-ils ignorer ce bruit de tambour ? Mais les pas précipités hésitèrent, passèrent, s'affaiblirent. Du bout de la rue lui parvinrent des exclamations furieuses et frustrées. Ensuite, les garçons se remirent à chanter et à crier. Ils ne la chercheraient pas. Ils devaient croire qu'elle vivait dans cette rue, et qu'elle était à l'abri dans sa maison. Plus vraisemblablement encore, ils étaient trop ivres pour penser clairement. Leur proie s'étant terrée, elle ne les intéressait plus.

Quand leurs voix eurent disparu, elle resta là encore un long moment, blottie sous la voûte de brique. Elle avait l'impression d'être dans une cellule sombre et fétide, privée de ciel, en train de respirer de la poussière et l'air rejeté par des prisonniers morts depuis longtemps. Les trois poubelles malodorantes, dont elle devinait plutôt qu'elle ne voyait les formes, l'empêchaient de fuir aussi sûrement qu'une porte verrouillée. Dans ces ténèbres, il ne lui vint ni révélation aveuglante, ni guérison de l'esprit, simplement un début douloureux de connaissance de soi. Depuis son entrevue avec l'assistante sociale, elle n'avait pensé qu'à elle-même. Pas à Hilda, qui avait si peu à donner, mais demandait si peu en retour ; et elle avait tellement besoin de ce peu-là... Hilda, qui, en récompense des longues années où elle avait pris soin d'elle, aurait pu espérer un peu plus que l'aide que Philippa lui apportait de temps en temps dans la décoration de la salle à manger. Elle n'avait pas pensé à Maurice, si semblable à elle par l'arrogance et l'aveuglement. Il avait fait tout ce qu'il avait pu pour elle ; il s'était montré généreux, même s'il ne pouvait aimer, trouvant en lui la bonté de la protéger contre une terrible réalité. Et sa mère ? Qu'avait-elle été, une pourvoyeuse de renseignements, le modèle vivant de sa propre vie physique, la victime de sa condescendance et de son égoïsme ? Elle devait apprendre l'humilité, se dit-elle. Elle n'était pas sûre d'en être capable, mais ce recoin puant de la ville endormie, dans lequel elle s'était glissée comme une clocharde, en valait bien un autre, pour commencer. Elle comprit aussi que le lien qui l'unissait à sa mère était plus fort que la haine, la déception ou la douleur d'être rejetée. Ce besoin de la revoir, de se faire consoler par elle était sûrement le début de l'amour ; et comment pouvait-elle avoir espéré un amour sans souffrance ?

Au bout d'un moment, elle sortit de sa cachette, respira de nouveau l'air frais, aperçut les étoiles. Elle se remit à marcher, étourdie de fatigue, cherchant les noms des rues. Tout ce que ceux-ci lui apprirent, c'était qu'elle se trouvait dans le quartier ouest dix. Elle arriva sur une autre place, calme et secrète. Dans son esprit, la ville s'étendait à l'infini, immensité à moitié en ruine, faiblement éclairée par la lune qui réapparaissait entre les nuages. C'était une cité morte, frappée par la peste, abandonnée, dont toute vie avait fui à part la meute des voyous. Maintenant, eux aussi devaient s'être cachés dans quelque souterrain sale, blottis les uns contre les autres dans la mort. Elle était complètement seule. Derrière le stuc écaillé, les hautes balustrades, gisaient les cadavres pourrissants. L'odeur infecte de la ville en décomposition montait comme des miasmes des sous-sols.

C'est alors qu'elle aperçut la femme : elle traversait la place d'un pas rapide mais léger, s'avançant vers elle dans d'élégantes chaussures à talons hauts. Elle portait une longue robe pâle et une étole. Ses cheveux blonds étaient ramassés sur sa tête. Tout en elle était pâle : son vêtement flottant, sa chevelure, son teint blanchi par la nuit. Quand elle parvint à sa hauteur, Philippa lui demanda :

« Pouvez-vous me dire où je suis ? J'essaie de me rendre à la gare de Marylebone. »

La femme lui répondit d'une voix agréable, enjouée, cultivée.

« Vous êtes à Moxford Square. Descendez cette rue sur une centaine de mètres puis tournez dans la première à gauche. Vous vous trouverez à la station Ladbroke Grove. Vous avez sans doute raté le dernier métro, mais vous pourriez prendre un bus de nuit ou un taxi.

— Merci. Une fois à Ladbroke Grove, je connais le chemin. »

La femme sourit et poursuivit sa route. La rencontre avait été si inattendue et pourtant si banale que Philippa se demanda si son esprit fatigué n'avait pas fait naître une apparition. Qui était-elle et où allait-elle, cette promeneuse nocturne pleine d'assurance ? Quel ami, quel amant l'avait déposée là, sans escorte, si tôt le matin ? De quelle fête venait-elle ou s'échappait-elle ? Les indications de la femme s'avérèrent exactes. Cinq minutes plus tard, Philippa se retrouva à Ladbroke Grove et commença à marcher en direction du sud, vers l'appartement.

Delaney Street était vide et silencieuse, dormant aussi paisiblement qu'une rue de village sous un ciel serein. L'air lavé par la pluie sentait la mer. Toutes les fenêtres étaient obscures ; seule, au numéro 12, une légère brume de lumière brillait derrière les rideaux tirés. Elle n'était pas assez forte pour être celle du plafonnier. Sa mère devait être encore éveillée ou, si elle s'était endormie, elle avait oublié d'éteindre la lampe de chevet. Philippa espéra qu'elle ne dormait pas encore. Elle se demanda ce qu'elles allaient se dire. Elle se sentait incapable de s'excuser, du moins pour le moment ; elle ne s'était jamais excusée de sa vie. Le fait d'y songer était peut-être déjà un commencement. Peut-être sa mère comprendrait-elle sans qu'elle eût à parler. Elle lui tendrait la clef de la porte d'entrée, et dirait :

« Finalement, je crois que je n'ai jamais vraiment voulu partir. J'ai oublié de te laisser la clef. »

Elle se tiendrait sur le seuil de la chambre de sa mère et sa présence en ce lieu suffirait. Elle signifierait :

« Je t'aime. J'ai besoin de toi. Je suis revenue à la maison. »

12

LA lampe de chevet était allumée et, dans la lumière tamisée, sa mère, allongée sur le dos, semblait dormir. Mais il y avait quelqu'un d'autre dans la chambre. Tassé au pied du lit, les mains entre les genoux, un homme était assis, enveloppé d'une tunique blanche et miroitante. Il ne bougea ni ne leva les yeux quand elle s'avança vers le lit. Sa mère avait un visage parfaitement calme. Mais quelque chose d'étrange lui était arrivé. Un animal l'agrippait à la gorge, une petite bête blanche pareille à une limace, au museau rose enfoui dans sa chair. Quelque chose la dévorait vivante, creusant, arrachant les tendons, vomissant les restes sur sa peau blanche. Pourtant elle ne bougeait toujours pas. Philippa se tourna vers l'homme et remarqua dans ses mains ballantes le couteau ensanglanté. Elle vit et comprit alors ce qui s'était passé.

L'homme avait l'air si grotesque qu'elle pensa d'abord à une créature issue d'un délire provoqué par son épuisement et les fantasmes de la nuit. Mais elle savait qu'il était réel. Sa présence ici était aussi inévitable que la mort de sa mère. Il portait un long imperméable en plastique transparent, si mince qu'il lui collait au corps comme une pellicule. Ses doigts étaient recouverts de gants, en plastique également, des gants de chirurgien, adhérant à sa chair pâle. Ils étaient trop grands pour ses petites mains. Au bout de chaque doigt, le plastique s'était collé et pendait en lamelles décolorées comme si sa peau partait en lambeaux. Des mains comme à Hiroshima.

« Enlevez vos gants, dit-elle. Ils me dégoûtent. Vous me dégoûtez. »

Obéissant, il les retira. Il leva les yeux vers elle, comme un enfant cherchant à être rassuré.

« Elle ne saigne pas, murmura-t-il. Elle ne saigne pas. »

Philippa se rapprocha du lit. Les yeux de sa mère étaient clos. Quelle délicatesse de sa part d'être morte ainsi ! Mais pouvait-on choisir de mourir les yeux clos ? Elle essaya de se rappeler les différentes représentations d'hommes morts. Ce n'était pas difficile : il y en avait tellement. Comme le papier peint d'une chambre d'enfants, les esprits de sa génération étaient couverts d'images de mort ; la violence entourait les berceaux. Les cadavres de Belsen empilés en de sinistres tas comme des lapins écorchés, les enfants d'Éthiopie et d'Inde aux ventres ballonnés par la faim comme s'ils portaient de monstrueux fœtus, les corps dénudés des soldats étendus dans le désordre de la mort. Tous les yeux grands ouverts. « Quelle étrange tromperie de mourir ainsi en rêvant. J'ai moi aussi souvent dormi les yeux ouverts. » Mais ceux de sa mère étaient clos. Avait-elle glissé si doucement dans le sommeil ? Elle se tourna vers l'homme et dit rageusement :

« Vous l'avez touchée ? »

Il ne répondit pas. Il remua sa tête penchée en avant. Cela pouvait être un aveu comme une dénégation. Sur la table de chevet, appuyée contre un petit flacon de comprimés pharmaceutiques, était posée une enveloppe. Le rabat n'avait pas été collé. Elle lut :

« Si Dieu est capable de pardonner sa mort, il

pourra aussi pardonner la mienne. Ces cinq semaines ont compensé chaque jour des dix dernières années. Rien n'est ta faute. Rien. Ceci est la meilleure solution pour moi, et pas seulement pour toi. Je peux mourir heureuse parce que tu es vivante, et je t'aime. N'aie jamais peur. »

Elle replaça le message sur la table et regarda de nouveau l'homme. Il était assis au bord du lit, la tête baissée ; le couteau au bout des doigts. Elle lui prit l'arme et la déposa sur la table. Les mains de l'inconnu étaient petites comme celles d'un enfant ou comme les pattes d'un hamster. Il s'était mis à trembler et le lit vibrait sous lui. On aurait dit que le cadavre était secoué de rire. Elle craignit que les yeux à peine clos se rouvrent soudain, l'obligeant à voir la mort. Ce que le chagrin avait de si terrible, ce n'était pas le chagrin en lui-même, mais le fait qu'on s'en remettait. C'était étrange d'apprendre cette vérité avant même que la douleur ne se fût manifestée.

« Éloignez-vous d'elle, dit-elle avec plus de gentillesse. Elle ne saignera pas. Les morts ne saignent pas. Je vous ai devancé. »

Elle prit l'homme par le bras et, le portant à moitié, le guida du lit vers le fauteuil en osier. Le radiateur électrique était éteint, comme si sa mère s'était souvenue qu'elles devaient faire des économies. Philippa alluma une des deux rampes et orienta la chaleur vers lui. Elle poursuivit :

« Je sais qui vous êtes. Je vous ai vu dans Regent's Park et aussi ailleurs, avant cette rencontre. Vous avez toujours voulu la tuer ?

— Ma femme a voulu le faire dès la mort de notre fille », répondit l'homme, puis il ajouta : « Nous avons organisé cela ensemble. »

Comme s'il éprouvait le besoin de s'expliquer, il dit encore :

« Je suis venu ce soir, assez tard, mais vous n'étiez

pas encore parties. La lumière de la pièce sur la rue brûlait encore. Je me suis assis dans le magasin pour vous guetter. Mais vous ne partiez toujours pas. Je n'entendais aucun bruit de pas en haut, aucun autre son. Vers minuit je suis monté. La porte était fracturé et ouverte. J'ai pensé qu'elle dormait. Elle avait l'air de dormir. Ce n'est qu'au moment d'enfoncer le couteau dans sa gorge que j'ai remarqué qu'elle avait les yeux ouverts. Ses yeux étaient grands ouverts et me fixaient.

— Vous feriez mieux de partir. Vous avez accompli l'acte que vous projetiez. Ce n'est pas votre faute si elle vous a échappé à la fin. »

Tout en lui secouant doucement les épaules, Philippa ajouta en élevant la voix :

« Je dois appeler la police. Si vous ne voulez pas être ici quand elle arrivera, vous devriez partir maintenant. Vous n'avez pas besoin d'être mêlé à tout cela. »

L'autre ne bougeait toujours pas. Le regard fixé sur le radiateur, il marmonna quelques mots. Philippa dut se pencher vers lui pour saisir ce qu'il disait.

« Je ne pensais pas que ça serait ainsi. Je me sens mal. »

Elle l'aida à atteindre la cuisine et lui soutint la tête pendant qu'il vomissait dans l'évier. Elle s'étonna de pouvoir le toucher sans dégoût, d'être à ce point consciente de la qualité particulièrement soyeuse de ses cheveux. Elle avait l'impression que sa main sentait à la fois chaque cheveu et la douce masse mouvante de sa chevelure. Elle eut envie de dire : « Elle n'avait pas l'intention de tuer votre enfant. Elle l'a fait dans un accès de rage qu'elle n'a pas pu contrôler. Elle n'a jamais voulu la mort de votre petite fille comme vous et moi avons voulu, décidé la sienne. » Mais à quoi cela aurait-il servi ? Son enfant à lui était mort. Sa mère à elle était morte.

Les mots, les explications, les excuses étaient hors de propos. Devant cette ultime dénégation, il n'y avait plus rien à penser, plus rien à dire, plus rien à rectifier.

La cuisine n'avait pas changé. Tandis que la tête de l'homme tressautait entre ses mains et que l'odeur de vomi montait à ses narines, elle promenait son regard sur les objets familiers, surprise qu'ils fussent restés les mêmes. La théière et les deux tasses sur le plateau en papier mâché ; les grains brillants du café, d'une beauté érotique, dans leur bocal — ç'avait été une de leurs petites folies de s'offrir chaque jour du café fraîchement moulu — et sur le rebord de la fenêtre, la rangée de pots où poussaient les plantes aromatiques. Bien que l'exposition au nord ne fût pas idéale, elles s'y étaient plu. Et demain, sa mère et elle devaient couper les premières pousses de ciboulette pour faire une omelette aux fines herbes. La sauce qu'avait préparée sa mère était encore là dans un bol, sur la table, et le parfum du vinaigre flottait encore dans l'air. Elle se demanda si, à l'avenir, cette odeur lui rappellerait toujours cet instant. Elle regarda les torchons bien pliés, les deux grandes chopes pendues à leurs crochets, les casseroles aux manches bien alignés. Comme elles avaient été soigneuses, presque à l'extrême, conférant ordre et continuité à leurs vies précaires.

L'homme vomissait encore, mais ce n'était plus que de la bile. Il commençait à surmonter sa nausée. Elle lui tendit une serviette et dit :

« La salle de bain est à l'entresol, si vous voulez vous en servir.

— Oui, je sais. » Il s'essuya le visage et son doux regard rencontra le sien : « Vous n'aurez pas d'ennuis ? Je veux dire avec la police.

— Non. Ma mère s'est suicidée. La blessure causée par le couteau a été faite après sa mort.

N'importe quel médecin peut prouver cela. Vous avez vu vous-même qu'elle n'a pas saigné. Pour autant que je le sache, la mutilation d'un mort n'est pas un crime. Et même si ça l'était, je ne crois pas qu'ils m'inculperont. Tout ce qu'ils voudront, c'est classer le plus rapidement possible cette affaire gênante. Personne ne s'intéresse à ma mère, voyez-vous. Personne ne regrettera sa mort. Elle ne compte pas en tant qu'être humain. Ils pensent qu'on aurait dû la tuer il y a neuf ans. On aurait dû la pendre, voilà ce qu'ils diront tous.

— Mais la police pourrait croire que vous l'avez assassinée.

— Il y a un message qui prouve mon innocence.

— Mais supposons qu'ils vous soupçonnent de l'avoir fabriqué. »

Comme c'était extraordinaire qu'il eût pu avoir une telle idée. Quel esprit sophistiqué cela dénotait ! Elle contempla ses yeux humbles et pleins d'angoisse. Derrière ce regard, un malin petit cerveau était en train de combiner. Il devrait écrire des séries noires, pensa-t-elle. Il avait la mentalité d'un auteur de romans policiers, obsédé par la culpabilité et les détails triviaux. Il avait vécu trop longtemps avec des pensées de mort.

« Je peux prouver que c'est elle qui l'a écrit, répondit-elle. Je possède un échantillon important de son écriture : une histoire qu'elle a écrite en prison au sujet d'un violeur et de sa femme. Il vaudrait mieux que vous partiez. Cela ne servirait à rien que la police vous trouve ici, à moins que vous n'ayez envie de voir votre photo dans tous les journaux. Il y a des gens qui aiment ça. Est-ce bien ce que vous voulez ? »

L'homme secoua la tête :

« Je veux rentrer chez moi.

— Chez vous ? »

Elle n'avait pas pensé qu'il pût avoir un chez-soi,

ce prédateur nocturne qui sentait le vomi, aux mains méticuleuses capables de tant de mal. Elle crut l'entendre murmurer le nom de Casablanca et dire qu'il habitait là. Mais cela n'avait pas de sens.

« Nous reverrons-nous ? demanda-t-il.

— Je ne pense pas. Pour quoi faire ? Tout ce qui nous lie, c'est que nous souhaitions tous deux sa mort. Ce n'est pas une base suffisante pour entretenir des relations.

— Êtes-vous certaine que vous n'aurez pas d'ennuis ?

— Aucun problème. Tout ira bien. Il y aura plein de gens qui veilleront à ce que je n'en aie aucun. »

Un sac à dos était posé sur le sol, près de la porte. Elle ne l'avait pas remarqué. L'homme ôta son imperméable, le roula et le fourra dedans. C'était un geste qu'il avait dû faire bien des fois auparavant, songea-t-elle. Mais quand il voulut prendre le couteau, elle l'en empêcha.

« Laissez-le où il est. Je mettrai mes empreintes dessus. »

Ils descendirent l'escalier ensemble comme si l'homme était un visiteur attardé qu'elle avait enfin réussi à reconduire à la porte. Sans se retourner, il s'éloigna rapidement dans Delaney Street. Elle le suivit des yeux jusqu'à ce qu'il eût disparu. Alors elle remonta dans la chambre de sa mère. Elle n'eut pas le courage de regarder la morte, mais se força à empoigner le couteau et à le tenir un moment dans sa main. Puis elle partit en courant jusqu'à la gare de Marylebone pour téléphoner à Maurice.

Le hall était désert. Toutes les cabines étaient vides sauf une. Un jeune homme était recroquevillé dans celle du bout de la rangée. Elle n'aurait su dire s'il était ivre ou endormi. Il pouvait même être mort. Mais elle l'avait reconnu. Elle l'avait déjà vu au marché de Mell Street où il essayait patiemment de distribuer des brochures religieuses.

Elle trouva dix pennies dans son sac, composa les sept chiffres familiers et enfonça la pièce quand Maurice annonça son numéro. Il avait répondu tout de suite. Mais le téléphone était placé à côté de son lit.

« C'est Philippa. Je t'en prie, viens tout de suite. Ma mère est morte. Je voulais qu'elle se suicide, et elle l'a fait.

— Tu es sûre qu'elle est morte ?

— Certaine.

— D'où appelles-tu ?

— De la gare de Marylebone.

— Je suis là dans un instant. Ne bouge pas. Ne parle à personne. Ne fais rien jusqu'à mon arrivée. »

Les rues étaient presque vides dans le calme du petit matin, mais Maurice avait dû rouler très vite malgré tout. Quand elle entendit la Rover, elle eut l'impression que quelques minutes seulement s'étaient écoulées depuis le coup de fil.

Elle s'avança vers Maurice et se jeta dans ses bras. Il la serra soudain contre lui dans une étreinte brutale et raide qui exprimait davantage la possession que le réconfort. Aussi soudainement il la lâcha. Philippa vacilla et faillit tomber. Elle sentit sa main sur son épaule : il la poussait vers la voiture.

« Montre-moi le chemin », dit-il.

La voiture s'arrêta en patinant devant le 12. Maurice prit son temps pour la fermer, tandis qu'il scrutait la rue, calme et sans hâte, comme s'il s'agissait d'une visite un peu tardive et qu'il préférait, tout compte fait, ne pas être vu. Elle ouvrit la porte d'entrée et il monta derrière elle. Le bruit de leurs pas sur l'escalier résonna dans le vestibule. Maurice ne fit aucune remarque au sujet de la porte fracturée de l'appartement. Philippa le conduisit à la chambre de sa mère, s'effaça, puis le regarda s'approcher du lit et se pencher. Il lut le message sans sourciller. Il ramassa le flacon vide et étudia l'étiquette ; ensuite, il fit glisser l'unique gélule restante dans sa paume.

« Du Distalgésique... C'est très aimable de sa part d'avoir laissé cet échantillon. Cela fera gagner du temps au chimiste. je me demande comment elle se l'est procuré. Le Distalgésique ne se vend que sur ordonnance. Quelqu'un a dû le lui apporter clandestinement en prison, à moins qu'elle ne l'ait volé, à l'infirmerie ; ou qu'elle se le soit fait prescrire. Nous ne le saurons probablement jamais. Elle ne serait pas la première à ignorer la puissance de ce produit. Il contient du paracétamol, qui n'est pas dangereux, mais aussi un dérivé de l'opium. Pris en quantité, il tue très rapidement. Elle a dû vouloir jouer la comédie habituelle et a mal calculé la dose. »

Philippa eut envie de répondre : « Elle ne s'est pas trompée. Elle s'est tuée parce qu'elle le voulait, parce qu'elle savait que c'était ce que je voulais qu'elle fît. Tu pourrais au moins admettre qu'elle savait ce qu'elle faisait. » Mais elle se tut. Maurice baissa légèrement la tête et examina la gorge lacérée, comme l'aurait fait un médecin. Puis il fronça les sourcils. Son visage exprima une sorte de dégoût inquiet, comme s'il se trouvait confronté à un problème technique et venait de rencontrer une complication inattendue.

« Qui a fait ça ? demanda-t-il.

— Moi. Enfin, je crois que c'est moi.

— Tu crois que c'est toi ?

— Je me souviens d'avoir eu envie de la tuer. Je me souviens d'être allée dans la cuisine chercher un couteau. C'est tout.

— Quand tu parleras à la police, oublie la première phrase. Tu ne l'as pas tuée ; donc ce que tu *voulais* faire n'a pas d'importance. Est-ce également toi qui as forcé la porte ? »

Il avait donc remarqué l'effraction. Évidemment !

« A mon retour de Caldecote Terrace, nous nous sommes disputées. Je suis sortie de l'appartement en courant. Je n'avais pas l'intention de revenir. Et puis je suis revenue quand même. Nous n'avons qu'un trousseau de clefs et j'avais oublié de le prendre. J'ai frappé à la porte, mais elle n'a pas voulu m'ouvrir. J'avais en main un ciseau que j'avais pris dans la boîte à outils. Je ne sais plus pourquoi. J'ai très bien pu l'en menacer avant de sortir, mais je ne m'en souviens plus.

— Si tu n'avais pas emporté les clefs, comment as-tu pu ouvrir la porte de la rue ? Les deux clefs n'étaient-elles pas sur le même trousseau ? »

Elle avait oublié ce détail. Elle enchaîna rapidement :

« En bas, il n'y a qu'une serrure Yale. J'avais bloqué la clenche, comme je le fais parfois le soir quand je m'absente pour peu de temps.

— Où est le ciseau ? Celui que tu as utilisé pour ouvrir la porte ?

— Je l'ai remis dans la boîte à outils. »

L'interrogatoire était terminé. Maurice s'éloigna du lit.

« Ne reste pas ici, dit-il. Y a-t-il une autre pièce, un autre endroit plus confortable ?

— Non, pas très confortable. Il n'y a que ma chambre et la cuisine. »

Il la prit par les épaules et la poussa doucement en avant. Ils entrèrent dans la cuisine.

« Je vais aller appeler la police à la gare de Marylebone, dit-il. Veux-tu m'accompagner ou rester ici ?

— Je t'accompagne.

— Oui, cela vaut mieux. Prends ton manteau. Il fait froid. »

Il lui demanda d'attendre dans la voiture pendant qu'il téléphonait. Cela ne prit pas longtemps. Quand il revint, il dit :

« Ils seront là très vite. Dis-leur ce que tu m'as raconté : tu ne te souviens de rien entre le moment où tu es allée chercher le couteau dans la cuisine et celui où tu es partie en courant pour m'appeler. »

La police ne tarda pas. Il semblait y avoir beaucoup de monde pour une mort aussi peu importante. On la fit attendre dans sa chambre. Ils allumèrent le radiateur à gaz et lui apportèrent du thé. Elle faillit leur expliquer qu'ils s'étaient trompés de tasse, que c'était celle de sa mère. Une femme-agent se tenait à ses côtés, blonde, jolie, presque aussi jeune qu'elle. Elle était séduisante, dans son uniforme bleu foncé bien coupé. Son visage attentif était neutre, sans la moindre expression de pitié.

Elle se demande si elle surveille une victime ou une criminelle, songea Philippa. Normalement, elle aurait posé un bras réconfortant sur mon épaule. Mais il y a cette plaie au cou de ma mère. Un inspecteur entra pour la questionner, accompagné de Maurice et d'un autre homme en qui elle reconnut l'avocat de son père adoptif.

« Philippa, je ne crois pas que tu connaisses Charles Cullingford. Voici ma fille Philippa. »

Elle se leva et ils se serrèrent la main avec politesse, comme s'ils se rencontraient dans le salon de Caldecote Terrace. Cullingford semblait éviter de regarder avec trop d'insistance l'austère petite chambre. Les policiers apportèrent deux chaises qu'ils avaient prises dans la chambre de sa mère. On lui présenta l'inspecteur, mais elle ne saisit pas son nom. Il était brun. Ses vêtements étaient un peu trop ajustés. Ses yeux n'exprimaient aucune bonté. Il l'interrogea toutefois avec douceur. D'ailleurs, Maurice se tenait près d'elle.

« Quelqu'un d'autre est-il venu ici ce soir ?

— Non. Il n'y avait que nous.

— Qui a fracturé la porte ?

— C'est moi. Je l'ai fait avec le ciseau qui se trouvait dans la boîte à outils.

— Pourquoi avez-vous emporté le ciseau en quittant l'appartement ?

— Pour le cas où elle refuserait de m'ouvrir.

— Votre mère avait-elle déjà agi ainsi auparavant ?

— Non.

— Pourquoi avez-vous pensé qu'elle pourrait vous empêcher de rentrer ce soir ?

— Nous nous étions disputées. Mon père venait de m'apprendre qu'elle s'était débarrassée de moi quand j'étais enfant.

— Votre père dit qu'après avoir quitté l'appartement, vous vous êtes promenée pendant près de trois heures. Qu'est-ce qui s'est passé quand vous êtes revenue ?

— J'ai trouvé la porte fermée et comme ma mère ne répondait pas, j'ai fracturé la serrure avec le ciseau.

— Vous êtes-vous rendu compte, quand vous l'avez trouvée, qu'elle était morte ?

— Je crois que oui. Je ne me rappelle pas ce que j'ai éprouvé. Je ne me rappelle pas ce qui s'est passé après que j'ai réussi à ouvrir la porte. Je crois que je voulais la tuer.

— Où avez-vous trouvé le couteau ?

— Dans le tiroir de la cuisine.

— Mais avant cela ? Il est neuf, n'est-ce pas ?

— Ma mère l'a acheté. Nous voulions un couteau qui coupe bien. J'ignore où elle se l'est procuré. »

Ils quittèrent de nouveau la pièce. On frappa à la porte d'entrée. Puis il y eut un bruit de voix fortes et de pas pleins d'assurance. La porte de sa chambre était entrouverte. La femme-agent se leva pour la fermer. A présent, les pas dans le corridor étaient plus lents, plus traînants. Ils emmenaient le corps de sa mère. Soudain, elle s'en rendit compte. Elle bondit sur ses pieds en criant. Mais sa gardienne fut plus rapide qu'elle. Avec une force surprenante, elle la saisit par l'épaule et, d'une douce mais ferme poussée, la força à se rasseoir.

Des voix assourdies filtraient à travers la porte. Philippa perçut quelques phrases décousues : « ... certainement déjà morte quand elle l'a frappée. Vous n'aviez pas besoin de me sortir de mon lit pour que je vous dise ça. Je présume que vous trouverez un chef d'inculpation qui puisse couvrir ce cas, si vous voulez en trouver un, mais, quoi qu'il en soit, ça ne peut pas être un homicide. »

Elle entendit la voix de Maurice :

« Cet endroit est affreux. Dieu sait ce que ces six semaines ont dû être pour elle. Je n'ai pas pu l'en empêcher... Elle est majeure... ma faute. Je n'aurais jamais dû lui dire que sa mère la battait et qu'elle a fini par l'abandonner. »

Elle crut entendre :

« C'est aussi bien ainsi. » Mais peut-être n'avait-elle fait que l'imaginer. Peut-être était-ce seulement ce qu'ils pensaient tous. Ensuite, Maurice fut de nouveau près d'elle.

« Nous rentrons à la maison, Philippa. Tout ira bien. »

Bien sûr, tout irait bien. Maurice allait s'occuper de tout. Pour les quelques semaines restantes, il céderait le bail à un autre locataire, ferait disparaître tout ce qui subsistait de leur vie commune, à sa mère et à elle. Elle ne reverrait jamais les objets qui leur avaient appartenu. Le Henry Walton retrouverait sa place sur le mur de sa chambre à Caldecote Terrace. Il avait trop de valeur pour qu'on y renonçât. Mais il avait perdu son intérêt pour elle. Désormais, elle le regarderait d'une autre façon. Derrière l'élégance et l'ordre de la composition, elle verrait les pontons pénitentiaires au large de Gravesend, le lieu des flagellations, le bourreau.

Pourtant, elle ne pourrait pas montrer trop de sensibilité. On s'attendrait à ce qu'elle vive de nouveau avec le tableau. Mais toutes les autres choses seraient jetées comme des détritus — ce qu'en fait elles étaient. Les avocats de Maurice réduiraient les journaux au silence et l'aideraient à surmonter l'épreuve des interrogatoires supplémentaires, de l'enquête, de la publicité faite autour de l'affaire. Sauf qu'il y en aurait sans doute très peu, de la publicité. Maurice y veillerait. Tout le monde, la police, le coroner, la presse, se montreraient bienveillants. Chaque fois qu'ils évoqueraient la gorge lacérée de la victime, ils réprimeraient leur dégoût ou leur antipathie, se rappelant qui était son père. Ils auraient pitié d'elle. Avait-elle seulement imaginé la conclusion de l'inspecteur, prononcée d'un ton bourru, presque avec humour ?

« Vous pouvez l'emmener à la maison maintenant, monsieur. Mais, pour l'amour du Ciel, éloignez-la des couteaux ! »

Plus tard, Maurice l'emmènerait en voyage, peut-être en Italie : il avait toujours eu recours à ce pays pour sa thérapeutique personnelle. Ils visiteraient ensemble les villes qu'elle avait projeté de voir un jour avec sa mère. Combien de temps s'écoulerait-il avant que Maurice puisse la regarder sans se demander si elle était la digne fille de sa mère, si elle aurait été capable d'enfoncer ce couteau dans une gorge vivante ? Cette pensée l'exciterait peut-être ; la violence excitait les gens. Qu'était, après tout, l'acte sexuel, sinon une agression volontairement subie, une mort temporaire ?

A présent, ils étaient seuls. Avant de quitter l'appartement, elle retourna dans sa chambre et revint avec le manuscrit de sa mère. Elle le tendit à Maurice.

« J'aimerais que tu lises ceci, s'il te plaît. C'est le

récit qu'elle a fait du meurtre. Elle l'a écrit en prison bien avant de me revoir.

— C'est ce qu'elle t'a dit ? Regarde la couleur du papier. Touche-le. Il est neuf. Il n'a pas traîné dans une cellule de prison pendant des années. Elle a écrit tout cela il y a peu de temps. Cela ne t'a pas frappée ? »

Il s'approcha de la cheminée et s'immobilisa. N'étant pas fumeur, il n'avait pas de feu sur lui. Tandis qu'elle le regardait faire, il alla à la cuisine et revint avec une boîte d'allumettes. Il tint le manuscrit à bout de bras. La flamme commença à grignoter les feuillets en un cercle qui allait s'agrandissant, puis tout s'embrasa. Maurice garda le document en main jusqu'au bout, au risque de se brûler les doigts ; enfin, il le laissa tomber sur la grille du foyer.

Philippa prit soudain conscience de sa fatigue, des taches sur son chemisier, de la poussière de charbon qui avait maculé son pantalon quand elle s'était accroupie derrière les poubelles. Elle sentit un flux de sang couler le long de sa cuisse. Maurice la regarda et dit avec gentillesse :

« Va dans la salle de bain. Je t'attends. »

Quand elle revint cinq minutes plus tard, il avait décroché le tableau et tenait dans les bras une des couvertures de son lit. Il lui en entoura les épaules. En silence, ils descendirent l'escalier et quittèrent l'appartement.

Le trajet jusqu'à la maison à travers les rues désertes parut très court. Personne ne les avait vus partir. Demain George ouvrirait son magasin et se demanderait pourquoi elles étaient aussi silencieuses, où elles avaient bien pu aller. Personne ne regretterait leur absence bien longtemps.

A Caldecote Terrace, de la lumière brillait dans le vestibule et dans le salon, mais la cuisine était plongée dans l'obscurité. La porte s'ouvrit avant que Maurice n'ait eu le temps d'engager sa clef dans la serrure. Hilda était là, le regard anxieux, dans sa robe de chambre piquée bleue. Maurice lui dit doucement :

« Elle va bien. Ne t'inquiète pas. Tout est arrangé. Sa mère est morte. Elle s'est suicidée. »

Philippa se sentit serrée dans les bras ouatés de Hilda. Elle l'entendit dire : « Ta chambre t'attend, ma chérie », comme si celle-ci avait pu s'envoler pendant son absence. Puis on entendit aboyer un chien et le visage de Hilda prit soudain une expression de tendre inquiétude.

« Vous avez réveillé Scamp. Il vaut mieux que je descende le voir. »

Au pied de l'escalier, Maurice ôta la couverture de ses épaules et la jeta au loin. Quand elle descendrait le lendemain matin, elle aurait disparu. On ne lui laisserait même pas une vieille couverture de Delaney Street : elle aurait pu contaminer sa mémoire. Maurice l'accompagna à l'étage. Elle eut l'impression d'être une prisonnière sous escorte. Mais la chambre où ses pas faibles la conduisirent sans hésitation était blanche et paisible, et le lit semblait confortable. Cet endroit n'avait aucun rapport avec elle ; elle n'était pas à sa place ici. Mais elle se dit que la fille qui habitait là ne verrait pas d'objection à ce qu'elle y dorme. Elle enleva son chemisier et son pantalon souillés, se laissa tomber sur le lit en enfouissant son visage dans l'oreiller et sentit Maurice remonter les couvertures. Elle n'avait pas pris de bain, mais cela n'avait pas d'importance : son hôtesse ne lui en voudrait sans doute pas. Alors qu'elle sombrait dans le sommeil, elle se rappela qu'il y avait quelqu'un qu'elle devait pleurer. Mais elle n'avait plus de larmes et d'ailleurs elle n'avait jamais pleuré facilement. Et cela non plus n'avait pas d'importance. Elle avait toute la vie devant elle pour apprendre.

ÉPILOGUE

L'OFFICE du soir touchait à sa fin. La foule des fidèles, qui avaient écouté l'accompagnement musical en silence, joignit sa voix à celle du chœur et entonna avec entrain l'hymne finale. Les jeunes choristes, dont les paisibles visages semblaient, à la lueur des cierges, émerger comme des fleurs diaphanes des collerettes de leurs robes, avaient fermé leurs livres et quittaient leurs stalles. Philippa se releva, secoua ses longs cheveux et rajusta d'un mouvement d'épaule le tissu plissé de sa tunique en coton. Puis elle rattrapa le petit groupe d'étudiants de son collège, habillés de blanc comme elle. A la suite de la procession, ils franchirent la clôture en bois sculpté qui menait à l'immense nef, lumineuse et fraîche, de la chapelle.

Elle l'aperçut presque immédiatement. Elle l'aurait d'ailleurs reconnu n'importe où, ce petit homme insignifiant. Dans son costume trop bien repassé, il se tenait au bout de la première rangée, écrasé par la majestueuse voûte de Westell qui s'élevait au-dessus de lui, sans rien perdre pour autant de sa modeste dignité. Ses mains — dont elle ne se souvenait que trop bien — reposaient sur le dos de la chaise devant lui. Comme elle s'approchait, elle vit les jointures de ses doigts, soudain serrés, briller comme des galets. Ils se dévisagèrent et l'homme sembla la supplier du regard de ne pas s'enfuir. Une telle idée ne lui serait jamais venue à l'esprit, pas plus qu'elle ne croyait un seul instant que cette rencontre était fortuite. En sortant de la chapelle, elle attendit sous le porche sud. Quand il arriva silencieusement à ses côtés, ils ne se saluèrent pas, mais se tournèrent comme d'un commun accord et suivirent le sentier ensoleillé qui courait au pied du bâtiment Gibb.

« Comment m'avez-vous trouvée ? demanda-t-elle. Ah ! c'est vrai, j'oubliais que vous étiez un excellent limier.

— Grâce à votre livre. J'en ai lu des critiques et deux d'entre elles précisaient que vous étiez étudiante à King's College. Vous l'avez d'ailleurs publié sous votre nom, Philippa Ducton.

— Je m'appelle Ducton, en effet. J'ai supprimé le Rose. Cela ne m'allait pas. Je me suis dit que j'avais bien le droit à un petit choix personnel. Mais vous n'êtes certainement pas venu jusqu'ici dans le but de me féliciter pour mon roman. L'avez-vous lu ?

— Je l'ai emprunté à la bibliothèque. »

Elle rit. Il la regarda et rougit.

« Est-ce là une chose à ne pas dire à un écrivain ? J'aurais dû l'acheter, je suppose.

— Et pourquoi donc ? Vous n'auriez pas aimé voir ce nom, Ducton, sur vos étagères. Il vous a plu ? »

A son expression, elle comprit qu'il se demandait si elle le taquinait. Au bout d'un moment, il la surprit en répondant :

« C'était astucieux, bien sûr. Certains critiques ont trouvé votre livre brillant. Mais à moi, il m'a paru dur, dénué de sensibilité.

— Très juste. Vous l'avez parfaitement défini.

Mais vous ne vous êtes pas donné la peine de me suivre à la trace pour entamer avec moi une discussion littéraire ? »

Le regardant en face, elle se hâta d'assurer :

« Je ne regrette pas de vous revoir. Lors de notre dernière rencontre, vous avez dû partir précipitamment. Moi aussi j'ai eu l'impression qu'il restait encore des choses à régler. Je me suis parfois demandé ce que vous étiez devenu, ce que vous faisiez, où vous étiez. »

Elle eut envie d'ajouter : « Et si vous vous sentiez plus heureux maintenant que ma mère est morte. » Mais à voir son visage calme et détendu, elle comprit que cette question était superflue. C'était peut-être pour cela que la vengeance était si satisfaisante : elle payait.

Il répondit avec empressement, comme s'il était content de pouvoir la renseigner :

« Après l'enquête concernant votre mère, j'ai quitté Londres et je me suis mis à voyager. Cela a duré un an et demi. J'ai parcouru l'Angleterre et le pays de Galles, m'arrêtant l'été dans des pensions modestes, l'automne et l'hiver dans des hôtels plus confortables qui, hors saison, coûtent moins cher. J'ai passé ce temps à visiter des lieux, des monuments, à réfléchir à ma vie. Je n'étais pas malheureux. Il y a six mois, je suis retourné à Londres, au Casablanca, l'hôtel où j'avais pris une chambre pendant que je vous cherchais, votre mère et vous. Je ne sais pas trop ce qui m'a fait revenir là, si ce n'est que je m'y sentais chez moi. Rien n'y avait changé. La standardiste aveugle que vous aviez vue avec moi à Regent's Park était toujours là. Elle s'appelle Violet Hedley. Nous avons commencé à sortir ensemble les après-midi où elle ne travaillait pas. Nous avons l'intention de nous marier. »

C'était donc là la raison de sa visite.

« Et vous vous demandez sans doute si vous devez lui raconter tous ces événements, dit-elle.

— Elle est au courant pour Julie, évidemment. Et je lui ai dit que les Ducton étaient morts tous les deux. Mais je ne sais si je dois lui avouer ce que j'ai essayé de faire. Vous êtes la seule personne au monde à laquelle je puisse en parler, à laquelle je puisse demander un avis. Il fallait que je vous voie.

— Puisque vous épousez une aveugle, je vous déconseillerais de lui dire que vous avez un jour plongé un couteau dans la gorge d'une femme. Cela risquerait fort de la bouleverser. »

Le choc et la douleur marquèrent son visage d'une façon aussi tangible que si elle l'avait frappé. Les symptômes physiques étaient les mêmes. Il devint cramoisi, puis très pâle, à part une trace écarlate sur la joue. Elle dit plus doucement :

« Je suis désolée. Je ne suis pas quelqu'un de gentil. J'essaie parfois de l'être, mais je n'y réussis pas encore très bien. » Elle faillit ajouter : « Et la personne qui aurait pu m'apprendre est morte. » Elle poursuivit :

« Vous n'avez pas de chance : je suis votre seule confidente. Mais mon conseil reste valable. Il n'y a personne à qui l'on puisse se confier totalement. Je ne vois pas ce que vous gagneriez à tout dire. Pourquoi lui faire de la peine ?

— Mais je l'aime. Nous nous aimons. Cela ne m'oblige-t-il pas à être entièrement sincère avec elle ?

— Si je ne me trompe pas, la conversation que nous avons en ce moment est sincère. Cela ne veut pas dire pour autant qu'elle en est plus agréable pour l'un ou pour l'autre. Vous avez la possibilité d'être franc pour tout ce qui concerne votre vie passée. Un seul incident de ce passé n'a pas grande importance.

— Il était très important pour moi. C'est grâce à

lui que nous nous sommes rencontrés, Violet et moi. Je ne serais jamais allé habiter au Casablanca si je n'avais pas cherché à tuer votre mère. »

Elle aurait pu répondre que son enfant et sa mère à elle seraient encore en vie s'il avait gardé la petite à la maison, une certaine nuit brumeuse de janvier, douze années et demie plus tôt. Mais à quoi bon remonter la chaîne des hasards ?

« Comment allez-vous vous débrouiller ? demanda-t-elle, l'air intéressé. Avez-vous du travail ?

— J'ai vécu très simplement ces deux dernières années. Il me reste environ douze mille livres sur ce qu'a rapporté la vente de ma maison. Cela suffira comme premier versement pour l'achat d'un cottage, quelque part à la campagne. Et puis, dans quelques mois, je commencerai à toucher ma pension. Nous devrions pouvoir nous en sortir. Nous ne désirons rien de bien grand, pourvu qu'il y ait un jardin. Violet adore le parfum des roses. Elle a perdu la vue à l'âge de huit ans ; il lui reste des souvenirs de sa petite enfance. Si en plus je lui décris les choses avec soin, les édifices, le ciel, les fleurs, ça l'aide. A présent, il me faut regarder la réalité différemment, avec plus d'attention, pour pouvoir m'en souvenir. Nous sommes tellement heureux ensemble, j'ai peine à y croire. »

Elle se demanda si ce bonheur incluait l'amour physique. Probablement. Il n'était pas répugnant sexuellement, ce pauvre petit assassin manqué. Même les couples les plus invraisemblables trouvaient le chemin de ce plaisir irrationnel. Elle se rappela ses cheveux, plus soyeux au toucher que les siens. Et sa peau était douce, sans défauts. Cela devait être étrange d'être aveugle et de toujours faire l'amour comme si on avait les yeux fermés. Elle surprit sur le visage de l'homme un sourire secret provoqué par un souvenir, un sourire presque lubrique. S'il était venu la voir avec des inquiétudes, il n'en avait certainement pas dans ce domaine-là. Évoquant la fille qu'elle avait vue dans le parc, elle se demanda si Violet était encore assez jeune pour avoir un enfant. Comme s'il avait lu dans sa pensée, l'homme dit :

« Elle est beaucoup plus jeune que moi. Si elle a un bébé un jour, je pourrai l'aider à en prendre soin. Il n'y a rien que nous ne puissions faire à nous deux. »

Il se tourna vers elle.

« Avez-vous jamais eu l'impression de ne pas avoir droit au bonheur ? La première fois que je suis sorti avec elle, ce jour où vous nous avez vus dans la roseraie, je l'exploitais en quelque sorte, je me servais de sa cécité. J'étais très seul et elle était la seule personne avec laquelle je me sentais en sécurité puisqu'elle ne pouvait pas voir. »

Il avait dû apprendre très jeune cette vieille leçon : se méfier du bonheur. Touchons du bois, croisons les doigts, allumons un cierge. Mon Dieu, je vous en prie, ne vous apercevez surtout pas que je suis heureux. Elle eut envie de dire : « J'ai utilisé ma mère pour me venger de mon père adoptif. Nous nous servons les uns des autres. Pourquoi seriez-vous moins corrompu que vos semblables ? » Au lieu de cela, elle demanda :

« Pourquoi ne pas être indulgent avec vous-même et accepter la possibilité du bonheur ? Oubliez-nous, ma mère et moi. C'est du passé.

— Mais supposez que Violet découvre la vérité ? Elle aurait du mal à me pardonner mon silence et ce que j'ai fait.

— Elle n'a rien à vous pardonner. Ce n'était pas sa gorge à elle, n'est-ce pas ? D'ailleurs, nous sommes capables de pardonner n'importe quelle offense à condition qu'elle ne nous ait pas été faite personnellement. N'avez-vous pas encore appris cela ? Et comment découvrirait-elle ces faits ? Vous pouvez être tranquille en ce qui me concerne : je ne parlerai jamais.

— Mais vous êtes un écrivain ; un jour, vous aurez peut-être envie d'utiliser ces événements pour un livre. »

Elle faillit éclater de rire. C'était donc cela qui le tracassait. Il avait dû emprunter son roman à la bibliothèque avec un certain émoi. Que s'attendait-il à y trouver ? Peut-être une sinistre histoire dans laquelle il aurait joué le rôle de minables Eumé-nides ? Mais il n'était certainement pas venu pour écouter un exposé sur la nature de l'imagination créatrice.

« Certains écrivains ne peuvent parler que de leurs expériences personnelles, répondit-elle. Je ne suis pas de ceux-là et je ne désire pas l'être. J'ai dit que nous nous servions tous les uns des autres, mais j'espère me servir des gens d'une façon plus subtile. »

En hésitant, comme s'il s'aventurait sur un terrain dangereux, il demanda :

« Est-ce qu'ils sont au courant pour votre mère, ici ? Vous vous faites appeler Ducton, après tout.

— Certains savent, d'autres devinent. Ce n'est pas un sujet qu'on aborde facilement dans une conver-sation.

— Et cela change-t-il quelque chose, pour vous, je veux dire ?

— Je crois que je leur fais un peu peur, mais pour qui veut protéger sa vie privée, ce n'est pas plus mal. »

Ils avaient atteint le pont qui enjambait la Cam. Philippa s'arrêta et contempla l'eau. L'homme se tenait à ses côtés, ses petites mains agrippées au garde-fou.

« Elle vous manque ? » demanda-t-il soudain.

Elle pensa : « Je regretterai son absence chaque jour de ma vie. » Mais elle répondit :

« Oui. Mais je ne suis pas sûre de l'avoir bien connue. Nous n'avons vécu ensemble que pendant cinq semaines. Elle ne parlait pas beaucoup. Mais quand elle était présente, elle l'était plus que n'importe qui d'autre. Et, près d'elle, j'étais présente moi aussi. »

Il parut comprendre ce qu'elle voulait dire. Ils se remirent à marcher, de nouveau silencieux. Puis il déclara :

« Je me suis posé des questions à votre sujet. Je vous suis reconnaissant de ce que vous avez fait pour moi. J'ai très peur de la police, peur aussi d'aller en prison. Si vous aviez appelé le commissariat, cette nuit-là, je sais que je n'aurais jamais pu le supporter. Et je n'aurais jamais revu Violet. Je me suis souvent demandé comment vous aviez vécu tout cela, ce qui s'est passé après mon départ, et aussi si votre mère — je veux dire Mrs. Palfrey — se porte bien. »

Il aurait pu s'enquérir ainsi de n'importe quelle connaissance.

« Elle va très bien. Elle a un chien. Il s'appelle Scamp. Quant à moi, il ne m'est pas arrivé grand-chose. Mon père adoptif a tout arrangé ; il est très doué pour ça. Peu de temps après, il m'a emmenée en Italie pour de longues vacances. Nous avons été voir les mosaïques de Ravenne. »

Elle n'ajouta pas : « Et à Ravenne, j'ai couché avec lui. » Elle se demanda quelle expression aurait prise son visage, ce qu'il aurait dit si elle lui avait donné cette information gratuite, en échange, en quelque sorte, de ses confidences. Après tout, ce n'était guère important. Quel sens, se demanda-t-elle, avait eu cette douce et tendre aventure, d'une étonnante simplicité ? S'était-il agi pour elle de s'affirmer, de satisfaire une curiosité, de passer un autre examen avec succès ? D'éliminer avec un certain cérémonial un obstacle dans leurs relations pour pouvoir ensuite reprendre leurs rôles de père et de fille ? Ou de l'excitation née d'une situation incestueuse exempte d'interdiction légale et d'une plus grande culpabilité que celle qu'ils éprouvaient déjà ? Cette unique nuit ensemble, avec les fenêtres ouvertes sur le parfum des cyprès, sur la chaleur nocturne, avait été nécessaire, inévitable, mais n'avait plus d'importance.

« Ma mère avait contracté une assurance-vie de cinq cents livres pour contribuer au loyer de l'appartement. Il n'y avait pas de clause restrictive concernant un possible suicide — et d'ailleurs je ne crois pas qu'ils s'en seraient souciés pour une si petite somme. J'ai donc touché cet argent. Elle a dû prendre cette initiative en secret, peu de temps après que nous avons commencé à vivre ensemble, peut-être le jour où elle a rendu visite à son délégué à la probation. Personne ne sait avec certitude comment elle s'est procuré les calmants, mais elle a dû les cacher pendant des mois. Je me dis que cela prouve qu'elle envisageait de se supprimer avant même de quitter la prison, que sa mort n'avait rien à voir avec moi. Il y a tant de moyens pour se débarrasser de son sentiment de culpabilité. Un jour, vous en trouverez un, vous aussi. »

L'homme ne dit plus rien. Il semblait satisfait. Soudain il s'arrêta et lui tendit la main. Elle la serra. Ce geste semblait avoir une certaine importance pour lui. Puis il s'éloigna, seul, le long de l'avenue, dans le soleil printanier, sous les frondaisons à peine écloses des châtaigniers, des hêtres et des tilleuls, entre les pelouses d'un vert intense piquetées de crocus or et pourpre. Avant d'atteindre le coin de l'allée, il s'immobilisa et se retourna. Elle eut l'impression que ce n'était pas tant elle que la chapelle qu'il regardait, comme pour la fixer dans sa mémoire. Elle resta là à le suivre des yeux jusqu'à ce qu'il eût disparu. Elle l'enviait presque. S'il est vrai que seul l'apprentissage de l'amour permet à chacun de trouver son identité, alors il avait sûrement trouvé la sienne. Elle lui souhaita bonne chance. Et peut-être était-ce déjà un premier pas vers la grâce que de pouvoir ainsi formuler des vœux pour lui, d'un cœur certes encore inexpert, et de faire, pour lui et pour Violet, une courte et maladroite prière.

DU MÊME AUTEUR

La Proie pour l'ombre, Mazarine, 1987.
La Meurtrière, Mazarine, 1987.
L'Ile des morts, Mazarine, 1985.
Meurtre dans un fauteuil, Mazarine, 1986.
Un certain goût pour la mort, Mazarine, 1987.
Sans les mains, Mazarine, 1987.

Composition réalisée par C.M.L., Montrouge.

IMPRIMÉ EN FRANCE PAR BRODARD ET TAUPIN
Usine de La Flèche (Sarthe).
LIBRAIRIE GÉNÉRALE FRANÇAISE - 6, rue Pierre-Sarrazin - 75006 Paris.

ISBN : 2 - 253 - 04652 - 3 ◈ 30/6488/8